U0449276

中国散文的24种格调

杨昊鸥 著

四川人民出版社

图书在版编目（CIP）数据

中国散文的24种格调 / 杨昊鸥著. -- 成都：四川人民出版社, 2023.4
ISBN 978-7-220-12967-4

Ⅰ.①中… Ⅱ.①杨… Ⅲ.①散文—文学研究—中国 Ⅳ.①I207.6

中国版本图书馆CIP数据核字(2022)第237739号

ZHONGGUO SANWEN DE 24 ZHONG GEDIAO
中国散文的24种格调

杨昊鸥　著

策划组稿	李淑云
责任编辑	李京京
责任校对	舒晓利等
装帧设计	李其飞
责任印制	周　奇
出版发行	四川人民出版社（成都三色路238号）
网　　址	http://www.scpph.com
E-mail	scrmcbs@sina.com
新浪微博	@四川人民出版社
微信公众号	四川人民出版社
发行部业务电话	（028）86361653　86361656
防盗版举报电话	（028）86361653
照　　排	四川胜翔数码印务设计有限公司
印　　刷	成都东江印务有限公司
成品尺寸	146mm×208mm
印　　张	12.875
字　　数	290千
版　　次	2023年4月第1版
印　　次	2023年4月第1次印刷
书　　号	ISBN 978-7-220-12967-4
定　　价	68.00元

■版权所有·侵权必究
本书若出现印装质量问题，请与我社发行部联系调换
电话：（028）86361656

自序

中国散文的历程与格调

每次我在写作课上向学生提出"何为散文"这个问题的时候，刚刚结束中学生涯的年轻大学生们往往会不假思索地脱口而出：就是形散神不散的文章。

这个时候我就会反问大家：那么，《左传》里的文章，比如《郑伯克段于鄢》《曹刿论战》算不算散文？先秦诸子的文章，比如《孟子》《荀子》《韩非子》里面的文章算不算散文？还有历史典籍，比如《史记》《汉书》《三国志》里的文章算不算散文？如果你觉得我以上提到的都是大部头著作，文体定义还有待商榷，那么我们来看看单篇的文章，比如王羲之的《兰亭集序》、陶渊明的《桃花源记》、柳宗元的《小石潭记》、苏轼的《记承天寺夜游》……这些文章算不算散文？这些文章，在形式上布局严谨、层次分明，可以说是神形兼备，哪里来的形散呢？

甚至在进入白话文时代之后，中国现当代作家之中也不乏散文名家。那些用白话文写成的散文名篇也大多结构分明，气息连贯，和我们日常口语所说的"零散""散乱"毫无关系。

所以首先我要告诉大家，关于散文的定义，"形散神不散"之说虽然流传甚广，却是一个望文生义的想当然的说法。

实际上，要一句话说清楚究竟什么是散文，并不是一件容易的事情。因为从古到今，中国散文的概念一直在随着它的应用发展而动态变化。

在中国古代，"散文"其实并不是一个文体概念，而是一个语言概念。散文是和韵文相对立的语言概念。韵文，简单来说就是讲究声韵和对仗的语言。散文就反过来，是在声韵和对仗上没有要求的语言。

值得一提的是，在中国古代能够形成书面文字的散文虽然没有声韵和对仗上的要求，但不等同于语言上没有要求，至少要能够写成文言文。这其实并不是一个低门槛的要求。很多人误以为把文言词汇用现代汉语的语法习惯连缀成句，再加上一些"焉""哉""乎""也"的语气词，就可以叫作文言文。这实在是个天大的误会。文言文有自己独立的文法规则，和日常口语大相径庭。古人要能够写出通顺流畅的文言散文也是需要长时间的专门训练的，今天能够写合格的文言散文的人更是少之又少。

关于古代的散文和韵文，举个例子来说，同样是表达人生苦短、光阴易逝这样的意思，不同的作家在语言上有不同的处理方式：

蜉蝣之羽，衣裳楚楚。心之忧矣，于我归处。(《诗经·曹风·蜉蝣》)

《诗经》这个是韵文的写法。

小知不及大知，小年不及大年。奚以知其然也？朝菌不知晦朔，蟪蛄不知春秋，此小年也。（战国·庄子《庄子·逍遥游》）

《庄子》这个是散文的写法。

况吾与子渔樵于江渚之上，侣鱼虾而友麋鹿，驾一叶之扁舟，举匏樽以相属。寄蜉蝣于天地，渺沧海之一粟。（宋·苏轼《前赤壁赋》）

苏轼这个是骈散结合的写法。

所以我们今天讲到的中国古代散文，会包含古人经史子集里各种各样的文章，经部文献、先秦子书、历史典籍，甚至诰命、奏表、策论、碑志、序言、书信、笔记等这些在今天可以被归入应用文的文章。对于中国古人来说，散文并不是一种文体，而是一种语言素材。《文心雕龙》所谓："有韵曰文（韵文），无韵曰笔（散文）。"人们用不同的语言素材来写作各种各样的文体。这就像我们盖房子，需要用到不同的建筑材料，可以是木材，或者是钢筋混凝土，又或者是多种材料并用。如果把散文比作建筑，至少在中国古代，它对应的不是某一种风格的建筑，而是某一种建筑材料。

中国古人用散文这种语言素材写作文章，形成传统，大致经历了以下几个阶段：

一、先秦至汉代的经部文献，以及产生于这个时期而被后世追认的经部文献。如《尚书》、《春秋》经传、三礼、《论语》等。

二、先秦至汉代的子书。如《墨子》《庄子》《荀子》《韩非子》《吕氏春秋》《列子》《淮南子》等。

三、汉代史籍著作。如《史记》《汉书》《吴越春秋》等。

四、唐宋古文运动兴起以来，唐宋古文家的散文作品，如我们熟悉的唐宋八大家的作品。

五、明清小品文，如陈继儒、金圣叹、张岱、李渔等人的作品。

六、清代至民国桐城派古文。如戴名世、方苞、刘大櫆、林纾等人的作品。

在这里我还要补充一个文学史的小知识。今天我们习惯把"古文"这个概念等同于"古代的散文"，这个看法并不完全准确。在古文运动兴起的唐宋时期，那个时候所谓的"古文"，其实是行文格调高古的古代文章，既包含散文，也包含韵文。比如说汉代司马相如的赋，文体上是韵文，但是写得格调高古，也属于"古文"的范畴。和"古文"相对立的概念其实是"时文"。时文主要是指用于科举考试的应试文章，也包含散文和韵文。不同之处在于，时文受制于规则和时间，在技术上很难自由发挥，格调上也乏善可陈。这两者的差别，类似于我们今天观念中古代诗文名篇和高考作文的区别。

清代桐城派古文兴起，影响力巨大。由于桐城派古文主要宗法的对象是司马迁的《史记》，在写作上主要用力的方向是记叙类文言散文，所以在桐城派古文的影响下，"古文"的概念逐渐开始和现代散文的概念产生比较大的交集。

但这种交集现象带有一定偶然性。现代中国人观念中的散文，尤其是现代白话散文，在文体功能上其实并不是中国古代作为语言素材的散文，而是来自西方近现代的随笔散文（Essay）。这是一种兼含记叙和议论功能的文体，大体上是指篇幅相对短小（相对长篇小说或长篇学术著作等大部头作品而言）、以记录真实经历或真实思考为主要内容（相对小说、戏剧的虚构性）、语言通俗流畅接近口语（相对诗歌的修辞繁复）的单篇文字作品。

这种随笔散文在欧洲近现代兴起，主要是因为在工业革命的浪潮之下，现代印刷技术和现代传媒体系得到了普及。报纸杂志的兴起为随笔散文提供了传播载体，并直接带动了这种文体的发展。

传播方式的差别带来了随笔散文和古代散文之间最核心的差别。我们今天读散文，习惯读成名作家合集出版的散文集。但在更早的时候，随笔散文主要是发表在报纸杂志上和读者见面。我前面讲到，随笔散文这种文体，篇幅短小、内容相对真实、语言通俗流畅，这几个特点实际上就是由报纸杂志的传播特点决定的。

中国现代散文的文体观念虽然主体上是跟随西方而来，但更深层的原因并不是受到西方文化的影响，而是因为中国紧跟时代的浪潮迈入了工业时代。

由于中国文化具有超强的延续性和连贯性，古代散文在写作技法和文学格调上积累的丰富经验也潜移默化地影响到了现代随笔散文的写作。经部文献的古质洁雅，先秦诸子的取象譬喻，史籍传记的伏线跌宕，韩潮苏海的铿锵奔涌，晚明小品的活泼俏皮，桐城古文的经营安排……这些精彩的写作手法，在中国现当代作家的白话散文写作之中依然被广泛而灵活地运用着。

中国古代散文为今人的创作积累了宝贵的经验，但这并没有限制现当代作家在新时代背景下的自由发挥。在最近短短一百年的时间中，中国产生了像梁启超、鲁迅、张爱玲这样在白话散文写作上开创性极强的大作家，他们在结构形式和语言感染力上极大地拓宽了现代汉语散文表达的可能性，他们的文学创造能力丝毫不逊色于古人。一直到当代，像史铁生、王小波、李娟这样真诚的作家，依然在散文写作领域树立了自己独有的风格特色。

尽管中国散文在古代和现代都取得过非凡的成就，但是在我们正在经历的当下，我们又不可回避地碰到了散文写作的困境。简而言之，在写作上章法讲究、语言洗练的散文作品越来越少见。对于这样的现状，我也曾经在心里感到叹惋。那种感觉就像李安导演的电影《饮食男女》里，大厨朱老先生叹息着传统餐饮的没落："人心糙了，吃什么都一个味儿。"

不过，随着生活体验的加深，现在的我对这个问题有了全新的看法。

随笔散文在纸质媒体发达的时代受到作者和读者的普遍欢迎，是因为这种文体能够在短小的篇幅内承载比较具体（相对诗歌内涵的不确定性）、高效（相对小说叙事的烦冗）、富有阅读趣味（相对学术论文的枯燥）的信息。这是现代散文兴盛的核心原因。而随着移动互联网技术的超高速发展，我们今天日常获取信息的方式已经被更加具体、更加高效、趣味更加多样化的传播形式大量取代，比如微博、公众号推文、短视频等。所以散文的衰落，本质上并不是因为今天的人们在文化创造力上不如前人，而是人们转移了阵地来倾注自己的创造热情。

这种质文代变的规律绝不仅仅发生在散文的身上，而是贯穿人类整个文化艺术史，贯穿所有的文化艺术创造种类。铁器被普遍使用，青铜器的制造就开始衰落；纸张取代了木牍，楷书就会在实用层面大量取代隶书；相机一旦发明，油画就必须从高度写实的画风转向印象派和结构主义……这样的例子不胜枚举。

在今天，我们不可能像古人一样毕恭毕敬地给皇帝写文辞雅驯的奏表（中国在一百多年前就没有皇帝了），在撰写历史著作的时候也不会像古人那样高度强调可读性和戏剧性（取而代之的是客观性）。我们极少会提起笔来给亲朋好友写书信，甚至，为先人刻录的碑志也往往流于程式……简而言之，古典散文所涵盖的许多文体，都因为应用性的剥离而逐渐失去了在写作技术层面深究的必要。传统纸质报纸杂志上发表的随笔散文，也在信息传播越来越快的历史进程中，逐渐失去耐心的读者。

那么，我们今天阅读散文、欣赏散文、研究散文的意义何在？

我能想到的答案，是文学格调的跨界传承。一切从事文学艺术创造的人，总是在汲取前代艺术格调的基础之上，结合当下的技术条件创造出属于自己这个时代的艺术作品。正如学美术的人哪怕不从事雕塑，也要对着石膏像画素描；学书法的人哪怕不会在木片或者竹片上写字，也要学习汉简隶书。我们今天细细地去品味古今散文，未必是要直接生搬硬套拿来写奏表、史传、书信、碑志……却完全可能转化为视频脚本、网络推文、商业文案、演讲稿……前人曾如百花怒放，又化为春泥，后来者也将一一绽开，再次化作春泥。从古到今散文家们字斟句酌的心血，终究会以另外的形式流淌进后来者的创作血液之中。

对于非创作专业的普通读者而言，良好的文学艺术修养可以为生活注入更加美妙的生命体验，同时，它也是广泛意义上创作的土壤——优秀的作家和作品总是诞生于良好的艺术氛围之中，就像顶级的大厨总是诞生在挑剔的食客扎堆的地方。从这个角度来说，这是读者比作者更加幸福的地方，就像厨师费尽心思忙前忙后搞了一道好菜，而我们只需要负责用味蕾去慢慢享受即可。

有鉴于此，我借鉴中国古代诗歌理论著作《二十四诗品》的思路，把从古到今的中国散文梳理为二十四种格调，用分类评述的形式为读者提炼呈现出来。我对文学评述这件事情有一个自己的看法，这项工作类似于餐饮行业里的摆盘，它当然带有一定的创造性，但万万不能喧宾夺主，本末倒置。我要做的事情，是尽量把已经足够美味的食物在视觉上点缀呈现得更加清晰明朗，帮助我们产生一个好胃口。

由于中国散文的应用性自古以来就很强，它承载着政治、历史、哲学、美学，乃至于普遍情感和日常生活等中国精神的方方面面，所以这二十四种格调既是中国散文的文学气质，也反映着中国人从古到今的文化气质。这是我长期以来从事中国散文的教学与研究，并热爱散文创作的更深层原因。我希望把我的热爱分享给各位读者朋友，让我的热爱变成我们共同的热爱，也希望我们共同的热爱终究能够变成我们新型创作的源泉。

我期待着。

关于本书的几点说明

1. 十年前，我在刚刚担任教职的第一年开设了一门公选课，叫作"中国古代散文名篇导读"。暨南大学出版社编辑杜小陆老师鼓励我将讲课内容录音整理为讲义出版。在他的热心帮助和支持下，题为"中国古代散文名篇导读"的小书在第二年得以顺利出版。这本小书后来被多所高校选为通识课教材，于我而言是莫大的鼓励。

2. 今年上半年，蒙四川人民出版社编辑李淑云女士抬爱，向我垂询是否考虑再版《中国古代散文名篇导读》。我将原稿重新细看过一遍，深感惶恐。原稿中多有言不达意或措辞失当之处，甚至有个别知识硬伤，比如将法国作家罗曼·罗兰的名言误归于英国哲学史家罗素，实在难辞其咎，罪我不怨。于是我提出要对原稿进行细致的增删修订。在修订过程中，我感到不应厚古薄今，进而萌生了把中国现当代散文打并于一炉的想法。如此一来，则不仅仅是原书的简单再版，而是在逻辑上形成一本贯穿着中国散文从古到今发展史的新书。我把这个想法和李淑云女士沟通之后，得到了她的肯定和鼓励。所以目前本书的实际情况是，涉及古代散文的部分，主体沿用《中国古代散文名篇导读》的内容，同时做了比较大幅度的增删和修改，比如删去了原书中关于《浮生六记》的专题，补入了《左传》、柳宗元、苏轼三个专题，原书稿中《庄子》《史记》和欧阳修三个专题也做了比较大的修改。而涉及现当代的部分，则是最近撰写的新稿。

3. 本书中关于古代散文的翻译，由我自己根据阅读所得而来，其中不好直译的地方采取意译，偶有与其他注本不同的地方，经过研判后仍然坚持己见，是非对错留给读者评价。

4. 本书对历代名家散文名篇的解读，总是多少带有自己的人生阅历和创作经验，进而带有一定主观的好恶。我相信阅读不是有标准答案的公式解题，而是以心印心的人间至乐。当然，我尽量不务空谈，尽可能言之有据。如有未尽之意，或缘木求鱼之处，敬请有识君子不吝赐教。

5. 本书见贤思齐的对象，是傅雷先生的《世界美术名作二十讲》。那是对我影响深刻的一部传世佳作，影响之大不亚于贡布里希所著《艺术的故事》。傅雷先生写这本书的时候才二十多岁，而我已年近不惑。努力写完自己这本小书，回过头再看傅雷先生的著作，不禁想起《庄子》里的一句话："夫子奔逸绝尘，而回瞠若乎其后矣。"叹服之余，只能以西方谚语聊以解怀——"瞄着星星总比瞄着树枝打得高"。

6. 本书比较适合的读者对象：a. 对语文考试感到吃力的高中学生，本书对语文高考试题中文言文阅读、现代文阅读、作文三个题型有所帮助。b. 对散文写作充满热情、不甘于理论空谈的中文系学生，本书对散文写作（含文言散文和白话散文）能力的提升有所帮助。c. 对于所有热爱散文、热爱中国文化的读者，本书可以陪伴你古往今来地闲聊，它会带给你一些有趣的文学文化知识和比较个人化的见解。

目 录

一 古质 《尚书》 001

二 跌宕 《左传》 021

三 辞达 《论语》 035

四 安逸 《庄子》 053

五 劲健 《史记》 071

六 自重 《世说新语》 087

七 曲折 嵇康 103

八 悲欣 王羲之 121

九 萧散 陶渊明 141

十 铿锵 韩愈 163

十一 峻洁 柳宗元 185

十二 醇厚 欧阳修 199

- 十三　汇通　苏轼　213
- 十四　物我　归有光　227
- 十五　雅趣　明代小品文　249
- 十六　经营　桐城派古文　271
- 十七　锐利　鲁迅　287
- 十八　渊博　傅雷　301
- 十九　赤诚　方志敏　311
- 二十　浑融　张爱玲　325
- 二十一　复调　史铁生　337
- 二十二　机智　王小波　363
- 二十三　温暖　《南方周末》　375
- 二十四　苍茫　李娟　383

古质

一

《尚书》

尚书·秦誓

公曰:"嗟!我士,听,无哗!予誓告汝群言之首。古人有言曰:'民讫自若,是多盘。'责人斯无难,惟受责俾如流,是惟艰哉!我心之忧,日月逾迈,若弗云来。惟古之谋人,则曰未就予忌;惟今之谋人,姑将以为亲。虽则云然,尚猷询兹黄发,则罔所愆。番番良士,旅力既愆,我尚有之。仡仡勇夫,射御不违,我尚不欲。惟截截善谝言,俾君子易辞,我皇多有之。昧昧我思之:如有一介臣,断断猗,无他技,其心休休焉,其如有容。人之有技,若己有之;人之彦圣,其心好之。不啻若自其口出,是能容之。以保我子孙黎民,亦职有利哉。人之有技,冒疾以恶之;人之彦圣而违之,俾不达,是不能容。以不能保我子孙黎民,亦曰殆哉。邦之杌陧,曰由一人。邦之荣怀,亦尚一人之庆。"

一、五经概说

《尚书》是中国传统文化当中最核心、最基本的经典之一。儒家传统所谓的"六经",《诗》《书》《礼》《乐》《易》《春秋》,其中《书》就是《尚书》。《乐》失传了,剩下的《诗》《书》

《礼》《易》《春秋》合称"五经"。我们都听说过"四书五经",所谓"五经"就是指这五部经典。

我知道,有些读者一看到四书五经这几个字就开始准备打瞌睡了,感觉那是迂腐古板如孔乙己的人才会读的书。还有一些读者,也许是随着近年来社会上"国学热"的兴起,对传统文化有一些了解,对学习传统文化很有热情,说到四书五经又觉得好像有点高不可攀,觉得那都是讲高深道理的书。这两种看法其实都是误解。以五经为代表的儒家经典既不陈腐,也不神奇,五经这样的著作,说白了,就是古代的官方文件、官方档案汇编。

经学史家钱基博先生在《经学通志》里面说过一段很精辟的话:

古之所谓经,乃三代盛时典章法度常所秉守,见于政教行事之实,而非圣人有意作为文字以传后世也。

"经典"这个词,我们今天说得太多、太滥,一部小说、一部电影、一款设计……只要影响大,今天的人都喜欢用"经典"这个词去形容,说着说着就变成了形容词。其实钱基博先生对"经典"原意的阐释非常精确,就是和政治有关,对政治产生重大影响(特指正面影响)的官方文件和典章制度。[1]

由于儒家五经在中国文化中的分量非常重,和我们要讲述的古代散文关系也非常密切,所以下面我会花费一些篇幅,尽可能

---

[1] 这样的解释并非钱基博先生独创,而是中国传统学术的基本看法,此处取钱先生之说,因其表述简明易懂。

通俗地为大家介绍一下五经的情况：

  关于《诗经》，我们今天的文学研究主要把它看成是娱情的诗歌集，其实在以前，《诗经》主要是担任教化功能的。中国古代有"诗教"的传统，即认为善与美的诗歌作品能够导养正性，培育好的人品道德。更简单地说，《诗经》有点类似于我们今天官方审定的思想道德课课本。古代的诗和音乐在很大程度上是合一的，所谓诗就相当于我们今天说的歌词，是要用来唱的，所以《诗经》和失传的《乐经》在功能上是一致的，"诗教"和"乐教"都是为了培养健全的人格及良好的道德。这个思路不是中国古人所特有的，在当代社会也存在普遍的尝试和运用。2009年，德国导演Paul Smaczny以委内瑞拉极其特殊的"音乐救助体系"（EI Sistema）为主题，拍摄了一部叫《音乐带来希望》的纪录片，主要内容是讲南美贫穷国家委内瑞拉原来治安混乱、人口素质低下，后来通过音乐教育的方式，让大量贫困儿童接触、学习音乐，在很大程度上提高了人口素质，为人们带来了生活的希望。真正的智慧是可以活学活用，在任何一个时代焕发光彩的，比如"诗教"和"乐教"的教育功能，在古今中外都受到普遍的重视。

  《尚书》，就是重要政治人物的讲话记录汇编，本来是分成一篇一篇的，汇编在一起就成了《尚书》。有时是政治人物的会议纪要，比如《皋陶谟》，是舜帝和大臣皋陶、禹一起讨论政事的记录；有时是帝王为了贯彻重大的政治举措而当众发表演说，比如《盘庚》，是商代的盘庚帝为了迁都而发表演说说服臣民；有时是君王对臣僚或者诸侯国君所作的训诫，比如《大诰》《康诰》《酒诰》等；还有战争时的动员讲话，我们今天还经常用到的一个词"誓师",这个"誓"不是诅咒发誓一定要打赢战争,它是从《尚书》这里来,是指帝王或军政要人面对自己的军队发表动员讲话,比如本专题选录的代表作品《尚书·秦誓》。传统上把《尚书》分为典、谟、训、诰、誓、命六体,其实也很简单,就是六种形式的讲话记录而已。我们可以联想一下现代社会的例子,诸多国家领导人发表的重要讲话、重要会议纪要,比如"二战"时期美国总统罗斯福发表的美国对日宣战演说,印度的甘地在争取民族独立时发表的关于"非暴力不合作"的演讲,中国改革开放时期邓小平的南方谈话,2000年联合国千年首脑会议纪要……如果把这种性质的讲话内容记录下来,并且编辑成书,那就是一部工业文明背景下的全球版《尚书》。

《礼经》是秦汉以前儒家有关各种礼仪制度的论著选集。"礼"主要指制度,和今天主要作为"礼貌""礼节"的意思不同。比如什么样的人在什么场合下应该做什么样的事,穿什么样的衣服,说什么样的话,这些在中国古代都有较为严格的制度规定。制度的发达在某种意义上与文明的程度成正比,孔子之所以特别热爱周朝的文明,热情地宣称"周监于二代,郁郁乎文哉!吾从周"(《论语·八佾》),正是因为在孔子眼中,周朝的制度最为完备和发达。《礼经》中记载的关于中国先秦时代的各种制度设计,是深入研究中国文明发生、发展的重要资料。

《周易》是中国上古先民对宇宙万物的思考结晶,是关于宇宙和人生思考高度理论化的描述,代表着在上古时期的生产力条件下能够达到的最高哲学水平。我们今天一说起《周易》,可能马上联想起的是算命、看风水,其实命相、风水这些东西是比较晚出现的，也只是《周易》学中一个很小的部分，不能和《周易》画等号。

《春秋》是记录周天子、诸侯和国家重大事件的编年史，或者叫作大事记。据孟子的说法，各个诸侯国都有史官负责编写本国的编年史，晋国的编年史叫"乘"，楚国的编年史叫作"梼杌"，"春秋"据说是鲁国编年史的叫法，所以《春秋》传统上被认为是以鲁国为中心编写的编年史。这样的文件在今天本身属于国家档案的性质，但是古人认为这些关于重大事件的记录除了档案性质之外还有更重要的作用，那就是警诫权势人物不要干坏事，也就是所谓的"《春秋》作，而乱臣贼子惧"，意思是虽然你生前很有权势，但是如果你干了坏事是会被记录下来的，要遗臭万年。马克思在《法兰西内战》一书中说过一句名言："刽子手们已经被历史永远钉在耻辱柱上。"有一根历史的耻辱柱摆在那里，权势人物在干坏事的时候多少是会感到一点畏惧的。这是中国史学的一个重要传统，史实记载不单单是一个备查的档案，还有威慑坏人的作用，让坏人即便生前没有得到惩罚，死后总逃不脱耻辱柱的审判。举例来说，春秋时期齐国的大夫崔杼，把自己的主君齐庄公杀了，当时齐国负责写史的太史就照实记录下来，只写了"崔杼弑其君"几个字。崔杼当然觉得这样写不行，弑君是冒天下之大不韪的大罪，于是命令太史换个说法。太史不肯，于是崔杼把他杀了；换了太史的弟弟来写，还是不肯改，又杀了；再换太史的小弟弟来写，仍然不改，于是太史一家三兄弟都被杀了。但是这件罪恶的事最终被记录下来，后人都知道崔杼是个弑君的坏人。

以上就是五经的基本情况。五经是中国古典政治和古典文化的主体理论支柱，我们今天如果想要深入了解中国古典文化，就必然绕不开五经，它们是中国古典文化最核心的部分。打个比方来说，这五部经典相当于中国大地上的五岳，大家知道中国有句老话叫作"五岳归来不看山"，杜甫登泰山的时候曾发出"一览众山小"的感慨，如果我们对五经有所了解，那么我们对中国文化把握的高度就自然而然摆在那里，这是我有必要向大家简要介绍五经的原因。

二、秦帝国的崛起

本书选取的《尚书》内容，是传世《尚书》的最后一篇《秦誓》。

说到秦国，大家都不会陌生，所有人都知道秦始皇统一了中国，李白有两句诗叫"秦王扫六合，虎视何雄哉"。我们一提到秦帝国，第一个直观的印象肯定是很雄健，很有力量，金戈铁马的感觉。当代的影视作品涉及战国题材的时候，秦国也总是以一种强大、整肃的形象出现。这种印象不能说不对，到了战国晚期，秦国确实在各个方面都已经处于领先地位，影视作品和我们多数人印象中的秦国，主要是秦国在这个时期的形象。但是我们可能会忽略这样一个历史事实，那就是秦国在整个春秋战国时期，在多数的时间里并不是第一流的大国，而是一个相当边缘的小国家。

周王朝是一个分封制的国家，所谓分封制就是周天子把土地分成一块一块的，分给自己的族人和功臣。把土地分给他们的同时给一个封号，表示他们是这块土地上的主人，这就是我们熟知的诸侯和诸侯国。周天子和诸侯之间的关系，并不是后来郡县制建立之后帝王和地方官员的那种金字塔式的上下级关系，通俗地说，是大哥和小兄弟们之间的关系。大哥和兄弟们分了家，名义上兄弟们都要尊重大哥，诸侯都要向周天子进贡、朝见，但是分给兄弟们的土地、家产实际上就是别人家的了，你就算是大哥也不再拥有支配权。所以周王朝从建立到最后覆灭，虽然看上去有接近八百年，但并不是一个大一统的王朝，而是一个天子之邦和大量诸侯国并立的局面。

武王伐纣成功，周王朝建立之后，周天子大量分封诸侯，这些受封诸侯多数是周天子的家人，还有在伐纣战争中的功臣。比如说姜太公，真正的名字叫吕尚，被封在齐；周武王的弟弟周公旦被封在鲁；周武王的儿子唐叔虞被封在晋；等等。

我们要注意，在周朝建立之初，一开始是没有秦国的。秦人的祖先既不是周天子的同族，又没有在伐纣战争中立过什么功劳，最初只是在周王朝负责养马的工作，身份是比较低贱的。后来因为他们善于养马，周孝王在西面划了一块地给他们。封地给他们的原因也很简单，主要是让他们去防御西面的少数民族犬戎。秦人得到的封地不仅土地相对贫瘠，还暴露在异族入侵的前沿，地缘条件非常险恶。像吕尚、周公旦、唐叔虞这些和周天子关系非常密切的诸侯，所分封到的土地都是地理条件非常好的地方，如齐国靠海、盐铁发达，晋国土地肥沃、幅员广阔，这些好的封地是封给诸侯和他们的子孙去享福的。而秦国完全不一样，秦人不是周天子大哥的亲兄弟，根本轮不到他们享福。

其他的诸侯国一开始根本看不上秦国，诸侯国之间开会的时候都不通知秦国。他们普遍认为秦国人地位卑贱，加之长期和少数民族杂居，不懂周文明的礼节，是西边的野蛮人。这种状况，就好像一群含着金钥匙出生的贵族子弟联合鄙视一个蓬头垢面的贫寒子弟，而这个暂时为他们卖命的贫寒子弟日后所爆发的巨大能量是当时绝对没有人能够想象到的。

孟子说过一句大家熟知的话："生于忧患，死于安乐。"艰苦的自然环境和残酷的政治地缘并没有把秦人逼上绝路，正相反，秦人在恶劣的环境中奋发图强，逐渐站稳脚跟，并且不断积极地扩大自己的势力范围，增强自己的政治实力。秦国早期的君主，像秦仲、秦庄公、秦襄公、秦文公、秦宣公……都非常有进取心，一代一代兢兢业业、从无到有地艰苦经营着秦国。他们在后世的名声不如秦穆公和秦始皇那么大，但是他们对秦国发展的贡献却一点也不亚于秦穆公和秦始皇，是秦国走向伟大的奠基人。秦国是在许多代人精诚努力经营下崛起的大国。我们不能仅仅知道秦国最终横扫六合的气魄，还应该记住秦国从卑微走向强大的整个艰苦的过程。

《尚书·秦誓》是秦国的一位重要君主秦穆公在一次重要战争结束之后面对秦军将士发表的演讲。这次演讲比较特殊，首先，它是在战争结束之后发表的，这和《尚书》中其他的"誓"辞不同，像《甘誓》《汤誓》《牧誓》这些都是战前的动员讲话。其次，《尚书》中其他"誓"辞主要内容多为义正词严地列数战争对手的过失，表明自己发动战争的正当性，而这一篇《秦誓》虽然是发表在秦军的一场大胜仗之后，但"誓"辞的主体内容是以自我批评和自我追悔为主。

秦穆公是秦国发展史上一位非常重要的人物，我们前面提到，秦国在许多代君主的辛苦经营之下逐渐扩大领地和提高政治地位，这种进步是累积型的，一直累积到秦穆公的时代，秦国才正式成为一个可以和中原传统强国相匹敌的大国，秦穆公也因此被后人称为"春秋五伯（霸）"之一。秦穆公是秦国历史上非常有作为的一位君主，非常重视广纳贤才。在关于他的历史记载中，有很多和礼贤下士相关的内容，比较著名的有"九方皋相马""羊皮换贤""亡其骏马"等。其中"羊皮换贤"最为著名，大概是说有一位虞国的贤人叫百里奚，虞国被晋国灭掉之后，百里奚在逃难中沦为了楚国的奴隶。秦穆公为了得到百里奚的辅佐，假意派人到楚国去告诉楚王百里奚是秦国逃亡的罪犯，用五张羊皮把他换了回来，厚礼相待。于是百里奚成为秦穆公重要的辅弼之臣，并为他介绍了另一位贤人蹇叔出仕，是为秦穆公的左膀右臂，为秦国的发展壮大立下了卓著的功勋。秦穆公不仅广纳贤才，而且自己身先士卒、锐意进取。在他的辛苦经营之下，秦国辟地千里，称霸西戎，卓然崛起为一代大国，非常了不起。那么是不是说秦穆公的一生就如此光辉闪耀，从来没有犯过错误呢？答案是否定的。秦穆公曾经因为一次重大的失误，让秦国将士遭受了不应该遭受的重大损失，这就是著名的秦晋崤之战。

三、崤之战

因为有百里奚、蹇叔等一众贤才的辅弼，加之秦穆公自己锐意进取，秦国的实力与日俱增。秦穆公在称霸西戎之后渐渐起了东进中原的念头，但是秦国的东面横卧着当时的中原强国晋国。

说到晋国，那是春秋时期的超级大国，春秋和战国的分野就在后来公元前403年的三家分晋。[①] 晋国因为内乱分裂为韩、赵、魏三个国家，而这分裂出的三个国家都能位列战国七雄，成为三个强国，未分裂的晋国的强大由此可见一斑。

秦穆公要东进中原，就不得不和超级大国晋国争利。这本来是一件非常危险的事情，因为以当时秦国的实力并不足以和晋国一较短长，但是秦穆公在秦国国势日盛的局面之下有些迫不及待，做出了一个非常冲动和冒进的军事决定。

公元前628年，和晋国毗邻的郑国国君郑文公去世，同年，晋国的晋文公也去世了。这时，郑国北门的守卫杞子派人密报秦穆公，让秦穆公派兵袭击郑国，而自己届时将作为内应为秦军打开城门。秦穆公听到这个消息非常高兴，认为这正是东进的良机，于是就征求蹇叔的意见，没有想到的是蹇叔给他当头泼了一盆冷水。蹇叔的理由很简单，他提出突袭他国这种军事行动必须要行动迅捷才能成功，而秦国和郑国相隔较远，长途奔袭很容易走漏消息，也很容易造成将士疲惫，战斗力下降，成功的概率很低。

应该说蹇叔反对出兵袭郑的理由虽然简单，但也很充分，值得秦穆公认真参考。不过此时的秦穆公头脑发热，急于求成，匆匆命令百里奚之子孟明视、蹇叔之子西乞术、白乙丙率军袭郑。蹇叔预感到这次远征必然失败，于是在秦军开拔时跑到军队面前大哭，这就是著名的"蹇叔哭师"的故事。秦穆公面对蹇叔的苦苦劝谏并没有改变决定，反而大骂蹇叔是个老不死的糊涂蛋——

[①] 春秋和战国的时间分界点历来有不同的观点，此处取三家分晋之说。

我们知道人在头脑发热的时候是很难听进去反对意见的，贤明如秦穆公这样的领导者也不例外。

孟明视等人率军冬天出征，到第二年的春天才到郑国的邻国滑国。这时正好有个郑国的大商人弦高要去周国做生意，看到秦军大规模向郑国靠拢，非常吃惊。弦高是一个爱国商人，他一方面赶紧派人回郑国报信，另一方面带着十二头牛到秦军的军营里去，假意告诉秦国人说郑国人早就知道他们要来了，先派弦高来犒劳秦军将士，这就是"弦高犒师"的故事。秦军将领孟明视等人被弦高这么一诈，以为郑国人真的早已得到消息，做好了战斗准备，这样一来袭击也就失去了意义，只好撤军。

孟明视等人也许是觉得这样无功而返不好向秦穆公交代，于是顺道把郑国边上的小国家滑国灭掉了，之后才撤军回国。滑国是晋国和郑国边境上的一个小国家，是晋国的同姓国，在版图势力上属于晋国的控制范围。秦军在晋文公去世不久就灭掉了滑国，这深深触动了晋国人的神经，晋国人认为这是秦军对自己赤裸裸的挑衅。于是晋国集结军队披麻戴孝，在秦军返程的必经之路崤山伏击秦军。中国有一句古话叫作"哀兵必胜"，果然，情绪激动的晋军在崤山大败秦军，并且俘虏了孟明视、西乞术和白乙丙。

这一仗的惨败，让秦军蒙受了重大的耻辱。如果秦穆公是一个平庸的领导者，那么他完全可以把秦军的这次重大失败归罪于孟明视等将领，毕竟孟明视等人下令灭滑并不是一个明智的决定。秦穆公曾经置蹇叔的忠告于不顾，如果没有人出来为失败承担责任，这对于一国之主来说是有损威信的事情。对于多数领导者来说，找一个替罪羊来敷衍塞责是再正常不过的选择。但是秦穆公没有这样做。他想尽办法把孟明视等人从晋国秘密营救回国，并专门到很远的地方去迎接他们，当众向孟明视等人沉痛致歉，追悔自己没有听从蹇叔的忠告，使得大军覆灭，主将受辱，把崤之战失败的责任完全承担了下来。之后，秦穆公重新重用孟明视等败军之将，率领国人厉兵秣马，在三年之后率军攻晋。公元前624年，秦穆公率军渡过黄河攻入晋国境内，渡河后烧掉船只表明绝不后退的决心，沿路攻城略地一直打到了崤山。在崤山这个地方，秦穆公命令部下将三年前战死在此地的秦军将士的遗骸找出来，隆重地就地掩埋，并为死去的亡将亡军发丧，痛哭三日。之后，秦穆公面对部众发表了一番讲话，讲话的讲稿被后人整理为《秦誓》。

四、《尚书·秦誓》赏析

《尚书》主要是用上古汉语记录而成，因为相隔的时间太长，在文字的解释、翻译上有相当高的难度。不要说我们今天的现代人，就是唐代的大文章家韩愈也曾经感慨《尚书》非常拗口难读。下面我们来逐字逐句梳理一遍。

公曰："嗟！我士，听，无哗！予誓告汝群言之首。"

"公"，就是秦穆公。"嗟"，是语气词，表示呼唤。"我士"，我的将士们。"无哗"，不要喧哗。"群言之首"，指我所说的重点，相当于英语里的"my point"。

"古人有言曰：'民讫自若，是多盘。'责人斯无难，惟受责俾如流，是惟艰哉！"

"古人"，中国传统的语境里说到古人，不是指一般的古代人，而往往是指古代杰出的、伟大的人。所以说"古人云"或者"古人言"这种话一说出来，往往是很有指导意义的格言。

"民讫自若"，人们如果能够自觉遵循正道。

"是多盘"，这样就会得到安乐。

"责人斯无难"，批评别人是没有什么困难的事情。

"惟受责俾如流，是惟艰哉"，然而受人批评的时候内心还能够像流水一样顺从，那才是非常不容易的事。

这一句话连起来，就是秦穆公前面所说的"群言之首"，就是这篇演讲的重点所在。我们之前大致了解了崤之战的经过，三年之前崤之战秦军惨败的根本原因，就在于秦穆公不听蹇叔的忠告和批评，一意孤行，所以说"惟受责俾如流，是惟艰哉"，接受别人的批评是多么难的事情啊。

秦穆公发表这篇演讲，一开始就表示，这是一次自我追悔和自我批评的演讲。

"我心之忧，日月逾迈，若弗云来。"

"我心之忧"，我的内心是如此忧愁、痛苦。大家可以设身处地地想一想，这是一次胜仗之后的演讲，领导者秦穆公并没有表现出喜庆或者亢奋的情绪，而是不断地传达出沉痛的悔恨感，这是一种什么样的氛围。

"日月逾迈,若弗云来",日月指时间,这句话的意思是时间已过去,就不再回来了,和《论语》里"子在川上曰:'逝者如斯夫!不舍昼夜'"的意思接近。秦穆公为什么如此忧愁、沉痛呢?因为他所犯下的重大错误已经随着时间的流逝,永远地留下了遗憾和损失,再不能更改了,即便是今天成功复仇击败晋军,也不能掩盖三年前的重大失败。

"惟古之谋人,则曰未就予忌;惟今之谋人,姑将以为亲。"

"就",顺从。"予",我。"惟古之谋人,则曰未就予忌",年老的谋士因为没有顺从我的意思而被我忌恨。"惟今之谋人,姑将以为亲",而年轻、不成熟的谋士,我却把他们视为亲信。这一句里面出现了"古之谋人"和"今之谋人"两种人。在中国传统文化里有这样一种倾向,就是"古"象征着沉稳、厚重,"今"象征着轻佻、不成熟。所以"古之谋人"和"今之谋人"分别对应的是年老的、沉稳的谋士和轻佻的、见识有限的谋士。

"虽则云然,尚猷询兹黄发,则罔所愆。"

"虽则云然",虽然说是这样。"尚猷询兹黄发,则罔所愆",若是还能够咨询、听从老年人的意见,就不会有什么过失。猷,指计划、谋划。这里的"黄发"和陶渊明《桃花源记》里"黄发垂髫"的"黄发"意思相同,是指老年人,进一步是指蹇叔这样年高德劭、富有见识的谋士。事实上，蹇叔正是凭借自己丰富的阅历对袭击郑国之事做出了正确的预测，但秦穆公没有听从，所以这里才说如果听从老年人的意见，就不会有过失。

"番番良士，旅力既愆，我尚有之。"

"番"，读为皤（pó），指白头发，"番番良士"也是指年老的贤良之士。"旅力既愆"，体力已经衰弱了。"我尚有之"，"有"是亲近的意思，我应该亲近这些体力衰弱的年老之士。

"仡仡勇夫，射御不违，我尚不欲。"

"仡仡勇夫"，雄健勇武的人。因为前面讲了老年人，这里相对应是讲健壮的年轻人。"射御不违"，射是射箭，御是驾车，都是很需要体力的事情，年轻人的精力好，能够箭无虚发，驭技纯熟。"我尚不欲"，我却还不够喜欢他们。

"惟截截善谝言，俾君子易辞，我皇多有之。"

"惟截截善谝言，俾君子易辞"，至于那些巧言令色，用花言巧语动摇我说出的话的人。"我皇多有之"，我怎么能够去亲近这种人呢！根据我们的生活经验和阅读历史的经验，花言巧语的佞人、小人在生活舞台和历史舞台上总是很多的。古人早就意识到，作为领导者和正人君子一定要对这种人多加防范。《论语》

里孔子说过一句很有名的话,叫作"巧言令色,鲜矣仁",就是说花言巧语的人道德水平都很低。《尚书·皋陶谟》里大禹也说过,领导者如果能够做好自己的本分,"何畏乎巧言令色孔壬",哪里还怕这些巧言令色之徒。只有做好自己,有底气才不怕("何畏")他们,可见巧言令色之徒是很可怕,很会坏事,很值得防备的。

虽然史籍上没有明确记载秦穆公的错误决策是否受到了身边佞人的影响,但从这篇演讲来推断,可能是有的,所以这里特别提出自诫。诸葛亮的《出师表》里面有一句大家耳熟能详的话:"亲贤臣,远小人,此先汉所以兴隆也。"其实,秦穆公上面的这三句话概括起来,就是"亲贤臣,远小人",这是一切贤明君主安邦兴国的共同特点,我们能在历史上找出无数的例子。

"昧昧我思之:如有一介臣,断断猗,无他技,其心休休焉,其如有容。"

"昧昧我思之",我深沉地思考这样一件事。这里给大家讲一个小笑话,传说清末有一次考试默写《尚书·秦誓》,有一个考生写"昧昧我思之",把"昧"字写成了兄弟姐妹的"妹"。考官也很有幽默感,给他写了个批语:"哥哥你错了。"这里的"昧昧"其实是深沉、深入的意思。

"如有一介臣,断断猗,无他技",如果有一位大臣,为人忠直耿介,并没有其他方面过人的技艺。"其心休休焉,其如有容",但是他的心胸宽广、心地善良,并且有容人之量。这句话后面可能有阙文,或者只是省略,后面隐藏的意思是这样的人我应该亲近和重用。这句话很重要，秦穆公说他经过认真的思考，认为辅臣最重要的品质应该是忠直耿介，心胸宽广，而不是其他方面的技艺。

"人之有技，若己有之；人之彦圣，其心好之。不啻若自其口出，是能容之。"

"人之有技，若己有之"，别人有高超的技艺和才能，我很高兴，就像自己也有一样。

"人之彦圣，其心好之。不啻若自其口出，是能容之"，别人的品德高尚，享有美誉，我应该发自内心喜欢他们，就好像从自己的口中说出一样自然，能够包容他们而不嫉妒。

这两点对于领导者来说是很重要的，一个集体里面的领导者往往不是某一项技能最突出的人，而是能够团结和调度有才能者的人。汉高祖刘邦评价自己说运筹帷幄不如张良，总理国家不如萧何，带兵打仗不如韩信，但是这三个人都心甘情愿辅佐他打天下。愚蠢的领导者总是生怕自己的部下有什么比自己强的地方，自己要当十项全能冠军，这样一来，有才能的人就不可能被吸引到他的身边，他也就注定不能成功。

"以保我子孙黎民，亦职有利哉。"

"以保我子孙黎民"，重用这样的人，这里指前两句讲到的有才能的人和有德行的人，就可以兴邦兴业，让子孙和百姓得到保佑，这是有大利的事情。

"人之有技,冒疾以恶之;人之彦圣而违之,俾不达,是不能容。以不能保我子孙黎民,亦曰殆哉。"

这一段话是对上一段话的反面论说,意思是如果别人有技艺才能,我就嫉妒进而厌恶他;别人有美好的品德我却(因为嫉妒)而违背他,有意妨碍或者疏远他,这就是不能容人的表现。这样做,就不能让子孙百姓得到保佑,这是多么危险的事情啊!

"邦之杌陧,曰由一人。邦之荣怀,亦尚一人之庆。"

"杌陧",动荡不安。"荣怀",兴旺,繁荣。"邦之杌陧,曰由一人",国家如果动荡不安,是由一个人造成的,这个人就是这个国家的领导者。"邦之荣怀,亦尚一人之庆",国家的兴旺繁荣,也是缘于领导者的正确领导。

这篇演讲到这里,就结束了。

全文用这样两句话结尾,简洁中透露出大气,它体现了秦穆公坚定的担当精神。项羽在兵败垓下之后感慨说:"此天之亡我,非战之罪也。"这就是在为失败找借口,说失败是因为老天不帮他,可见"力拔山兮气盖世"的项羽说到底是个没什么担当的人,注定要失败。但我们看秦穆公完全不是这样,他敢于把一个国家的兴衰系于一身:如果失败,是我的过错;如果胜利,是我的成功。

秦穆公的这篇演讲,至少体现了两种精神:第一,勇于承认错误,勇于承担责任;第二,作为领导者,要心胸宽广,选贤任能不以个人好恶为标准。这两种精神总结起来好像只是两句口号，人人都会说，没有什么了不起。但如果我们结合秦穆公的生平，乃至于整个秦帝国崛起的过程，就不得不惊叹，这两种精神实际上贯穿秦穆公和历代有所作为的秦国领导者不懈的追求过程。关于这一点，我们绝不能忘记秦国是在生存条件极为恶劣的夹缝中发展起来的这个历史背景。在春秋战国时期，许多诸侯国都曾在政治、经济、文化方面取得过惊人的成就，但是像齐国、晋国、楚国这样的大国和称霸国，本身就建立在良好的政治条件和地缘条件之上，它们在发展过程中付出的艰辛是无法和秦国相提并论的。

这次演讲，根据《史记》的记载，发表于秦穆公三十六年，即公元前624年。第二年，秦穆公采用贤人由余的计谋攻打西戎，益国十二，开地千里，称霸西戎。周天子专门派遣使臣颁赐金鼓，正式承认秦国的大国地位。此时距秦灭六国统一天下（公元前221年）尚有约四百年的时间，但秦穆公在崤山之上所宣示的秦人的精神，预示了四百年后秦人必将胜利。这看起来仿佛是一段非常富有象征意义的历史叙述。其实，对于一个国家也好，对于一个人也好，不公平的生存环境是任何一个时代都无法避免的。但只要有勇于承认错误、不断改进自我的精神和宽广包容的心胸，秦人就可以从卑贱的养马者逐渐发展壮大，从艰难地争取自己的生存空间到和老牌贵族诸侯一争高下，最终成就举世无匹、一匡天下的辉煌伟业。这样的历程尽管艰辛，然而精神的力量就在于能够在艰苦的道路上照亮我们的前途。

跌宕

二

《左传》

曹刿论战

《左传·庄公十年》

十年春，齐师伐我。公将战，曹刿请见。其乡人曰："肉食者谋之，又何间焉？"刿曰："肉食者鄙，未能远谋。"乃入见。

问："何以战？"公曰："衣食所安，弗敢专也，必以分人。"对曰："小惠未遍，民弗从也。"公曰："牺牲玉帛，弗敢加也，必以信。"对曰："小信未孚，神弗福也。"公曰："小大之狱，虽不能察，必以情。"对曰："忠之属也，可以一战。战则请从。"

公与之乘，战于长勺。公将鼓之。刿曰："未可。"齐人三鼓。刿曰："可矣！"齐师败绩。公将驰之。刿曰："未可。"下视其辙，登轼而望之，曰："可矣。"遂逐齐师。

既克，公问其故。对曰："夫战，勇气也。一鼓作气，再而衰，三而竭。彼竭我盈，故克之。夫大国，难测也，惧有伏焉。吾视其辙乱，望其旗靡，故逐之。"

《左传》是中国先秦时期著名的历史典籍，全名叫作《春秋左氏传》或者《左氏春秋》。左，是指这部书的作者左丘明。所谓"传"，就是阐释某一部经典的意思。《春秋》，我们前面讲《尚书》

的时候顺带讲到过,是儒家五经之一,是先秦时期鲁国的编年史。《春秋左氏传》书名的意思,就是"左丘明阐释的《春秋》"。

《春秋》是鲁国的编年史,记录了很多重要的历史事件,但是由于《春秋》原文的记载过于简略,很多历史事件的来龙去脉讲得不是很清楚,所以就需要对它进行内容的阐释和增补。后来,有很多人都对《春秋》作了"传",其中最著名的就是"《春秋》三传":《春秋公羊传》《春秋穀梁传》《春秋左氏传》。在三传之中,《左传》的叙事最为精彩,文学成就最高。

在《春秋》原文的记载中,"庄公十年"里关于那年发生的齐鲁战争,只写了一句话:"春,王正月,公败齐师于长勺。"意思是,鲁庄公十年的春天,庄公(带领军队)在长勺这个地方打败了齐国的军队。而关于这场战争的细节,《春秋》原文里并没有记载。我们要了解这场战争具体的情况,就要参考《左传》里的补充内容,这就是著名的《曹刿论战》。

《曹刿论战》是中学语文课本的必修篇目,是一篇大家都非常熟悉的文章,"肉食者鄙,未能远谋""一鼓作气,再而衰,三而竭"这些成语都出自其中。

我一直有这样一个观点,就是我们的中学语文教材,在文言文作品的挑选上是非常讲究的。能够入选中学语文教材的文言文作品,它们的教育功能,绝不仅仅是文学教育这么简单,而是包含德育、美育,以及高远的政治眼光等多个方面的深广内涵。当然,前提是我们能够真正读懂它们。

《曹刿论战》这篇文章,讲的是鲁庄公十年,也就是公元前684年,在齐国和鲁国之间发生的一场大战。

今天的山东省也被称作齐鲁大地,因为周朝的齐国和鲁国主体的疆域就坐落在山东省境内,所以有些时候我们会直观地觉得齐国和鲁国这两个国家关系好像挺不错,像是兄弟国家的关系。其实没那么简单。

齐国和鲁国都是西周建国时最早分封的诸侯国。齐国的开国君主,是辅佐周文王和周武王推翻商朝的姜尚,也就是明代神魔小说《封神演义》里面的男主角姜子牙的原型。

鲁国的开国君主,也是个了不起的人,他是周武王的弟弟周公旦,也就是我们民间经常说的周公。周公旦在后世有个著名的粉丝,就是孔子。孔子晚年伤心地说:"甚矣吾衰也!久矣吾不复梦见周公。"(《论语·述而》)意思是,我真是太老了,身体衰弱到晚上做梦好久都梦不到周公了。

孔子之所以如此推崇周公旦,是因为周公在历史上有许多重大的功绩:

第一,辅佐周武王推翻了商朝,是西周的开国重臣。

第二,西周建立后不久,周武王去世,周公旦尽心辅佐年幼的周成王,摄政监国,率军平叛,并在周成王成年之后奉还国政。

第三,兴建雒邑,也就是后来的洛阳。周人原本兴起于岐山周原(今陕西宝鸡),灭商之后建立的首都是丰京和镐京(今陕西西安)。雒邑是关中平原经崤函古道东出中原的重要桥头堡,战略意义十分重要。

第四,周公旦受封于鲁国,是鲁国的开国君主。齐国和鲁国的地理位置在胶东半岛,是周朝建立之初,中央力量勉强可以辐射到的大陆最东端,原先在这里生活的都是土著野人,被称为东夷。

周天子之所以把齐国和鲁国分封给姜尚和周公旦这两位开国重臣，其实就是倚仗他们的能力去开拓东方，带有拓荒的性质。《千字文》里有两句话，叫作"奄宅曲阜，微旦孰营"，意思是去东方拓荒，经营建设曲阜（鲁国首都）这种艰难的事情，除了周公旦以外，还有什么人能够做得到呢？

第五，周公旦还是周朝礼乐制度的开创者。孔子毕生的理想是努力使周礼复行于天下，孔子心心念念的周礼，就是由周公旦开创的。

齐国和鲁国这两个国家，在周朝都属于老牌诸侯国，建国早，而且都是在艰苦的环境中建设起来的大国和强国。到了春秋时代，这两个国家之间爆发过很多次大战。在今天的山东省济南市到淄博市之间的郊外，还保留有春秋时代齐国修建的长城遗址。这座齐长城就是齐国修建来防御鲁国进攻的，它是中国历史上最古老的长城，比后来的赵长城、秦长城还要早几百年。

《曹刿论战》所描述的这场齐鲁大战，和齐国历史上著名的国君，也是"春秋五霸"的第一位——齐桓公有很大的关系。齐桓公名小白，在即位国君之前和他的哥哥公子纠都流落在国外。小白流落在莒国，公子纠流落在鲁国。这两兄弟为了争夺国君之位展开了长时间的生死搏杀，而鲁国是支持公子纠一方的。后来小白回齐国即位，在成为齐桓公之后的第二年，就发动了对鲁国的报复性进攻。

齐国修建长城防御鲁国，一般认为始于齐桓公时代（公元前685～前643年在位）。从绵延数百里的齐长城可以看得出来，齐国和鲁国在春秋时代，战争打得非常惨烈。

《曹刿论战》这篇文章全文只有三百来字，但是信息含量非常密集，行文紧凑，层次分明，布局跌宕，用极短的篇幅写出了一场惊心动魄的战争，同时人物刻画生动细腻，代表着中国古代叙事散文的最高水平。这篇文章我们在中学阶段学过，不过我还是要不嫌累赘地再对它逐字逐句梳理一遍。

十年春，齐师伐我。

鲁庄公十年的春天，齐国的军队前来攻打我们（鲁国）。

这里需要补充说明一下，在齐桓公即位的那一年，也就是鲁庄公九年，鲁国派兵护送公子纠回齐国争夺国君之位，在齐国的乾时（今山东桓台）打过一仗。鲁军大败，被逐出齐国境内。第二年，即位不久的齐桓公对鲁国发兵，大军压境，鲁国形势十分危急。

公将战，曹刿请见。

鲁庄公准备组织军队迎敌作战，有个叫曹刿的人请求面见鲁庄公。

这句话里面，"公将战"这短短的三个字，我认为是蕴含深意的。面对邻国的军事进攻，奋起反抗、正面迎敌似乎是理所应当的事情。而《左传》中特别写出"公将战"，隐隐表达出一个意思——应敌作战，可能是庄公深思熟虑之后才做出的决定。我这样猜测，是因为从曹刿和庄公的对话可以看得出来，鲁国实际上并没有完全做好战争的准备，同时，由于前一年鲁国对齐国刚刚战败，做出正面迎敌的决定也是很需要勇气的一件事情。

其乡人曰："肉食者谋之，又何间焉？"刿曰："肉食者鄙，未能远谋。"乃入见。

曹刿的同乡对他说："打仗这种事情自然有那些贵族、大臣去操心谋划，你去瞎掺和什么呢？"曹刿说："那些贵族、大臣见识鄙陋，不能做出长远的规划。"于是曹刿就进入王宫面见鲁庄公。

曹刿说"肉食者鄙，未能远谋"，这话相当有气魄。那些沉溺于声色享乐的腐朽贵族，由于长期脱离真实的生活实践，精神散逸，智术短浅，根本没有能力负担起国家大事，而身居下位者却拥有对时局的清醒认识以及担负国家兴亡的勇气和能力。曹刿的这种精神发展到后来，既是顾炎武所说的"天下兴亡，匹夫有责"，也是毛泽东所说的"卑贱者最聪明，高贵者最愚蠢"，是中国优秀传统文化的代表。

问："何以战？"公曰："衣食所安，弗敢专也，必以分人。"对曰："小惠未遍，民弗从也。"

他问鲁庄公："你凭借什么来和齐国军队作战？"鲁庄公说："衣服、食物这些日常用到的东西，我从来不敢独自享用，一定会分给身边的贵族、大臣。"曹刿说："你的这些小恩小惠只能给到身边有限的几个人,并没有让老百姓普遍地享用到,老百姓是不会跟从你的。"

鲁庄公回答曹刿的第一个问题,站在普通人的角度是很令人惊奇的。曹刿问他"凭借什么来和齐国军队作战",我们一般人可能马上想到的是有多少武装力量,放在今天的话,就是有多少航母,多少五代战斗机,多少导弹……但是鲁庄公回答的是,我对身边的大臣都很好,言下之意是,鲁国的高层政治集团都会支持我的决定。

应该说,这并不是一个愚蠢的回答。鲁庄公对曹刿的回答,已经站到了一个比较高的层面,他认为国家高层政治集团的团结,是战争的决定性因素,是他赖以凭借的核心力量。这就已经跳出了战争的技术层面,上升到了战争背后的内政层面。

但是曹刿对鲁庄公的回答并不满意。他指出了战争中更深一层的因素,那就是全国百姓是否齐心、是否支持。我们也可以由此看出,这次齐鲁大战不是一次简单的边境冲突,而是需要全民动员的举国之战。

面对曹刿的反驳,鲁庄公显然意识到自己在这个备战的核心问题上并没有拿到主动权,于是他马上给自己找了另外一个有利因素——

公曰:"牺牲玉帛,弗敢加也,必以信。"对曰:"小信未孚,神弗福也。"

鲁庄公接着说:"祭祀神明用的牛羊、玉器和丝织品,我从来不敢短斤缺两，虚报夸大，对神明一定忠诚守信。"曹刿说："这些不过是小小的信用，不值得取信于神明，神明也不会因此赐福保佑你。"

前面说到，在造福百姓这个问题上，鲁庄公已经意识到自己有很大的短板，能不能动员全国百姓团结一致抵御外侮，他心里是没有把握的。所以他马上想到另一件事，就是自己祭祀神明的时候一直都很舍得，所以自己必将获得神明的庇佑，获得战争的胜利。

我们现代人看这个说法可能会觉得很迷信，但是在古代，尤其是先秦时期，祭祀是非常重要的事情。《左传》里有一句话："国之大事，在祀与戎。"意思是对于一个国家来说，最重大的事情就是祭祀和战争。鲁国是礼仪之邦，在举行祭祀这种礼制化的活动方面肯定比较发达。

但这个说法再一次遭到了曹刿的否定。曹刿表面上说这些小小信用难以得到神明的赐福，实际上是委婉而又一针见血地指出了这样一个道理：这些形式化的表面功夫，其实对战争的胜利毫无作用。这是非常务实的见解，同时，再一次在观念上逼问鲁庄公：你究竟有没有把握动员全国力量，这才是最关键的问题。

公曰："小大之狱，虽不能察，必以情。"对曰："忠之属也，可以一战。战则请从。"

鲁庄公说："我处理的大大小小的案件，虽然不敢说每一件都明察秋毫，但总是尽可能做到判决合情合理。"曹刿说："这才是尽了君主的职分,就凭这个可以和齐军一战。如果和齐军开战,请带着我一起去。"

曹刿去见鲁庄公,和庄公之间三问三答,问和答都非常精彩。曹刿一抛出"何以战"的核心问题,鲁庄公马上就明白,这是关于鲁国内部力量是否凝聚的问题。他第一次的回答,意思是团结了政治高层;第二次的回答,意思是自信能够得到神明的庇佑。这两次回答,都回避了国家最主要的力量——举国百姓的认同度的问题。曹刿对鲁庄公的两次否定,实际上是在迫使他回到最核心的问题上来。

最后,鲁庄公终于说出了直指核心的回答,在涉及老百姓利益的诉讼案件方面,自己做得还是问心无愧的。前面两次讲到的,给高层贵族恩惠也好,给神明献祭供品也好,这些都和老百姓没什么关系。由此可见鲁庄公在造福百姓这个方面做得还不够,他本人对此也心知肚明。

虽然造福百姓甚少,但鲁庄公也不至于是个暴君、昏君,他对待百姓还是有坚持原则的一面,至少在一定程度上能够保证社会的公平公正,这是一个国家能够形成凝聚力的关键所在。曹刿通过连续追问的方式,帮助鲁庄公在观念上梳理清楚了什么才是鲁国真正拥有的、最扎实的战争本钱。

所以讲到这里,曹刿才放下心告诉鲁庄公"可以一战"。不过,目前毕竟只是做好了战争的准备,真正的战斗还没有打响,他要跟随鲁庄公去参战,并且全程指导战斗。

公与之乘,战于长勺。公将鼓之。刿曰:"未可。"齐人三鼓。

刿曰："可矣！"

鲁庄公带着曹刿乘坐着同一辆战车去参战，和齐国军队在长勺相遇。鲁庄公准备击鼓，发动进军的指令，曹刿说："等一等，还没到时候。"等到齐国军队三次击鼓之后，曹刿才说："现在我们可以击鼓了！"

这个部分讲的是曹刿对战争的战术层面的指导。曹刿提出的战术策略，简单来说，就是对齐军避其锋芒，后发制人。此时的齐国国力和军力都要强于鲁国，而且是抱着复仇的心态前来进攻，可谓来势汹汹。所以我们要搞明白，曹刿是在这种特定的情况下提出了针对性的战术策略，麻痹敌人，自己则集中力量一鼓作气，一击制胜。

齐师败绩。公将驰之。刿曰："未可。"下视其辙，登轼而望之，曰："可矣。"遂逐齐师。

齐国的军队最终被鲁国军队打败。鲁庄公想要乘胜追击。曹刿说："再等一等。"然后他走到战场上，仔细观察齐军逃跑时战车的车轮在地上留下的痕迹，又登上自己的战车，站在车前的横木上远望敌军逃走的踪迹，最后说："可以追击敌军了。"鲁庄公这才命令鲁军追击齐军。

这部分讲的是曹刿对战术细节的重视。《曹刿论战》这篇文章有一个很有意思的特点，就是它省略了描述战斗的过程。前面讲"齐人三鼓"之后才开始展开攻击，讲的是战斗开始之前的战术准备,这里讲鲁军在获胜之后的追击情况,是主要战斗结束之后的细节操作。中间的战斗过程则完全没有涉及。根据我个人的理解,古人这样写作的原因,可能是为了突出战胜的必然性,就是说只要一方能够在关键的环节做出正确的选择,那么最终取得胜利就是必然的。

这是中国古典史学写作的一个特点,喜欢着力烘托战斗之前的智斗,叙写战斗之后的总结,而对战斗的过程往往一笔带过,甚至根本不写。这一点和西方古典史学的写作手法有很大的不同,如果我们有兴趣去读一读古希腊历史学家修昔底德的《伯罗奔尼撒战争史》,就会发现西方古典历史学家在描述战斗过程这个方面是非常细致的,这也是值得我们今天借鉴融汇的文化优点。

既克,公问其故。对曰:"夫战,勇气也。一鼓作气,再而衰,三而竭。彼竭我盈,故克之。夫大国,难测也,惧有伏焉。吾视其辙乱,望其旗靡,故逐之。"

在最终完全打败了齐军之后,鲁庄公问曹刿为什么要这样指导战斗。曹刿回答说:"打仗这件事,比的就是勇气。第一次击鼓发出战斗指令的时候,士兵们勇气是最旺盛的。第二次击鼓,士兵的勇气就有些衰退了。第三次击鼓,士兵的勇气就已经衰竭,提不起战斗意志了。当齐军(击鼓三次)勇气衰竭的时候,我们才打第一通鼓,士兵们勇气满满,自然就能够打败他们。但是齐国毕竟是一个大国,他们的军事谋略令人难以猜测,我担心他们设下伏兵(诈败引诱我们去追击)。经过仔细观察,我发现他们逃跑时战车在地上的轨迹是混乱的，旗帜也已经倒下了（说明是真的战败逃跑），所以我才决定让我们的军队去追击。"

这部分讲的是曹刿对自己在这场战斗中的战术指导的总结，表现了他胆识谋略过人，同时心思缜密，是非常优秀的军事指挥人才。

《曹刿论战》这篇文章最精彩的地方，在于它揭示了人类历史上国家战争的三个递进的层次因素：民心所向、宏观战术、战术细节。

提到战争，高明的战略家首先会考量的因素是民心所向。只有拥有老百姓的普遍支持，才拥有战争最坚强的后盾。举个现代的例子来说，解放战争时期的淮海战役，国民党方面参战人员的数量远比解放军多，但是时至1948年，国民党人心尽失，所以在战役过程中，无数老百姓冒着生命危险，自发地帮助解放军提供后勤补给。正如陈毅元帅所说："淮海战役的胜利是人民群众用小车推出来的！"

《曹刿论战》在短小的篇幅内不惜笔墨地描写曹刿和鲁庄公的三问三答，就是要烘托"民心所向"这个重要的主题。

在握有民心之后，接下来才是战争的技术层面。曹刿既是战略家，也是一位战术家。他在齐鲁大战中提出宏观战术，指导鲁军以弱胜强，并且在战术细节上极为缜密，实现了有效追击。

可以说，在《左传》的记载中，曹刿在这次齐鲁大战中的表现堪称完美。他以下位之身，不卑不亢地走到君主身边展开劝诫，并且从容自信地指导了这场大国战争，最终获得完全的胜利。《左传》中刻画的曹刿是一个勇气、担当、见识、谋略兼备的光辉人物。同时,也间接刻画了鲁庄公作为君主心胸宽广、知人善用的优秀品格。

《曹刿论战》用短短三百来字的篇幅,向我们阐释了大国争战的三大要素,刻画了曹刿这样一个经典的文学人物,创造了许多流传后世的精彩成语,真不愧是中国文学史上极为出色的散文作品!

辞达

三

《论语》

《论语》二则

孔门弟子编纂

子曰:"周监于二代,郁郁乎文哉,吾从周。"(《论语·八佾》)

子曰:"学而时习之,不亦说乎?有朋自远方来,不亦乐乎?人不知而不愠,不亦君子乎?"(《论语·学而》)

我们都知道《论语》是一部记录孔子和孔门弟子言行的语录体著作。它和《尚书》相同的地方在于都是对话语进行记录整理而成。不同的地方在于,《尚书》记载的都是代表官方的演讲和谈话,言辞比较正式,有一定的篇幅;而《论语》记录的是比较日常的言谈,形式接近口语,相对随意一些,有话则长,无话则短,总体上是以短小的篇幅为主,多数时候短到只有一两句话。

传统的文学教材在谈到先秦诸子散文的时候,往往对《墨子》《庄子》《孟子》《荀子》《吕氏春秋》等书面化和整体化非常成熟的著作关注比较多。这些先秦子书的散文成就确实很高,在谋篇布局、取象譬喻、论证说理等写作方面对后世的影响很大,但我们同时也应该注意,作为语录体的《论语》,除了在思想学

术上的重要地位之外,在文学方面的价值也是非常突出的。宋代文章理论家陈骙有一部著名的散文修辞学著作《文则》,其中谈到:

夫《论语》《(孔子)家语》,皆夫子与当时公卿大夫及群弟子答问之文。然《(孔子)家语》颇有浮辞衍说,盖出于群弟子共相叙述,加之润色,其才或有优劣,故使然也。若《论语》虽亦出于群弟子所记,疑若已经圣人之手。(宋·陈骙《文则》)

这段话大概的意思是说《论语》写得太好了,好得让人怀疑其中有一些段落不是孔门弟子的记录,而是出自孔子(圣人)自己之手。这个推论应该说没什么依据和道理,因为孔子本人宣称自己"述而不作"(《论语·述而》),就是只讲述前人的学问,而不自己加以发挥创造。加之孔门弟子编写传承《论语》一事有史籍的明文记载,这个案陈骙肯定是翻不动的,但陈骙对《论语》文章学价值的高度赞扬是值得我们注意的。

《论语》里孔子曾经说过这样的话:

子曰:"辞达,而已矣。"(《论语·卫灵公》)

辞的意思是言辞、文辞。这句话的意思是,说话写文章,最重要的是把自己的意思说清楚,让别人听明白、读明白,不需要追求过多的修饰。《论语》在文学上的价值,就是孔子自己提出的"辞达",可以进一步概括为言约义丰、平实厚重,一两句亲切直白的叮嘱,往往包含着让人受用无穷的人生经验和社会哲理,这和其他洋洋洒洒的先秦子书大有不同。打个比方来说，其他的先秦子书，如《墨子》《庄子》《孟子》《荀子》《吕氏春秋》，就像外壳很厚、看起来很漂亮的水果，一层一层剥开，最后吃里面的一点香甜的果肉和果仁；而《论语》像一口洁净的泉眼，永远不紧不慢地流淌着清水，怎么挖都挖不完，无论你什么时候去掬一捧来喝，都是那样解渴驱乏。接着这个比方继续说下去，水果有各种各样的味道，各人的口味不同，喜欢吃的水果就不同，而且各人有各人的体质，有些水果宜多吃，有些水果宜少吃，而清水是人人皆宜的，谁喝都有好处。

近世以来，有一种看法认为《论语》只是一部讲普通人情世故的书，并没有包含什么深刻的道理。目前图书市场上流行的各种现代人对《论语》的解读也大概是把《论语》当作心灵鸡汤来贩卖，这也不能不说是买椟还珠式的盲见。

我在本专题中选讲《论语》中的二则，这二则和《论语》一书的主旨以及孔子思想的精髓有直接的关系。有必要说明，关于用《论语》中的一两句话来说明《论语》全书的主旨，前人各有说法。我心目中20世纪中国顶级的哲学家熊十力先生认为"子在川上曰：'逝者如斯夫，不舍昼夜'"（《论语·子罕》）一句为《论语》的主旨（见熊十力著《读经示要》）。熊十力先生的学生，易学家潘雨廷先生则是从"子曰：'志于道，据于德，依于仁，游于艺'"（《论语·述而》）为切入点去解读《论语》（见张文江编著《潘雨廷先生谈话录》）。熊先生和潘先生在哲学方面的造诣很高，尤其对《周易》有很精深的研究，所以他们对《论语》的解读带有从易学角度切入的倾向性，阐发很精彩，值得学习。

在本专题中选讲《论语》二则是从我自己学习的角度去把握《论语》的主旨，我认为这二则内容对《论语》的主旨概括性很强，同时很能够接通现代精神，是《论语》中值得反复品味的两个段落。

一、一体两面的复古与现实批判

子曰："周监于二代，郁郁乎文哉，吾从周。"（《论语·八佾》）

孔子说："周代的制度兼备夏、商二代的优点，多么璀璨辉煌啊，我遵从周礼。"

毫无疑问，孔子是个坚定的复古主义者，他的毕生追求是令周道复行于东方。这也许是现代人不理解孔子的最重要的原因。现代人心态上总体有一种自信感，相信历史进化论所谓"世道必进，后胜于今"。

让我们撇开各种复杂而绕口的历史学理论、政治学理论和社会学理论之争，先来思考一个很简单的问题：人们在什么情况下会觉得自己过得不好？

这个问题的答案也很简单，人们当然是在比较中发现差距的，而比较又往往是从时间的纵向上展开的：以前过得好，现在过得没那么好。具体地说，比如，以前有饭吃，现在没饭吃；以前日子安定，现在天天打仗；以前夜不闭户，现在道德滑坡……没有以往作为参照，则无法衡量今天的生活质量。所以人们开始发现当下的问题，往往起于和以往的比较。

孔子所处的时代，是中国历史上的春秋时期。周朝的历史分为西周和东周，简单来说，西周是周天子具有高度权威的时期，而东周则是周平王东迁以后，周天子权威瓦解、诸侯国以实力争霸的时期。东周又分为春秋、战国两个阶段，还是用简单的方法来划分，春秋时期各诸侯相对来说还是要讲一点点规矩的，即便是争霸战争也要打上"尊王攘夷"的口号，名义上还是要尊奉周天子为大哥；而到了战国时期就没那么多场面上的讲究了，各国之间赤裸裸地打来打去，周天子形同虚设。所以孔子处在一个原有秩序崩坏的历史时期，孔子毕生的努力名义上是复行周道，实质就是要恢复已经崩坏了的社会秩序；名义上是复古，实质是基于对现实的强烈不满而倡导的社会改革。

要特别注意的是，孔子所谈的复古，并不是一味说要回到过去，越早越好。这一点和后世一谈古制就盲目地说上古三代不同。孔子的复古是有选择的复古，他从实际的文献、证据出发，去研究、考察历史的情况，不是想当然地乱说：

子曰："夏礼，吾能言之，杞不足征也；殷礼，吾能言之，宋不足征也。文献不足故也。足，则吾能征之矣。"（《论语·八佾》）

孔子说："夏朝尽管离今天很遥远了，但夏朝的制度我能够说清楚（是因为我掌握了夏朝的历史文献），夏朝后代的杞国虽然还在，但不足以作证。商朝尽管离今天很遥远了，但它的制度我能够说清楚（是因为我掌握了殷商的历史文献），商朝后代的宋国尽管今天还在，但不足以作证。说不清的原因是历史文献不充足，如果文献充足的话，那么我就能搞清楚它们的制度。"

孔子不仅精研历史，也非常留心学习当下的政治制度：

子禽问于子贡曰："夫子至于是邦也，必闻其政，求之与？抑与之与？"子贡曰："夫子温、良、恭、俭、让以得之。夫子之求之也，其诸异乎人之求之与？"（《论语·学而》）

子禽问子贡说："孔夫子每到一个国家，一定去了解这个国家的政治，是他求别人告诉他的呢？还是别人主动告诉他的呢？"子贡说："夫子具有温和、良善、恭敬、节俭、谦逊五种美德，（使得人们愿意和他交往）从而获得相关的知识。夫子这样的人啊，他求得知识的方法，和别人的方法也不相同吧？"

子入太庙，每事问。或曰："孰谓鄹人之子知礼乎？入太庙，每事问。"子闻之，曰："是礼也。"（《论语·八佾》）

孔子进入太庙，每件事情都发问。有人说："谁说这个鄹人（孔子的父亲叔梁纥）的儿子懂礼呢？一到太庙就到处问东问西的。"孔子听说之后，说："（对不知道的事情谦虚下问）这才是礼啊！"

可见，孔子是一个实事求是、博闻强识的学者，他对历史、社会的研判是建立在客观的证据和广博的见闻基础之上的。他希望社会能够回到周朝（西周）建立的秩序轨道上，而不是回到更加古老的夏、商时代，是因为他通过长期的研究发现，周朝的制度兼具夏、商二代的优点，最完美，最值得遵从。

客观地说，孔子对周朝制度的判断，以及他追求复古的改革方案，从现代的历史学、社会学观念来看，是不大站得住脚的。比如说，孔子看不到东周时期的诸侯混战，本质上是生产力发展、人口增长、疆域扩张等客观因素造成的，而不是简单的道德滑坡——这并不能成为我们小看孔子的原因，须知今人的现代眼光是站在无数代前人的肩膀之上才得以形成的。

孔子最宝贵的不是他留下来的结论，而是他身上那种强烈的现实批判精神和淑世情怀，以及他坚持通过学习、研究的方法来找到重建社会秩序路径的实事求是精神，这些才是留给后人的历久不衰的精神财富。

二、"学而时习之"与儒学真精神

> 子曰："学而时习之，不亦说乎？有朋自远方来，不亦乐乎？人不知而不愠，不亦君子乎？"（《论语·学而》）

这是大家耳熟能详的孔子语录，是《论语》开篇第一章。从浅的角度说，几乎每一个人都知道这段话的字面意思，无非是说学了东西之后反复温习是很值得高兴的事情……大家以前中学学这一段的时候也许就这么噼里啪啦背过去，而对它的深意就没有更多思考了。实际上，这一章的内涵和《论语》、孔子的思想以及整个儒学文化都有非常密切的联系。这一章被置于整部《论语》的开篇，绝不是随意排列的，孔门弟子用孔子说过的最简洁直白的话提纲挈领地点明儒学的精髓。

20世纪中国思想界有一个被激烈讨论的话题,就是中国为何自古以来没有发展出形态很成熟的宗教,像佛教、印度教、犹太教、基督教、伊斯兰教等。大家普遍比较接受的一个观点是,中国虽然没有独立发展出形态成熟的宗教,但是在思想领域,因为我们的儒学非常发达,而且对近两千年来的中国人的思想影响很大,所以儒学在20世纪又被称为儒教,或者叫作孔教。

实际上,儒学和宗教在内核上确实有接近的地方,在接近之中又有分歧。宗教的理论预设是"人"是天生有缺陷的、不完美的,如佛教里讲人有业力,基督教里讲人有原罪,表述不同,实际的意思就是缺陷(包括道德上的、智力上的、生理上的)。宗教的终极追求之一就在于修复"人"的缺陷,使其达到完美。关于这个过程和目标,不同的宗教有自己的方法和手段,比如佛教是通过修行达到觉悟,佛教里有个术语叫作"圆觉",圆就是圆满,没有一点缺陷;基督教则是通过虔信、忏悔等方式,最终使有罪的灵魂进入天堂,那么这个洗清了原罪的灵魂就是圆满的。

儒学同样有"人"的缺陷这个理论预设。比如:

子曰:"吾十有五而志于学,三十而立,四十而不惑,五十而知天命,六十而耳顺,七十而从心所欲,不逾矩。"(《论语·为政》)

这段话我们反过来看,哪怕贤明如孔子这样的人,也存在三十之前未立,四十之前有惑,五十之前不知天命,六十之前未能耳顺，七十之前未能从心所欲于世间规范。这些阶段性的知识或道德障碍，就是人的缺陷。但是儒学在弥补缺陷、追求完美的方面和宗教迥然异趣。

儒学所追求的完美，被称为"至善"。宋代以来的儒家经典《大学》是从《礼记》中单独抽出的一篇，第一句话是："大学之道，在明明德，在亲民，在止于至善。""止于至善"，就是达到完美境界。儒学追求"至善"的手段简单明了，那就是学习，通过学习一切知识和美德懿行来祛除愚昧并完善德行。通过学习来完善自身，至于至善之境，被称为"大学"。这个"大学"不是我们今天所说的高等院校，而是"高境界的学习"的意思，需要和普通的学习区分开来。

所以《论语》的第一章以"学"开头，而《论语》通篇是在讲"如何学"和"学什么"。在《论语》中孔子自述自己学而不厌的句子非常多，比如：

子曰："十室之邑，必有忠信如丘者焉，不如丘之好学也。"（《论语·公冶长》）

子曰："默而识之，学而不厌，诲人不倦，何有于我哉！"（《论语·述而》）

子曰："我非生而知之者，好古，敏以求之者也。"（《论语·述而》）

子曰："学如不及，犹恐失之。"（《论语·泰伯》）

我前面引述的"十有五而志于学"那段话，也正是孔子一生

学而不厌、追求至善的真实写照。孔子最喜欢的学生是颜回,为什么呢?因为颜回最好学,可惜寿命不长,这让孔子特别痛心:

哀公问:"弟子孰为好学?"孔子对曰:"有颜回者好学,不迁怒,不贰过,不幸短命死矣!今也则亡,未闻好学者也。"(《论语·雍也》)

我们可以回想一下中国历代的儒士、儒生,他们有一个共同的特点,那就是在知识上都具有相当丰富的储备。中国古代的知识分子、学者不一定是儒士,比如东晋的葛洪是道教学者,唐代的玄奘是佛教善知识,但儒士一定是学者,没有知识的人绝不可能被称为儒士,这一点简直举不出反例来。其原因就在于学习知识是儒学追求完美的重要手段,这和佛教徒通过念佛(尤其净土宗)或基督教徒通过祷告等方式来追求完美是不同的。

明白了"学"的重要性之后,其次就要明确"学"的方法。孔子提出的方法也很简明,"时习之",经常练习,经常温习。"习"字的本义是小鸟很不熟练地扇动翅膀,练习飞翔,引申开就是练习的意思。BBC(英国广播公司)拍过一部很精彩的纪录片《冰冻星球》,其中有一段拍初生的信天翁练习使用翅膀飞翔,开始很笨拙,很不熟练,后来慢慢熟练起来,最后一个镜头是信天翁从高高的山崖跳下,展翅飞向大海,让人印象深刻。这个片段对"习"的描述很直观,练习,就是把所学的理论上的东西通过反复尝试,融入实践,也是把观念融入自己的本能当中去。

我们如果有真正学习一样东西的经验就非常容易理解了,比如，学习打球、弹琴、绘画等，我们总是先从老师那里学到一定的概念，然后在反复实践中把这些概念转化为实际操作。学习具体的技能是这样，学习道德同样如此，孔门弟子曾子就说过：

吾日三省吾身：为人谋而不忠乎？与朋友交而不信乎？传不习乎？（《论语·学而》）

曾子为什么要每天三次反省自己呢？其实这是一种练习的方式，他已经学习过并且知道"为人谋而忠""与朋友交而信""传而习"是良好的道德习惯，但是也许有点担心自己做不到，所以每天都要提醒自己。就好像一个学习弹琴而技法未精的人怕自己忘记指法，要时不时刻意地提醒自己。

通过学来实现自我完善，通过习来深入、达成学的目的，这个过程中还有一个重要的元素——说（悦），就是欣悦、愉悦、快乐，就是孔子所说"不亦说乎"。我们前面讲到过，儒学不是宗教，却是一门深具宗教情怀的学说。真正受到宗教情怀滋养的人，内心是愉悦和快乐的，所以我们看《论语》里有很多地方提到快乐，比如：

子曰："贤哉，回也！一箪食，一瓢饮，在陋巷，人不堪其忧，回也不改其乐。贤哉，回也！"（《论语·雍也》）

子曰："饭疏食饮水，曲肱而枕之，乐亦在其中矣。"（《论语·述而》）

子曰："（孔子）其为人也，发愤忘食，乐以忘忧，不知老

之将至云尔。"(《论语·述而》)

我们看,无论是生活环境的艰苦,还是生理衰老的悲哀,都不能影响孔子和他的弟子的快乐,原因就在于以孔子为代表的儒家信徒始终沐浴在追求完美、止于至善的宗教情怀之中。所以学习这件事对于儒家的信徒而言,就好比西藏的佛教徒一步一拜磕长头去朝圣,磕得手脚长茧、头破血流,旁人看起来辛苦,吃力不讨好,朝圣者自己的内心却是幸福和愉悦的。当然,这并不是说儒学的这种信仰是所有人应该绝对奉行的,也有人不相信学习可以成为达成完美的手段。庄子就提出:

吾生也有涯,而知也无涯,以有涯随无涯,殆已。(《庄子·养生主》)

人的生命是有限的,但知识是无穷无尽的,用有限的生命去追求无限的知识,这太危险了。

这句话里的"殆"和《论语》里"思而不学则殆"的"殆"是同一个意思,字面意思是危险。为什么危险呢?因为走错路了!从这里就能看出孔子和庄子在思想上的一个分水岭,孔子思想的大前提是终身学习,在这个大前提下你的学习方法不对,那是走错了路,而庄子则认为用毕生去追求知识本身就是一条错路。

再如《红楼梦》里有一个情节,贾政要贾宝玉以《论语》里的"十五有志于学"为题作文章,贾宝玉提笔就来:"夫不志于学,人之常也;圣人十五而志之,不亦难乎。"不喜欢学习,不以学业为志向，我想贾宝玉这句话真是说到了多数人的心坎上。读过《红楼梦》的人都知道，《红楼梦》一开头专门写了一个跛脚道人和一个癞头和尚，象征着这部小说从精神上讲有道家的东西也有佛教的东西，却偏没有儒家的味道，所以主人公贾宝玉"不志于学"是必然的。

贾宝玉这个公子哥儿有很多可爱的地方，他怜香惜玉，看到水一般的姐姐妹妹就发自内心地高兴，对高格调的文化品位有积极的追求，但他的快乐之中绝不包含学习之乐，所以他尽可以是一个情种、一个艺术家，最后成为一个佛教徒，但绝不可能成为一个儒者。

近些年随着国学热的兴起，好像社会上流行着谈论儒家、谈论《论语》的时尚，同时还伴随着一些社会活动的开展，比如穿汉服、祭拜孔子等。但衡量一个人是不是儒家思想的信徒，其实标准并不在于他穿什么衣服，会不会背《论语》，拜不拜孔子……我们只要简单地看一个人是否践行了"学而时习之，不亦说乎"的宗旨，即是否以通过学习来完善自身为毕生的追求，并真实地乐在其中，便可以立刻判断他是不是真的儒家信徒。不管学的是理工、经济、法律、历史……只要一个人热爱学习，并且真正乐在其中，他就能够成为一个和孔子一样的真正的儒者。

美国耶鲁大学前校长小贝诺·C.施密德特在1987年耶鲁大学迎新典礼上的演讲中说过这样一段话："在任何一所大学，只要为知识而忠于知识的思想占支配地位，对真理，或者至少是对近似真理的无止境追求便价值无上。"尽管有中西、古今之别，但我们以"学而时习之，不亦说乎"的内涵作为标准，则完全有理由说，这位美国的校长先生所表达的教育理念和孔子是古今中外相通的。

"学而时习之，不亦说乎"的后面紧接着说："有朋自远方来，不亦乐乎？人不知而不愠，不亦君子乎？"后面两句话和前面一句话，它们之间是有关联性的。如果我们以前对"学而时习之，不亦说乎"的意思不够了解，那么很有可能也就不明白为什么后面会跟着说这样两句话。

我们今天的"朋友"概念比较宽泛，好像在一起有过交往的人都泛称"朋友"，但是古人说"朋友"的意思是比较严格的，叫作"同师曰朋，同志曰友"，意思是在同一个老师门下受业的叫作"朋"，具有相同志向和志趣的叫作"友"。总体来说，古人所说的朋友是在学业上有同样的追求、在想法上有共同点的人。

那么和孔子在学业上有同样的追求、在想法上有共同点的是什么人呢？就是我们前面讲到的，能够"学而时习之，不亦说乎"的真正的儒家信徒。这样的人从古至今都非常少，今天的人多数不爱学习，以前的人也多数不爱学习，更不要说以学习为建立信仰的方法。

如果我们去读一读孔子以及孔门弟子的一些材料，比如《史记》里的《孔子世家》《仲尼弟子列传》《孟子荀卿列传》等，就会发现以孔子和孔门弟子为代表的儒家信徒，他们的生活总体上是比较边缘化、比较不受人理解的，重要的原因之一就是贾宝玉说的"夫不志于学，人之常也"。所以，孔子和孔门弟子的身边总是围绕着与他们志趣毫不相同且不理解他们的人，有时难得碰见一个志趣相投的人，往往是来自遥远的他方，这个时候，就会激发出非常罕有的相互认同的情感,不亦乐乎。

"人不知而不愠",这里的"不知"是"不知我"的省略,意思是别人不理解我,但我并不因此不高兴。这个"愠"字用我们今天流行的词语来说就是"郁闷",指暗暗不高兴。

当时作为少数派、边缘群体的儒家信徒,无论是在政治上、学术上,还是在生活上,时刻面临着别人的误解和严厉的批评,被普遍认为是迂腐、滑稽之徒。比如和孔子同时的齐国著名政治家、我们熟知的"晏子使楚"的主人公晏婴就曾严厉地攻击过儒家和孔子:

夫儒者滑稽而不可轨法;倨傲自顺,不可以为下;崇丧遂哀,破产厚葬,不可以为俗;游说乞贷,不可以为国。自大贤之息,周室既衰,礼乐缺有间。今孔子盛容饰,繁登降之礼,趋详之节,累世不能殚其学,当年不能究其礼。君欲用之以移齐俗,非所以先细民也。(《史记·孔子世家》)

学术方面,以墨子和庄子为代表的先秦思想家对儒家及孔子都有过不同程度的批评,如:

孔某与其门弟子闲坐,曰:"夫舜见瞽叟孰然,此时天下圾乎!周公旦非其人也邪?何为舍其家室而托寓也?"孔某所行,心术所至也。其徒属弟子皆效孔某。子贡、季路辅孔悝乱乎卫,阳货乱乎齐,佛肸以中牟叛,漆雕刑残,莫大焉。夫为弟子后生,其师必修其言,法其行,力不足,知弗及而后已。今孔某之行如此,

儒士则可以疑矣。"(《墨子·非儒下》)

瞿鹊子问乎长梧子曰:"吾闻诸夫子,圣人不从事于务,不就利,不违害,不喜求,不缘道;无谓有谓,有谓无谓,而游乎尘垢之外。夫子以为孟浪之言,而我以为妙道之行也。吾子以为奚若?"长梧子曰:"是黄帝之所听荧也,而丘也何足以知之!"(《庄子·齐物论》)

正是面对普遍的不理解和非难,孔子提出了"人不知而不愠,不亦君子乎"。如果别人不理解我、批评我,我不急于反击别人,或者怀恨在心,甚至连一点郁闷都不要有。为什么呢?因为人的想法、志向和信仰是非常难改变的,所谓:

三军可夺帅也,匹夫不可夺志也。(《论语·子罕》)

三军中最重要的统帅是可以改变的,但改变一个人的志向却很难。所以别人不理解我、批评我,只是因为我们的志向不同,而他们的不理解和批评并不能动摇我坚定的志向和信仰,那还有什么值得不高兴的呢。

实际上,真正坚定的信仰总是保有一种自足的快乐:

孔子曰:"饭疏食饮水,曲肱而枕之,乐亦在其中矣。"(《论语·述而》)

因为孔子终生抱有这样坚定的信念和自足的快乐,所以才会无惧生活的贫寒艰辛,无惧他人的误解。不为所动地保持自我,同时又不因为与众不同而怨恨他人,这是中国古人至高的勇气。

安逸

四

《庄子》

庄子·逍遥游（节录）

北冥有鱼，其名为鲲。鲲之大，不知其几千里也。化而为鸟，其名为鹏。鹏之背，不知其几千里也；怒而飞，其翼若垂天之云。是鸟也，海运则将徙于南冥。南冥者，天池也。

《齐谐》者，志怪者也。《谐》之言曰："鹏之徙于南冥也，水击三千里，抟扶摇而上者九万里，去以六月息者也。"野马也，尘埃也，生物之以息相吹也。天之苍苍，其正色邪？其远而无所至极邪？其视下也，亦若是则已矣。

且夫水之积也不厚，则其负大舟也无力。覆杯水于坳堂之上，则芥为之舟，置杯焉则胶，水浅而舟大也。风之积也不厚，则其负大翼也无力。故九万里，则风斯在下矣，而后乃今培风；背负青天，而莫之夭阏者，而后乃今将图南。

蜩与学鸠笑之曰："我决起而飞，抢榆枋而止，时则不至，而控于地而已矣，奚以之九万里而南为？"适莽苍者，三餐而反，腹犹果然；适百里者，宿舂粮；适千里者，三月聚粮。之二虫又何知！小知不及大知，小年不及大年。奚以知其然也？朝菌不知晦朔，蟪蛄不知春秋，此小年也。楚之南有冥灵者，以五百岁为春，五百岁为秋；上古有大椿者，以八千岁为春，八千岁为秋。此大年也。

而彭祖乃今以久特闻，众人匹之，不亦悲乎？

……

故夫知效一官，行比一乡，德合一君，而征一国者，其自视也，亦若此矣。

……

惠子谓庄子曰："吾有大树，人谓之樗。其大本拥肿而不中绳墨，其小枝卷曲而不中规矩。立之涂，匠人不顾。今子之言，大而无用，众所同去也。"庄子曰："子独不见狸狌乎？卑身而伏，以候敖者；东西跳梁，不辟高下；中于机辟，死于罔罟。今夫斄牛，其大若垂天之云，此能为大矣，而不能执鼠。今子有大树，患其无用，何不树之于无何有之乡，广莫之野，彷徨乎无为其侧，逍遥乎寝卧其下。不夭斤斧，物无害者，无所可用，安所困苦哉！"

庄子·大宗师（节录）

子舆与子桑友，而霖雨十日。子舆曰："子桑殆病矣！"裹饭而往食之。至子桑之门，则若歌若哭，鼓琴曰："父邪？母邪？天乎？人乎？"有不任其声而趋举其诗焉。子舆入，曰："子之歌诗，何故若是？"曰："吾思夫使我至此极者而弗得也。父母岂欲吾贫哉？天无私覆，地无私载，天地岂私贫我哉？求其为之者而不得也。然而至此极者，命也夫！"

中国古人的书，有的篇幅短、意思长，如《春秋》和《论语》，这样的著作，一字一句背后都富含着值得深入钻研的深意。另外有一些书，篇幅长，意思却相对短，多数先秦子书都是这样，《庄子》是其中一个代表。我并不是说《庄子》这部书不精彩，或者说水平不高。《庄子》是一部非常精彩的书，它在文学想象、取类譬喻等方面非常精彩，这一点毋庸置疑，而一部书的内涵容量，则是另一个问题。关于读书，传统上有一种说法叫作把"薄书读厚，厚书读薄"，这是很考读书功夫的事情，第一重关隘就是要搞清楚哪些书应该往厚里读，哪些书应该往薄里读。在我看来，《庄子》就是应该往薄的、轻盈的路子上去读，像经史家那种字字研读的方法并不适合《庄子》。好比走路，该轻轻跃过的地方要是重重一脚踩下去，踏了空，说不定就会崴脚。

关于《庄子》，我有很多回忆忍不住要说说。

我最早接触《庄子》，是中学的时候读流沙河先生的《庄子现代版》。我读中学时登门拜访过流沙河先生，他是一个很有四川人那种谐趣的老顽童，所以他写的《庄子现代版》不是逐字逐句这样翻译下来的，很多时候采用了意译，很口语化，让人一读就懂，其中还巧妙地塞入了一些四川方言和现代笑话进去，读起来趣味横生。现在回想起来，在亦庄亦谐这个方面，流沙河先生和庄子是共通的———他对文化创造很认真，对待生活又充满了幽默感。这种性情投射到他的阅读上，让他的庄子解读非常轻盈，一点也没有呆板劲，看似通俗，又很通透。他的《庄子现代版》，现在看回去也不失为一部很好的《庄子》注本。

上大学后第一次正儿八经读完《庄子》，读的是陈鼓应老师的《庄子今注今译》。这本书是当时上中国文学批评史课的彭玉平教授推荐给我们的。这是从专业的角度来说非常清晰、简明，易于入门的读本。

有一年我回四川老家过暑假，我父亲的至交好友，深居雅安汉源的易学家李明山伯父来我家做客。闲聊间他知道那时我痴迷读《庄子》，于是他告诉我，如果想深入一点的话，应该读晚清郭庆藩的《庄子集释》。他还专门去书店买了这套书送给我。那是中华书局出版的厚厚四卷本，我至今珍藏在书柜里。这套注本的好处是对各家解释收录得很充分，其中向秀、郭象的一些解法令我大开眼界。那也是我比较早接触魏晋思想的一个途径。

顺着郭庆藩的《庄子集释》，我又读了王先谦的《庄子集解》，但我现在却记不起王先谦这个注本里面具体的内容，只记得听很多老师说他的注本简明精当。王先谦是经史学家，也许他那种一板一眼注《庄子》的法子实在不对我的脾胃吧。

读研究生的时候接触了一点粗浅的文史研究方法，了解了接受史对文本的再创造意义，就去读方勇教授撰写的《庄子学史》。后来又拜读了方勇教授其他关于《庄子》的文章和讲稿，我记得他提到《庄子》里面有四篇提纲挈领的篇目，分别是：《逍遥游》、《齐物论》（内篇）、《秋水》（外篇）、《天下》（杂篇）。这是非常精准的看法。《庄子》一书共三十三篇，分为内篇七篇、外篇十五篇和杂篇十一篇。内篇一般认为是庄子本人写成，外篇被认为是庄子门人的手笔，杂篇则混入了诸子各家的成分。全书内容驳杂，不容易"囫囵吞枣"，但抓住了以上提到的四篇，就好像拿到了解开《庄子》的钥匙。《逍遥游》和《齐物论》是《庄子》一书的理论核心，在逻辑思路上相互关联，曾有文献家提出过这两篇在早期实际上本来是一篇的观点。《庄子》中的其他篇目都是由此二篇衍生而出，把握了《逍遥游》和《齐物论》，就有足够的理论储备去理解《庄子》全书。《秋水》在思想上并没有什么超出《逍遥游》和《齐物论》的内容，但是它的场景恢宏、譬喻精彩，代表着《庄子》一书的文学水准，也很值得一读。《天下》是《庄子》的最后一篇，是带有思想史论性质的论述，其端正认真、条分缕析的行文风格，和庄子那种诙谐狡黠的气质不尽相同，这一篇对先秦诸子各派的思想做了比较详细的述评，具有较高的学术价值，适合文史素养较高的读者研究学习。

学习《庄子》最受震撼的一次经历，是读研究生的时候去全程旁听了林岗教授给文艺学专业的学生上的《庄子》导读课（我读的是古代文学专业）。林岗教授是我心目中当代中国第一流的思想者，也是我心目中当代文科学界的标杆。他知识渊博，思想厚重而锐利，是一位兼具现代思想和古典情怀的文史学者。我在读本科的时候旁听他的公选课西方美术史（因为太过火爆没能选上），就成了他的铁杆粉丝，至今仍然是。我在旁听他这门课之前，只是被他的传奇经历和人格魅力所吸引，当时我甚至一度自负地以为，以我自己对《庄子》的理解，他的课也未必能带给我多少新东西。结果没有想到在课堂上完全被他折服了。林老师上课用的是《庄子鬳斋口义校注》，著者是宋代的林希逸，校注者是周启成。他在课上讲了一些林本的意思，但更多是自己的发挥，精彩之处不胜枚举。我印象最深的两点是：第一，庄子的思想并不是一成不变，而是有变化的。年龄和经历都会在很大程度上给人带来改变，思想家也不例外。我们可以从《庄子》这部书里梳理出他的一些变化，哪怕仅仅从内七篇里去找。第二，庄子的思想到后期，和孔子晚年的很多思想是有交集的——这是令我最意外的一点。林老师的课带给我最大的启发是，不要仅仅从纸面上呆板地去理解思想家和文学家，要多结合真切的人生经历去找答案。

我最后并没有选择《庄子》作为自己的研究方向，后来对《庄子》的专门学习也就不太多了。之后对《庄子》还有较深印象的学习经历是读张文江老师编写的《潘雨廷先生谈话录》，里面有一些涉及《庄子》的内容，也是闻所未闻，非常新鲜。

每每回想自己学习《庄子》的经历，常有今是而昨非的感慨。我慢慢发现，人在很年轻、缺乏切实生活阅历的时候痴迷读《庄子》，也许未必是一件好事。我并不是说《庄子》这部书不好，也不是说它本身的价值观念有什么问题。我认为《庄子》在思想上最大的贡献，是解构固化的世俗价值观念，比如无意义的竞争焦灼、盲目的自负或自卑等。这可以在很大程度上帮助我们解放思想，开拓胸襟。同时，这也不是一件容易做到的事情。但是由于《庄子》的文学表达能力异常强大，它通过大量使用比喻、寓言等非常规手法精彩地实现了难以言传的表达目的。

《庄子》没有告诉读者"娜拉出走后怎样"的答案，即，当我们突破了固化的世俗价值观念之后，要做什么，要怎么做。这当然不是《庄子》这部书的问题，它没有义务解答这个问题，因为这个问题的答案不知凡几。但人在没有切实的生活阅历给人生打底子的时候，就很容易从滞重执着走向空疏虚无。

比如说，我在和年轻的学生交流《庄子》的时候，学生们经常会说类似这样的话：庄子就是教人要跳出世俗的规范，去追求更高的层次和境界。这个时候我就会问：什么是更高的层次和境界？有些学生回答说：就是要把自己和自然万物融为一体。我问：你的意思是要炼仙丹吃仙丹，搞白日飞升那一套吗？有些学生回答说：也不一定要搞玄学的那套东西，反正不要在意世俗的名和利，就是要做自己喜欢的事情。我问：那你指望谁来供养你的日常消费？你是要啃老还是做三和大神？……

经过多次的来回问答之后，学生始终回答不出这个问题：当我们在《庄子》的带领下突破了固化的世俗价值观念之后，要追求的究竟是什么。

因为答案并没有写在《庄子》这部书里。真实的答案存在于真实的人生之中。突破固化的世俗价值观念之后的新价值，只能在切实的人生中去追寻。读懂《庄子》是人生新征程的起点，新长征路上的摇滚徐徐响起前奏，未来仍然是一个从南走到北，从白走到黑的求索历程。

《庄子》里面有很多阅读上的障眼法，它写了很多飞来飞去的神仙，但实际上却高度关怀现世（这一点后面我还会重点讲到）。庄子字面上宣称读书学习没什么用处，读书越多越危险（"吾生也有涯，而知也无涯，以有涯随无涯，殆已。已而为知者，殆而已矣！"《庄子·养生主》），但实际上他自己是个博古通今的大学问家（"其学无所不窥"《史记·老子韩非列传》）。

荀子对庄子曾有过严厉的批评：

庄子蔽于天而不知人。（《荀子·解蔽》）

有学生对我说：荀子是儒家学派的人物，所以他理解不了道家的庄子。我说：你错了，荀子确实不理解庄子，但他的误解恰恰在于他把庄子当成一个老聃式的道家人物，没有看到庄子的思想深处有和儒家高度融合的地方。庄子并非"不知人"，恰恰相反，庄子是深刻的知人论世者，只不过他采取了以天道喻人道的方式来进行表达，很容易把读者骗到。这是当年林岗老师教给我的思路，现在我结合自己的理解来告诉大家。

《庄子》至今仍然是我的案头读物，但现在的我读《庄子》和年轻时的感受不太一样。我会被它深深打动的地方，不再是那些恣肆汪洋的譬喻和想象，不再是那些放浪形骸的满不在乎，而往往在一疏一饭之间，在一哭一笑之间，在真实的人生困顿与矛盾之间。

《逍遥游》是大家在中学语文课程中学习过的篇章，可以说是中国学生很熟悉的一篇文言文。这里还是梳理下节录部分的译文。

北方的大海里有一种鱼叫作鲲。鲲的身体硕大，无法估量有几千里。鲲有时变化为鸟，叫作鹏。鹏的背展，不知道长到几千里；当它奋起而飞的时候，那展开的双翅就像遮蔽天空的硕大云彩。这只大鹏鸟，随着海上汹涌的波涛迁徙到南方的大海。南方的大海叫作天池。

《齐谐》是一部专门记载怪异事情的书。这本书记载："鹏鸟迁徙到南方大海的过程中，翅膀拍击水面激起水花，波及数千里远，它凭借翼下扇起的巨风直上九万里的高空，一直飞了六个月才停息。"原野山泽中的雾气，空气中的尘埃，都是大自然中生物用气息相吹拂的结果。天色深青，那是天空真正的颜色呢，还是因为它高旷辽远、没有边际（而显现出的状态）呢？大鹏鸟在高空俯视下方看到的情景和生物从地下仰视苍天的情景应该是一样的吧。

水如果汇积不深，它浮载大船就没有力量。倒杯水在小坑里，那么小小的芥草（浮在上面）就成为一只小船，但如果放一个杯子在上面就会搁浅，这是因为水太浅而船大。如果（大鹏鸟翅膀下的）风聚积得不够雄厚，那么它托负巨大翅膀的力量便不够。大鹏鸟能够一飞九万里，正是凭借了巨风的承载，然后才乘风而飞；背负青天而没有什么力量能够阻遏它了，然后才准备飞到南方去。

（地上的）蝉向小斑鸠笑话大鹏鸟说："我（从地面）奋力飞起，碰到树木就停下来，有些时候（没飞到那么高）没碰到树就掉到地上了，（大鹏鸟）飞那么高那么远有什么用呢？"去郊外的人，带着当天吃的三餐食物去就可以了，回来的时候肚子还是饱的；去到百里之外的人，就得连夜舂米准备干粮；去到千里之外的人，光是准备食物就要准备三个月。这两只小虫又知道些什么！小智慧比不上大智慧，短命的生物比不上长寿的生物。何以见得呢？有些菌类的生命很短，早上才出生，还没见识过晚上就结束了；只有几个月寿命的寒蝉，不知道一年的时光，这就是短命的生物。楚国的南方有一种大树，它把五百年当作一个春季，五百年当作一个秋季；上古时代有一种树叫作大椿，它把八千年当作一个春季，八千年当作一个秋季。这就是长寿的生物。可是（传说活了八百年的）彭祖到如今还是以年寿长久而闻名于世，人们都追求和他一样长寿,多么可悲可叹!

……

所以那些才智足以胜任一个官职、善行能联合一乡的人,道德能使国君感到满意、能力足以取信一国之人的人,他们看待自己的眼光也是像蝉和小斑鸠这样的吧。

……

惠子对庄子说:"我有一棵大树,人们把它叫作樗。树干的部分长得臃肿肥大,树枝的部分长得弯弯曲曲,一点也不直。它长在路边,木匠都不看它一眼。现在你所提出的思想学说,就像这棵樗树一样大而无用,大家都不相信你。"庄子说:"你难道没有见过野猫和黄鼠狼吗?它们压低身子潜伏起来,等待过往的小动物;它们抓捕猎物的时候上下四周到处跳,一旦踩中了捕兽的机关,就只能死在落网之中。你再看那牦牛,它们体形硕大(不会中机关),但(由于身体笨重)没法抓老鼠。现在你有一棵大树,担心它没有用处,为什么不把它种在没有人烟的旷野郊外,(你就可以)整天自由自在地在它的旁边走来走去,躺着休息。这样一来它不会遭到斧头的砍伐,也没有什么东西会伤害到它。它正因为无所用处,反而才不会有困苦啊!"

按照大家以往的印象,"逍遥游"好像是指无所依赖地、绝对自由地遨游于宇宙天地间。《逍遥游》开篇前两段描写了一只由巨鱼变化而来的大鹏鸟,它身体硕大、能力出众,能够展翅高飞、俯瞰众生,令人神往。在这样浪漫的笔调下,人们常常会忽略文意转关之处。实际上,在描写大鹏鸟之后紧接的一段"且夫水之积也不厚,则其负大舟也无力……"才是《逍遥游》理论的核心所在。这一段文字尽管仍然采用了譬喻的写作手法,但行文不像开头两段那么气势恢宏、想象舒张,是读者经常忽略的重点段落。

这段文字表达了什么意思呢?实际上,庄子的这一段文字相当于给前面热气腾腾的宏大场景浇了点冷水,他要说的主要意思是:任何事物所展现出的状态、属性都不是孤立存在的,而是直接取决于事物所处的环境和事物周围的条件。他用比喻的方式说到,如果要让大船有力地航行,那么一定要具有相当深厚的水文条件;否则大船再大,它本身的条件再好,放到浅水里也会搁浅,无法发挥自身的优势。然后由船和水这样一组比喻对应到大鹏鸟和大鹏鸟的翼下之风,意思就很明白了,前面描述的大鹏鸟有种种惊人之举,实际上是因为它处于适合其才性发挥的环境之中,缺少了相适应的环境和条件,大鹏鸟不可能展翅高飞。

《逍遥游》这一篇,文字洋洋洒洒,文中不停地变换着喻体,其实说来说去,都是变着花样来说明这样一个道理:真正的逍遥,就是将个体置身于完全适合自身才性的环境之中。我们下面简单梳理一下《逍遥游》里主要涉及的自身与环境相适应的比喻:

鹏鸟——无边的天际、厚重的翼下之风
(作为船的)芥草——倒在小坑里的水
蜩与学鸠(小鸟)——榆树和枋树的枝头到地面
冥灵(南方的大龟)——寿命长达以五百年为一个季节
大椿(传说中的古树)——寿命长达以八千年为一个季节
彭祖(传说中的人间长寿者)——数百年的寿命

列子（传说中的神仙）——御气而行，犹有所待

惠子的超级大瓠（大葫芦）——庄子告诉他尽管这个大葫芦大到不能用作普通的用途，但换个思路可以拿来做船用

惠子的长相奇特的大树——庄子告诉他正是因为这棵大树长相奇特，不能用作普通的木料，才得以免除刀削斧伐，得以全身养命

庄子取类譬喻的本领高超，能够不停换着花样打比方，但实际上这些比喻的意思基本相同，他比喻的本体都是实实在在的社会和人生。他字面上说的是神话里的神鱼神鸟，背后真正想表达的还是现世关怀。这样的见解不完全是庄子的独创。实际上，《论语》里记载的孔子及孔门弟子的对答之中常常贯彻着类似的思想。比如：

有子曰："礼之用，和为贵。先王之道，斯为美，小大由之……"（《论语·学而》）

子曰："君子易事而难说也。说之不以道，不说也；及其使人也，器之……"（《论语·子路》）

"小大由之"，就是根据具体的情况用途可大可小。"器之"，就是将不同才性的人放到适合他们才性的职位上。我在上一章里谈到《论语》的行文特点是言约义丰，确实如此。孔子坚信"辞达而已矣"（《论语·卫灵公》），就是说语言表达以准确传达意思为最高的标准，意思说清楚，就可以了。这在散文上形成了

一种古拙、质朴的行文风格。而庄子则认为"得意忘言"(《庄子·外物》),即主张只要能够传达意思,语言是可以随心所欲进行塑造的工具,所以《庄子》的行文张扬、反复、诡黠、俏皮……以丰富的语言表现能力吸引读者,展现出一种截然不同的风格特征。

《庄子》的诡黠文风在《逍遥游》里非常明显,最突出的地方就在于它通篇都在换着花样讲"小知不及大知,小年不及大年",看上去好像是在说"小"什么都不好,"大"什么都好。一直到篇末,作者真正的意图才浮出水面。篇末讲惠子说自己有棵大树,因为长相奇特,在世俗意义上没有用处,其中说了一句话,叫作"大而无用"。"大而无用"不光是说那棵大树,同时也直指庄子的学说。可见"大"也有大的麻烦。所以,"大"和"小"并不代表着"优"和"劣",关键是看有没有放对地方。

上引《庄子·大宗师》,大意为:

子舆和子桑是一对好朋友,有一次,连续下了十天的雨(子舆没有见到子桑)。子舆说:"子桑难道生病了吗?"于是就带着饭去给子桑吃。到了子桑家门口,他听见里面好像有一种像是唱歌又像是在哭的声音,屋里面有人弹着琴唱道:"是因为父亲吗?是因为母亲吗?是因为老天吗?还是因为世人?"听起来声音衰弱而又急促,但坚持念着这样的诗。

子舆进到屋内,对子桑说:"你为什么唱着这样(哀伤)的歌啊?"子桑回答说:"我在思索是什么令我陷入今天这样极端的困境,但没有思考出答案。父母难道希望我贫困吗?苍天无私地覆盖着万物,大地无私地承载着众生,天地难道有意让我贫困吗？我一直在思考（究竟是什么让我困顿）而无所得。但我终究是这样困顿啊，这也许就是命吧！"

《庄子》这部书初读起来，似乎充溢着一种难以形容的乐观，好像人世间的种种都不放在心上，谈起什么来都是一股满不在乎的戏谑劲儿。但如果你由此认为庄子是一个内心时刻充满愉悦的人，那么很遗憾，你也许被庄子的障眼法蒙蔽了。

如果细读《庄子》，我们会发现，尽管庄子以及《庄子》中记述的得道者身上多数时候环绕着一种洞彻人生的冷峻和悲寂，但很少能见到因达观而产生的快乐情绪。我所说的快乐情绪，是孔门弟子颜回式的"一箪食，一瓢饮，在陋巷，人不堪其忧，回也不改其乐"（《论语·雍也》），就是说哪怕陷入人生的窘境，但内心依然充实快乐。

以《庄子》最核心的理论"逍遥"来说，我们前面谈到"逍遥"的含义是将个体置身于完全适合自身才性发挥的环境之中。这样看似简单的境界实际很难达到，原因就在于人总是会因对自身的执着而对自我产生认知偏差。更重要的是，即便能够正确认知自身才性，也可能会因为对名誉、利益的渴求，而对并不符合自身才性的社会地位产生动心忍性式的纠结。所以《庄子》中的理想人物也许通晓天道物理，但他们的情绪往往会陷入一种不能自拔的困顿之中。

其中最具有代表性的，就是本专题引述的《庄子·大宗师》中"霖雨十日"的故事。《大宗师》是一篇阐释天理与人性浑一的文字，其中谈到许多将人性并入天理的得道者的言行事迹。有趣的是，"霖雨十日"这个故事,被庄子放在了《大宗师》的结尾,带有点旨破题的意味。故事中的子桑因为人生面临极度困境,陷入了哭天喊地的悲哀之中。这是庄子借助寓言人物之口唱出了内心真实的困顿。这样的困顿,在哲学上或许是一个无解的命题,在美学上却具有一种值得深刻品味的悲剧精神,它象征着有局限的人类面对永恒时空的囚禁注定无法突破。

我曾在电影里看到过这样一个故事。有个人去看心理医生,他告诉医生自己很悲观和孤独,总觉得世界是如此冷酷。医生告诉他治疗的方法很简单,世界上最好的小丑正在镇上演出,去看一场小丑的表演就能重新找回对生活的乐观。这个人突然大哭起来,他说,我就是那个小丑。在我的眼中,庄子就是这个小丑。"霖雨十日"的故事,就是小丑难得敞开心扉的一哭。这是诗人之哭,而不是哲人之哭,如同后世阮籍哭于穷途,杜甫面对残杯与冷炙而生出的悲辛。

我们四川人的方言口语中有一个高频出现的词语,叫作"安逸",一般指舒适、舒坦,或者指某件事物好到令人赞叹。"安逸"这个词非常古老,最早就出现在《庄子》当中:

所苦者,身不得安逸,口不得厚味,形不得美服,目不得好色,耳不得音声。(《庄子·至乐》)

《庄子》这里所说的"安逸",字面看上去好像也是舒适、舒坦的意思,但结合全书来看,可能还暗含着"心安则逸"的意思。"逸"是舒适、快乐的意思,前提是心安理得。只要把自己放对地方，大有大好，小有小好。所以《庄子》所提倡的"逍遥"之道，其实就是从适性走向安逸。

关于庄子的"逍遥"，我在前文阐释为将个体置身于完全适合自身才性发挥的环境之中，大体上是没有差错的。但还有一个由此引申出来的问题值得特别谈一谈，那就是关于自身才性的认识。对自身的认识从古至今都是一个难解的命题，希腊雅典的神庙外刻着一句名言："人啊，认识你自己！"中国古代先哲老子也有"自知者明"（《道德经·第三十三章》）的箴言。认识自己既然是如此难的一件事，那么在没有充分认识自己的前提下就匆匆忙忙去学"逍遥"的皮毛，就很容易流于消极、懈怠。很多年轻人，只因为眼下阅历浅、能力弱，往往轻易地将自身定义为《庄子》中所说的不成材的一类人，从而失去进取之心。在这一点上，儒家思想中强调自强不息，强调通过自身努力实现弱进于强的内容，可以作为曲解《庄子》"逍遥"的一剂强力解药。

劲健

五

《史记》

史记·伍子胥列传(节录)

司马迁

伍子胥者,楚人也,名员。员父曰伍奢。员兄曰伍尚。其先曰伍举,以直谏事楚庄王,有显,故其后世有名于楚。

……

平王怒,囚伍奢。

……

无忌言于平王曰:"伍奢有二子,皆贤,不诛且为楚忧。可以其父质而召之,不然且为楚患。"王使使谓伍奢曰:"能致汝二子则生,不能则死。"伍奢曰:"尚为人仁,呼必来。员为人刚戾忍诟,能成大事,彼见来之并禽,其势必不来。"

王不听,使人召二子曰:"来,吾生汝父;不来,今杀奢也。"伍尚欲往,员曰:"楚之召我兄弟,非欲以生我父也,恐有脱者后生患,故以父为质,诈召二子。二子到,则父子俱死。何益父之死?往而令雠不得报耳。不如奔他国,借力以雪父之耻,俱灭,无为也。"伍尚曰:"我知往终不能全父命。然恨父召我以求生而不往,后不能雪耻,终为天下笑耳。"谓员:"可去矣!汝能报杀父之雠,我将归死。"

尚既就执，使者捕伍胥。伍胥贯弓执矢向使者，使者不敢进，伍胥遂亡。闻太子建之在宋，往从之。奢闻子胥之亡也，曰："楚国君臣且苦兵矣。"伍尚至楚，楚并杀奢与尚也。

……

始伍员与申包胥为交，员之亡也，谓包胥曰："我必覆楚。"包胥曰："我必存之。"及吴兵入郢，伍子胥求昭王。既不得，乃掘楚平王墓，出其尸，鞭之三百，然后已。申包胥亡于山中，使人谓子胥曰："子之报雠，其以甚乎！吾闻之，人众者胜天，天定亦能破人。今子故平王之臣，亲北面而事之，今至于僇死人，此岂其无天道之极乎！"伍子胥曰："为我谢申包胥曰，吾日莫途远，吾故倒行而逆施之。"于是申包胥走秦告急，求救于秦。秦不许。包胥立于秦廷，昼夜哭，七日七夜不绝其声。秦哀公怜之，曰："楚虽无道，有臣若是，可无存乎！"乃遣车五百乘救楚击吴。

《史记》是一部什么书？

这个问题听起来似乎特别简单，大家的第一反应可能会说：那是一部史书。了解得多一些的读者会进一步谈到，《史记》是二十四史之首，是一部伟大的历史著作，同时它还是一部杰出的文学著作，被鲁迅盛赞为"史家之绝唱，无韵之离骚"。

这样的看法基本正确，如果是考古代文学的研究生答卷可以得九十分。大家可能会觉得奇怪，这难道还不是标准答案吗？差十分差在哪里呢？实际上，无论是将《史记》视为史书，还是将它视为文章学典范，都是《史记》诞生以后经过了很长时间慢慢形成的后人的看法，和它原本的形态不尽一致。《史记》诞生于西汉，将《史记》视为史书是东汉到魏晋南北朝以来"史籍"观念树立过程中产生的看法，而将它视为地位较高的文章学典范，则是晚至宋代，直至明清时期才兴起的观念。这些看法在今天已经深入人心，但是和西汉时期司马谈、司马迁父子写作《史记》的本意有一定的偏差。

那么，《史记》原本的写作动机究竟是什么呢？

《史记》原来的名字叫作《太史公书》。太史公，是对担任太史这个职务的人的尊称，司马谈和司马迁父子相继担任过这个职务，所以书中的太史公就是指他们父子俩。太史这个职务，大家直观想过去，可能会误以为是负责记录历史的官员，实际上在汉代并不是。太史在西汉主要的职责是掌管国家图书和天文历法，笼统一点说，类似于兼任今天的国家图书馆馆长和国家天文台台长（实际上在古代，国家图书管理和天文历法研究这两个工作比现代重要得多）。这个职务里面有个"史"字，但实际上记录历史并不是太史的分内职责。

《太史公书》在体例上直接继承了战国末期政治家、思想家、富商巨贾吕不韦组织门客编撰的《吕氏春秋》。《吕氏春秋》是先秦时期著名的子书，所谓子书，就是诸子之书。我们经常听说先秦诸子这个说法，这个"子"是思想家（主要集中在哲学和政治学方面）的意思，子书，就是各个不同学术流派的思想家写的书。所以《太史公书》在体例上是一部子书。在写作动机上，司马迁有一封写给他的好朋友任安的著名书信《报任安书》，这也是中国古代散文史上的不朽名篇，在这封书信里他有一个很著名的说法：

> 欲以究天人之际，通古今之变，成一家之言。

这句话的意思是我希望探明天道和人道的奥秘，通达古今历史的变化，把这些思考凝聚成一部书，形成自己的一家之言。从这个说法里可以很明确地看到，司马迁写作《太史公书》并不是要单纯地记录历史，而是要通过记录历史上鲜活的人物和事件来思考人类社会的进程以及冥冥之中仿佛难以琢磨的天道规律，这带有非常典型的先秦诸子遗风。所以，《史记》，也就是《太史公书》的本来面目是一部子书。值得特别注意的是，这部书的写作并不是司马谈父子的分内职责，而是一种私人著述行为。历史经验告诉我们，那种基于自身强烈表达冲动而写下的作品往往能够不朽，因职责而完成的作业则似乎较容易流于乏味。这也许是《史记》和《汉书》（《汉书》其中一部分也属于私人著述）在二十四史中地位远远高于其他官修史书的原因之一。

把《史记》的性质还原为子书，对《史记》的价值丝毫无损。古希腊历史学家、哲学家希罗多德的《历史》（又名《波希战争史》）就是一部集史料考证和哲学思辨于一体的皇皇巨著。在古希腊语中，"历史"和"哲学"本来就是同一个词。这实际上是一个很简单的道理，所谓历史就是已经发生过的事情，人类把已经发生过的事情记录、整理出来，就是为了从中思考和总结出社会人生发展的规律，这就必然要上升到哲学层面。没有历史的支持，哲学思考就好像没有实验数据支持的理工科报告，是靠不住的；没有对历史进行提炼总结，那么已经发生过的事情也就不能聚合成有意义的东西，只是一盘散沙。

司马氏父子的《史记》和希罗多德的《历史》情况比较接近。后人把《史记》列为正史之首，这样的观念是肯定了其对记录历史的优良传统的继承，但是哲学思考这个方面就被排除在外。《史记》不仅是中国正史的第一部，也是成就最高的一部，最重要的原因就在于它的内涵比其他的史书更加深广，在性质上超出了普通史书的定义范畴。

除了哲学和历史方面的成就之外，我们都知道，《史记》的文学成就也非常高，到了明清之际甚至被人们推崇为"文章祖宗"。中国历史上最大的文章学流派清代桐城派将《史记》奉为圭臬。桐城派有一个著名的文章理论，叫作"义理、考据、辞章"，即认为好文章要义理、考据、辞章三者兼备。我们把这个理论说得直白一些，义理就是哲学思考，考据就是重视事实，辞章就是行文精彩。义理、考据、辞章三者兼备当然是非常高的标准，但《史记》当之无愧。

《史记》全书一百三十篇，分为五种体裁，所谓十二本纪、十表、八书、三十世家、七十列传。下面以表格形式稍作介绍：

体例名	内容性质
本纪	重要帝王生平（《五帝本纪》《秦始皇本纪》《高祖本纪》等）
	王朝起止兴衰（《夏本纪》《殷本纪》《周本纪》《秦本纪》）
	有实无名的王者生平（《项羽本纪》《吕太后本纪》）

续表

体例名	内容性质
表	不同阶段的历史大事年表（《三代世表》《十二诸侯年表》《六国年表》等）
	重要类别人物年表（《高祖功臣侯者年表》《惠景间侯者年表》等）
书	对政治产生重要影响的各种技术性领域说明文，包含制度（《礼书》）、音乐（《乐书》）、律数（《律书》）、天文（《天官书》）、历法（《历书》）、祭祀（《封禅书》）、水利（《河渠书》）、经济（《平准书》）八个方面
世家	周朝诸侯大国世系与兴衰（《吴太伯世家》《齐太公世家》《鲁周公世家》等）
	汉代功臣、宗族、外戚的生平或世系（《萧相国世家》《五宗世家》《外戚世家》等）
	对历史发展产生重大影响的伟大人物生平（《孔子世家》《陈涉世家》等）
列传	性格突出的杰出人物生平记载（《伯夷列传》《管晏列传》《老子韩非列传》《孙子吴起列传》《伍子胥列传》等）
	从事某种职业的人物合传（《刺客列传》《酷吏列传》《游侠列传》《货殖列传》等）
	关于少数民族的风俗、历史记载（《匈奴列传》《南越列传》《西南夷列传》等）
	《史记》总序，即《太史公自序》一篇

《史记》的体例布局比较复杂，它的高超成就是整体性的、多方面的，所以要对它进行深入研读并不是一件容易的事情。不容易到什么程度呢？尽管《史记》在中国文化史上的名气和影响都非常大，但在古代那么多评论家以及热衷于学习《史记》的人之中，只有非常少的人会把它当成一部兼含文、史、哲三方面内容的整体性著作来对待，多数是一些浮光掠影的附和者，比如明清两代的《史记》评点，就有很多高度重合的陈词滥调。在我的研究视野中，清代的学者、文章家方苞是《史记》评论家中的佼佼者，他的《史记》研究很能抓住重点，价值很高。文化素养较高的读者如果希望对《史记》有一些符合它原貌的正确认识，那么《方苞集》中关于《史记》的评论值得好好玩味。

《史记》是一部内容浩瀚的著作，在有限的篇幅中难以为大家做面面俱到的介绍。本专题主要从《史记》的文学方面来谈，文学方面之中又只选取它刻画人物的具体手段来谈，就是传人技法中的映照对比之法。"传"读作 zhuàn，是记录、记载的意思，"传奇"就是记录离奇的事，"传人"就是记录人物。本专题所谈到的映照法只是《史记》整体成就之中很小的一个部分，尽管角度小，却很高超，被后人继承和发扬光大，特别是经常被援用到小说和戏剧当中去。

本专题节选了《史记·伍子胥列传》中的一些内容。列传这种体裁，我在前面的表格里面介绍过有四种情况，其中第一种情况，即性格突出的杰出人物生平记载最多。《史记》列传偏爱记载的，是那种对理想和价值观念非常执着的人物，他们在历史的滚滚洪流中显得光彩夺目，表现出一种劲健雄强的英雄气魄。

这些人物能力、属性各不相同，所守护的理想和价值观念也各不相同，但是他们都具有不可夺志的坚韧品格，比如宁可饿死也绝不事新朝的伯夷、叔齐，为世间排解纷乱又视富贵如浮云的鲁仲连，军事能力超群同时宅心仁厚、进退有道的儒将乐毅……本专题选录的《伍子胥列传》中的主人公伍子胥也是如此，他是中国历史上最著名的复仇者。《史记》在刻画这个人物的时候可谓费尽苦心。

下面我们先来梳理选文大意。

伍子胥是楚国人，原名叫伍员。他的父亲叫伍奢，哥哥叫伍尚。他的祖先叫伍举，以率直进谏，侍奉楚庄王，在当时颇有名望，所以他们这个家族在楚国成了名门大族。

……

楚平王（听信谗言）大发雷霆，把伍奢抓了起来。

……

（进谗言的）费无忌对楚平王说："伍奢有两个儿子，能力都很强，如果不杀掉他们的话，可能会给楚国带来麻烦。我们可以让伍奢责怪他们（不孝顺），然后命令他们回到父亲身边，不然的话，以后他们一定会成为楚国的祸患。"楚平王就派人去告诉伍奢："你如果能把你的两个儿子叫回来，我就赦免你的死罪让你活下去，如果叫不来就处死你。"伍奢（看破了平王的计谋）说："我的大儿子伍尚性情仁厚，我叫他回来他就一定会回来。小儿子伍员性格刚毅暴戾，而且能够忍辱负重，是个做大事的人。他知道回来肯定和我一起被抓（然后被杀害），他是绝对不会回来的。"

楚平王不相信伍奢的话，又派人去骗伍家两兄弟说："你们要是回来，我就放你们的父亲一条生路，如果不回来我就杀了他。"大儿子伍尚一听就连忙准备赶回去，小儿子伍员则对哥哥说："楚平王召我们回去，根本就不是为了放父亲一条生路，而是怕（杀了父亲之后）我们会成为祸患，所以才用父亲作为人质骗我们回去。只要我们一回去，肯定和父亲一起被处死。这对父亲而言又有什么好处呢？白白让大仇不能得报而已。不如我们一起逃去别的国家，借别国势力来报杀父之仇。如果我们一家三父子都被害死，这就成了没有意义的事情。"伍尚说："我当然也知道回去肯定会被杀死，但是我怕留下个贪生怕死的坏名声，又怕自己能力不足不能够为父报仇，最终沦为天下人的笑柄。"他又对弟弟说："你逃走吧！你一定能报杀父之仇。我回去陪父亲一起死。"

伍尚已被捕，使者又要捕捉伍子胥，伍子胥拉弓搭箭对准楚平王派来的使者，使者不敢靠近他（强制他回去），于是伍子胥就逃走了。他听说楚国太子建此时流亡去了宋国，于是逃窜去宋国投奔太子。伍奢听说伍子胥逃跑了，感叹说："楚国的君臣百姓以后会（因为伍子胥的报复而）遭到兵灾之祸呀！"伍尚回到楚国后，楚平王果然杀死了伍奢和伍尚父子。

……

伍子胥和申包胥曾经是好朋友，伍子胥在逃难的时候，对申包胥说："我一定要灭掉楚国。"申包胥回答他说："我一定要保全楚国。"后来（伍子胥带领）吴国军队攻入楚国的都城郢，伍子胥到处寻找楚昭王的下落。因为没有找到楚昭王，伍子胥于是掘开楚平王（楚昭王的父亲）的坟墓，将楚平王的尸体从墓中拖出，鞭尸三百下，然后才罢休。申包胥此时流亡山中，（听说了伍子胥鞭尸楚平王的事）托人转告伍子胥："您这样复仇，实在是太极端了。我听说人聚在一起（团结一心）就能战胜天意，而天理（包括伦理道德）也一定能反过来战胜人的无知妄为。您作为楚平王的臣子，曾经对平王北面称臣，到今天竟然对平王鞭尸，这难道不是违逆天理到了极点的事情吗？"伍子胥对来人说："请你代我向申包胥致歉，说我人已到暮年，但距离我的目标（灭亡楚国）还很遥远，所以我才敢做这样倒行逆施的事。"此时申包胥逃到秦国，向秦国求救。秦国不答应申包胥的求救。申包胥就站在秦国的公廷之上日夜痛哭，哭声持续了整整七个日夜。秦哀公同情申包胥，说："楚国虽然无道，但是有申包胥这样（忠肝义胆）的臣子，怎么能够不保全它呢！"于是派遣了五百架兵车攻击吴军，以解救楚国的危难。

《伍子胥列传》是《史记》中的传记名篇，突出刻画了伍子胥这个经典的复仇者形象。司马迁评价伍子胥"怨毒"，实在是非常精当。伍子胥是一个不折不扣的心怀怨恨、行事狠毒的人。"怨毒"这个词，明末清初的批评家金圣叹拿来评点过《水浒传》里的一个人物——林冲，也非常精当。金圣叹的思路就是从司马迁那里来的。伍子胥和林冲有很接近的地方，他们极致的狠毒来自满腔的怨恨，而满腔的怨恨又来自自身背负的血海深仇。

像伍子胥这样极端的人物是很容易写出彩的，因为性格太为突出。中国有很多以伍子胥为题材的小说、戏剧作品，在刻画伍子胥的时候都是刻意朝着"怨毒"的方向去加深。比如，京剧《文昭关》里伍子胥有这样的唱词：

对天发下宏誓愿，我不杀平王我的心怎甘。

这戏文唱起来咬牙切齿，完全凸显出伍子胥"怨毒"的人物性格。但这样的写法，使得人物的刻画鲜明而单薄。《史记》在处理伍子胥这个人物形象的时候，手法更加灵活、智慧，表现更加立体和富于层次感。《伍子胥列传》最精彩的地方，是深刻地写出了"怨毒"背后那不为所动的坚毅，这是伍子胥和《史记》其他列传传主共同闪光的地方。

司马迁是怎么做到的呢？他拉着其他人一起对比着来写，正衬、反衬熔为一炉，这就是古典写作中所谓的映照法。

在开头的情节中，伍尚和伍员（伍子胥）两兄弟形成了鲜明的对照。他们的父亲伍奢对他们俩有着非常清醒的判断：

伍奢曰："尚为人仁，呼必来。员为人刚戾忍诟，能成大事，彼见来之并禽，其势必不来。"

《伍子胥列传》中第一次映照对比，就是在这兄弟俩之间展开的。哥哥为人忠厚老实，弟弟为人刚戾隐忍，看起来性格完全相反。但是这两兄弟在性格深处有着非常相似的地方，那就是坚毅执着。哥哥明知必死而从容赴死，弟弟明知复仇是一条艰辛坎坷之路（未必比赴死更容易），却毅然决然地选择了这个方向。

兄弟俩选择的人生方向不一样，但他们都必将承受常人不能承受的生命之重，他们的人生选择之中都没有苟且偷生这个选项。这是他们的同与不同，不同的是行为表象，同的是精神内里，所以他们都深刻地理解对方、相信对方，并且鼓励对方。

兄弟俩理性到近乎冷酷地讨论清楚利害得失，并迅速做出选择之后，接下来一句话堪称神来之笔：

伍胥贯弓执矢向使者，使者不敢进，伍胥遂亡。

伍子胥的人生选择看起来好像是苟活性命，实际上随时身处生死关头，必须凭借过人的胆魄和勇武才能够生存下去。所以他马上奋起以武力对峙楚平王派来的使者。可见这个使者兼有逮捕者的身份。寥寥数语，刻画出伍子胥敢想敢干的决绝品质。

在《伍子胥列传》的后半段，伍子胥借吴国军力大肆报复楚国。这时作者又拉出另一个人来和伍子胥做对比，那就是申包胥。申包胥和伍子胥之间的故事只有两次对话，简洁有力，耐人寻味。我们先来看第一次对话：

员之亡也，谓包胥曰："我必覆楚。"包胥曰："我必存之。"

第一次对话的记录原本出自《左传·定公四年》。《左传》中的记录以申包胥为中心，而《史记》将其移植到伍子胥的本传中。伍子胥在逃亡的时候，专门去告诉申包胥："我一定要灭掉楚国。"这能看出伍子胥和申包胥之间的交情非同一般。因为颠覆祖国这种冒天下之大不韪的事情，一般人真的要做，也只是暗下决心，很少会堂而皇之地说出口。但伍子胥的语气给人的感觉简直是义正词严。申包胥的回答也同样义正词严："我一定要保全楚国。"

这两句对话之间包含着很多意味。伍子胥对楚国恨之入骨，是因为他身负父兄的血海深仇，所以尽管他是一个叛国者，他的作为仍然情有可原。申包胥则是忠于楚国的大夫，从立场上说，他们两人之间是完全对立的。伍子胥专门去告诉申包胥他要覆灭楚国，其实传达出这样一种坚定的意志：楚王负我在先，我必覆之。仅此而已，和其他事情扯不上关系，甚至不影响他们两人之间的私交。而申包胥的回答也同样坚定：我是楚国大夫，楚王无负我之处，所以我一定要保全楚国。两个人的话语中都出现了"我必"，可见两人都是意志极其坚定、立场极其分明的人。

第二次对话出现在伍子胥引吴军攻破楚都郢，鞭尸楚平王，快意复仇之后：

（申包胥）使人谓子胥曰："子之报雠，其以甚乎！吾闻之，人众者胜天，天定亦能破人。今子故平王之臣，亲北面而事之，今至于僇死人，此岂其无天道之极乎！"伍子胥曰："为我谢申包胥曰，吾日莫途远，吾故倒行而逆施之。"

第二次对话时，两人的处境完全调转过来，伍子胥成为得势的一方，而申包胥成为流亡者。要注意，两次对话都是由流亡的一方首先发起，这就把两人坚定的意志表现无遗，在这个方面，两人是统一的。在第二次对话中，流亡者申包胥首先发难，指责伍子胥行事极端、悖逆道德。而伍子胥的回应更加值得回味，"为我谢申包胥"一句中的"谢"是道歉的意思。伍子胥向申包胥表示道歉，也就是说他认同申包胥对他的指责。

实际上，尽管伍子胥和申包胥在表面上看起来立场对立，一个要覆楚，一个要存楚，但他们在思想深处对对方有着相当的认同，并且深深知道对方的认同。伍子胥告诉申包胥，我要灭亡楚国，申包胥的回应有一种默认在其中，他理解伍子胥的血海深仇，但认同不等于趋同，更不等于苟同。你有你的正当理由，我理解，但我也有我的正当理由要去坚持，要去捍卫。而申包胥指责伍子胥行事极端的时候，伍子胥同样默认了申包胥对祖国故主深挚的感情。

伍子胥历尽艰辛引吴军入楚，鞭尸楚平王，报了父兄的血仇，实现了他的誓言。

申包胥七日七夜哭秦廷，感动秦人，出兵救楚，保全了楚国，也实现了他的誓言。

伍子胥的坚韧、执着、立场分明，正是春秋时期风云人物的普遍气质。在春秋纷乱的背后，交织着无数这样坚韧的自由意志的冲突。这样恢宏的历史氛围，在《史记》中通过伍子胥两兄弟、伍子胥和申包胥一对知己两组人物的映照对比展现出来，真是非常高妙。

映照对比，是《史记》刻画人物常用的一种手段。司马迁在刻画人物时，除了对其言行的记述描写、对其品德才能的评定之外，还特别加入了映照对比的手法，即往往将其他与传主属性相近、相同或相反的人物纳入行文中来，使得人物形象在比较中更加鲜活、深刻。这样的写法，在后来的《水浒传》《红楼梦》，以及现代的金庸小说等以刻画人物为中心的文学作品中被进一步发扬光大，对于今天的小说写作或者编剧工作仍然具有学习价值。

自重

六

《世说新语》

《世说新语》（节选）

（南朝宋）刘义庆

陈仲举言为士则，行为世范，登车揽辔，有澄清天下之志。为豫章太守，至，便问徐孺子所在，欲先看之。主簿白："群情欲府君先入廨。"陈曰："武王式商容之闾，席不暇暖。吾之礼贤，有何不可！"（德行第一）

南郡庞士元闻司马德操在颍川，故二千里候之。至，遇德操采桑，士元从车中谓曰："吾闻丈夫处世，当带金佩紫，焉有屈洪流之量，而执丝妇之事？"德操曰："子且下车。子适知邪径之速，不虑失道之迷。昔伯成耦耕，不慕诸侯之荣；原宪桑枢，不易有官之宅。何有坐则华屋，行则肥马，侍女数十，然后为奇？此乃许、父所以慷慨，夷、齐所以长叹。虽有窃秦之爵，千驷之富，不足贵也。"士元曰："仆生出边垂，寡见大义，若不一叩洪钟，伐雷鼓，则不识其音响也！"（言语第二）

孔文举年十岁，随父到洛。时李元礼有盛名，为司隶校尉。诣门者，皆俊才清称及中表亲戚乃通。文举至门，谓吏曰："我是李府君亲。"既通，前坐。元礼问曰："君与仆有何亲？"对曰："昔先君仲尼与君先人伯阳有师资之尊，是仆与君奕世为通好也。"元礼及宾客莫不奇之。太中大夫陈韪后至，人以其语语之，韪曰："小时了了，大未必佳。"文举曰："想君小时，必当了了。"韪大踧踖。（言语第二）

钟会撰《四本论》始毕，甚欲使嵇公一见。置怀中，既定，畏其难，怀不敢出，于户外遥掷，便回急走。（文学第四）

桓宣武命袁彦伯作《北征赋》，既成，公与时贤共看，咸嗟叹之。时王珣在坐，云："恨少一句。得'写'字足韵当佳。"袁即于坐揽笔益云："感不绝于余心，溯流风而独写。"公谓王曰："当今不得不以此事推袁。"（文学第四）

魏武将见匈奴使，自以形陋，不足雄远国，使崔季珪代，帝自捉刀立床头。既毕，令间谍问曰："魏王何如？"匈奴使答曰："魏王雅望非常，然床头捉刀人，此乃英雄也。"魏武闻之，追杀此使。（容止第十四）

嵇康身长七尺八寸，风姿特秀。见者叹曰："萧萧肃肃，爽朗清举。"或云："肃肃如松下风，高而徐引。"山公曰："嵇叔夜之为人也，岩岩若孤松之独立；其醉也，傀俄若玉山之将崩。"（容止第十四）

《世说新语》是中国历史上一部很有名的书，很受历代读者欢迎。《世说新语》之所以如此受欢迎，最大的原因，是因为它很有趣。中国历史上的经典、名著，多数比较严肃，有益的多，有趣的少，《世说新语》属于极少的有趣的那一种。如果说前面的专题涉及的典籍，如《尚书》《论语》《庄子》《史记》这些属于应当认真学习的对象，那么《世说新语》相对比较轻松，属于适合玩味的对象。

　　《世说新语》有趣在哪里呢？对《世说新语》有一定了解的人大概会知道，这本书里记载了魏晋南北朝时期许多著名人物的言行事迹，这些言行事迹闪耀着智慧和幽默的光芒，可谓妙趣横生。《世说新语》里记载的魏晋人物究竟是些什么人呢？《世说新语》里记载的魏晋人物，从共同的属性上来说，是贵族以及富含贵族气质的一群人。

　　今天我们谈到贵族，好像第一印象就不好，脑子里马上浮现起脑满肠肥、衣着华丽、庸碌不堪的形象。这当然也是贵族形象的一种真实情况，但只能说是堕落贵族的真实情况。这就好比说，孔乙己是传统知识分子的一种真实情况，但只能说他是迂腐知识分子那一类，不是全部，因为中国传统的知识分子也有很大一部分是渊博的、坚韧的。不能因为有了孔乙己式的人物就忽视了欧阳修、黄庭坚、文天祥等这样的知识分子。

　　魏晋南北朝时期，是被人称为"贵族时代"的历史时期。在这个时期，贵族把持了政治、经济、文化各个方面的重要资源，并在此基础上创造了形态丰富的贵族文化。我们读《世说新语》，可以体会到魏晋时期的贵族和我们想象中那种堕落贵族大不相同，他们品德贤良、气质出众、反应机敏、言谈精彩、品味高雅，不禁让人想见其风神而生钦慕之心。

下面，我们先通过《世说新语》中的两个章节，来体会真正的中国式贵族气质是什么样子的。

陈仲举言为士则，行为世范，登车揽辔，有澄清天下之志。为豫章太守，至，便问徐孺子所在，欲先看之。主簿白："群情欲府君先入廨。"陈曰："武王式商容之闾，席不暇暖。吾之礼贤，有何不可！"（德行第一）

陈藩（字仲举）的言语是读书人的准则，行为是当时的典范，他登上公车，手执缰绳，出仕为官，有建立太平世道的远大志向。他出任豫章（今江西南昌）太守，刚刚到任，就向属下打听当地贤人徐稚（字孺子）在哪里，想先去拜访徐稚。书记官向他建议说："属下的官员都希望您先到官署（见面、休息）。"陈藩说："当年周武王得到天下之后，连席子都没有坐热，就立刻去拜访贤人商容。我（像周武王一样）礼贤下士，有什么不可以！"

南郡庞士元闻司马德操在颍川，故二千里候之。至，遇德操采桑，士元从车中谓曰："吾闻丈夫处世，当带金佩紫，焉有屈洪流之量，而执丝妇之事？"德操曰："子且下车。子适知邪径之速，不虑失道之迷。昔伯成耦耕，不慕诸侯之荣；原宪桑枢，不易有官之宅。何有坐则华屋，行则肥马，侍女数十，然后为奇？

091

此乃许、父所以慷慨，夷、齐所以长叹。虽有窃秦之爵，千驷之富，不足贵也。"士元曰："仆生出边垂，寡见大义，若不一叩洪钟，伐雷鼓，则不识其音响也！"（言语第二）

南郡庞统（字士元）听说贤人司马徽（字德操）在颖川，特地从两千里外专程赶去拜访他。到颖川的时候，庞统看见司马徽在采桑，庞统（因失望而没有下车）在车上说："我听说大丈夫处世，应该带金印、佩紫绶（建立功名），怎么能折损过人的才能，而去做那些妇人做的事情呢？"司马徽说："您请下车来（听我说）。您只知道捷径可以速达，却不去担心迷途的危险。当年伯成亲耕自养，不羡慕诸侯的荣华；原宪居住在简陋的地方，不愿做官住豪宅。哪里有住在华美的房子里，出门就骑着高头大马，前簇后拥着几十个侍女的人可以建立伟大的功业？这就是许由、巢父慷慨辞让，伯夷、叔齐感叹国家灭亡，饿死首阳山的原因呀！当年（吕不韦）采用不正当手段获得秦国的爵位，（齐景公）没有德行而富有四千匹良马，都不足为贵啊。"庞统说："我出生在偏僻的地方，很少听说正确的道理。如果不是亲自敲洪钟，击雷鼓，就不会知道它们的轰鸣声了呀！"

通过这两则材料可以看出（类似的例子在《世说新语》里还可以举出很多），《世说新语》里记载的人物，他们身上的那种贵族气质，绝不是首先体现在奢华的物质生活方面，而在自重身份。今人读《世说新语》，往往喜欢挑其中富有艺术家气质的段落去读，如果这样去读，《世说新语》所记载的魏晋人物好像只是一群生活上潇洒、放荡的艺术家、思想家，这就忽略了《世说新语》

更加本质的气质——自重身份的贵族气。

《世说新语》里所展示的魏晋人物自重身份，首先重视的是自身的品德和才能，而不是职位和财富。在上面第一则材料（《世说新语》开篇第一则）中，陈蕃身为豫章太守，并不以职位自恃，他以周武王自比，以礼贤下士为己任。陈蕃这个人在中国历史上以志向高远闻名，《后汉书》记载了一个关于他的很有名的故事。陈蕃少年时，有一位长辈来看望他，发现他家里很杂乱，就对他说：你应该把房间和庭院整理干净，好迎接客人。陈蕃回答说：大丈夫处世，应该以澄清天下为己任，哪里顾得上去打扫房间呢！陈蕃的长辈听了，大为惊奇。我们今天比较熟悉的一句话"一屋不扫，何以扫天下"，就是从这个典故演化来的。实际上原来的典故里并没有这句话。以澄清天下为己任、不屑于做琐碎家务事的陈蕃，在中国历史上一直被视为胸怀大志者的楷模。后来，陈蕃真的通过自己的努力担任了政府相当高级别的官员，最后在汉末与宦官的斗争中不幸身死。

上述第一则材料似乎没有太多有趣活泼的内容。而实际上，这一则材料所透露出来的主人公陈蕃（尽管陈蕃本人从身世上讲并非门阀贵族）的气质，正是魏晋贵族气质的一种底色，他们多数志向高远，以天下为己任，体现了贵族精神中那种担当和责任感。

第二则材料的人物大家可能相对熟悉一些，特别是喜欢读《三国演义》的人对庞统和司马徽应该不陌生。他们就是小说《三国演义》里著名的"凤雏"庞统和水镜先生司马徽。这里特别要提一下，《世说新语》是一部很有影响力的书，它的影响力大到连正史《晋书》都有很多内容直接取材于它。《三国演义》也有受到《世说新语》影响的成分，其中很重要的部分，就是处士（没有做官的知识分子）身上也包含着自重身份的贵族气息。

在第二则材料中，庞统千里迢迢去拜见传说中大名鼎鼎的司马徽，发现司马徽并非想象中一般富贵荣华，进而对其产生了鄙夷之心。这和《三国演义》里贪恋名爵的庞统形象是非常接近的。司马徽面对这样的质疑，自信地回答庞统说，一个人的价值不取决于富贵功名这样外在的东西，而取决于道德操守。司马徽对自身品德和才能如此自信，和《三国演义》里诸葛亮高卧隆中时那种自信饱满的气质相近。

无论是像陈藩一样出仕为官，还是像司马徽一样隐居，无论世俗身份的高低贵贱，《世说新语》里记载的人物，多数具有自重身份的贵族气质。因为自重身份，所以对理想、对生活有着较高的追求，这是一种真正的贵族精神。如果把这个逻辑反过来，因为羡慕奢华的生活而东施效颦地摆出一副贵族模样，一定会被有见识的人耻笑。

我们上面谈到，《世说新语》中记载的魏晋人物身上有一种自重身份的贵族气质，这是真贵族的底色，却不是魏晋人物所独有的。如果我们看看先秦的文献，就会发现先秦人物中具有这样气质的人也非常多，如我们大家比较熟知的称霸西戎的秦穆公、使楚的晏婴、论战的曹刿、自荐的毛遂等。

我之所以称《世说新语》里这种自重身份的气质为贵族的底色，原因就在于，魏晋人物在这一层底色上涂抹上了另外的丰富的色彩，使之与前代贵族区别开来，那就是超凡的文化品位和文化追求。而我特别强调这个底色的原因在于它是一个不可或缺的基础，在中国历史上有很多片面追求文化品位的人，丝毫没有责任感和担当，如晚清时期没落的八旗子弟，整天招猫逗狗玩蛐蛐，有钱和有闲的就玩玩古董字画，这样的人没有贵族气质的底色，最多可称为玩家，和真贵族一点儿也沾不上边。

魏晋南北朝是中国历史上文化大爆炸的时代。思想方面，佛教大规模东传，与本土道家思想和汉代儒学相结合，产生了思辨张力空前的魏晋玄学。艺术方面，中国书法至魏晋发展至完全成熟的形态，产生了钟繇、王羲之这些难以超越的书法巨匠。文学方面，魏晋南北朝诗文在形式、内容、技法各个方面做出了积极的尝试，为唐代文学的大繁荣做好了准备。在这样的历史背景之下，魏晋人物的综合文化素质是非常突出的，超越了前代。在先秦时期，一个人只要具备高尚的品德、过人的见识和智慧便可以让人刮目相看。但到了魏晋时期，仅有这两者还不够，综合的文化素质被纳入对一个人的评判标准中来。我们来看看下面几则材料：

孔文举年十岁，随父到洛。时李元礼有盛名，为司隶校尉。诣门者，皆俊才清称及中表亲戚乃通。文举至门，谓吏曰："我是李府君亲。"既通，前坐。元礼问曰："君与仆有何亲？"对曰："昔先君仲尼与君先人伯阳有师资之尊，是仆与君奕世为通好也。"元礼及宾客莫不奇之。太中大夫陈韪后至，人以其语语之，韪曰："小时了了，大未必佳。"文举曰："想君小时，必当了了。"（言语第二）

孔融（字文举）十岁的时候，跟随父亲到洛阳。当时李元礼

（以志向高远、品德高尚）闻名天下，是监督京师的监察官。去拜访李元礼的，只有才俊之士和有好名声的人，以及他家的亲戚才能被守门吏允许进入。孔融到李家门前，对守门吏说："我是李大人的亲戚。"于是守门吏就让他进去，并招待他坐好的席位。李元礼问他："您和我有什么亲戚关系呢？"孔融回答说："当年我的祖先孔子和您的祖先老子有师徒之谊，这就说明我与您两家是世代交好的关系啊。"李元礼和其他宾客（听了孔融的回答）无不对他赞叹称奇。太中大夫陈韪晚到（没有听到他们的对话），有人把孔融的回答告诉了陈韪，陈韪不以为然地说："小时候聪明伶俐，长大了未必如此。"孔融说："想来您小时候一定是聪明伶俐的了。"陈韪听了感到十分尴尬。

孔融这个人大家应该都不陌生，我们都听说过"孔融让梨"的故事。"孔融让梨"在一般的儿童教育中，被认为是尊老爱幼的典型。但如果我们对孔融其人有一定了解的话，我们会发现，"孔融让梨"很大程度上是在说孔融反应机敏、善于言辞。在上引一则材料中，孔融作为一个十岁的少年，面对名满天下的李元礼毫无畏惧，侃侃而谈；在受到陈韪批评的时候更是针锋相对，通过反诘还以颜色。《世说新语》记载这一则事迹，本身也包含了对孔融的一种赞赏态度。《世说新语》中有"言语"一类，专门记录时人精彩的对话，可见口头表达能力在魏晋南北朝时期是一种受到高度重视的能力。

钟会撰《四本论》始毕，甚欲使嵇公一见。置怀中，既定，畏其难，怀不敢出，于户外遥掷，便回急走。（文学第四）

钟会写了一篇叫《四本论》的文章，刚刚写完，很想请嵇康看一看。于是他把文稿放在怀中，等到了嵇康的家门口，又害怕了（担心嵇康的水平太高，对他的文稿不满意），怀中的文稿迟迟不敢拿出来，最后只是把文稿从户外扔到里面去，扔完之后赶忙逃走。

钟会是魏国太傅钟繇之子，名门之后，在军事上很有成就。三国之中的蜀国，就是覆灭于钟会伐蜀，当时的人都将他比作汉代开国名臣张良。这样一位出身高贵、军事才华卓越的世家子弟竟然热衷于写文章；不仅热衷于写文章，还把写文章这件事看得特别重，专门拿着自己的作品跑去找当时最负盛名的文化人嵇康，想听听嵇康的意见。最终的结果是，钟会没有勇气当面把作品交给嵇康，只好把文稿从外面扔进去，扔完之后赶忙逃走。钟会是名门之后，又是一代将才，照理说应该非常自信。但是在这一则材料中，我们发现钟会仿佛是一个青涩的文艺青年，显得羞赧并且胆怯。这与当时的社会风气有很大的关系。在魏晋时期，诗文写作水平是人物评价环节中的重要标准。所以钟会非常希望自己的作品能够得到嵇康的赏识，这种渴望过于强烈，就导致了过分的紧张。

桓宣武命袁彦伯作《北征赋》，既成，公与时贤共看，咸嗟叹之。时王珣在坐，云："恨少一句。得'写'字足韵当佳。"袁即于坐揽笔益云："感不绝于余心，溯流风而独写。"公谓王曰："当今不得不以此事推袁。"（文学第四）

桓温（谥号宣武）命袁宏（字彦伯）写《北征赋》（宣扬桓温北伐的战功），袁宏写好之后，桓温拿来给当时的贤良才士一起看，大家都赞叹（写得好）。当时王珣也在，他说："（虽然写得很好）遗憾的是少了一句，如果有一句用'写'字作韵就更好了。"袁宏立刻在座位上提笔加上："感不绝于余心，溯流风而独写。"桓温对王珣说："当今不得不以文章之事推重袁宏啊。"

这一则材料可以与上一则对照学习。袁宏是东晋著名的文史家，著有史学名著《后汉纪》，并有大量辞赋传世。桓温是东晋权臣、军事家，长期独揽朝政。桓温对袁宏的赞赏，主要集中在对其文采的认可，可见写作能力在当时是多么受到重视。

魏武将见匈奴使，自以形陋，不足雄远国，使崔季珪代，帝自捉刀立床头。既毕，令间谍问曰："魏王何如？"匈奴使答曰："魏王雅望非常，然床头捉刀人，此乃英雄也。"魏武闻之，追杀此使。（容止第十四）

魏武帝（曹操）将要接见匈奴使者，他自认为外貌丑陋，不能以雄健的外表慑服远方的少数民族，就让手下的美男子崔琰（字季珪）代替自己，而自己握着刀站在座位边上（扮演侍卫）。接见完匈奴使者之后，曹操让间谍去问他："你觉得魏王怎么样？"匈奴使者回答说："魏王固然气度风雅超乎常人，但他身边那个带刀侍卫才是真正的英雄。"曹操听说之后，派人追杀这个匈奴使者。

嵇康身长七尺八寸,风姿特秀。见者叹曰:"萧萧肃肃,爽朗清举。"或云:"肃肃如松下风,高而徐引。"山公曰:"嵇叔夜之为人也,岩岩若孤松之独立;其醉也,傀俄若玉山之将崩。"(容止第十四)

嵇康身高七尺八寸,风度姿态出众。见过他的人都赞叹说:"(嵇康)举止潇洒安定,气度爽朗,身形清健挺拔。"又有人说:"(嵇康)举止安定犹如松树下的清风,高远而从容。"山涛说:"嵇康的为人啊,像挺拔的孤松傲然独立;当他喝醉的时候,则像一座高大的玉山摇摇将倾。"

魏晋时期,人物的外貌经常被拿来公开品评。对外貌的品评,又常常集中在气质、风度方面,而不仅仅局限于五官、身材,所以在《世说新语》之中,专门设立了"容止"(容貌)一类。从上面两则材料可以看出魏晋时期这种重视人物外貌品评的风气。

在第一则材料中,权倾一时的魏王曹操在接见外使的时候,竟然因为对自己的外貌不够自信而找人冒名顶替,而匈奴使者竟然也非常准确地捕捉到了冒名顶替者和正牌曹操的气质差距:冒名顶替的崔琰气度风雅,颇有清流之风;真正的曹操虽然五官、身材有所不及,却有叱咤疆场、纵横四海的英雄气概。匈奴使者虽然没有明说,但叙述中已经暗含了他识破曹操伎俩的意思。

这个故事的结尾是曹操派人追杀慧眼识英雄的匈奴使者,却没有讲明这样做的动机。我想曹操这样做,有两种可能:第一种可能是不希望匈奴使者将自己外表并不风雅的信息带回匈奴,也即曹操希望以风雅的外貌示人;第二种可能是曹操认为匈奴使者眼光太过老辣，或许会发展成为难以对付的敌人，所以特意将其杀死，免除后患。

第二则材料主要是对嵇康的记述。嵇康是魏晋时期大名鼎鼎的文化明星，除了在各个文化项目上具有高超的水准之外，他潇洒、风雅的外貌也为时人所津津乐道。由此可见，魏晋人物推崇的外貌，是身材高大、挺拔，气度安定、清隽，并且意气风发、潇洒自如。

从本专题所引述的几则材料可以看出，魏晋人物在生活的各个方面，特别是涉及文化生活的方面，对人对己，要求都非常高。完美的魏晋人物，应该是在具有责任和担当的贵族精神之上，还具备机敏的言谈、高超的写作能力和不同凡俗的外貌气质。《世说新语》中所称道的魏晋人物，大多同时兼具以上几种素质，如嵇康、谢安、王羲之等。如果在某个方面有所欠缺，那么即便是权倾朝野如曹操，军功卓著如钟会、邓艾等，《世说新语》的作者也总会在行文中流露出调侃或评价不高的意思。

鲁迅先生有一篇著名的演讲稿，叫作《魏晋风度及文章与药及酒之关系》。这篇演讲稿的名气实在太大，以至于很多人对魏晋人物的印象是比较极端的，好像魏晋人物多数是些爱酗酒、嗑药的行为艺术家。这也许是鲁迅先生的一种借题发挥，有很多个人情感因素在里面，并不是完全客观的情况。如果要了解历史上的魏晋人物和魏晋风度，我们应该自己去读一读《世说新语》。

以魏晋人物为代表的中国式贵族有强烈的尚文倾向。西方国家的骑士精神、日本的武士道精神，本质上都是基于责任与担当的贵族精神，但是在此基础之上衍生出的是一种尚武的精神，这和中国的情况不太一样。中国式贵族尚文的一面经过千百年来的持续发展，在文化艺术的各个方面取得了举世瞩目的成就，而在另一方面，也导致了繁文缛节的积弊。时至晚清时期，中国的士大夫阶层还在苦心钻研馆阁体书法的时候，日本的上流社会已经在工业文明的洗礼之下将眼光投向世界，厉兵秣马，枕戈待旦。

曲折

七

嵇康

与山巨源绝交书

(三国·魏)嵇康

康白:足下昔称吾于颍川,吾常谓之知言。然经怪此意,尚未熟悉于足下,何从便得之也?前年从河东还,显宗、阿都说足下议以吾自代,事虽不行,知足下故不知之。足下傍通,多可而少怪;吾直性狭中,多所不堪,偶与足下相知耳。间闻足下迁,惕然不喜,恐足下羞庖人之独割,引尸祝以自助,手荐鸾刀,漫之膻腥,故具为足下陈其可否。

吾昔读书,得并介之人,或谓无之,今乃信其真有耳。性有所不堪,真不可强。今空语同知有达人无所不堪,外不殊俗,而内不失正,与一世同其波流,而悔吝不生耳。老子、庄周,吾之师也,亲居贱职;柳下惠、东方朔,达人也,安乎卑位,吾岂敢短之哉!又仲尼兼爱,不羞执鞭;子文无欲卿相,而三登令尹,是乃君子思济物之意也。所谓达能兼善而不渝,穷则自得而无闷。以此观之,故尧、舜之君世,许由之岩栖,子房之佐汉,接舆之行歌,其揆一也。仰瞻数君,可谓能遂其志者也。故君子百行,殊途而同致,循性而动,各附所安。故有处朝廷而不出,入山林而不返之论。且延陵高子臧之风,长卿慕相如之节,志气所托,不可夺也。

吾每读尚子平、台孝威传，慨然慕之，想其为人。少加孤露，母兄见骄，不涉经学。性复疏懒，筋驽肉缓，头面常一月十五日不洗，不大闷痒，不能沐也。每常小便而忍不起，令胞中略转乃起耳。又纵逸来久，情意傲散，简与礼相背，懒与慢相成，而为侪类见宽，不攻其过。又读《庄》《老》，重增其放，故使荣进之心日颓，任实之情转笃。此犹禽鹿，少见驯育，则服从教制；长而见羁，则狂顾顿缨，赴蹈汤火；虽饰以金镳，飨以嘉肴，逾思长林而志在丰草也。

阮嗣宗口不论人过，吾每师之而未能及；至性过人，与物无伤，唯饮酒过差耳。至为礼法之士所绳，疾之如仇，幸赖大将军保持之耳。吾不如嗣宗之贤，而有慢弛之阙；又不识人情，闇于机宜；无万石之慎，而有好尽之累。久与事接，疵衅日兴，虽欲无患，其可得乎？又人伦有礼，朝廷有法，自惟至熟，有必不堪者七，甚不可者二：卧喜晚起，而当关呼之不置，一不堪也。抱琴行吟，弋钓草野，而吏卒守之，不得妄动，二不堪也。危坐一时，痹不得摇，性复多虱，把搔无已，而当裹以章服，揖拜上官，三不堪也。素不便书，又不喜作书，而人间多事，堆案盈机，不相酬答，则犯教伤义，欲自勉强，则不能久，四不堪也。不喜吊丧，而人道以此为重，已为未见恕者所怨，至欲见中伤者；虽瞿然自责，然性不可化，欲降心顺俗，则诡故不情，亦终不能获无咎无誉，如此五不堪也。不喜俗人，而当与之共事，或宾客盈坐，鸣声聒耳，嚣尘臭处，千变百伎，在人目前，六不堪也。心不耐烦，而官事鞅掌，机务缠其心，世故烦其虑，七不堪也。又每非汤、武而薄周、孔，在人间不止此事，会显世教所不容，此甚不可一也。刚肠疾恶，轻肆直言，遇事便发，此甚不可二也。以促中小心之性，统此九患，不有外难，当有内病，宁可久处人间邪？又闻道士遗言，饵术黄精，令人久寿，意甚信之；游山泽，观鱼鸟，心甚乐之；一行作吏，此事便废，安能舍其所乐而从其所惧哉！

夫人之相知，贵识其天性，因而济之。禹不逼伯成子高，全其节也；仲尼不假盖于子夏，护其短也；近诸葛孔明不逼元直以入蜀，华子鱼不强幼安以卿相，此可谓能相终始，真相知者也。足下见直木不可以为轮，曲木不可以为桷，盖不欲枉其天才，令得其所也。故四民有业，各以得志为乐，唯达者为能通之，此足下度内耳。不可自见好章甫，强越人以文冕也；已嗜臭腐，养鸳雏以死鼠也。吾顷学养生之术，方外荣华，去滋味，游心于寂寞，以无为为贵。纵无九患，尚不顾足下所好者。又有心闷疾，顷转增笃，私意自试，不能堪其所不乐。自卜已审，若道尽途穷则已耳。足下无事冤之，令转于沟壑也。

吾新失母兄之欢，意常凄切。女年十三，男年八岁，未及成人，况复多病。顾此恨恨，如何可言！今但愿守陋巷，教养子孙，时与亲旧叙离阔，陈说平生，浊酒一杯，弹琴一曲，志愿毕矣。足下若嬲之不置，不过欲为官得人，以益时用耳。足下旧知吾潦倒粗疏，不切事情，自惟亦皆不如今日之贤能也。若以俗人皆喜荣华，独能离之，以此为快；此最近之，可得言耳。然使长才广度，无所不淹，而能不营，乃可贵耳。若吾多病困，欲离事自全，以保余年，此真所乏耳，岂可见黄门而称贞哉！若趣欲共登王途，期于相致，时为欢益，一旦迫之，必发其狂疾。自非重怨，不至于此也。

野人有快炙背而美芹子者，欲献之至尊，虽有区区之意，亦已疏矣。愿足下勿似之。其意如此，既以解足下，并以为别。嵇康白。

通过前一个专题的介绍，我们对《世说新语》和比较具有代表意义的魏晋人物已经有了一些基本的了解。我们大概知道魏晋人物多数是一些性格特征突出、内心思想丰富、文化修养深厚、才华出众的活跃分子。如果要在魏晋人物里面挑选一个全能冠军，我想，嵇康应该是没有什么可争议的。

嵇康身材高大，外貌英俊，风度潇洒。出众的外貌在特别注重人物形象的魏晋时代很能够为嵇康加分，可他偏偏不修边幅，不喜欢打扮，总是以一副慵懒颓废的样子示人，所谓"土木形骸，不自藻饰"（《晋书·嵇康传》）。嵇康对自己的容貌并不太在意，一方面固然因为他的性格比较散淡，追求自然；另一方面，大概也因为他确实是一位实力派文化明星，无须在容貌上作更多的强调。

嵇康的才华是多方面的，《晋书·嵇康传》称其"学不师授，博览无不该通"，意思是说他天赋过人，各种东西都能无师自通。他的诗歌非常有名，尤工四言诗，在中国文学史上有重要的地位。《文心雕龙》将嵇康和阮籍作为魏晋诗歌的代表，并称"嵇志清峻，阮旨遥深"。

嵇康的哲学素养非常高，他所著的《太师箴》《明胆论》《释私论》《养生论》等篇是中国哲学史上重要的篇章，是魏晋玄学的代表之作。嵇康的音乐造诣举世无双，相传他创作了《风入松》《长清》《短清》《长侧》《短侧》等名曲，并著有音乐理论之作《琴赋》《声无哀乐论》等。在嵇康死后,古名曲《广陵散》就在他的手上永远失传了。

嵇康擅长书法,工草书。唐代张彦远在书法理论著作《书法会要》中对古代书法家有一个排位,其中草书第一名是"草圣"张芝,第二名是嵇康,第三名是王献之。这里顺便说一下,我们后面学习《兰亭集序》的时候会了解到中国书法史上地位最高的"书圣"王羲之。王羲之是自负才华的人,但唯独对在他之前的张芝深感佩服,有自愧不如又心有不甘之叹:"(吾书比之)张草犹当雁行。然张精熟,池水尽墨,假令寡人耽之若此,未必谢之。"(孙过庭《书谱》)大概意思是说我(王羲之)的草书比张芝只差一点点,但假如我能够像张芝一样用功于书法,也未必会输给他吧。嵇康的书法没有流传下来,但他的草书能够在张彦远的排位中仅次于"草圣"张芝,位居第二,排在王献之之前(王羲之则排在更后),这是相当高的评价。

通过上面的介绍,我们对嵇康超群的才华有了一些初步的了解,他的任何一项才能在文化史上都堪称顶尖。在文艺修养和文化素质普遍较高的魏晋贵族之中,嵇康绝对是无可争议的全能冠军。而嵇康在中国历史上能够获得巨大的名声,除了因为他超人的才华,还在于他写了一篇叫作《与山巨源绝交书》的文章。《晋书·嵇康传》用四分之一的篇幅节录了这篇文章,作为对嵇康生平的重要记载。梁朝萧统编选的《昭明文选》则全文辑录了这篇文章。《昭明文选》是中国历史上影响最大的一部文集,在唐宋时被奉为"文章祖宗",是科举考试兴起以来知识分子的必读书,相当于经典范文集。宋代的时候流传一句话叫"《文选》烂,秀才半",意思是只要熟读《昭明文选》,就有秀才一半的水平了。中国古代的知识分子对《昭明文选》特别熟悉,对嵇康的《与山巨源绝交书》也就特别熟悉。

那么嵇康为什么要写这篇文章?为什么要和山巨源这个人绝交呢?山巨源又是何许人也?

嵇康为人恃才傲物,交友的门槛很高。他结交的不是才华横溢的名士,就是不食人间烟火的隐士和修仙者。他还专门写了一部《圣贤高士传》,记载了从上古以来到三国时期一百多位不求功名、不问富贵的高士。《晋书·嵇康传》里说他写这部书"撰上古以来高士为之传赞,欲友其人于千载也",就是说和他同时代的人他都不大看得上,他要交朋友都只好在古人里面去找。

与嵇康同时代的朋友中,有几位名气也非常大。阮籍、嵇康、山涛、向秀、刘伶、阮咸和王戎组成了中国历史上最有名的名士小团体,被称为"竹林七贤"。七贤之间的交往并不像老百姓喜闻乐见的"桃园三结义"或是梁山好汉聚义水泊那样蒸腾着滚烫的酒肉气,而是处处体现着世家子弟的清贵之气。他们主要处在一起清谈老庄,大搞"行为艺术"。七贤中的山涛,字巨源,就是《与山巨源绝交书》中提到的山巨源。

嵇康和山涛决裂的起因经过并不复杂。甘露五年(260),司马昭谋弑魏帝曹髦,司马氏弑上篡位取代曹魏政权的事实已成定局。在改朝换代的非常时期,司马昭急需像嵇康这样富有声望的名士出任要职,稳定人心,于是命改仕司马氏的山涛举荐嵇康出仕。嵇康被司马氏的虚伪激怒,写下《与山巨源绝交书》一文作为答复。这篇文章文辞犀利,直言自己清高孤傲、不肯出仕为官的耿介性格,并痛心责怪作为朋友的山涛不理解他,公开宣布与山涛绝交。

嵇康的狂放不羁触怒了司马昭,不久以后,他就被罗织罪名杀害。在他临刑前,有三千多名太学生联名上书请求赦免嵇康,另外还有许多豪俊之士自愿入狱陪嵇康一起坐牢,足可以见嵇康在当时的影响力之大。但这些努力都没能挽回嵇康的生命,死刑如期执行。在刑场上,他抚琴弹了一曲后来被称为人间绝响的《广陵散》,然后面无惧色,从容赴死。

嵇康富有悲壮诗意的赴死,更为他增添了无数身后名。他"以卵击石",被后世看作反抗暴政的精神榜样。嵇康是千古流芳的大名士,他撰文指责山涛并和他绝交,所以山涛当然也就不是个好人了。这在古代是一种主流的看法,在今天,多数人仍持这样的看法去解读这篇文章。

然而,关于嵇康和山涛,以及这篇《与山巨源绝交书》,背后还有许多重要的信息被人们有意或无意地忽略掉了。

从身世上说,嵇康并不是一个够资格的世家子弟,他的父亲是个小官吏并且早亡,但他的哥哥嵇喜却做过徐州刺史,而且母亲和哥哥都十分宠爱他,活生生地把他惯出了一身世家公子哥儿的习气。他在《幽愤诗》中有过深切的回忆:"母兄鞠育,有慈无威。恃爱肆姐,不训不师。爰及冠带,冯宠自放。"他成名很早,从个人才能上讲固然算得上是才华横溢,天赋异禀,但在另一个方面,他身上也深深染着世家公子那种高傲、任性、不能包容他人的脾性。这种脾性不是嵇康一个人独有的,而是世家子弟的通病。如西汉景帝时有一个名臣叫汲黯,《汉书》本传载"其先有宠于古之卫君。至黯七世,世为卿大夫",是个标准的贵族世家子弟。

汲黯"为人性倨，少礼，面折，不能容人之过。合己者善待之，不合己者不能忍见，士亦以此不附焉"。"倨"，就是傲慢；"少礼""面折"，就是与人交往没有礼貌，喜欢当面顶撞别人，这是任性；"合己者善待之，不合己者不能忍见"，就是说和自己意趣相投的人就乐于交往，与自己性情不合的人则根本不愿意见面，这是不能包容他人。《汉书》里面用来评论汲黯的这几句话，实际上可以拿来概括一切世家子弟的通病。

"竹林七贤"之中，在意趣方面和嵇康最相契合的，是后人经常拿来和嵇康并提的阮籍。阮籍在这个方面和嵇康特别相近，也比较傲慢、任性，不能包容他人。我们现在常用的"青眼有加"这个成语，就出自阮籍的故事。《晋书·阮籍传》载："籍又能为青白眼。见礼俗之士，以白眼对之。及嵇喜来吊，籍作白眼，喜不怿而退。喜弟康闻之，乃赍酒携琴造焉，籍大悦，乃见青眼。"我们可以回想一下前文谈到的孔夫子所提倡的"有朋自远方来，不亦乐乎？人不知而不愠，不亦君子乎"（《论语·学而》），遇上志同道合的人令人高兴，这是人之常情，但如果遇上志趣不合、想法不同的人，甚至不被人理解呢？孔夫子的做法是"不愠"，不会不高兴。但像汲黯、嵇康、阮籍这些世家子弟，反应就比较强烈，根本不考虑别人的感受，还很有表演的意味在里面。所以从这个角度讲，孔夫子的人生修养确实更加令人景仰。

山涛的人生轨迹和嵇康完全不同。山涛是"竹林七贤"中年纪最长的一位。与嵇康不同，山涛自幼生活贫寒，人生的发展一直比较平实和质朴，到四十岁才做了郡主簿。山涛没有嵇康那般过人的才华，身上没有嵇康的世家公子气，也没有嵇康的少年浮华和少年成名的传奇经历。他比嵇康大十八岁，从年龄上说基本上要比嵇康大一个辈分，却乐意和年轻人嵇康平辈论交。他晚年身居高位，并非尸位素餐，而是政绩卓然。《世说新语·政事》里记载"山公以器重朝望，年逾七十，犹知管时任"，就是说山涛以其才智在朝中享有很高威望，年过七十还负责干部选拔这种重要的工作。《世说新语·识鉴》中更记载着山涛对天下局势准确的预判，当时的人都认为他虽然不学兵法，但军事思想和古代著名军事家孙武、吴起的用兵之道暗合。

山涛还有另外一些看起来并不那么潇洒张扬的事迹。

他不畏权臣，坚持原则，保护同僚，为此遭到过贬官外放的报复。

他虽然身居高位，但是自己的生活克行节俭，常将俸禄薪水散于邻里，救济困苦。

他接受过贿赂。曾有人用数额巨大的财物贿赂他，《晋书·山涛传》记载，"涛不欲异于时，受而藏于阁上"。他不想在官场中显得不合时宜，于是将别人贿赂的东西放在楼上。后来事隔多年，行贿者事发败露，山涛把那些东西取出来交给调查的官员，上面积满了灰尘，连包装都没有拆开过。

他酒量过人，人们传说他有八斗的酒量，但他饮酒却极为克制。晋武帝曾有意试探山涛的酒量，专门准备了八斗酒请他喝，并暗中派人把酒加多。但山涛一喝到八斗的量就立刻停下不再喝，保持了身为重臣的仪态。

在时人眼中，山涛并不像嵇康那样以才华和风范名满天下，而是以气度和雅量为世人所推重。作为台阁重臣的山涛的聪明，和嵇康那种世家公子的聪明不在同一个方面。再加上嵇康要比山涛年轻十八岁，我们可以想象一个青年人和一个中年人所流露出来的聪明是不一样的。青年人的聪明往往表现得较为活泼可爱，而中年人的内敛持重未尝不是一种经历了时间洗涤的智慧。

所以《与山巨源绝交书》这篇文章，从写作者和写作对象上来说，是青年人写给中年人，是世家子弟写给台阁重臣，是才华横溢的艺术家写给沉稳干练的高级公务员，是一个言辞尖刻的朋友写给另一个敏于行而讷于言的朋友。

康白：足下昔称吾于颍川，吾常谓之知言。……间闻足下迁，惕然不喜，恐足下羞庖人之独割，引尸祝以自助，手荐鸾刀，漫之膻腥，故具为足下陈其可否。

第一段的内容，主要是说山涛推荐嵇康出仕，让嵇康觉得本以为很了解自己的朋友竟如此不理解自己，所以有必要写这样一篇文章来自白。

在这一段文字中，有一个地方值得注意，即"吾直性狭中，多所不堪"。嵇康坦言自己的性格褊狭，接人待物不能相容。根据我们对嵇康的了解，这样的自我评价还真不是过谦之词，而是相当真实的自白。

吾昔读书，得并介之人，或谓无之，今乃信其真有耳。……且延陵高子臧之风，长卿慕相如之节，志气所托，不可夺也。

这一段话大量运用排比，引用了很多典故，是比较典型的先秦子论的写法，特别具有战国中晚期纵横家的特色。先秦诸子中纵横家对中国散文有重要的影响，排比的运用是其中重要的方面。战国中晚期纵横家的主要任务是游说诸侯，博得信任。所以纵横家要有一种过人的本领，那就是在尽量短的篇幅之中以言辞夺人，排比是他们大量运用的重要修辞手段。在《史记》中我们可以发现，纵横策士对诸侯的游说，往往不先说结论，也不先说道理，而是先说一大段排比句，架势上看起来非常有见识，非常有自信。特别有趣的一个例子是《史记·苏秦列传》里面记载苏秦游说各国诸侯，先夸各国的地域条件如何优良，总是说东南西北各有什么，在排比上的措辞非常接近，换一个国别和地名扣上去就行了。

带有浓厚战国纵横家味道的中国古代散文，有好和不好两个方面：好的方面，是有助于增强文章的气势，易于打动读者；不好的方面，则是这种写作手段容易被滥用，有时流于言过其实，言辞欺人。

嵇康的这一段文字，在文辞上确有过人之处。其排比运用流畅自如，共引老子、庄周、柳下惠、东方朔、孔子、斗谷于菟（子文）、尧、舜、许由、张良、接舆、季札、子臧、司马相如、蔺相如十五人事迹，用典精确，繁而不乱，主要借以说明自己因性情褊狭，不适合入世进取，但从"适性"（能遂其志）的角度来看，却和兼济天下的圣人、君子殊途同归。

此段行文首尾相扣，由"性有所不堪，真不可强"到"志气所托，不可夺也"，再三强化表达了自己性情散淡、无意仕进的意愿。其中的佳句，如"外不殊俗，而内不失正"是流传后世的格言警句；

"君子百行,殊途而同致",则是化用了《周易·系辞下》的句子"天下同归而殊途,一致而百虑",体现了嵇康对文化原典的熟悉和高超的语言驾驭能力。

> 吾每读尚子平、台孝威传,慨然慕之,想其为人。……此犹禽鹿,少见驯育,则服从教制;长而见羁,则狂顾顿缨,赴蹈汤火;虽饰以金镳,飨以嘉肴,逾思长林而志在丰草也。

这一段承接上一段,由借用典故以自白,转为直叙身世,比较客观真实地叙写了自己作为一个世家子弟的成长经历和生活状况。其中生动真实之处,嵇康自叙因母亲和兄长骄纵,自己懒于梳洗,甚至连解小便都懒得起身,一直要憋到膀胱发胀才会起来。这样的懒惰、散漫又为身边的人所纵容,所以长大后思想上亲近老庄、不拘礼法简直是一种必然。

嵇康这一段自我剖析非常真实,像法国思想家卢梭的《忏悔录》一样,并不避讳自己的性格缺陷,也不讳言自己的童年成长经历对自己人生造成的影响。然而,嵇康虽然清醒地认识到自己的性格中有傲慢、懒散的缺陷,但也正因为这种世家子弟的傲慢,他对于这些因性格缺陷而影响到的人生选择("思长林而志在丰草")始终抱有一种与众不同的自豪在其中。

熊十力曾经批评庄子对人生缺乏深切的体验。庄子的生平被记录下来的很少,不知道他的遁世是否和生活经历有关。宣称视庄子为师的嵇康,对人生缺乏深切的体验是肯定的。他自称"又读《庄》《老》,重增其放","放"就是散漫、散逸的意思。

嵇康说自己读了《庄子》和《老子》，只不过是增加了自己的散漫，表明他思想的形成，骨子里是生活经历在起作用，而不是单纯地在学术上对老、庄进行继承。

  阮嗣宗口不论人过，吾每师之而未能及；至性过人，与物无伤，唯饮酒过差耳。……又闻道士遗言，饵术黄精，令人久寿，意甚信之；游山泽，观鱼鸟，心甚乐之；一行作吏，此事便废，安能舍其所乐而从其所惧哉！

  这一段是上一段的深入，继续自白由于自己的傲慢、懒散而造成的与世相违。此段先谈与自己性情最契合的阮籍，说阮籍也是狷介之士，但性格比自己稍微平和一些，紧接着话锋一转，又说回自己。嵇康说自己有七件事不能忍受，有两件事特别不能接受，统称为"九患"。这九件事合起来看，无非都是因为自己的性格褊狭而与世相违，不能够服从既定的社会规范，分开看无非是些公子哥儿派头十足的琐事，像喜欢睡懒觉（"卧喜晚起"）、"不喜作书"（这里的"书"是文案、文件之意）、"不善吊丧"、"不喜俗人"、"心不耐烦"等。在文字上凑足"九患"，从内容上看并无必要，但"九"在中国传统文化里是阳数之极，有最多的意思。"九患"的意思说白了，就是强调自己与世俗社会完全不相容，难以忍受的事不胜枚举。

  此段到最后，总结为决不能做官。一旦做官，则与自己的性情完全违背，自己的生活乐趣和生命追求将完全被剥夺，怎么能够舍弃生命的乐趣而去做自己畏惧的事情呢？

> 夫人之相知，贵识其天性，因而济之。……足下无事冤之，令转于沟壑也。

这一段的意思和第二段、第四段略有重复，主旨在申明"令得其所""各以得志"之意。嵇康说，朋友之间相交相知，最重要的是了解对方的天性，然后根据对方的天性来帮助、成全对方。后面接以典故和譬喻的排比，仍是先秦子书常用的写作技巧。此段从显示才情学养的角度来说，嵇康确实有上佳的表现，但从行文的角度来说，则不乏冗繁之弊。

嵇康这一段文字的主要意思在于告诉山涛不要强人所难，强迫生性闲散的自己出仕为官。"己嗜臭腐，养鸳雏以死鼠也"，这句话典出《庄子·秋水》。《庄子·秋水》中讲过这样一个故事，惠子做了梁国的相，害怕庄子来夺他的相位，便派人去搜寻庄子。庄子往见惠子，并对他说："南方有一种叫作鸳雏的鸟，生性高洁，只待在干净的地方，只吃干净的食物和水。有一种以腐烂老鼠的尸体为食的鹰叫作鸱，有一天鸱得到了腐烂的老鼠，正好碰上鸳雏从它头上飞过。鸱担心鸳雏来抢它的死老鼠肉，就对着鸳雏大叫表示驱逐。"嵇康用这个典故，表面的意思很简单，普遍被认为是嵇康指斥山涛为逐臭之人，以自辩清白。但我怀疑此句用此典故别有深意，因为在《庄子》一书中，惠子是最经常出现的一个形象，这个形象常被庄子调侃、奚落、批评，实际上却是与庄子交往最深，也是在学问和思想上相互砥砺的亲密伙伴。所以对《庄子》有深入研究的嵇康实际上是将自己比为庄子，而将山涛比为惠子。庄子和惠子的关系，是貌离神合的关系，嵇康和山涛是否也是这种貌离神合的关系呢？可能性是有的，后面我们会再次谈到。

吾新失母兄之欢，意常凄切。……自非重怨，不至于此也。

此段承接上段，从典故、譬喻说到自己的现实生活。此时嵇康的母亲和兄长刚刚去世不久，他心情悲伤，膝下子女年纪尚幼，而且经常生病，在这样的情况之下，他更加无意仕进，只能以全身养命、教养子孙为生活目标。嵇康再三向山涛陈说自己不愿出仕，请他不要为难自己。

野人有快炙背而美芹子者，欲献之至尊，虽有区区之意，亦已疏矣。愿足下勿似之。其意如此，既以解足下，并以为别。嵇康白。

此段是文章的结尾。嵇康用《列子·杨朱》中"野人献曝"的典故，意思是俗人心目中所羡慕的名利富贵，在我眼中一钱不值，你（山涛）虽有一番美意，但奈何与我的志趣相隔太远。望你不要做献曝的野人。我言尽于此，我们从此就各寻其路——绝交了吧。

嵇康写了这样一篇绝交书给山涛，山涛并没有回应，但这并不意味着他们的生活从此再无交集。嵇康在写作《与山巨源绝交书》之后不久被罗织罪名杀害，在临刑前，他将自己年幼的儿子嵇绍托付给山涛，并告诉嵇绍："只要有山涛在，你就不会孤苦无依，就好像父亲在你身边一样。"而山涛也非常忠诚地完成了朋友嵇康的重托，在嵇绍成年之后举荐他做官，帮助嵇绍登上政治历史的舞台。我们前面讲到，嵇康在文中采用《庄子》中庄子和惠子的典故，也许暗含着自己与山涛貌离神合的深意，这种可能性的另一重佐证就是嵇康在临死前最终托孤的人不是和他一样拥有过人才华和名声，并常常和他悠游在一起的阮籍，而是那个被他公开宣言与之绝交的山涛。当然，这个推论无法被证实，只能说有相当大的可能性。

《与山巨源绝交书》这篇文章，历来被解读为嵇康不愿同流合污的高洁品格的自我写照，也被认为是嵇康深具魏晋风度的悲风遗响。与之相对，同样是"竹林七贤"之一的山涛则普遍被认为是一个苟且之人、一个品行有亏之人。这样的看法，应该说还留有很大的继续研究的空间。

在这个世界上，像山涛一样挨了骂还心甘情愿地照顾对方儿子的人，应该很少很少了。而像嵇康一样，痛骂了朋友还深信朋友不会怀恨在心，敢于托孤给对方的人，恐怕就更少了。

"竹林七贤"中的小字辈王戎曾这样评价山涛："璞玉浑金，人皆钦其宝，莫知名其器。"嵇康在《与山巨源绝交书》中一再责怪山涛不理解他的傲慢与散淡，但我们反过来看看，仅就这篇文章所流露出的尖刻与褊狭来看，也很难说嵇康真正理解山涛的为人。山涛固然没有嵇康的风流任性、逞才放旷，但他中年持重、内不失正的恢宏度量却是如此暖人心肺，值得信赖。好在，嵇康临终前的托孤，是对山涛最深刻的理解。

其实，嵇康和山涛都是货真价实的魏晋人物。真正的魏晋人物，骨子里除了有贵族式的傲气和对诗意人生的追求，更具有那股不顾一切的坚持劲头，不论是与世俗乖舛，还是被自己深交的朋友撰文宣告绝交,都不能改变他们心中笃守的坚持。嵇康的高洁放任,山涛的雅量恢宏,都是对魏晋人物的绝佳诠释。

悲欣

八

王羲之

兰亭集序

（东晋）王羲之

　　永和九年，岁在癸丑。暮春之初，会于会稽山阴之兰亭，修禊事也。群贤毕至，少长咸集。此地有崇山峻岭，茂林修竹；又有清流激湍，映带左右，引以为流觞曲水，列坐其次。虽无丝竹管弦之盛，一觞一咏，亦足以畅叙幽情。

　　是日也，天朗气清，惠风和畅。仰观宇宙之大，俯察品类之盛。所以游目骋怀，足以极视听之娱，信可乐也。

　　夫人之相与，俯仰一世，或取诸怀抱，晤言一室之内；或因寄所托，放浪形骸之外。虽趣舍万殊，静躁不同，当其欣于所遇，暂得于己，快然自足，不知老之将至；及其所之既倦，情随事迁，感慨系之矣。向之所欣，俯仰之间，已为陈迹，犹不能不以之兴怀。况修短随化，终期于尽。古人云："死生亦大矣。"岂不痛哉！

　　每览昔人兴感之由，若合一契，未尝不临文嗟悼，不能喻之于怀。固知一死生为虚诞，齐彭殇为妄作。后之视今，亦犹今之视昔。悲夫！故列叙时人，录其所述。虽世殊事异，所以兴怀，其致一也。后之览者，亦将有感于斯文。

东晋永和九年（353）三月初三，这个日子被一个叫作"兰亭雅集"的事件非常抢眼地定格在中国历史上。

兰亭聚会说白了，就是一群人出去找乐子。那时候上流社会最流行的娱乐方式是大家相互邀请人来家里清谈。清谈这个事情重点在清，其次才是谈，一切柴米油盐、国家大事都是俗事，要谈就谈先有鸡还是先有蛋，老聃和释迦牟尼谁比较高明一点，色即是空，空不是没有……当然，总是待在家里也不免让人觉得发闷，就找个天气好的日子到山上喝酒写诗去。音乐本来是聚会中极好的一种助兴之物，但这群人竟也嫌麻烦，乐器也不带，便宽袍大袖、优哉游哉地走向城外的会稽山。

这不是一群普通的人，他们是以会稽市市长王羲之为首的四十二位当时最负盛名的文化名流。所以人们称这次聚会为"雅集"，意思是文化人的聚会。我们现在一听说文化人聚在一起，马上想到的是开会：研讨会、茶话会、笔友会、创作交流会等。现代人印象中的文化人都带有一本正经的学究相，实际上，古人比我们想象得要潇洒得多。

有必要简单介绍一下这次聚会中最有代表性的几位人物。

王羲之，时任会稽内史（相当于市长），琅琊王氏子弟。琅琊王氏是东晋第一大望族，王氏子弟多出类拔萃之辈。王羲之年轻的时候，太尉郗鉴想找一个王家的年轻人当女婿，就派自己的门生到王家去求亲。王家的家长、丞相王导骄傲地说，我们王家的小伙子都很棒，你最好自己到家里看一看，看上谁就是谁。王家的年轻人知道是郗鉴派人来选女婿，个个都打起精神来装模作样扮斯文。郗鉴的门生看了一圈以后回去给郗鉴回话："这王家的小伙子啊,一听说您派人来选女婿,都仔细打扮了一番,竭力保持庄重。只有一个人露着肚皮躺在床上,好像完全不当回事。"郗鉴一听,特别高兴:"就是他了!就是他了!"后来再去王家一打听,这人就是王羲之。郗鉴把女儿嫁给了他,并由此留下了一个成语,叫作"坦腹东床",意思是好女婿。我们都知道王羲之是中国历史上赫赫有名的"书圣",书法造诣举世无双,有时往往忽略了他其他方面的文化修养也非常高,文采、学识、气度都是一时之选。

谢安,当时是无业青年,阳夏谢氏子弟。谢家和王家同为东晋名门望族。唐代诗人刘禹锡写过一首著名的《乌衣巷》,其中的名句"旧时王谢堂前燕,飞入寻常百姓家",这里的王、谢,说的就是王羲之和谢安两家。谢安年轻时在会稽当文艺青年,沉迷于写诗作文,对做官毫无兴趣。他在年轻时就非常有名,因为他会用洛阳口音说话。那时洛阳口音被认为是最正统的普通话,而永嘉南渡以后,随着政权的南迁,已经很少有人会说了。谢安的洛阳话特别地道,甚至连骂人也用洛阳话骂,让人觉得他高贵典雅、品味不凡。当然,谢安年轻时作为文艺青年的小名声绝对无法和他日后的千秋万世名相提并论,后来他官至宰相,成为东晋王室的中流砥柱,也是谢氏家族三百年间最闪耀的人物。

支遁,中国历史上著名的僧人、思想家,他也许是兰亭雅集里面长得最丑的一位。魏晋时候的风尚是以貌取人,要进入最高级别的文化圈,长得好看是重要的条件,所以《世说新语》里面记载魏晋名士,常常会提及人物的长相。但支遁的长相实在太丑,丑到有人曾明确说喜欢听他发表高论但不愿意见他的面,丑到他去别人家拜访家仆不敢放他进门。谢安谈到支遁的长相时只好说"见林公（支遁）双眼黯黯明黑"，意思是支遁的眼睛很有神，这大概是一种顾左右而言他的客套。支遁爱好养宠物，不过不是猫猫狗狗，他喜欢养马放鹤。有人说他一个出家人养宠物不像样子，他认真地回答说：贫僧养的不是马，是神骏。"神骏"是一个形容词，和谢安说他"双眼黯黯明黑"有异曲同工之意。他是第一个成功运用佛教理论来阐释老庄之道的思想家，世家名士都以与他结交为荣。王羲之在没有和支遁交往之前对他颇为不屑，但和他交谈过一次以后就彻底成为支遁的粉丝。那时只要支遁开坛说法，必然是场场爆满，在当时很有点文化界领袖的味道。

孙绰，少年成名的天才诗人，世人称其文采"横绝一世"。"横绝一世"这四个字很了不得，自古文无第一，武无第二，何况当时的世家子弟大多能诗擅文，名家辈出，连女孩子都能出口成章，孙绰这个"横绝一世"就更加显得有含金量。有名望的贵族大姓人家有人去世以后，族人都争着抢着请孙绰写碑文，觉得只有孙绰的手笔才够分量。孙绰本人对自己的文采也是相当有信心，他写完文章给朋友看，对朋友说："你尽管把这篇稿子往地上扔，我的文章字字金玉，砸在地上都能听见响声！"除了文采卓越之外，孙绰对佛教也有相当深入的研究。他与支遁交往密切，是较早把佛教和儒家思想融会贯通的思想家之一。

许询，和孙绰齐名的一代文宗，其文采超群也有一个说法，叫作"妙绝时人"，和孙绰的"横绝一世"交相呼应。许询文采出众，玄谈也非常有名，和支遁交往非常深入，后人用"支许之契"来概括他们僧俗之间的交情非同一般，这个词也成了一个成语，用来借指出家僧侣和世俗文人之间深厚的交往。许询出身名门，才华超群，多次受到朝廷征辟，而他也屡次避而不就，是当时有名的隐士。他与王羲之交往密切。

郗昙，太尉郗鉴次子，善草书，是王羲之的小舅子，与王羲之感情深厚。传说郗昙死后，他的墓中有许多当时名贤的遗墨陪葬，其中王羲之的《兰亭集序》真迹正在其中，后来被征北军人盗发。

王蕴，司徒左长史王濛之子，长于政事，一度担任礼部尚书郎，为朝廷推选人才。他处事公允，性情平和，体恤百姓，在当时颇有声望。王蕴的女儿王法惠后来嫁给晋孝武帝成为皇后，晋孝武帝因为他是皇后的父亲，并且确实有服众的声望，便想任命他担任中央高级职务，授予高级爵位。王蕴则认为自己身份上已属外戚，以女显贵，不合古制，于是坚决辞让不受。最后在谢安的劝说下才勉强同意出任地方官员，任会稽内史。王蕴嗜酒，晚年的时候长期醉酒，很少有醒着的时候，但他执政宽和，并不因饮酒废政事，深得百姓爱戴。

王徽之，王羲之第五子，字子猷。"王子猷雪夜访戴"的故事是《世说新语》里最潇洒飘逸的篇章。王徽之在一个大雪纷飞的夜晚无心睡眠，独自饮酒，突然想念起自己的好朋友戴逵，于是冒着严寒连夜乘船溯江而上，船行百余里，来到戴逵家门口却转头回家。有人问他为什么不进去，他说："我趁着兴致而来，现在兴致尽了就回去，何必一定要见到戴逵？"

王献之，王羲之第七子，气貌出众，在年幼时便被谢安认为是王氏子弟中最出众的一个，后官至中书令，在当时相当于宰相。王献之书法造诣精深，在书法史上被称为"小圣"，与其父王羲之并称"二王",被认为是书法上"兼众家之长,集诸体之美"的集大成者。

参与此次兰亭雅集的一共四十二人,全是当时最负盛名的名士及世家子弟,风云际会,一时无两。可以说,这次兰亭雅集正是王羲之召集的盛大文化聚会。

结伴出外游玩,他们席地坐在一条曲折回转的浅溪旁,把酒杯扔到小溪里,任由细细的溪水把酒杯带动得跌撞漂浮,如果酒杯被溪里的碎石或岸边的水藻卡住不再移动,那么停在谁的面前谁就要作诗一首,作不出来就罚酒。一只酒杯、一条浅溪就能让四十多个人玩得情酣意足,这个极富诗意的场景成为后世画家常常用来入画的题材。

那一天,这群中国历史上最顶尖、最富有意趣的文化人一共写了三十多首诗,有十六个人诗兴不浓,没有写出诗来,被罚了酒。聚会的发起人王羲之在微醺之中即兴挥毫,为这些汇总起来的诗篇写了一篇序,将这次雅集活动记录了下来。兰亭雅集上所作的诗篇,大多都失散了,而王羲之那篇序文的手稿所幸没有被埋没(今所见为摹本),它就是被后世称为"天下第一行书"的《兰亭集序》。

《兰亭集序》这篇短文,对兰亭雅集活动进行了简要记叙,文体性质上属于序文。此文虽然篇幅短小,但叙事充分,层次分明,转合利落,逸趣横生,感怀隽永遥深,辞采文质相宜,是一篇脍炙人口的千古名文。

永和九年,岁在癸丑。暮春之初,会于会稽山阴之兰亭,修禊事也。

东晋永和九年，即公元353年，按照中国古代天干地支的算法是癸丑年。这个时间从历史上来看，是有一点意味的。晋代分为西晋和东晋，西晋（266—316）是中国短暂的大一统王朝。西晋末年，由于战乱，司马氏政权南迁，定都建康（今南京），称为东晋。在东晋之前，中原文明在政治、经济、文化各方面都主要立足于长江以北的北方。而随着晋室及人口的大量南迁，南方的政治、经济、文化得到了迅速的发展，并随之带来了南北文化的交流与融合。其中一个重要的方面就是南方清新秀丽的山水风貌与南迁而来的品味精致的贵族文化相融合，兰亭雅集就是这种文化融合的一个具体表现。简单来说，就是南方的山水成为贵族重要的文化资源和精神养料。所以兰亭雅集的地点很重要，它是在秀丽的南方山水中举办的；另一方面，它的时间也很重要，正是到了永和九年的时候，这种文化融合已经进行得比较充分了，才会孕育出兰亭雅集这样的文化盛会。

"暮春"是指农历三月，这次雅集是三月初三举办的，所以叫作"暮春之初"。

"会稽山阴"这句话有两种解释，一种是会稽的山阴县，另一种是会稽山的北面，"阴"有山北面的意思。

"修禊"是古代的一种风俗，人们相约在每年三月初三这一天到河边洗濯，认为这样可以洗去不好的运气，后来演变成一种春游活动。

> 群贤毕至，少长咸集。

我们前面已经介绍过此次雅集的部分与会者，用"群贤毕至"来概括真是毫不夸张。其中还有部分王羲之的子侄晚辈，所以再补充一句"少长咸集"，非常精练准确。

> 此地有崇山峻岭，茂林修竹；又有清流激湍，映带左右，引以为流觞曲水，列坐其次。

这一句记叙集会的环境。"崇山峻岭"后来成为一个成语。"崇"是高，"峻"是陡峭，"崇山峻岭"意谓高大陡峭的山岭。"茂"是茂密，"修"是修长、高大，"茂林修竹"意谓茂密高大的竹林。我们知道竹子是典型的南方植物，竹的形象与树木相比更具有南方地域的秀美、轻灵。

"清流激湍"一句值得细细品味，从字面翻译意思是清澈的水流流势很急。因为兰亭雅集于"崇山峻岭，茂林修竹"的环境里举行，即在高山上的竹林里举行，所以"清流"不会是大江大河，而一定是山涧或者溪水，是小水流。如果我们见过山中的溪水，一定会有这样一个印象，这些清澈的小水流因为水浅、弯多，加上水底的地貌不平顺，很容易激起水花，看起来就好像因为水流急而产生的一排排浪花,这是一种视觉效果。结合后面记叙到的"流觞曲水"，更可以肯定这种推测，因为只有水浅、弯多才有可能让酒杯在水流中停止漂移。这句话用了"激湍"这样看起来激烈的字眼，实际上描述的是很清丽可人的山中景观。

"映带左右",就是围绕在周围。"映带"这个词用得很妙。"映带"有映衬、连带之意,意谓"清流激湍"不仅仅是孤立地围绕在周围,而且和雅集诸贤融为一体,相互呼应。"映带"同时是一个书法术语,指行书和草书的笔画与笔画之间、字与字之间因往来呼应而产生的游丝引带,极具审美价值。借助书法上的"映带"一词,可以帮助我们更加细微地体察此句的妙处。

"引以为流觞曲水","引以为"是"引之以为"之意,利用映带左右的溪水来玩一个叫作"流觞曲水"的游戏。觞是一种酒器,通常为木制,小而体轻,底部有托,可浮于水中。"流觞曲水"就是我们前面提到过的那个极富雅趣的游戏,这其实是中国历史上一个有悠久传统的古老游戏,在兰亭雅集之后,更加定格成为文人雅趣的代名词。

虽无丝竹管弦之盛,一觞一咏,亦足以畅叙幽情。

"丝竹管弦",丝就是弦乐,竹就是管乐,丝竹管弦就是乐器的代称。中国古人有"丝不如竹,竹不如肉"之说,意思是弦乐不如管乐,管乐不如人的歌喉,这大概是一种崇尚自然的观念,认为越是发自天然、越少借助工具的声音越是好的声音。"虽无丝竹管弦之盛",虽然没有音乐来营造热烈盛大的气氛;"一觞一咏,亦足以畅叙幽情",喝一点酒,咏一点诗,也足可以畅快地抒发内心细腻隐微的情怀。这里的"畅叙幽情"也值得玩味。我们直观地想象一下,"畅叙"就是畅快、尽情地叙说和抒发,如果把人放在一个广阔的、像北方平原那样的自然环境之中,"畅叙"的内容很大可能会是"豪情""悲情""激情"等。但在这南方山水细腻怡人的环境下，"畅叙"的却是"幽情"，这或许在某种程度上也可以佐证东晋时候的文人气质受到了南方山水的影响，倾向于细腻幽深。

是日也，天朗气清，惠风和畅。

整句的意思是"这一天，天空晴朗，空气清新，柔和的风让人感到温和、舒畅"。"惠风和畅"这个成语出自本文，现在经常看到被人写成大字挂在客厅或者办公室里。"惠风和畅"被借指为一种和谐的理想状态，不浓烈，不冷淡，让人感到恰到好处的舒适。

仰观宇宙之大，俯察品类之盛。

上面两句中，"天朗气清"更多的是对自然的客观描述，"惠风和畅"则比较偏重描述一种主观感受。对世界的体察由外而内，起初局限在一个可感可观的范围内，然后突然宕开一笔，"仰观宇宙之大，俯察品类之盛"。"宇宙"在古代的意思是空间和时间，"品类"指世间一切有形的万物。实际上，空间与时间之广大，万物种类之繁多，都是不可能认知穷尽的，所以采用的动词是"观"和"察"，表明这是一种注重主观体验、胸襟广阔的生命态度。这里顺便提一下，对文学常识缺乏了解的人可能会认为这两句话是对仗，意味着这篇文章里有骈文的句子，其实不是。对仗要求两句之中的每一个字和词意思都要相对,如果相同或者相近就被称为"合掌",算犯规了。这两句话里两个"之"字完全相同,"观"和"察"意思基本相同,所以不存在对仗。虽然看起来上下两句的字数相同,却是标准的散文写法。

所以游目骋怀,足以极视听之娱,信可乐也。

这里的"所以",是"用之以"的意思。用"仰观宇宙之大,俯察品类之盛"这样的人生态度来放眼纵观,驰骋胸怀。"游目骋怀"中的"游目"是前人经常用到的一个词,如屈原《楚辞·离骚》中"忽反顾以游目兮,将往观乎四荒",曹植《游观赋》中"静闲居而无事,将游目以自娱",指自由自在地观览景色,尤其是指广阔的景色。一个"游"字,一个"骋"字,行文的意境非常舒展。

"足以极视听之娱",这一句要结合中国文学史的背景去了解。中国古代有意识的文章写作,早期是以骈文写作为主的,汉魏、两晋、南朝,这些时期的单篇文章写作,以骈文特别是赋为主。赋文在写作上最突出的文体特征是铺陈,我们今天的文学教材普遍批评这种"堆砌辞藻"的写法,就是不厌其烦、巨细无遗地花费笔墨去进行景观描写,用华美的文辞来产生"极视听之娱"的文学效果。我们可以去读一读汉代司马相如、扬雄、枚乘等人的赋文作品,像《子虚赋》《上林赋》《长杨赋》《七发》等,用赋写出来的是那种华丽富贵的文章。王羲之在这里写"天朗气清,惠风和畅。仰观宇宙之大,俯察品类之盛",只有这么几句话,还都是虚写。宇宙之大里面有什么,品类之盛到底有哪些,如果是赋文就一定要一样一样写过去。而王羲之用散文写就写得非常简省，虽然仍留有赋文那种开张、宏大的气势，但在行文上虚晃而过。这就有点类似中国戏剧里面三五个人就代表千军万马，马鞭一摇就表示行过了千山万水。骈文和散文二者在文学效果的追求上不一样。赋文那样写，华丽中带着古意；散文这样写，轻巧中带着飘逸。

夫人之相与，俯仰一世，或取诸怀抱，晤言一室之内；或因寄所托，放浪形骸之外。

"人之相与，俯仰一世"，一般的翻译是人与人之间相交往，很快就过了一生。这样翻译，大概的意思没错，但对原文细微的意思有所缺漏。"相与"字面上的意思是人与人相交往，但实际上是说一种众生杂处的状态，好像一个电影镜头的定格，画面里人们茫无目的地处在一起。"俯仰一世"，用大白话说，抬头低头之间就过了一辈子，更加强了那种茫然、易逝的感觉。面对如此茫然、易逝的人生，不同的人有不同的态度和方式去度过它。"或取诸怀抱，晤言一室之内"，有的人喜欢把对人生和世界的感悟放在胸中，与朋友在室内切磋清谈。"或因寄所托，放浪形骸之外"，有的人将情怀寄托于外物，将自己的精神超脱于肉体之外。后一句话要准确翻译很难，简单来说就是让自己的精神有一种高远的寄托，如魏晋时期的名士喜欢诗歌、书法、玄谈等，说到底，就是让精神有一个寄托，希望借此脱离世俗生活之累。

虽趣舍万殊，静躁不同，当其欣于所遇，暂得于己，快然自足，不知老之将至；及其所之既倦，情随事迁，感慨系之矣。向之所欣，俯仰之间，已为陈迹，犹不能不以之兴怀。

"虽趣舍万殊，静躁不同"，虽然人的取向、趋向各种各样，有恬静与躁动之别。这里的"静""躁"就分别指上一段所言"取诸怀抱，晤言一室之内"和"因寄所托，放浪形骸之外"，意指内指和外放两种生命态度。这里说的是"趣舍万殊"，但具体谈到的只有"静""躁"两种，这是比较富有道家特色的观念。中国道家倾向于用至简的方式去理解这个世界，世界的统一性归纳于"一"（也称"太极"），世界的差别性归纳于"二"（"阴""阳"两面），这就是《老子》里面谈到的"一生二，二生三，三生万物"，也是《易经》里面所说"太极生两仪，两仪生四象"。所以只要有差别，哪怕是"万殊"，只要用两种最突出的例子来说明就可以了。王羲之本人是非常忠实的道教信徒，所以在行文中会不自觉流露出这样的思想倾向。

"当其欣于所遇，暂得于己，快然自足，不知老之将至"，当遇到了自己喜欢的事物，暂时感到高兴和满足，也就会暂时忘记衰老正在慢慢降临。

"及其所之既倦，情随事迁，感慨系之矣"，等到对喜爱或得到的东西已经厌倦，感情随着事物的变化而改变，感慨也就由此产生了。

以上两句话所说的内容，和接下来所言"向之所欣，俯仰之间，已为陈迹，犹不能不以之兴怀"，主要表达的是中国传统文化中一个重要的哲学命题：无常。常是永恒不变之意，无常即世间万事万物包括人类情感在内，总是处于变化之中，没有什么是永恒不变的。对于无常，儒释道三教的态度各不相同。佛教对待无常是很冷静的，将它视为一个无法更改的客观规律，没有什么感情因素在里面。而儒家和道家面对无常往往有很强烈的感怀，但感怀的重点并不一致。如《论语》里记载："子在川上，曰：'逝者如斯夫！不舍昼夜。'"（《论语·子罕》）孔夫子面对无常有一种积极的精神——正因为万物易逝，所以当下才更值得宝贵，更值得积极努力。道家面对无常的态度看似冷静，如庄子说"方生方死，方死方生"（《庄子·齐物论》），实际上有一种无可奈何的伤感在其中。这种刻骨的伤感在《庄子》里也许埋藏得深一些，但在《兰亭集序》这篇文章里则暴露无遗。像"感慨""兴怀"这种直白的词在《庄子》里很少见，也许因为同样是道家思想的信徒，王羲之潇洒些，而庄子则不是一个习惯暴露情绪的人。

况修短随化，终期于尽。古人云："死生亦大矣。"岂不痛哉！

"修"即长，"修短随化"意思是寿命的长短只能听天由命。"终期于尽"，不论寿命是长是短，最后的结局都一定是死亡。"古人云：'死生亦大矣。'岂不痛哉！"古人说：生死是件大事啊，怎么能不让人感到痛心！我们上面说过，道家对无常，尤其是生命的无常有一种无可奈何的伤感，王羲之一句"岂不痛哉"，把这种伤感上升到了伤痛，是非常真诚的情感表达。

南朝刘义庆编著的《世说新语》里有这么一则：

谢太傅语王右军曰："中年伤于哀乐，与亲友别，辄作数日恶。"王曰："年在桑榆，自然至此，正赖丝竹陶写。恒恐儿辈觉，损欣乐之趣。"（《世说新语·言语》）

谢安对王羲之说："人到中年，总是被哀伤的情绪笼罩，每次和亲朋好友分别，总会难过好几天。"王羲之说："年纪大了，本来就是这样，只好借助音乐来发泄情绪、排遣忧伤。还经常担心子侄辈发现（觉得我们老不正经），妨碍到我们快活的乐趣。"

把这一则材料和《兰亭集序》结合起来阅读会非常有趣。像王羲之、谢安这样人生顺利、没有遭受过什么重大挫折的贵族，中年是一个特殊时期。一方面是已经见识过世间繁华，感受过世间各种声色之娱，并深深乐在其中；另一方面，他们深知生命的无常，自知正在无可挽回地走向死亡，也在无可挽回地告别世间繁华。所以这个时期正是人生"伤于哀乐"和"痛哉"的时候，不仅谢安和王羲之，兰亭雅集的诸公应该都有这样的共鸣吧。

每览昔人兴感之由，若合一契，未尝不临文嗟悼，不能喻之于怀。

这句话的意思是：每每看到前人深切感怀的缘由，如果和我的想法正相契合（是因为感慨生命无常），没有不面对这些文字而叹息哀悼的，（没有）不能在心中深切体会（这种情怀）的。

中国文学中乐生恶死的感情在汉代已经比较普遍，汉代诗歌中有不少描写宴会表达及时行乐主题的作品。王羲之所谓"昔人兴感"，也许就是指这一类的文学作品。

固知一死生为虚诞，齐彭殇为妄作。

这句话的意思是：我当然知道把生死当作一回事是虚无荒诞的事情，把长寿和短命等同起来的说法是妄造。

这两句话被认为是针对《庄子·齐物论》的批评。《庄子·齐物论》中提出万物齐同，包括生死和寿命的长短，从字面上说，好像庄子是宣扬生死齐同、长短齐同，王羲之是从这个方面去批判的。但实际上庄子所谓的"齐"，强调的是万物在相对性这个属性上的齐同，意思是万事万物都有一个共同的特点，即相对性。生与死相对，有生才有死，有死才有生；长与短相对，事物长短的概念是在相互比较中产生的，并不是说生和死、长和短本身在状态上是相同的。所以王羲之这两句话其实并没有批评到庄子的本意。当然，这篇小文章的旨趣并不在进行严格的学术讨论，不必苛责作者。

后之视今，亦犹今之视昔。

这句话意思是：站在以后看现在，就像现在看过去一样。出自《汉书·眭两夏侯京翼李传》："（京）房曰：'臣恐后之视今，犹今之视前也。'"京房是西汉的著名学者，中国历史上影响深远的易学大师。这是京房运用易理劝谏汉元帝的一段著名对话中的两句，意在劝谏汉元帝要以古为鉴，不能自以为是。

京房的易学在历史上影响深远，在崇尚玄学的东晋，王羲之应该也对京房有所了解，所以直接引用了他的话。王羲之这里的用意和京房的原意也有所不同，京房强调的是历史发展的相似性，王羲之强调的是事物永恒的变化（即无常）。他的言下之意是：以后的人们看今天的人已经不在了，就好像现在的人看以前的人已经不在了一样。

悲夫！故列叙时人，录其所述。虽世殊事异，所以兴怀，其致一也。后之览者，亦将有感于斯文。

这段话的意思是：悲哀啊！所以我特别把今天参与盛会的诸位和他们写下的诗篇记录下来。即便以后世道更迭、事物变迁，人们总是会对无常的世界和人生产生感怀，和我们今天的情绪是一样的啊。以后的人们读到我们的文字，一定也会产生共鸣吧。

兰亭雅集，犹如历史长空中骤然绽放的一场绚丽烟火，它是如此光彩夺目，而又转瞬即逝。《兰亭集序》，文采斐然、气韵悠扬的《兰亭集序》，被后人视为中国书法技艺与美学最高典范的《兰亭集序》，就是这场盛大烟火所留下的一抹灰烬。后世有无数仰慕先贤风流的后来者，对《兰亭集序》顶礼膜拜、心摹手追，如饥似渴地汲取着这一抹灰烬中渐逝渐远的余温。《兰亭集序》不仅倾倒了后世第一流的书家如虞世南、欧阳询、褚遂良、赵孟頫等，也成了普通书法爱好者临摹学书的必经之路。有一个问题在人们的心中盘旋了一千多年：为什么人们再也写不出像《兰亭集序》那样完美的作品？

可是人们很少问这样一个问题：《兰亭集序》为何如此完美？

也许你会认为这个问题太过简单，不值一答，因为千百年来人们已经拿所有可以想到的美好词汇来赞美它。它已经完美到了极致，而它为何完美似乎是一个不证自明的问题。

《兰亭集序》的完美，不仅仅在于书法的极度华丽与典雅，更在于它的精神内核：用极度华美的笔触来书写人世间永恒的悲哀——生命无常，万物易逝。

就像"夫人之相与"一段所说，我们这些人在一起相知相交，抬头低头之间便度过了一生。有的人比较内向，喜欢待在家里玩清谈；有的人喜欢在外面找乐子，生活狂放不羁。虽然他们的性格各不相同，但一遇到高兴的事情，就忘掉了人都是要老死的。我们为得不到的和容易得到的东西患得患失了一辈子，却很少想到人总是要死的。古人说："死生是件大事。"这怎么能不让人痛心啊！

这些中国历史上顶尖的贵族、名士、诗人、高僧，饮酒赋诗，游戏作乐，当气氛达顶点时，就像水加热到100℃，欢愉蒸发成悲哀，将他们笼罩得无所遁形。他们越是作诗啊，喝酒啊，找乐子啊，挣扎啊，这份悲哀就像紧箍咒一样把他们勒得越紧。这种悲哀笼罩欢愉、滚烫交织冰冷的感觉，恰恰表达出一种真切的人生体验，就好像加西亚·马尔克斯在小说《百年孤独》里写到的一个片段：

"再付五个里亚尔才能摸。"巨人说。何塞·阿尔卡蒂奥·布恩迪亚付了钱，把手放在冰块上，就这样停了好几分钟，心里充满了体验神秘的恐惧和喜悦。……奥雷里亚诺却上前一步,把手放上去又立刻缩了回来。"它在烧。"他吓得叫了起来。

我们无法复制永和九年三月初三天朗气清、惠风和畅的好天气,我们无法批量地复制那么多才华出众、意态风流的顶尖名士,我们无法复制这场盛会里滚烫与冰冷交织的气氛,所以,我们再也无法复制出《兰亭集序》。

但这种盛极而衰、乐极生悲的空虚和寂寥,却在好山、好水、好朋友和好酒这几种东西的催化下代代轮回,无止无休。许多年以后的北宋,一个秋天的夜晚,苏轼和他的朋友在黄冈赤壁下泛舟饮酒时,这种情绪再一次滋生,于是诞生了另一篇文学和书法名作——《前赤壁赋》。苏轼和王羲之不一样的地方在于他更像是一个将幽默进行到底的雅痞,哪怕是在面对生死得失的大事上面。他的态度不像王羲之一样袒露胸怀地大呼"痛哉""悲夫",而是富有弹性的诗意:

肴核既尽,杯盘狼藉。相与枕藉乎舟中,不知东方之既白。

想不明白,就干脆睡大觉吧,一觉睡到大天光。

萧散

九

陶渊明

五柳先生传

陶渊明　晋孝武太元十七年（392）[①]

先生不知何许人也，亦不详其姓字，宅边有五柳树，因以为号焉。闲静少言，不慕荣利。好读书，不求甚解，每有会意，便欣然忘食。性嗜酒，家贫，不能常得。亲旧知其如此，或置酒而招之；造饮辄尽，期在必醉。既醉而退，曾不吝情去留。环堵萧然，不蔽风日；短褐穿结，箪瓢屡空，晏如也。常著文章自娱，颇示己志。忘怀得失，以此自终。

赞曰：黔娄之妻有言："不戚戚于贫贱，不汲汲于富贵。"其言兹若人之俦乎？衔觞赋诗，以乐其志，无怀氏之民欤？葛天氏之民欤？

[①] 关于《五柳先生传》的写作时间，王瑶先生考证断为晋孝武太元十七年（392），陶渊明28岁时作。近年来又有学者研究认为此文应为陶氏晚年之作。论者从文本意象倾向出发，认为该作应为陶渊明青壮年时期作品，仍依王瑶之说。

归去来兮辞并序

陶渊明 晋安帝义熙元年（405）

余家贫，耕植不足以自给。幼稚盈室，瓶无储粟，生生所资，未见其术。亲故多劝余为长吏，脱然有怀，求之靡途。会有四方之事，诸侯以惠爱为德，家叔以余贫苦，遂见用于小邑。于时风波未静，心惮远役。彭泽去家百里，公田之利，足以为酒，故便求之。及少日，眷然有归欤之情。何则？质性自然，非矫厉所得；饥冻虽切，违己交病。尝从人事，皆口腹自役；于是怅然慷慨，深愧平生之志。犹望一稔，当敛裳宵逝。寻程氏妹丧于武昌，情在骏奔，自免去职。仲秋至冬，在官八十余日。因事顺心，命篇曰《归去来兮》。乙巳岁十一月也。

归去来兮！田园将芜胡不归？既自以心为形役，奚惆怅而独悲？悟已往之不谏，知来者之可追；实迷途其未远，觉今是而昨非。舟遥遥以轻飏，风飘飘而吹衣。问征夫以前路，恨晨光之熹微。

乃瞻衡宇，载欣载奔。僮仆欢迎，稚子候门。三径就荒，松菊犹存。携幼入室，有酒盈樽。引壶觞以自酌，眄庭柯以怡颜。倚南窗以寄傲，审容膝之易安。园日涉以成趣，门虽设而常关。

策扶老以流憩，时矫首而遐观。云无心以出岫，鸟倦飞而知还。景翳翳以将入，抚孤松而盘桓。

归去来兮！请息交以绝游。世与我而相违，复驾言兮焉求？悦亲戚之情话，乐琴书以消忧。农人告余以春及，将有事于西畴。或命巾车，或棹孤舟。既窈窕以寻壑，亦崎岖而经丘。木欣欣以向荣，泉涓涓而始流。善万物之得时，感吾生之行休。

已矣乎！寓形宇内复几时，曷不委心任去留？胡为乎遑遑欲何之？富贵非吾愿，帝乡不可期。怀良辰以孤往，或植杖而耘耔。登东皋以舒啸，临清流而赋诗。聊乘化以归尽，乐夫天命复奚疑！

桃花源记

陶渊明 约永初二年（421）

晋太元中，武陵人捕鱼为业。缘溪行，忘路之远近。忽逢桃花林，夹岸数百步，中无杂树，芳草鲜美，落英缤纷。渔人甚异之。复前行，欲穷其林。

林尽水源，便得一山，山有小口，仿佛若有光。便舍船，从口入。初极狭，才通人。复行数十步，豁然开朗。土地平旷，屋舍俨然，有良田、美池、桑竹之属。阡陌交通，鸡犬相闻。其中往来种作，男女衣着，悉如外人。黄发垂髫，并怡然自乐。

见渔人，乃大惊，问所从来。具答之。便要还家，设酒杀鸡作食。村中闻有此人，咸来问讯。自云先世避秦时乱，率妻子邑人来此绝境，不复出焉，遂与外人间隔。问今是何世，乃不知有汉，无论魏晋。此人一一为具言所闻，皆叹惋。余人各复延至其家，皆出酒食。停数日，辞去。此中人语云："不足为外人道也。"

既出，得其船，便扶向路，处处志之。及郡下，诣太守，说如此。太守即遣人随其往，寻向所志，遂迷，不复得路。

南阳刘子骥，高尚士也，闻之，欣然规往。未果，寻病终。后遂无问津者。

一、"不能为五斗米折腰"的后半句是什么

陶渊明是大家非常熟悉的一位大诗人，中学语文教材选录了他的《饮酒》诗，散文《五柳先生传》《归去来兮辞》和《桃花源记》。我们多数人都知道陶渊明是一位淡泊名利、归隐田园的隐逸诗人，也都很熟悉他"不能为五斗米折腰"的故事，这个故事被认为是他高洁品格的集中写照。

关于"不能为五斗米折腰"的故事，多数人只知道其中一半。这个故事的另外一半并没有特别隐晦地埋藏在历史的某个角落，而是明明白白地摆在那里，但让人奇怪的是，人们好像对这个故事的某些部分有意识地选择视而不见。事情的经过很简单，公元405年，陶渊明担任彭泽县令，上级领导下到基层检查工作，陶渊明的秘书事前就提醒他说，迎接领导的时候应该穿得稍微正式一点，表示尊重。这个建议应该说毫无谄媚之意，任何一个时代、任何一个地方的官员在迎接上级领导的时候，着装正式都是基本的礼貌，没有任何刻意讨好上级的意思。但没想到陶渊明来了这

么一句:"吾不能为五斗米折腰,拳拳事乡里小人邪!"(《晋书·陶潜传》)之后就撂挑子走人了。

来彭泽县视察的领导,职务是督邮。督邮是一个汉代设立的职官,职能大概有点类似于今天检察部门的官员。说起督邮,读过《三国演义》的人不会陌生,小说里面有一个督邮,向当时仍担任基层干部的刘备明目张胆地索取贿赂,结果被张飞暴揍一顿。京剧《甘露寺》里面有一段唱词:"鞭打督邮他(张飞)气冲牛斗……"就是说这件事。(依据正史《三国志》,暴打督邮的其实是刘备。)因为《三国演义》里那位督邮确实违纪违法,让人厌恶,所以张飞这股"气冲牛斗"的威风让人特别解气、痛快。但陶渊明这种过激的反应让人感觉有点莫名惊诧,人家没向他索贿,也没在工作上为难他,甚至不认识他,却连面都没见就被他鄙视了。

其实,陶渊明的话重点不在于"不能为五斗米折腰",而在于后半句,不为五斗米折腰而"拳拳事乡里小人"。"拳拳"本意是诚恳、真挚,现在我们还常说一个词叫作"拳拳赤子心",而在陶渊明这句话里,"拳拳"有反讽的意味,意思是谄媚地。"事"是为之服务、服从其安排的意思,这里也有贬义在里面,大概是伺候的意思。"乡里小人"就是没有身份和地位的人,直译为乡巴佬。整句话连起来的意思是:"我不能为那点微薄的薪水委屈自己,谄媚地去伺候一个乡巴佬。"这时我们也许会感到奇怪,督邮明明是他的上级领导,陶渊明怎么会说他是"乡里小人"?

原来在陶渊明所处的东晋时期,最讲究门阀出身,有人称之为中国的贵族时代。也就是说,社会上评判一个人有没有身份地位,不仅仅看你的职务高低、财富多少,同时看重你的家庭出身。被陶渊明所鄙视的督邮,很有可能就是一个没有显赫身世的"乡里小人"。

于是我们进一步想,陶渊明既然如此鄙视"乡里小人",那么他自己一定是出身高贵了。从某种程度上可以这么说。他的曾祖父陶侃白手起家,军功显著,官至大司马,是东晋开国元勋,都督八州军事,荆、江二州刺史,封长沙郡公。陶侃的确是中国历史上重要的政治人物,他才干超群、事功卓绝、位高权重,是陶渊明心中的偶像,在陶渊明的诗歌作品中不难看出他对这位曾祖父备感自豪之情:

> 桓桓长沙,伊勋伊德。
> 天子畴我,专征南国。
> 功遂辞归,临宠不忒。
> 孰谓斯心,而近可得。(《命子》其五)

> 於穆令族,允构斯堂。
> 谐气冬暄,映怀圭璋。
> 爰采春华,载警秋霜。
> 我曰钦哉!实宗之光。(《赠长沙公》其二)

这两首诗,前一首写给他的儿子,叙述家族荣耀,一共十组,对陶侃着墨尤其多;第二首是写给他的同族晚辈陶延寿,其中特别提到他们共同的先人陶侃,语气恭敬虔诚。

除了曾祖陶侃,陶渊明的外祖父孟嘉也曾身居高位,官拜征西大将军,陶渊明曾为他作传,对外祖父也颇感自豪。

所以从出身上看，陶渊明的家族确实拥有过辉煌的历史，但是另外一个事实是，陶家传到陶渊明这一代，至少在他这一条支脉，已经相对没落了。古代的门阀制度，在今天往往被人不加思考地加以批评，认为是缺乏选拔机制，全凭出身来决定一个人的命运。其实，门阀制度同样存在天然的筛选。简单地说，一个大贵族，往往不只一两个儿子，而是有很多儿子，每个儿子再生很多孙子，按照这个几何级数去算，越往后推人数越多。那么这些数量庞大的贵族子孙不可能人人都可以凭借出身去获取高位，也就有个取舍在里面，往往是各方面表现比较突出的才有可能继续祖上的荣光，差一些的就慢慢自然降级。当然，其中也许也包含着运气的成分。这就好像进化论里的物种优胜劣汰，往往要经历很多代才慢慢体现出来。如陶渊明的家族，到他这里就只能担任一些中下层的幕僚和地方小官员，这种状况可能是多方面原因造成的，不能简单归结为陶渊明自身的平庸。但这种状况毕竟和陶侃的辉煌相差太远，也和他的心理期待相差太远。其实，陶渊明的前半生主要是在为仕途奔走，直到中年仍然意志昂扬，其诗曰：

先师遗训，余岂云坠？
四十无闻，斯不足畏。
脂我名车，策我名骥。
千里虽遥，孰敢不至。（《荣木》其四）

这首诗的大概意思是：虽然我人到中年还默默无闻，但坚信自己总会有发达的一天，到时候那个得意啊，别提多带劲儿了！

那么陶渊明在仕途不顺利的情况下，对自己这种没落贵族的处境是不是像大家想象的那样逆来顺受、甘之如饴呢？我们从"吾不能为五斗米折腰，拳拳事乡里小人邪"这句话里大概可以体会这样一种情绪：他在长期的压抑的积累之下对自己卑微的职务相当不满意，不愿意屈居没有显赫身世的督邮之下。这种情绪我们拿另一个例子来类比说明就很直观，相当于《西游记》里面孙悟空不满意当弼马温。下面这段小说情节或许能够帮助我们理解陶渊明辞官时的心理：

正在欢饮之间，猴王忽停杯问曰："我这'弼马温'是个什么官衔？"众曰："官名就是此了。"又问："此官是个几品？"众道："没有品从。"猴王道："没品，想是大之极也。"众道："不大不大，只唤做'未入流'。"猴王道："怎么叫做'未入流'？"众道："末等。这样官儿，最低最小，只可与他看马。似堂尊到任之后，这等殷勤，喂得马肥，只落得道声'好'字；如稍有些尪羸，还要见责；再十分伤损，还要罚赎问罪。"猴王闻此，不觉心头火起，咬牙大怒道："这般藐视老孙！老孙在那花果山，称王称祖，怎么哄我来替他养马？养马者，乃后生小辈下贱之役，岂是待我的？不做他，不做他！我将去也！"忽喇的一声，把公案推倒，耳中取出宝贝，幌一幌，碗来粗细，一路解数，直打出御马监，径至南天门。众天丁知他受了仙箓，乃是个弼马温，不敢阻挡，让他打出天门去了。（《西游记·第四回：官封弼马心何足，名注齐天意未宁》）

陶渊明和孙悟空有不一样的地方。陶渊明接受不了官职卑微，在世俗社会受挫之后，选择归隐；孙悟空的做法则是明目张胆造反。但他们在本质上有一个共同的地方，那就是心气高傲。以往我们对陶渊明的评价，常常用"高洁"二字。陶渊明"高"确实"高"，但"高"的骨子里是"傲"撑着。所以陶渊明辞官那一刻的心理，大概和孙悟空非常接近："养马者，乃后生小辈下贱之役，岂是待我的？不做他，不做他！我将去也！"

我有一个观点，一直很扫大家的兴，那就是陶渊明并非不想做官，而是不愿屈才为小官，不单是"不能为五斗米折腰"，更不能"拳拳事乡里小儿"。那么我们可以反过来想，如果陶渊明当时不是担任基层小官吏而是位列公卿呢？如果需要他正装接待的不是小小的督邮而是台阁重臣呢？他是否还会如此决绝地归隐呢？可能我们每个人心中都有属于自己的答案。

二、从柳飞到桃飘，从归来到归去

《五柳先生传》《归去来兮辞》和《桃花源记》是我们在中学语文课本里学过的三篇散文，大家应该比较熟悉。其中《归去来兮辞》的序是用散文写的，正文内容是骈散结合的写法，为了说明相关的问题，我把它放在散文中一起分析。这三篇文章，在大家以往的印象中，都表现了陶渊明不愿为官、不愿同流合污的高洁品质。但实际上，这三篇文章所表达的重点不尽相同，意趣也不尽相同。通过对比，有助于加深我们对陶渊明内心世界的了解。

《五柳先生传》这篇文章写得很有意思，首先在于它有一种调侃的自嘲精神。"传"这种文体在古代不是随随便便可以写的，古人有个规矩叫作"生不立传"，意思是人活着的时候不能给他写传。因为"传"带有盖棺定论的意味，人还在世的时候就给他写传，往好的方面写，有奉承、拍马屁的嫌疑；往坏的方面写，会让人怀疑是文字诋毁。陶渊明戏谑性地采用了本来不能写给活人的体裁为自己作传，还一本正经地杜撰出一位不知姓名的五柳先生，好像洒脱得连生死都没当回事。实际上，类似的事情他还干过不止一次。他在晚年还写过一首题为"自祭文"的四言诗，祭奠将要死去的自己。这样的举措，在传统看来很有超脱生死的旷达精神，而在我看来，这也许更多地体现了陶渊明孤寂的性格和生活状态。陶渊明还有一组很特别的诗，叫作《形影神》。他把自己分割成身体、影子和精神三个部分，以身体的口吻写了一首诗给影子，影子答赠身体一首诗，最后是精神出来做总结发言。三首诗是从不同的角度讨论生命本质的问题，是一组哲学诗，坦率地说写得很闷，也未见得在哲学上有超出晋人的见解。人们总是去讨论这一组诗里面干巴巴的哲学意义，却很少想一想，一个人孤独到了什么程度才会自问自答、左右互搏？后来唐代李白写过两句诗叫作"举杯邀明月，对影成三人"，也有点儿这个味道。但李白是一个很看得开的人，所以能把寂寞写得很潇洒。而陶渊明不行，他的作品里处处流露着一个封闭的内心世界可以看得到的边际。

陶渊明的《五柳先生传》同样处处体现着孤寂的情绪。"先生不知何许人也，亦不详其姓字"，这句话很能说明陶渊明在别人眼里那种边缘化的状态。我们将《五柳先生传》通篇读下来，发现文章中只有五柳先生一个人的形象，没有其他人出现。这种情况和陶渊明多数的诗歌作品非常接近，他的诗歌作品绝大多数时候描述的是他一个人孤独的身影，而极少有朋友的形象出现其中。中国的古典诗歌除了抒发情感之外，另一个重要的功能是记录日常生活，而朋友交往则是日常生活中最常见的内容之一，如李白的笔下有踏歌相送的汪伦，王维的笔下有西出阳关的元二，杜甫的笔下有古道热肠的卫八处士……而陶渊明的作品里却很少出现这些暖人心肺的朋友形象。

孤独对于陶渊明来说是一种真实的生活状态。他生前朋友非常少，写文章和诗歌纯粹是自娱自乐，也就是《五柳先生传》后面说到的"常著文章自娱，颇示己志。忘怀得失，以此自终"。这真不是自谦，他的作品在当时确实无人问津。他有过一个好朋友叫颜延之，也是一个诗人，曾经送过一笔钱给他买酒喝，在他死后为他写了一篇《陶征士诔》的悼词。如果不是这篇悼词，陶渊明甚至很可能在历史上被遗忘。

《五柳先生传》中最突出的意象当然是"柳"。我们从直观上去想象一下，"柳"这种树木的形象是纤弱的、飘摇的。而在"柳"的前面再加一个数字"五"，"五柳"，总共加起来也没有几棵，只有五棵，在视觉上更加突出了疏落、清寂的萧条感。我后面会讲到鲁迅的散文名作《秋夜》，文章开头的第一句话是：

在我的后园，可以看见墙外有两株树，一株是枣树，还有一株也是枣树。

鲁迅写两棵枣树，还特别分别写，看似重复，实则用简省的笔墨营造了一种深深的孤独感。这和《五柳先生传》中特别介绍"（五柳先生）宅边有五柳树，因以为号焉"，在写法上是比较接近的。

在《五柳先生传》中，作者对这种孤寂感除了自嘲之外，还特别有一种自赏的意味在其中。这篇文章的结尾有一个赞语，赞是史传体文章标准的结尾格式，"赞曰"的意思是作者对此人的评论。陶渊明在《五柳先生传》的赞语对自己是这样评价的：

黔娄之妻有言："不戚戚于贫贱，不汲汲于富贵。"其言兹若人之俦乎？

黔娄是战国时期鲁国的贤人，此人绝弃富贵，辞官不做，而学术精深，连孔子的高足曾参都对他佩服不已。黔娄的妻子施良娣是名门贵族之后，和丈夫一样安贫乐道，颇有贤名。陶渊明在赞语中借黔娄夫人施良娣赞美自己丈夫的话（"不戚戚于贫贱，不汲汲于富贵"）来称赞自己，比一般的称赞还有更深的一层用意在其中。那就是说黔娄是一个受到自己夫人，而且是一位贵族女性在人格上称道和推崇的人物；五柳先生，即陶渊明虽然不为人所知，但和黔娄一样，不仅具有高尚的品格，而且同样应该是值得别人（特别是有地位的人）理解和尊重的。

写于陶渊明晚年的《桃花源记》和写于早期的《五柳先生传》有很大的不同。

第一，《桃花源记》中最突出的意象是"桃""桃花"。"桃"在中国古典文化中的形象是饱满、富足和灿烂的。比如，《诗经》

中有一篇《桃夭》，诗云：

桃之夭夭，灼灼其华。之子于归，宜其室家。

我们从视觉形象上去想象一下桃树上开满桃花的景象，色彩鲜艳，富有生命力，让人心情舒畅，和柳树传达出的那种孤寂、飘摇之感完全不同。

第二，在《五柳先生传》中，陶渊明的写作重点集中在五柳先生这一个人物身上。在《桃花源记》中，具体的人物并不是写作的重心，在文章一开篇出现的武陵捕鱼人只是一个带领读者进入桃花源的线索性质的人物，而在文章中间出现的乡中男女、黄发垂髫都没有具体的描写，文章结尾的南阳高士刘子骥更是一笔带过。

这是非常重要的差别。在《五柳先生传》中，陶渊明把人生理想寄托于一种个体的、与世相违的生活状态中。在这种生活状态中，物质生活和社会交往被放在很次要的位置，而个体的精神生活呈现出一种自足、自乐的状态：

环堵萧然，不蔽风日；短褐穿结，箪瓢屡空，晏如也。常著文章自娱，颇示己志。忘怀得失，以此自终。

在《桃花源记》中，陶渊明所描述的，让人真正感到抚慰人心的生活状态，是建立在物质富足、社会秩序井然、人际关系融洽以及社会道德健康良好的基础之上：

土地平旷，屋舍俨然，有良田、美池、桑竹之属。阡陌交通，鸡犬相闻。其中往来种作，男女衣着，悉如外人。黄发垂髫，并怡然自乐。

《五柳先生传》和《桃花源记》虽然都表达了对现实生活的不满与厌离之心，但分歧的根本在于究竟要如何在不完美的现实世界中寻求独立完美的生活。前者的方式是塑造高洁出尘的人格品质，而后者则寄希望于虚无缥缈、沧海遗珠式的上古理想政治。

第三，前面提到，《五柳先生传》中有一种自得自赏的情绪在其中，特别是对高士形象的高度认同和自我欣赏，这种情绪的确定性很强，没有什么争议。而在《桃花源记》中，这种自赏的情绪不见踪影，取而代之的是一种迷茫、恍惚的不确定感。《桃花源记》开篇，武陵渔人被美妙奇异的景致吸引前行至未知之所：

忽逢桃花林，夹岸数百步，中无杂树，芳草鲜美，落英缤纷。渔人甚异之。复前行，欲穷其林。

在到达桃花源之后，武陵渔人发现自己进入的是一个隔世之境，这个世界的一切是如此美好和陌生：

其中往来种作，男女衣着，悉如外人。……自云先世避秦时乱，率妻子邑人来此绝境，不复出焉，遂与外人间隔。问今是何世，乃不知有汉，无论魏晋。

第四，武陵渔人刻意要记住这个美丽新世界的位置，以便于日后寻访，结果却迷路无所得。无论是武陵渔人（劳动者）、郡太守派遣的部下（官吏），还是刘子骥（高士），都无法再次找到这个地方：

既出，得其船，便扶向路，处处志之。及郡下，诣太守，说如此。太守即遣人随其往，寻向所志，遂迷，不复得路。

南阳刘子骥，高尚士也，闻之，欣然规往。未果，寻病终。后遂无问津者。

《桃花源记》深层的寓意是一个人寻找精神与心灵的梦想栖息地。陶渊明的"桃花源"就像奥地利著名小说家卡夫卡笔下的"城堡"，充满了难以触碰的不确定性。虽然我们普遍认为《桃花源记》是陶渊明的文学虚构，但像武陵渔人、郡太守派遣的部下和刘子骥一样执着寻求桃花源真实所在的一直不乏其人，如著名的文史大家陈寅恪先生曾专门撰文考证桃花源的位置应在河南灵宝。陈寅恪先生的文史功底和考证水平在20世纪堪称翘楚，有过许多发人深省之论，但他关于桃花源位置的考证，却并未足以服人而成为定论。人们似乎也普遍认为陈先生的考证本身就含有一种向往理想政治和社会生活的寓意。

《桃花源记》结尾特别写到的南阳刘子骥是一位高士，在这里，我们看不出像五柳先生一样同是高士的刘子骥有何过人之处，或是值得称道之处。他和其他人一样寻访桃花源，结果是"未果，寻病终"，没有什么特别的地方，说明高士也在寻找理想中完美的生活之所，这与《五柳先生传》中自诩无怀氏之民和葛天氏之民的五柳先生，即一个可以通过完善自身品格来实现传说中上古政治下的完美生活的高士，是完全不同的。

《五柳先生传》和《桃花源记》之间的差异，不禁让我想起现代一位著名的日本电影导演——黑泽明。黑泽明前期的电影作品，如大家熟知的电影名作《罗生门》，以及其他作品如《生之欲》《蜘蛛巢城》等，画面风格是非常冷峻的，但他晚年拍摄的一部作品《梦》却异常温情。《梦》是由八个小故事即八个梦组合而成，在这八个梦中，有四个色彩非常绚烂，充溢着暖色调的情绪。其中第二个梦"桃源之梦"取材于日本传统节日女儿节（桃花节），那种明媚、灿烂、富有生命力的视觉感观和陶渊明在《桃花源记》中描述的景致非常接近。

在历来关于这两篇文章的研究中，人们比较关注的是陶渊明在哲学思想、社会思想、文学表达上的一些东西，但往往忽略了一个重要的因素——人在不同的年龄阶段，所流露出的精神气质和人生理想差距是很大的。一般来说，人在年轻的时候往往倾向于认为自身可以对抗世界，有英雄主义的倾向，充满着骄傲和锐气。陶渊明写到的五柳先生，超然物外，与世相违，正是以一己之身对抗世俗。而到中老年之后，随着生命的流逝，往往易于流露出对人世生活的留恋，好比我们都了解老人家大都很喜欢在家里挂大红牡丹之类的挂画，实际上是表达对旺盛生命力的渴望。陶渊明的《桃花源记》写于他的晚年，此时距他辞官归隐已经有十几年的时间，而我们都知道在这十几年中他的物质生活总体上是清贫的。所以完全可以理解，《桃花源记》中描绘的温暖、饱满、富足、生命力旺盛的美好人间景象，也许正是晚年陶渊明因现实的缺失而产生的深切向往。此时陶渊明所投射的人格形象不再是孤芳自赏的五柳先生，而是积极追求理想境地的寻访者，尽管不再骄傲，尽管充满着迷茫，却洋溢着温暖人心的力量，以及走向归宿的安定。

沿着这个思路，我们再来看看《归去来兮辞》与《桃花源记》。《归去来兮辞》写于陶渊明中年时期，也正好在他人生的重大转折点上，即写于公元405年他愤而辞去彭泽县令的时刻。"归去来"的意思是曾经离去(误入仕宦的迷途)而今归来(重返精神的家园)，即文中提到的：

归去来兮！田园将芜胡不归？既自以心为形役，奚惆怅而独悲？悟已往之不谏，知来者之可追；实迷途其未远，觉今是而昨非。

在《归去来兮辞》中，陶渊明从误入迷途的彼处重返让他安定、愉快的家园，这个归来的过程是相当激动人心的：

舟遥遥以轻飏，风飘飘而吹衣。问征夫以前路，恨晨光之熹微。

陶渊明所描述的令他发自内心地感到安定，并且可以寄寓终生的生活状态也是非常富有诗意的：

悦亲戚之情话，乐琴书以消忧。农人告余以春及，将有事于西畴。或命巾车，或棹孤舟。既窈窕以寻壑，亦崎岖而经丘。木欣欣以向荣，泉涓涓而始流。善万物之得时，感吾生之行休。

　　按照这样的描述，这样的生活状态应该是非常完美的生命归宿。既然是归宿，那么归来之后就应该安稳常驻、自得自乐。然而，在《桃花源记》中，武陵渔人对桃花源的寻访则是一种外向型的追求，表明理想不在此地，而在彼处。也就是说，陶渊明在公元405年的归来并未达到人生的终极之境，而在晚年展示出一种再次归去的厌离之心。写于刚刚辞官归隐时刻的《归去来兮辞》，其中所描述的关于生活的想象固然是美好的，甚至可以称为是完美的，但它并没有最终在精神上满足陶渊明。

　　归，是一个令人神往的指向人生终极意义的行进状态。然而究竟是归来还是归去，这真是一个人类千古难解的谜题。钱锺书所谓"围城"，法国诗人兰波所言"生活在别处"，大概都是在谈论这个未解的人生谜题吧。

三、陶渊明和他的隔世朋友们

　　陶渊明生前的生活比较潦倒落魄，在后世却引来了无数将他视为知己的人。中国诗歌史上曾经出现过一种叫作"和陶诗"的诗歌样式。"和"就是朋友之间的酬和、唱和。古人写诗，你写一首，我再根据你的意思作一个回答、回应，体裁仍然采用诗歌的形式，这就叫"和"，好像刘三姐对歌。陶渊明的诗文，在他活着的时候乏人问津，没有人唱和，后世却有无数人写过"和陶诗"，数量大到难以统计。其中苏轼写了109首，并在《和归去来兮辞》

中宣称自己就是陶渊明的投胎转世。但苏轼还不是冠军,和陶超过百篇的人不在少数,清代有一个叫孔继荣的诗人写了129首,是不是最多,目前也还不敢肯定。甚至在日本和朝鲜,也产生过许多热情的和陶者。这样热烈的追和,在中国历史上再也找不出第二个例子。

多数时候,我是说多数时候,人们眼中的陶渊明,人们将其视为朋友的陶渊明,是那样自在、悠然、无拘无束、纤尘不染。这也许是因为人们总是有选择地去看自己愿意看到的东西。如苏轼这样一个狂热的陶渊明拥趸,虽然也经历过政治上的挫折和起伏,但总体上说是名满天下的文坛"盟主",生活也相对富足,这和陶渊明一生生活在落寞与冷清之中绝不相似。苏轼在《和饮酒》诗中说"我不如陶生,世事缠绵之",意思是自己没有像陶渊明一样有勇气辞官归隐,深表惭愧。这样单纯地理解陶渊明的辞官归隐显然与事实不符。

通过认真研读陶渊明的生平资料和他的三篇散文,可以发现,陶渊明的生活与内心其实一直充满着激烈的矛盾——出仕与归隐的矛盾,清寂与灿烂的矛盾,精神上的自我救赎与将灵魂归置于美丽新世界的矛盾。

我这样谈论陶渊明,似乎是有意和传统的观点相左,好像是在对陶渊明进行贬损。其实,发现陶渊明心中的矛盾丝毫无损于他作为伟大文学家的形象,因为文学家(特别是诗人)的宿命就是要把永恒难解的人生矛盾通过作品展现出来。解决人生的矛盾并不是文学家的责任,真诚地面对并真实地展现矛盾才是一个深刻的文学家的天职。陶渊明的身上,真实地集合着名门之后的荣耀感和上进心、东晋没落贵族子弟的高傲、偏于沉静的性格、喜爱自然的天真意趣、一颗渴望得到认同的孤独的心灵……正是这些真实元素相互对撞、相互冲突，才催生了陶渊明这样一个不世出的文学巨匠。尽管陶渊明在写作中尽量以看似冲淡、超然的情绪来面对这些人生矛盾，但我们应该看到这些人生矛盾并没有被实际解决，值得我们转过头到背后去认真看一看。这背后隐藏的东西，在陶渊明的这三篇文章中可以找到许多线索。

作为同样非常喜爱陶渊明的后世读者，我特别喜欢他早年的一首《命子》诗，那是写给他刚刚出生的第一个儿子的箴言。他的其他诗文，或者写给自己看，或者写给后人看，多少蒙上了一层岁月洗刷的痕迹，但唯独写给儿子的人生经验是半点不掺假的。在这首长达八十句的四言诗中，陶渊明用了一半以上的篇幅来追述陶氏家族的荣耀史，非常真挚地要求儿子时刻记住家族的荣耀，并努力成为一个和祖先一样有出息的人。但是，连他自己都没有信心做到的事又怎么能期望儿子必然能够做到？从理想的高处跌落到现实的深渊时，怎么办？于是，陶渊明作了这样一个结尾：

夙兴夜寐，愿尔斯才。
尔之不才，亦已焉哉！

他对儿子说：我做梦都盼着你有出息啊，但是如果你真成不了才，那就算了吧。陶渊明的很多诗和文章，一言以蔽之：算了吧。但是他的心，也许痛得发麻。

铿锵

十

韩愈

进学解

(唐)韩愈

国子先生晨入太学,招诸生立馆下,诲之曰:"业精于勤,荒于嬉;行成于思,毁于随。方今圣贤相逢,治具毕张。拔去凶邪,登崇畯良。占小善者率以录,名一艺者无不庸。爬罗剔抉,刮垢磨光。盖有幸而获选,孰云多而不扬?诸生业患不能精,无患有司之不明;行患不能成,无患有司之不公。"

言未既,有笑于列者曰:"先生欺余哉!弟子事先生,于兹有年矣。先生口不绝吟于六艺之文,手不停披于百家之编。记事者必提其要,纂言者必钩其玄。贪多务得,细大不捐。焚膏油以继晷,恒兀兀以穷年。先生之业,可谓勤矣。抵排异端,攘斥佛老。补苴罅漏,张皇幽眇。寻坠绪之茫茫,独旁搜而远绍。障百川而东之,回狂澜于既倒。先生之于儒,可谓有劳矣。沈浸醲郁,含英咀华,作为文章,其书满家。上规姚姒,浑浑无涯;周《诰》殷《盘》,佶屈聱牙;《春秋》谨严,《左氏》浮夸,《易》奇而法,《诗》正而葩;下逮《庄》《骚》,太史所录;子云、相如,同工异曲。先生之于文,可谓闳其中而肆其外矣!少始知学,勇于敢为;长通于方,左右具宜。先生之于为人,可谓成矣。然而公不见信于人，私不见助于友。跋前踬后，动辄得咎。暂为御史，遂窜南夷。三年博士，冗不见治。命与仇谋，取败几时！冬暖而儿号寒，年丰而妻啼饥。头童齿豁，竟死何裨？不知虑此，而反教人为！"

先生曰："吁，子来前！夫大木为杗，细木为桷，欂栌、侏儒，椳、闑、扂、楔，各得其宜，施以成室者，匠氏之工也。玉札、丹砂，赤箭、青芝，牛溲、马勃，败鼓之皮，俱收并蓄，待用无遗者，医师之良也。登明选公，杂进巧拙，纤余为妍，卓荦为杰，校短量长，惟器是适者，宰相之方也。昔者孟轲好辩，孔道以明，辙环天下，卒老于行。荀卿守正，大论是弘，逃谗于楚，废死兰陵。是二儒者，吐辞为经，举足为法，绝类离伦，优入圣域，其遇于世何如也？今先生学虽勤而不繇其统，言虽多而不要其中，文虽奇而不济于用，行虽修而不显于众。犹且月费俸钱，岁靡廪粟。子不知耕，妇不知织，乘马从徒，安坐而食。踵常途之促促，窥陈编以盗窃。然而圣主不加诛，宰臣不见斥，兹非其幸欤？动而得谤，名亦随之。投闲置散，乃分之宜。若夫商财贿之有亡，计班资之崇庳，忘己量之所称，指前人之瑕疵，是所谓诘匠氏之不以杙为楹，而訾医师以昌阳引年，欲进其豨苓也。"

韩愈是中国文学史上著名的诗文大家。他的诗歌奇崛险怪，在风格林立的唐人诗歌之中独树一帜。他的散文熔经铸史，以实际创作一扫六朝、隋及初唐以来的绮靡文风，被后人称为"文起八代之衰"，也被认为是唐代古文运动的领袖。关于韩愈的散文名篇，大家已经比较熟悉他的《师说》《马说》《龙说》这些精致的短篇制作。本专题挑选的是一篇初读起来有点怪，行文似乎有点拖沓啰唆，名气却不小的文章——《进学解》。

《进学解》这篇文章的题目很有意思。从字面上说，"进学"就是增进学业，提升学力；"解"是解释。一般把这个题目直译为"关于为什么要增进学业的解释"。这样解释不能说完全不对，但对原文的意思有遗漏。"解"是古代的一种文体，基本用途是对别人的诘难和质疑作出解释。这种文体起源于汉代东方朔的《答客难》，题目的意思就是回答别人的诘难和质疑。后来汉代著名辞赋家、思想家扬雄根据这种形式进一步发挥，写下了《解嘲》和《解难》两篇著名的文章，题目的意思和"答客难"基本相同。以"×解""××解"或"解××"为题目的文章，意思是"针对别人提出的××问题进行解释"。那么《进学解》这一题目的完整意思就是"针对别人提出的关于增进学业的疑问进行解释"，他要解释的重点应该是别人的诘难和质疑，而不是仅仅解释"为什么要增进学业"。

说到这里，我们的胃口可能就被吊起来了。我们以前整天说"好好学习，天天向上"，好像对于一个学生来说，增进学业是天经地义的事情，难道还会有人质疑吗？

下面，我们来认真研读一下这篇文章。

国子先生晨入太学，招诸生立馆下，诲之曰："业精于勤，荒于嬉；行成于思，毁于随。"

国子先生就是韩愈本人，韩愈这篇文章写于唐宪宗元和八年（813），当时他四十六岁，正担任国子学博士。国子学是唐代专门为高级官员的子弟设立的最高教育机构，相当于当时最好的贵族大学，韩愈担任国子学博士，相当于当时最高学府的大教授。

　　大学教授韩愈这天一早来到学校，把学生们召集到教室外面训话。他一开始说道："学业精进，是因为勤奋；学业荒废，是因为贪图玩乐。成就来自（事前）认真思考，而失败必然因为随意和不认真。""业精于勤，荒于嬉；行成于思，毁于随。"这两句话非常有名，有很多中学把它铭写在教学楼上作为励志箴言。

　　我们在前面谈到，以孔子为代表的儒家信徒最基本的信仰是以学习为手段来实现自我完善。韩愈本人一直以夫子自道，专门写过一篇很有名的散文叫作《原道》，其中宣称要继承由孔夫子发扬光大的儒学道统。在《进学解》中，韩愈在训诫学生的前两句话中鼓励、鞭策大家勤于学业、认真思考，如果仅就这前两句话来看，确实有点《论语》里孔夫子对学生谆谆教诲的味道。实际上，虽然韩愈和孔子都十分强调学习的重要性，但出发点是有所不同的，这一点我们后面会具体谈到。

　　"方今圣贤相逢，治具毕张。拔去凶邪，登崇畯良。占小善者率以录，名一艺者无不庸。爬罗剔抉，刮垢磨光。盖有幸而获选，孰云多而不扬？诸生业患不能精，无患有司之不明；行患不能成，无患有司之不公。"

　　韩愈接着说："现在正逢盛世，圣明的君主和贤良的人才相遇合，各种规章制度得以贯彻实施。凶恶奸邪的人得到打击和清

167

除，优秀贤良的人才得到推崇。只要有一点长处的人都会被录用，只要有一技之长的人都会得到任用。朝廷（特别重视）仔细搜罗人才，精心打造人才。如果有一天你们（因为自己的所长和技能）有幸得到朝廷的任用，谁能说自己多才多艺而不受举用呢？同学们，我们要特别担心自己的学业不能精进，而不要去担心朝廷（负责选拔官吏的部门和官员）不知道自己的学问水平；我们要特别担心自己在能力方面无所成就，而不要去担心朝廷（负责选拔官吏的部门和官员）在选拔人才时不公正。"

韩愈对学生特别强调学习的重要性，背后的出发点在于他认为当时，也就是他所处的中唐时期，已经建立了比较完善的选拔机制，能够让学习好的人受到录用和提拔，所以增进学业是一件十分重要的事情。

这个选拔机制，大家一定能够想得到，就是科举制度。我国的科举制度初建于隋朝，发展、完善于唐朝，定型于宋朝。宋朝之后的元、明、清三朝，在科举制度的整体思路和架构上基本没有太大的变化。我们在前面几章关于魏晋散文的学习中谈到了魏晋时期的门阀制度，门阀制度也是一种选拔机制，它选拔的方式是看人的出身，所谓"上品无寒门，下品无士族"。科举制度是对门阀制度的挑战，它让出身平凡的人获得了接受选拔的机会，是相对公正的一种选拔方式。我们今天一说起科举考试，马上想起的是鲁迅笔下的孔乙己这样极端的例子，好像印象中科举是特别扭曲、特别不好的一种制度。这是很片面的。其实，只要是严格通过考试的方式来筛选、拔擢人才的制度就是科举制度，所以我们今天的高考、公务员考试，本质上都是科举考试。不光我们国家是这样，其他国家也都是如此，没有一个现代国家不是通过考试来选拔人才的。至于考试内容有问题，如古代的科考发展到后期以八股取士，今天的高考有些科目的内容也有待商榷，这些问题可以通过研究、协商来解决，但是考试制度本身，从它建立到今天，却是不可动摇的。

具体到唐代来说，虽然韩愈在《进学解》中自信满满地说当时已经建立了完善的选拔机制（科举制度），但实际上唐代在选拔人才方面是门阀制度和科举制度并举，一部分官员是从世家大族的子弟中直接挑选出来，一部分官员则是通过考试获得职位的晋升。总体上来说，在唐代的整体政治格局上，世族子弟的势力要强于登科进士。两者的矛盾比较尖锐，晚唐时期著名的"牛李党争"，就是以牛僧孺为代表的庶族官僚和以李德裕为代表的士族官僚之间的激烈斗争，他们斗争的重要分歧之一也是在人才选拔方面究竟是要加强科举制度，还是加强门阀制度。

韩愈是科举制度选拔出来的庶族官僚的代表人物。韩愈的父亲韩仲卿是主要在地方任职的中下层官僚，在韩愈幼年时就去世了。韩愈由长兄、长嫂抚养长大，自幼发奋读书，曾三次参加进士考试，三次落榜，直到第四次才考取进士。他以进士的资格先从地方幕僚做起，后归京师任职，仕途总体上比较坎坷。此时韩愈担任国子学博士，其实是在被取消了行政职务的情况下的一种安排，算是人生相对低谷的时期。韩愈勉励诸生勤奋学习，和他个人的经历是分不开的，因为他是一个通过知识改变命运的人，勤奋学习作为一种品质而言对他的一生具有重大的意义。

言未既，有笑于列者曰："先生欺余哉！"

一般情况下，老师对学生进行训话，气氛是比较严肃的，更何况韩愈讲的内容本身就很严肃，这种情况下学生应该毕恭毕敬聆听老师的教诲。但没有想到韩愈的话还没有说完，"言未既"，就有人在行列里笑着说话，这里的"笑"不是善意的笑，而是带有讽刺意味的嘲笑，他说："老师你骗我们啊！"

这个学生非常没有礼貌，敢当众顶撞和嘲讽老师，好像很难想象当时的最高学府会有这样的学生。但是大家不要忘记，韩愈此时是在国子学任教，国子学的学生都不是普通人，全部是朝廷高级官员或者门阀贵族的子弟。我们前面提到，唐代门阀制度和科举制度并行，所以这些学生大多不用参加科考就可以直接做官，他们的成长经历和素养跟韩愈有很大的不同。

我们用一个简单的例子来说明古代贵族的素养构成。在《世说新语》中，前四卷根据四种不同的素养作为划分标准来记述魏晋时期贵族的言行，这四种素养分别是"德行""言语""政事""文学"。这并不是魏晋人的发明，而是始于孔子对学生的四种分科教育，《论语·先进》云："德行：颜渊、闵子骞、冉伯牛、仲弓；言语：宰我、子贡；政事：冉有、季路；文学：子游、子夏。"后来魏晋人对孔子的这种教育分类很认同，拿来作为衡量自己言行的标准。这里的"文学"不单是我们今天说的写作和文学作品的意思，而是泛指文化知识和文化修养。韩愈强调的要加强学习的对象，主体上相当于《论语》和《世说新语》里提到的"文学"。对于贵族而言，"文学"这种素养的重要性排在"德行""言语"

"政事"之后，也就是说，对于贵族来说，高尚的品格节操、优雅机智的语言表达、高效的行政能力这三种个人素质和精深的学问一样重要，甚至可能比后者更重要，在学业方面的精湛不是贵族子弟展现自我价值的唯一途径。

所以韩愈对学生谆谆教诲，要勤奋学习啊，学习好了才能被选拔做官啊，这番话对国子学的学生来说确实太隔阂，他们是完全可以不凭借优异的考试成绩和精深的学问就可以做官的。

有必要说明的是，这篇文章在形式上采用了主客问答的形式。主客问答多数情况下是一种基于写作需要的虚拟，并不一定是主客之间真实的对话。所以韩愈的《进学解》所描述的师生之间的对话，很可能并不是真实发生过的场景，而是一种写作上的虚构。但即便这个场景本身是虚拟的，我相信这样的看法（不相信努力学习可以为自己的晋升铺平道路）在国子学的学生，乃至于整个中唐政坛的门阀贵族之中，是比较普遍存在的，这也应该是韩愈撰写这篇文章的动机之一。

"弟子事先生，于兹有年矣。先生口不绝吟于六艺之文，手不停披于百家之编。记事者必提其要，纂言者必钩其玄。贪多务得，细大不捐。焚膏油以继晷，恒兀兀以穷年。先生之业，可谓勤矣。"

学生接着说："我侍奉老师（在老师门下受学）到今天已经有几年了。老师每天口中不停地吟诵着六经（诗、书、礼、乐、易、春秋），手里不停地批阅着诸子百家的文献。对记事的文献一定要做提要，对记言的文献一定去探究它深奥的玄理。贪求各种各样的文献知识，努力掌握它们，不论小问题还是大问题都不放弃。晚上点着油灯，夜以继日，在勤奋的学习中度过了一年又一年。老师您对于学业，真可以说得上勤奋了。"

文中学生对韩愈的质疑很有意思。虽然最后归结为质疑，但文意主体却是在说韩愈在治学、尊儒、作文、为人四个方面的不懈追求，以及取得的过人成就。这当然是韩愈的一种自我剖白，真正产生怀疑的人绝不会对他有如此之高的评价。这四个方面，如果我们分别对应到《世说新语》里面，前三个方面相当于"文学"篇的主旨内容，最后一个方面相当于第五卷 "（道德）方正"的主旨内容，所以能很明显地看出韩愈在人生追求方面和贵族子弟有着不尽相同的旨趣。

"抵排异端，攘斥佛老。补苴罅漏，张皇幽眇。寻坠绪之茫茫，独旁搜而远绍。障百川而东之，回狂澜于既倒。先生之于儒，可谓有劳矣。"

"（老师您）批判不正确的思想学说，排斥佛教和道教。弥补（儒学地位）的缺漏，发扬阐释（儒学思想）精微奥妙的义理。努力地探求古贤微茫难求的事业，独自搜寻（文献和证据）以继承历时久远的儒学道统。（您在思想方面）像中流砥柱一样，阻挡各种异端邪说的侵害，使之归于正道；挽救崩塌的儒家学说就像挽回已经落下的巨大波澜。老师您对于儒学的贡献，真可以说得上功劳很大了。"

子曰："攻乎异端，斯害也已。"（《论语·为政》）意思是批判不正确的思想学说,危害就可以得到消除,和《进学解》中"抵排异端"意同。在孔子的时代,儒学的异端是墨家学说或道家学说之类,到了韩愈的时代,韩愈所谓的异端则是佛教和道教。子曰:"夏礼,吾能言之,杞不足征也;殷礼,吾能言之,宋不足征也。文献不足故也。足,则吾能征之矣。"(《论语·八佾》)我们在《论语》专题中谈到过,孔夫子是一个通过学习来建立信仰的人,他对上古三代文明的构想虽然与事实不尽相符,但总体上是实事求是地从搜求古代文献和证据出发去进行理论建构的。韩愈自叙"寻坠绪之茫茫,独旁搜而远绍"的学习精神和学习态度与孔子完全一致。

"沈浸醲郁,含英咀华,作为文章,其书满家。上规姚姒,浑浑无涯;周《诰》殷《盘》,佶屈聱牙;《春秋》谨严,《左氏》浮夸,《易》奇而法,《诗》正而葩;下逮《庄》《骚》,太史所录;子云、相如,同工异曲。先生之于文,可谓闳其中而肆其外矣!"

"(老师您)整天沉浸在古典的文献中吸取营养,写起文章来,整个家里堆满的书都用来参考。(您的取法对象)向上追溯到上古博大无边的夏禹时代(的文献)、《尚书》中拗口难懂的周代诰书和《盘庚》、法度严谨的《春秋经》和叙事张扬的《春秋左传》、奇妙而有法则的《周易》和雅正而辞采华美的《诗经》,(沿着文化史的脉络)一路向下取法到《庄子》《离骚》《史记》,以及汉代的扬雄、司马相如。老师您的文章,真可以说得上底蕴宏大而外表气势奔放啊!"

以上这段话在中国文章学史上有比较重要的影响。韩愈比较具体地提出要广博地学习风格各异的前人的重要文献，来充养自己的文化底蕴，加强自己在文章写作上的经验。特别是要取法高古，认真学习年代久远的先秦两汉的文献。这个观点到宋代之后得到了强化，几乎成为中国文章学理论上的一种定论。

"少始知学，勇于敢为；长通于方，左右具宜。先生之于为人，可谓成矣。"

"（老师您）从小就自觉地学习，勇于（以自己的学问）担当天下之事；长大后通晓儒家学说，和身边的人相处事宜得体。老师您的为人，真可以说得上有所成就了。"

韩愈在这段话中仍有自比孔子之意："少始知学"与《论语》"十有五志于学"意近。"勇于敢为"是从《论语》"见义不为，无勇也"中化出，所以这里的"勇于敢为"实为"见义勇为"之意。我们现在说"见义勇为"这个词，是指碰到坏人坏事，或者碰到他人危难，出手相救。实际上"见义勇为"的意思很广，是说敢于担当正义之事，不单是指和歹徒搏斗或者是跳下水救助溺水者之类。在韩愈眼中，儒学的衰微、佛老的昌盛、政治的不公正……这些都属于不义之事，需要他挺身而出，见义勇为。在这个方面，韩愈确实算得上"勇于敢为"。他之所以在政治上屡屡受到打击，正是因为他总是敢于据理直谏，这也是韩愈深受后人景仰的重要原因。

"长通于方，左右具宜。""通方"意谓通晓道术、方术，也可指通晓为政之道，韩愈文中的"通于方"应是通晓儒学之意。"长通于方"与《论语》"四十而不惑"意近。"左右具宜"，意谓和身边的人相处得当，与《论语》谓孔子"温良恭俭让"意近。可见韩愈是一个以继承孔子的儒学道统自居的人。有必要说明一下，韩愈虽然在中国历史和中国文学史上留下过巨大的名声，但在思想史上并不算是一流的人物。反倒是被韩愈痛斥的佛教思想，在唐代曾大放异彩，产生过许多重要的佛教思想家。我们在阅读古人文章的时候，实在很有必要分清哪些是文人的说法，哪些是哲人的说法。

"然而公不见信于人，私不见助于友。跋前踬后，动辄得咎。暂为御史，遂窜南夷。三年博士，冗不见治。命与仇谋，取败几时！冬暖而儿号寒，年丰而妻啼饥。头童齿豁，竟死何裨？不知虑此，而反教人为！"

"（老师您有以上这么多成就），但是在政务上不被人信任，在私事上得不到朋友的帮助。处境进退两难，一有所举动便遭到责备。刚刚当上御史没多久，就被流放到边远的南方。后来回来担任国子学博士已经三年了，只是担任闲散的职务，不能发挥政务方面的能力。您命中注定要和仇敌一起共事，随时可能被政敌打败！即便冬天天气暖和，（因为您家贫买不起足够的衣服）家中的孩子仍然哭号着说冷；即便到了收成好的年头，（因为您家贫买不起足够的食物）妻子仍然哭啼着说饿。您因为生活艰辛早早地秃了头、掉了牙齿，这样过一辈子又有什么好处呢？您连这些（生活的艰辛）都不去考虑，还有什么资格来教我们（勤奋学习）呢！"

国子学学生对韩愈的质疑，除去韩愈本人自我剖白的内容之外，主要传达这样一个意思：老师您说学习如何重要，只要勤奋学习、学有所成就一定能够得到重用，可您学习这么用功，您的学问这么好，为什么到现在还混得不怎么样呢？

这样的质疑，应该说很有针对性，也确实直指韩愈在逻辑上的软肋。根据"解"（或"难"）这种文体以往的惯例，接下来作者针对诘难的回答将会更加精彩。如东方朔的《答客难》以"时异事异"来回应针对自己怀才不遇的诘难，辞气充沛，论理充分，让人心服。又如扬雄的《解嘲》，高扬着理想主义的旗帜，将自己与古贤并提，阐明自己不能趋炎附势、但愿独守《太玄经》的高洁理想。

然而，《进学解》后面的部分写得好像并没有什么自信，韩愈的回答甚至让人觉得有些绵软乏力、重复啰唆。这是为什么？我们先来看看原文怎么说。

先生曰："吁，子来前！"

韩愈说："嘿，你到前面来（我解释给你听）。"

我们前面反复提到，韩愈是一个以孔子儒家道统的传承者自居的人。孔子是中国历史上第一位私学教师，而韩愈担任过国立最高学府的教师，应该说都有自己的教学经验。孔子在教育学生的过程中，其中一个重要的原则是"不愤不启，不悱不发"（《论语·述而》），意思是不到学生努力想弄明白但仍然想不透的程度时，先不要去开导他；不到学生心里明白却又不能完善表达出来的程度时，也先不要去启发他。所以在《论语》中，我们看到孔子对学生提问的回答，多数时候是摸清楚了学生对所提问题的兴趣，以及他的掌握程度，然后因材施教，对机说法。像《进学解》中这位国子学学生这种彻头彻尾的嘲讽式的诘问，如果放在《论语》里面，孔子是绝不会回答的，因为孔子知道对方并不是虚心求教、有意要把问题搞明白。我想面对这样的问题,孔子的态度一定是"人不知而不愠"。但是韩愈明知道对方是有意发难，却忍不住要辩解一番，这个教学境界和孔子相比，好像是差了一些。

"夫大木为杗，细木为桷，欂栌、侏儒，椳、闑、扂、楔，各得其宜，施以成室者，匠氏之工也。玉札、丹砂，赤箭、青芝，牛溲、马勃，败鼓之皮，俱收并蓄，待用无遗者，医师之良也。登明选公，杂进巧拙，纡余为妍，卓荦为杰，校短量长，惟器是适者，宰相之方也。"

"大的木材用来做屋梁，小的木材用来做瓦椽，（造房的其他配件）像斗栱、短椽，门臼、门橛、门闩、门柱等，都根据原材料的状况加以制造（使之成为有用的建材），并组合建筑成为房屋，这是匠人的技能。地榆、朱砂，天麻、龙芝，车前草、马屁菌，坏鼓的皮等，（这些贵贱各异的药材和药引被医师）收罗齐备，等到要用的时候就没有遗漏的，这是医师的高明之处。人才得到公正地选拔，能力大和能力小的人才都被录用，并在比较中挑选出其中优秀杰出之人,让无论才能大小的人都被安置到合适的职位,这是宰相的方略。"

这是韩愈的第一重辩解,他提出,目前的政治状况是绝对清明的,朝廷在人才任用方面就像好的工匠和好的医生一样,能够唯才是举,并且根据人物的才性大小来适当安排职位。那么他不受重用的原因,是因为自己的学力有限,即后文谈到的"今先生学虽勤而不繇其统,言虽多而不要其中,文虽奇而不济于用,行虽修而不显于众",所以终生努力学习这个行为是无可置疑的。

韩愈这个辩解显然不是令人满意的回答。韩愈在上文中已经借学生之口讲出自己治学、尊儒、作文、为人四个方面所取得的过人成就,他在内心显然不会真的认为自己学力有限。所以在这一个回合中,他没能解释直指核心的问题:为什么他具有如此丰厚的学力,却仍然不能获得与之相应的政治地位。

"昔者孟轲好辩,孔道以明,辙环天下,卒老于行。荀卿守正,大论是弘,逃谗于楚,废死兰陵。是二儒者,吐辞为经,举足为法,绝类离伦,优入圣域,其遇于世何如也?"

"古代的孟子爱好辩论,孔子的儒家学说得以阐明。他周游列国(宣扬儒学),最后在旅途中去世(没有获得显赫的政治地位)。荀卿恪守正道,发扬(儒家)伟大的学说,后来为了躲避谗言而逃到楚国,最后失去了官职,死在兰陵这个地方。这两位大儒,言谈成为经典,行为成为楷模,(他们的人生境界)远远超过普通人,已经进入了圣人的行列,可他们的遭遇不也不被世俗所理解吗？"

韩愈特别提到孟子和荀卿，并对二人有相当高的评价，这种观念应当是从《史记·孟子荀卿列传》中来，因为时至中唐，孟、荀二人在思想史上的地位总体都不算太高，最早对他们提出很高评价并且将二人并称的正是《史记·孟子荀卿列传》。韩愈对他们作出"绝类离伦，优入圣域"这么高的评价，很大程度上当然是因为他们都属于在世不得其志的人。这种以古人自况来提高自身格调的散文写法古已有之，司马迁《报任安书》、东方朔《答客难》、扬雄《解嘲》等都有类似行文的段落。

韩愈以孟子、荀卿自况，是他的第二重辩解。遗憾的是，这个辩解同样充满矛盾，难以自圆其说。因为韩愈在前文明确说到，他所处的时代优于其他时代，是"圣贤相逢，治具毕张"的昌明盛世，所以处于战国晚期乱世之中的孟子、荀卿的例子没有可比性。

除了说服力欠佳之外，这一段论述在行文的结构上也显得冗繁、累赘、生硬。如果将这一段删去，从"惟器是适者，宰相之方也"直接过渡到"今先生学虽勤而不繇其统，言虽多而不要其中"将会比原文更加流畅、紧凑、连贯。

"今先生学虽勤而不繇其统，言虽多而不要其中，文虽奇而不济于用，行虽修而不显于众。"

"现在你们的老师学习虽然勤奋但仍不能合于（儒家）道统，言论虽然多但不能切合要旨，我的文章虽然写得出奇但对于现实社会来说无所用处，品行道德虽然美好但并没有在众人之中特别地显现出来。"

这一段需要注意的是韩愈自称"文奇",与"行修"对举。"修"是美好的意思,那么这里的"奇"也应该是褒义的形容词。然而在中国古代,特别是唐代之前,对于文章写作来说,"奇"并不是一个好的评价,这个字眼多少意味着离经叛道。如《文心雕龙》批评《史记》"爱奇反经"。韩愈本人的诗文写作也明显具有"奇崛"的风格特征,由此可见,以儒家道统自居的韩愈在写作方面实际上有着自己的追求。

"犹且月费俸钱,岁糜廪粟。子不知耕,妇不知织,乘马从徒,安坐而食。踵常途之促促,窥陈编以盗窃。然而圣主不加诛,宰臣不见斥,兹非其幸欤?"

"(尽管我这么没用)而且还每个月浪费国家的俸禄,每年消耗公家库存的粮食。我的儿子不知道怎么耕地,我的妻子不会织布,出门却还有马车乘坐,有仆人跟随,可以安稳地坐着就有饭吃。每天卑微地奔劳于公务,在古人的文献著作之中(徒劳地)寻章摘句。但即便这样,圣明的主上没有惩罚我,宰相大臣也没有斥逐我,这难道不是我的幸运吗?"

这一段所写和上文似乎又出现了矛盾。在这一段文字的叙述中,韩愈谈到他和家人的生活虽然谈不上奢靡,但至少有饭可吃,有马车和仆人可以调遣,和上文谈到的"冬暖而儿号寒,年丰而妻啼饥"还是有很大差别。或者可以解释为质疑者对他生活的窘迫有所夸张,而他在此回应,没有那么惨。

另外，此段所述"圣主不加诛，宰臣不见斥"与事实不符，也刻意回避了上文的质疑。上文述其"暂为御史，遂窜南夷"，即是指贞元十九年（803），韩愈因上书弹劾京兆尹李实，被贬官至连州阳山（今属广东）。若干年后，元和十四年（819），韩愈又因上《谏迎佛骨疏》触怒唐宪宗，被贬潮州（今属广东）。所以韩愈在此文中描述的"圣主不加诛，宰臣不见斥"那种君臣、同僚和睦的景象也不是事实。

"动而得谤，名亦随之。投闲置散，乃分之宜。"

"现在我只要有所举动就遭到毁谤，名声也跟着受到影响。所以（像我这样一个没用的人）被安置到没有政治实权的位置上，实在是适当的安排啊。"

"动而得谤，名亦随之"的说法情绪化很重，夹杂在文中很突兀，与前文"圣主不加诛，宰臣不见斥，兹非其幸欤"那种貌似谦恭的态度相冲突。

"若夫商财贿之有亡，计班资之崇庳，忘己量之所称，指前人之瑕疵，是所谓诘匠氏之不以杙为楹，而訾医师以昌阳引年，欲进其豨苓也。"

"如果仅仅去计较经济上的得失，计较职位品阶，而忘记去考量自己的才能究竟和什么地位相称，一味指摘上级的缺点，这就好像去质疑为什么工匠不用小的木材做门柱，也好像去诋毁医生不用猪苓（差的药材）而用菖蒲（好的药材）来（给病人）延年益寿啊！"

《进学解》全文洋洋洒洒约九百字，而其中的内容，孔子在《论语》中已经谈到过。孔子在谈到这个方面的时候只有两句话，但意思涵盖《进学解》全文：

子曰："不患无位，患所以立。不患莫己知，求为可知也。"（《论语·里仁》）

孔子教育弟子说："不要总是担心自己没有职位，而要去担心自己没有能够立身处世（能够担任职位）的能力。不要总是担心别人不了解自己的能力，要努力提高自己，要凭借出众的能力让人所知。"

我们看，孔子这样平平淡淡的两句话，将韩愈的长篇大论完全涵盖其中，真是言约义丰。

然而，韩愈这篇并没有蕴含高深道理和过人见解，甚至在行文上有拖沓疲软之弊的《进学解》竟然被视为他的代表作。后世许多评论家对这篇文章给予了高度的评价，例如：

……韩吏部《进学解》、冯常侍《清河壁记》，莫不拔地倚天，句句欲活，读之如赤手捕长蛇，不施控骑生马，急不得暇，莫可捉搦。（唐·孙樵《与王霖秀才书》）

此(《进学解》)韩公正正之旗，堂堂之阵也……最得体。（明·茅

坤《唐宋八大家文钞》）

昌黎所长在浓淡疏密相间，错而成文，骨力仍是散文。以自得之神髓，略施丹铅，风采遂焕然于外。（近代·林纾《韩柳文研究法》）

如果我们对文本有过深入的研读，就会发现这些对《进学解》的评价实为过誉。那么，这是否意味着这些后世的评论者毫无鉴赏能力，只知道一味盲从？

我认为并不是这样。

韩愈的《进学解》之所以深入人心，之所以赢得了后世评论者的高度赞赏，并不在这篇文章本身具有多么高的文学价值，而在于它说出了自科举制度建立以来，广大知识分子纠结的心声——在宣称可以通过科举选拔优秀人才的社会，还是有那么多文化素养高超、知识储备丰富的知识分子没有能够如愿以偿地被委以重任。这些知识分子深信以科举制度为代表的，以文化素养和知识储备为衡量标准的拔擢制度是实现自我价值的最佳通道，然而，在现实当中，个人际遇的起落离合、人事关系的错综复杂、政治局面的清浊抑扬等各方面因素实际左右着人生前行的道路，并且常常为实现自我价值带来阻力。由此形成了《进学解》中最核心的一个矛盾：在科举制度的背景下，如果有满腔才华而依然没有得到与文化水平相适应的职位，怎么办？

这样的人生矛盾，过去有，今天依然有。高考制度无情地淘汰掉了许多本身深具才华的年轻人，各类僵化的考核机制也常常十分机械地将富于创造力和想象力的人才拒之门外。这样的情况不仅今天的中国有，外国也有，如美国电影《死亡诗社》(1989年)、印度电影《地球上的星星》(2007年)都是讲述现代教育制度和考试制度对鲜活个体带来的创伤以及对这些创伤的反思。今天我们的大学生，最大的人生困境就是花费了十几年的时间学习各种各样的功课，而毕业之后却很难找到符合期待的工作，这和韩愈在《进学解》中面临的问题是一样的。面临困境，每个人应对的态度是不一样的。

韩愈面对嘲讽和诘难，答得左支右吾、跟跟跄跄，显得有些狼狈，但窘迫中有一种坚韧的态度顽强地站立着，那就是坚信只有完善自我，才是解决人生困境的唯一出路。这从现实的角度也许未必能够成立，但从精神的层面展现出一种强大的英雄主义情怀。法国大作家罗曼·罗兰曾经说过：真正的英雄主义只有一种，那就是在认清生活的真相之后依然热爱生活。

《进学解》这篇文章，尽管从文章技法的角度看，并没有特别过人的地方，但它宣示的这种表面窘迫、内心坚强的自强不息的精神，与科举制度背景下的广大知识分子产生了强烈的共鸣，对今天的学生群体也许仍然具有鼓舞的作用。

峻洁

十一

柳宗元

始得西山宴游记

（唐）柳宗元

自余为僇人，居是州，恒惴栗。其隟也，则施施而行，漫漫而游。日与其徒上高山，入深林，穷回溪，幽泉怪石，无远不到。到则披草而坐，倾壶而醉。醉则更相枕以卧，卧而梦。意有所极，梦亦同趣。觉而起，起而归。以为凡是州之山水有异态者，皆我有也，而未始知西山之怪特。

今年九月二十八日，因坐法华西亭，望西山，始指异之。遂命仆人过湘江，缘染溪，斫榛莽，焚茅茷，穷山之高而止。攀援而登，箕踞而遨，则凡数州之土壤，皆在衽席之下。其高下之势，岈然洼然，若垤若穴，尺寸千里，攒蹙累积，莫得遁隐。萦青缭白，外与天际，四望如一。然后知是山之特立，不与培塿为类。悠悠乎与颢气俱，而莫得其涯；洋洋乎与造物者游，而不知其所穷。引觞满酌，颓然就醉，不知日之入。苍然暮色，自远而至，至无所见，而犹不欲归。心凝形释，与万化冥合。然后知吾向之未始游，游于是乎始。故为之文以志。是岁，元和四年也。

柳宗元是大家非常熟悉的古代大作家，他的散文作品《小石潭记》长期入选中学语文教材，经历多次教材改版也不曾被取代。柳宗元在唐代和韩愈齐名，并称"韩柳"。他位列唐宋八大家之一，在唐宋两代可与韩愈、欧阳修、苏轼等文章巨公比肩。甚至在整个中国文学史上，柳宗元的诗文都具备自己独一份的文学特色。具体到散文写作这个方面，是一种峻洁洗练的独特文风。

"峻洁"这个词出自柳宗元的铭文《南岳云峰和尚塔铭》："行峻洁兮貌齐庄，气混溟兮德洋洋"。原文中的"峻洁"指的是一种高洁的道德品行。后来这个词也用来形容诗文作品刚劲凝练的文学风格，这种风格的突出代表，正是柳宗元。

我们在中学学过的《小石潭记》是柳宗元在贬官永州时期写下的千古名文。柳宗元遭贬后在永州生活了十年，他的现存诗文作品有一大半是在永州时期创作的，其中最著名的就是《永州八记》。《永州八记》由八篇山水游记组成，《小石潭记》是其中最著名的一篇。

柳宗元被贬永州这件事是他人生中的重大转折，和唐代重要的历史事件"永贞革新"关系密切。要读懂柳宗元的《永州八记》，我们首先有必要简单了解一下"永贞革新"的经过。

唐朝是中国历史上非常强盛的王朝，而在强大的国力背后，一直存在着两个很大的不稳定因素，一个是藩镇割据，另一个就是宦官干政。藩镇割据导致了安史之乱以及唐代末年的大动乱；宦官干政则导致了唐代中后期皇权被架空，政局动荡。藩镇割据和宦官干政对应着唐代除了皇权之外的两股大势力集团，一个是带有诸侯性质的豪强武人，另一个则是皇帝的内侍臣。而文官集团在唐代，并没有形成像后世（比如宋代）那样对政局的决定性影响。"永贞革新"就是在皇帝的领导下,由文官集团发起的,通过打击宦官势力和藩镇势力来强化中央集权的一场政治运动。

贞元二十一年(805),唐德宗驾崩,太子李诵即位,是为唐顺宗。唐顺宗在中国历史上非常特别,他做太子(储君)做了二十五年,但是做皇帝只做了不到一年。他在做太子期间,亲身经历了藩镇叛乱和宦官专权,他对稳定政局这件事情有非常强烈的意愿。顺宗即位后,立刻重用王叔文、王伾等人进行改革。因为顺宗即位当年改元"永贞",所以这次改革史称"永贞革新";又因为改革的核心人物是王叔文、王伾以及另外八名官员(韦执谊、韩泰、陈谏、柳宗元、刘禹锡、韩晔、凌准、程异),这八名官员在改革失败后都被贬官到地方做司马(地方闲职),所以这次改革又被称为"二王八司马事件"。

柳宗元就是这次改革中的核心人物之一。

由于"永贞革新"手段激进,很快就激起了宦官和割据势力的反扑。再加上革新派内部并不团结,核心人物之间相互掣肘(以韦执谊和王叔文矛盾最深),所以这场声势浩大的政治改革很快就失败了。宦官俱文珍联合守旧大臣和宦官集团,胁迫唐顺宗将皇位"禅让"给太子李纯,是为唐宪宗。宪宗即位后,将顺宗领导的改革措施尽数废除,革新派人物大多外放,王叔文被赐死。顺宗本来身体就不太好,在被迫退位几个月之后就郁郁而终。

柳宗元在被贬永州之前,刚刚经历了政治上的重大失败,在当时的局面下,这是大势已去的失败,是很难翻身的失败,甚至是生死未卜的失败。所以柳宗元永州时期的文学创作,从心情上讲,应该是非常压抑的。比如他的诗歌名作《江雪》：

千山鸟飞绝，万径人踪灭。
孤舟蓑笠翁，独钓寒江雪。

这首诗文义浅白晓畅，但是格调凛然肃穆，清寒卓绝，是柳宗元在永州时期内心的真实写照。我们有了这把钥匙，去解读柳宗元永州时期的其他诗文名作就会豁然开朗。比如《小石潭记》写到的"潭西南而望，斗折蛇行，明灭可见。其岸势犬牙差互，不可知其源"，很可能折射着作者那种前途未卜的迷茫；"寂寥无人，凄神寒骨，悄怆幽邃"，所表达的意思和诗歌《江雪》近似，写的都是那种苦寒的心境。所以最后只能是"以其境过清，不可久居，乃记之而去"。其实哪里是字面上说的景观过于凄清，分明是触景伤情，难以自持。

关于柳宗元的文学风格，宋代欧阳修写过一首诗，叫作《永州万石亭》，评论得非常精当，真可谓是柳宗元的异代知音：

天于生子厚，禀予独艰哉。
超凌骤拔擢，过盛辄伤摧。
苦其危虑心，常使鸣声哀。
投以空旷地，纵横放天才。
山穷与水险，下上极沿洄。
故其于文章，出语多崔嵬。
人迹所罕到，遗踪久荒颓。
……

欧阳修诗中所言"山穷与水险，下上极沿洄。故其于文章，出语多崔嵬"，是对柳宗元永州时期文学创作极准确的概括。柳宗元身处低谷与险境，所以他经常寄情山水来排遣愤懑，这对他的诗文写作产生了巨大的影响，也就是欧阳修所谓"出语多崔嵬"，意谓柳宗元的文字和他眼中的山水一样，充满了不平之气，同时又不失刚劲峭拔。

我在本专题为大家挑选的柳宗元散文的代表作，是《永州八记》的第一篇——《始得西山宴游记》。这篇文章和《小石潭记》相比，不如后者灵动幽深，但在另一个方面，它章法严谨，意境开阔，行文层次丰富，也是一篇受到历代评论家高度赞赏的千古名文。

首先，《始得西山宴游记》题目拟得很特别。宴游是在野外一边吃喝一边游玩的意思。西山宴游记，很容易理解，就是去永州城外的西山吃喝游玩，并且写了一篇文章记录下来。但是前面加了"始得"两个字，乍看上去就显得费解了。这两个字直译不好译，结合全文来看，这个"始"不是"开始"或者"第一次"的意思，而是"方才"的意思。柳宗元并不是第一次去西山游玩，而文章所记述的这一次游玩，是柳宗元第一次体会到西山风景的独特之处。

自余为僇人，居是州，恒惴栗。

僇人，犯了罪的人。柳宗元因"永贞革新"遭贬，自称有罪之人。恒，指常常，经常。甚至比常常的程度还要深，翻译成"无时无刻不"可能更准确一些。

惴栗，指害怕，恐惧不安。

柳宗元在《永州八记》的第一篇《始得西山宴游记》的开头，写下这么一句话，确立了《永州八记》的主基调，那就是自己那种惶惶不可终日的状态。这一点我们如果只是读《小石潭记》是无法理解的。

其隟也，则施施而行，漫漫而游。

隟，同"隙"，空闲。其隟也，意为当有空的时候。
施施而行，慢慢地走。漫漫而游，漫无目的地到处游玩。
柳宗元在精神的重压之下只能靠游山玩水来排遣压力。

日与其徒上高山，入深林，穷回溪，幽泉怪石，无远不到。

日，每天。徒，同伴。
每天和同伴一起爬高山，探访幽深的树林，在林间探源溪水，各种各样的幽静险怪的地方，无论多偏僻也一定去游玩。

到则披草而坐，倾壶而醉。醉则更相枕以卧，卧而梦。意有所极，梦亦同趣。

去到郊外就把地上的草拨开，席地而坐，把随身带的酒喝完，一直喝到醉。喝醉以后大家相互靠着躺在地上睡觉，心有所思，醉有所梦。

柳宗元这篇文章在逻辑顺序上和欧阳修的《醉翁亭记》正好反过来。《醉翁亭记》是先写山水之乐，然后文意引向山水之乐得之心而寓之酒，行文徐徐展开，生动自然。而《始得西山宴游记》显然在布局上是更花心思的，柳宗元一开头就把自己那种纵情山水、借酒消愁的情绪摆在台面上，这是文章高手刻意为之的逆向布局。这种写法的挑战性很大，一开头就把真实的情绪释放出来，后续要怎样写才能继续层层深入，很考验作家的处理手段。

觉而起，起而归。以为凡是州之山水有异态者，皆我有也，而未始知西山之怪特。

睡醒了就起来回家。（经常这样出游，所以）我以为永州的山山水水有样貌独特、值得赏玩的地方，我都已经见识过了，但实际上还没有（真正）了解西山的险怪独特之处。

这两句我们可以拿来和苏轼的《前赤壁赋》做个有趣的对比。《前赤壁赋》的结尾说："肴核既尽，杯盘狼籍。相与枕藉乎舟中，不知东方之既白。"苏轼被贬黄州的时候也是寄情山水，饮酒解忧，喝醉了就在船里和朋友相互靠着睡觉。场面上和柳宗元所写的"醉则更相枕以卧"非常接近。不同之处在于苏轼喝醉了以后是真的忘忧，喝到百事不管；而柳宗元是想忘忧而不能忘，喝醉了以后还有梦，梦醒了以后还要起来回家。苏轼在《前赤壁赋》里说："天地之间，物各有主，苟非吾之所有，虽一毫而莫取"，而柳宗元说："以为凡是州之山水有异态者，皆我有也"，意思也是隐隐地反过来。

柳宗元和苏轼写这两篇文章时的境遇比较接近,都处于大难不死之后的艰难落魄。而这两位文章大家在作品中流露出的个人气质和文学风格完全不同,苏轼比较散淡旷达,柳宗元比较硬瘦峭拔。

今年九月二十八日,因坐法华西亭,望西山,始指异之。

今年九月二十八日,偶然在(东山上的)法华寺里的西亭闲坐,望见对面的西山,方才发现它的奇特之处。

这里说的意思,和苏轼的《题西林壁》非常接近:

横看成岭侧成峰,远近高低各不同。
不识庐山真面目,只缘身在此山中。

柳宗元原以为自己游遍了永州的山山水水,但没有想到那些习以为常的景观换个角度看,就能看出不一样的味道。

遂命仆人过湘江,缘染溪,斫榛莽,焚茅茷,穷山之高而止。攀援而登,箕踞而遨,则凡数州之土壤,皆在衽席之下。

于是就命令仆人先过湘江(去做准备工作),我让他沿着染溪(又称冉溪、愚溪)往山上走,把山上的灌木丛砍倒,把杂草烧掉,(为我们开出一条道路)一直到山顶。(我们随后)攀缘着山石登上山顶,随意地歪坐着,这时附近的几个州县就都在我们的视线范围之内了。

这一段写登山的历程，先写仆人前去开路，作者与朋友后来登顶之处是没有道路可通的。于无路之处开辟道路，一往无前，这也就是王安石《游褒禅山记》里所说的："世之奇伟、瑰怪、非常之观，常在于险远，而人之所罕至焉，故非有志者不能至也。"

其高下之势，岈然洼然，若垤若穴，尺寸千里，攒蹙累积，莫得遁隐。萦青缭白，外与天际，四望如一。

从山上往下去，地势高低的落差非常大，（远处看到的事物）像是蚂蚁洞和洞边的小土堆，看起来很近，实际上却有千里之遥，这些（看上去）小小的事物像是挤在一起，在山上看得一清二楚。青山白水缠绕在一起，和地平线相连接，从各个方向看过去都是一样的。

然后知是山之特立，不与培塿为类。

培塿，小土堆，小山丘。
我这才感受到，这座山不是矮矮的小山丘。

悠悠乎与颢气俱，而莫得其涯；洋洋乎与造物者游，而不知其所穷。

（眼前这景象看上去）多么辽远开阔，与天地之间的气息融为一体，根本看不到边际；我们（在这样的环境里）悠然自得，像是和造物主一同神游，不知时间的尽头在哪里。

这里的"悠悠乎"和"洋洋乎"不禁又让我想起苏轼《前赤壁赋》里的"飘飘乎"和"浩浩乎"。苏轼对柳宗元非常熟悉，也非常推崇，我总觉得他在很多方面潜移默化地受到了柳宗元的影响。

引觞满酌，颓然就醉，不知日之入。苍然暮色，自远而至，至无所见，而犹不欲归。心凝形释，与万化冥合。

于是我们往酒杯里倒满酒，喝得东倒西歪入醉态，不知不觉间太阳已经落山了。夜色降临，黑暗从远到近来到我们身边，一直到什么都看不见，但还是不愿意回去。我感觉此时自己的头脑清醒、精神集中，身体仿佛消失了，和大自然渐渐融为一体。

文中的"心凝"二字，我看到有人把它翻译为"思想停止了"。这个翻译应该是不对的，凝是专注的意思。比如说唐太宗李世民写的《圣教序》里面有一句话，叫作"凝心内境"，意思是说玄奘专注于内心世界（的修行）。所以这里所说的"心凝"并不是说喝酒喝醉了以后大脑一片空白，恰恰相反，说的是喝醉了以后大脑无比清醒，前尘往事条分缕析历历在目——关于这一点，除了来自书本上的阅读经验之外，我还有足够的生活经验作为佐证。

前文写自己和朋友以前是喝醉了就相互靠着睡觉，睡着了做个梦醒来就回家。而这一次和以往不一样，虽然醉倒，但还是很清醒，能够感受到夜色慢慢袭来，而且在夜幕的黑暗中仍然不想回家。

前后文关于出游、醉酒的描述形成了强烈的反差,实则是写出了两种截然不同的心境。平常的出游,只是单纯地借山水与酒解闷消愁,有一种浑浑噩噩之感。而这一次西山之游,登高远望,大有孔夫子"登泰山而小鲁"的气势。柳宗元在西山顶感受到了俯身天地的恢宏境界,这大概重新唤起了他曾经的满怀豪情,并且触动了他纵身造化、淡漠荣辱的开阔胸襟。所以,"不欲归"并不是不愿意离开西山,而是难舍那种豁然开朗的心境。

然后知吾向之未始游,游于是乎始。故为之文以志。是岁,元和四年也。

在这次经历之后我才明白,原来我以前并没有游历西山(真正精华的地方),真正的游历是从这一次才开始。所以我专门写文章记录下这次出游。这件事发生在元和四年。

柳宗元于元和元年(806)被贬永州,这篇文章写于元和四年(809)。此时柳宗元在永州已经待了三四年,这个时间跨度,结合他在文中说永州的山水早已游遍,应该所言非虚。

历代的评论家在评论柳宗元这篇文章时,很多人(如储欣、沈德潜、浦起龙等)都注意到了本文题目中的"始得"二字,并点出这两个字是全文的文眼,这是非常有见地的看法。比如:

前后将"始得"二字,极力翻剔。盖不尔,则为"西山宴游记"五字题也。可见作文,凡题中虚处,必不可轻易放过。其笔力矫拔,故是河东本来能事。(清·储欣《唐宋八大家类选》)

"始得"二字的意思是：以前没发现，现在终于体会到了。那柳宗元究竟体会到了什么呢？从文章的字面上看，好像说的是在西山顶上看到的自然万象之美。实际上，"始得"暗含的意思是今是昨非。柳宗元真正想表达的意思，是通过这次西山之游，自己的人生境界得到了升华。始得的不是景观，而是见识和胸襟。

在我自己的阅读经历中，少不更事的时候非常喜欢苏轼的《前赤壁赋》，因其字面上表现出通达无碍之境。后来苏轼的作品读多了，才知道原来苏轼也并不是达观到什么都不放在心上，比如说他的诗歌名作同时也是书法名作《寒食诗帖》，里面写自己被贬黄州的经历，也是写得满纸辛酸与愁苦。所以我慢慢发现，人在经历重大挫折的时候，大概苦闷才是最真实的感受。满不在乎这种态度，很大程度上是给自己鼓劲的姿态，而不是真实本身。

柳宗元的这篇《始得西山宴游记》在情绪上的真实感非常强，作者并不以超脱者自诩，而是很真实地记录下自己曾经兜兜转转、欲求解脱而不能的精神困境。同时，他在困境仍然没有失去求索之心，终于在偶然的机会下触发了人生境界的升华。这种需要历练才能实现的人生转变，也比较符合日常的真实。

《始得西山宴游记》还比较集中地体现了柳宗元高明的写作手法。比如布局上的伏线扣题和层次渐进，叙事上的详略裁剪，语言上善用短句来营造阅读的凌厉感……这些手法的精彩运用，彰显出柳宗元不愧为古代文学史上的一代宗师。

我认为本文最精彩的一个句子，是：

苍然暮色，自远而至，至无所见，而犹不欲归。

人的一生之中,能有这样一个"想通了"的瞬间,并在淬琢中久久回味,不忍离开的经历,那会是多么宝贵。

醇厚

十二

欧阳修

丰乐亭记

（宋）欧阳修

修既治滁之明年，夏，始饮滁水而甘。问诸滁人，得于州南百步之近。其上则丰山，耸然而特立；下则幽谷，窈然而深藏；中有清泉，滃然而仰出。俯仰左右，顾而乐之。于是疏泉凿石，辟地以为亭，而与滁人往游其间。

滁于五代干戈之际，用武之地也。昔太祖皇帝，尝以周师破李景兵十五万于清流山下，生擒其将皇甫晖、姚凤于滁东门之外，遂以平滁。修尝考其山川，按其图记，升高以望清流之关，欲求晖、凤就擒之所。而故老皆无在也，盖天下之平久矣。

自唐失其政，海内分裂，豪杰并起而争，所在为敌国者，何可胜数？及宋受天命，圣人出而四海一。向之凭恃险阻，铲削消磨，百年之间，漠然徒见山高而水清。欲问其事，而遗老尽矣！今滁介江淮之间，舟车商贾、四方宾客之所不至，民生不见外事，而安于畎亩衣食，以乐生送死。而孰知上之功德，休养生息，涵煦于百年之深也。

修之来此，乐其地僻而事简，又爱其俗之安闲。既得斯泉于山谷之间，乃日与滁人仰而望山，俯而听泉。掇幽芳而荫乔木，风霜冰雪，刻露清秀，四时之景，无不可爱。又幸其民乐其岁物之丰成，而喜与予游也。因为本其山川，道其风俗之美，使民知所以安此丰年之乐者，幸生无事之时也。

夫宣上恩德，以与民共乐，刺史之事也。遂书以名其亭焉。庆历丙戌六月日，右正言知制诰、滁州军州事欧阳修记。

很多时候，今天的读者对古人的写作有一种误解，认为古代的作家和今天的作家是一个对等的概念。今天的作家，是在印刷业和各种媒体高度发达的背景下，主要以写作为谋生手段的一种职业。但古代不是这样，具有高超写作能力的古人，他们的第一重身份往往不是作家。如魏晋南北朝时期的作家，主要是一些贵族，像我们在前面讲到过的大贵族王羲之和没落贵族陶渊明。又如唐宋时期，特别是宋代的大作家，则主要出自庞大的文官群体。

关于贵族和文官的划分，大致来说，贵族是通过血统世袭来掌握社会资源和享有社会地位的群体，而文官是通过科举考试获得行政职务的一群人。"文官"这个词里面带了个"官"字，在今天听起来好像和贵族的概念有点混淆，实际上，我们把"文官"这个词分解开来，看成是"文职官僚"就比较容易理解了。"官僚"本身是通过自身的文职技能管理政治事务的人员，和后来沦为贬义词的"官僚主义"意思不一样。

打个比方来说，如果把一个国家比作是一家公司，那么贵族相当于大大小小的股东，文官相当于通过一定的程序选拔出来并聘请来管理公司事务的经理人。有时候贵族也担任一定的文官职务，好比有些股东也会参与经营公司事务；有时候职业经理人因为经营业绩出色，也会分到一定的股份，好比有些文官因为政绩出色而被赐予原本只有贵族才能享有的封号和爵位，所以贵族和文官这两个群体有时也会有交集，但他们之间还是存在很明显的差异。

宋代文官的写作，尤其是散文写作，普遍具有这样几个特点：

首先，对政事抱有一种天职的观念，这种观念往往贯穿在他们的写作之中。

隋唐是科举制度基本建立、文官阶层开始对政治产生重要影响的时代，而宋代则是科举制度臻于成熟、文官阶层在政治上获得无可取代的重要地位的时代。和崇尚清谈、不务实际的魏晋贵族相比，宋代文官比较重视处理实际的政治事务，所以在他们的笔下，对治下民生的深切关怀和对现实政治的热切讨论，取代了魏晋贵族对玄妙哲理的诗意追寻。比如，我们熟知的宋代散文名篇，范仲淹的《岳阳楼记》，文章开头叙述写作缘由：

庆历四年春，滕子京谪守巴陵郡。越明年，政通人和，百废具兴。乃重修岳阳楼，增其旧制，刻唐贤今人诗赋于其上。属予作文以记之。

和东晋王羲之的《兰亭集序》相比：

永和九年，岁在癸丑。暮春之初，会于会稽山阴之兰亭，修禊事也。

可以看出，政务上的方方面面是触发宋人写作热情的重要因素，这使得宋人的写作很少空发议论、空抒胸怀，而总是将写作和自己的工作、生活紧密联系在一起。

其次，外在的人生沉浮与自我的精神世界二者之间有着良好的平衡、协调。

宋代文官积极从政，必然面临着行政事务的各种压力，有时需要和政敌进行抗争，有时可能会遭到贬官，有时可能不受上级的信任……面对这些巨大的压力，宋代文官表现出了达观、洒脱的态度。在遭遇人生逆境的时候，他们很少表现出激烈的情绪。唐代的诗文大家韩愈，在遭到贬官潮州的挫折时写过一首著名的诗《左迁至蓝关示侄孙湘》：

一封朝奏九重天，夕贬潮州路八千。
欲为圣明除弊事，肯将衰朽惜残年。
云横秦岭家何在？雪拥蓝关马不前。
知汝远来应有意，好收吾骨瘴江边。

这首诗里有强烈的不平之气，有点说气话的味道，这当然与韩愈遭到贬官时的激烈情绪有关。然而，在宋代文官的笔下，则很少见以这种激烈的情绪来应对人生逆境，如宋代的苏轼在遭遇"乌台诗案"被贬官黄州担任闲职时写过一篇小文章《记承天寺夜游》：

元丰六年十月十二日夜，解衣欲睡，月色入户，欣然起行。

念无与为乐者,遂至承天寺寻张怀民。怀民亦未寝,相与步于中庭。庭下如积水空明,水中藻荇交横,盖竹柏影也。何夜无月?何处无竹柏?但少闲人如吾两人者耳。

这篇文章短得只有一百来字,内容也很简单,却写得很有趣,很值得品味。大意是说某一天晚上苏轼失眠了,睡不着觉,就由着性子去承天寺找他的朋友张怀民,正好遇上张怀民还没有睡,两个人就到院子里散步。院子里夜凉如水,地上投射着竹子和柏树的影子,好像水里的藻类一样。于是苏轼感慨地说:哪里没有月亮,哪里没有竹子和柏树,但这样有趣的场景很少被人发现,是因为很少有像我和张怀民这么有闲情的人啊。

在这篇文章中,我们看不到韩愈那种激烈的情绪,苏轼反而有点自得其乐,对因贬官而带来的闲居生活带有一种自我欣赏的态度。这是宋代文官富有代表性的一种文化性格特征,与赵宋王朝在政策上优待文官有直接的关系。宋代文官的待遇普遍比较优渥,即便是贬官,或者是政治失势,面临的处境也不会特别严峻。范仲淹《岳阳楼记》里说"进亦忧,退亦忧",强调了宋代文官对政事严肃执着的一面。实际上,宋代文官还有"人不堪其忧,回也不改其乐"(《论语·雍也》)式的达观洒脱的一面。

最后,有崇尚自然、质朴的美学追求。

宋代文官在写作上崇尚自然,不喜雕琢,并往往将这样的主张上升到理论的高度去阐释:

古之作者,初无意于造语,所谓因事以陈辞。……文章只如

人作家书乃是。(宋·唐庚《唐子西语录》)

文章有三等:上焉藏锋不露,读之自有滋味;中焉步骤驰骋,飞沙走石;下焉用意庸常,专事造语。(宋·吕祖谦《丽泽文说》)

凡文字,少小时须令气象峥嵘,采色绚烂,渐老渐熟,乃造平淡;其实不是平淡,绚烂之极也。(宋·苏轼《与侄书》)

这样的美学追求发展到极致,甚至产生了比较极端的"四宁四毋"理论:

诗文宁拙毋巧,宁朴毋华,宁粗毋弱,宁僻毋俗。(宋·陈师道《后山诗话》)

"四宁四毋"理论的核心,是刻意回避写作过程中对精致修辞的追求,而这种刻意实际上形成了另一个方向上的执着,应该说并不是持中之论。但这个理论后来被嫁接到了书法之中,产生了重要影响。明末清初学者、书法家傅山,在书法上标举"四宁四毋"理论,对后世影响深远。对于这个理论要正确理解,就必须要把它还原到宋代文学理论的大背景下,了解它是在崇尚自然的文学风气下产生的一种极端说法。

宋代文官数量庞大,在散文写作上名家辈出,如果要从中挑选一个代表人物来领略宋代散文的风貌,那么欧阳修应该最具有典范意义:

政治上:政治品格刚劲正直,凭借真才实干从平凡岗位走向政治核心,官拜枢密副使和参知政事。同时他性情豁达开朗,随遇而安，不汲汲营营于富贵，坚持雅操而好爵自縻。

文学上：诗文双美，兼擅小词，不仅自成名家，并且带动后学形成群体力量，开启北宋古文运动，树立起宋代醇厚典雅的诗文品格，是北宋第一代文坛盟主。唐宋八大家之中，曾巩、苏轼、苏辙都出自他的门下，王安石和苏洵也曾受到他的帮助，可以说欧阳一门占据了八大家半壁河山。

金石学上：开启了宋代文物鉴赏收藏和品评研究的学术风气，是中国金石学的开山祖师。

独撰《新五代史》，并与宋祁合撰《新唐书》，是中国古代杰出的历史学家。

欧阳修有一篇文章叫《醉翁亭记》，以滁州城郊琅琊山上的醉翁亭为写作对象。《丰乐亭记》和《醉翁亭记》写于同一年，是《醉翁亭记》的姊妹篇，写滁州城外依泉水而建的丰乐亭。"醉翁之意不在酒"，欧阳修写这两篇文章的用意当然也不在于记叙这两座小亭，而是围绕着这两座小亭抒写自己的心声。

要特别注意的是，这两篇文章都写于欧阳修从中央被贬官到滁州的时期，应该说处于他人生的低谷期，但从中我们看不到丝毫灰心气馁、抑郁不平的负面情绪，恰恰相反，在这人生的低谷时期，欧阳修的笔下始终洋溢着乐观、放达的积极精神。在篇幅都不长的文章里，《醉翁亭记》十次出现了"乐"字，《丰乐亭记》以"乐"为题，正文六次出现了"乐"字，"乐"字为二文之文眼。

如将二文作仔细的对比，在风格上《醉翁亭记》热烈些，《丰乐亭记》散淡些，写法上也有具体的不同，值得仔细品味。

> 修既治滁之明年，夏，始饮滁水而甘。问诸滁人，得于州南百步之近。其上则丰山，耸然而特立；下则幽谷，窈然而深藏；中有清泉，滃然而仰出。俯仰左右，顾而乐之。于是疏泉凿石，辟地以为亭，而与滁人往游其间。

我（欧阳修）治理滁州政事（担任滁州太守）的第二年夏天，才第一次喝到滁州的泉水，感觉十分甘甜。向滁州人打听，知道这泉水来自滁州城南百步远的地方。（那个地方）地表上是丰山，高耸独立着；地表下面是幽谷，深远曲折；山与谷的中间是一股清泉，泉势沸涌而出。（在那里）到处观看，令人愉悦。因此，我命人疏通泉水，凿开山石，在当地开辟出一块地，建了一座小亭子，（后来）和滁州当地百姓一起去那里游玩。

我们将《醉翁亭记》和《丰乐亭记》进行对比阅读可以发现，其实滁州的山水景致本身十分普通，并无特别之处，但欧阳修特别写了两篇文章来记叙此地的山和水，《醉翁亭记》里说"醉翁之意不在酒，在乎山水之间也"，应该是有意对应孔子的话："知者乐水，仁者乐山。"（《论语·雍也》）

孔子还有一句话："君子居之，何陋之有？"（《论语·子罕》）意思是即便是落后闭塞的地方，有德君子身在其中也不嫌其简陋。在《丰乐亭记》的第一段里，一眼并没有什么特别的泉水，就能够让欧阳修"俯仰左右，顾而乐之"，这种君子风度深得孔子的遗韵。近代著名诗人、学者顾随先生曾经说过，欧阳修是中国古代作家中少数几个完全纯粹的儒家之一，这个观点是非常精准的。欧阳修不会在人生逆境的时候求佛问道，儒家的精神已经足够滋养他。

滁于五代干戈之际，用武之地也。昔太祖皇帝，尝以周师破李景兵十五万于清流山下，生擒其将皇甫晖、姚凤于滁东门之外，遂以平滁。修尝考其山川，按其图记，升高以望清流之关，欲求晖、凤就擒之所。而故老皆无在也，盖天下之平久矣。

滁州在五代混战的历史时期，是一个经常打仗的地方。当年太祖皇帝，曾率领后周兵在清流山下击溃李景的十五万军队，在滁州东门外活捉了他们的将领皇甫晖、姚凤，就这样平定了滁州。我曾考察当地的山川地理，按照地图的指示，登高去眺望清流关，想找到当年皇甫晖、姚凤被捕获的地方。但当年的人都不在了，这是因为天下太平，很久没有打过仗了呀。

欧阳修除了是国家高级官员、伟大作家之外，还是杰出的史学家和金石学家，他修撰的《新五代史》是二十四史之一。像欧阳修这样在文化上取得如此全面而高水平成就的人，在整个中国历史上也不多见。欧阳修在贬官滁州期间留心史事，亲身寻访故迹，继承了司马迁游江淮、探禹迹的治史精神。

本篇文章的写作缘于一眼泉水，按照"知者乐水"的思路，欧阳修在此文中的乐观情绪要显得理性一些。他以史家理性的眼光看到当时是一个远离战乱的太平盛世，进而为这样美好的时代而感到由衷欣悦，与《醉翁亭记》中那种比较感性的酒酣之乐有着明显的不同，另有意趣。

自唐失其政，海内分裂，豪杰并起而争，所在为敌国者，何可胜数？及宋受天命，圣人出而四海一。向之凭恃险阻，铲削消磨，百年之间，漠然徒见山高而水清。欲问其事，而遗老尽矣！今滁介江淮之间，舟车商贾、四方宾客之所不至，民生不见外事，而安于畎亩衣食，以乐生送死。而孰知上之功德，休养生息，涵煦于百年之深也。

当年唐王朝政治败坏，国家分裂，豪杰之士纷纷起兵争夺天下，到处都是敌对的政权，哪里数得清呢？自从大宋王朝接受天命，圣人（太祖）出现，全国得以统一。以前那些割据势力设置的地理险阻，都被消灭了，近百年来，只见到山高水清（天下太平）！想要去了解当年的事，但前朝的老人都已经故去了（无法得知了）。现在滁州地处长江、淮河之间，这是坐船和坐车的商人，以及游历四方的客人所罕到的地方，老百姓活着不知道外面的事情，但都在当地安居乐业、丰衣足食，快乐地生活一生。而谁知道这是皇帝的功德，能够让老百姓休养生息，包含的恩惠长达百年之深。

我们可以将这段文字和陶渊明的《桃花源记》作一个有趣的对比。"阡陌交通，鸡犬相闻……与外人间隔"的桃花源，与"民生不见外事，而安于畎亩衣食"的滁州多么相近啊。然而，这样的人间乐土，在陶渊明笔下是不可触及的理想之境，在欧阳修笔下却是实实在在的安乐所居。

历史学家陈寅恪先生有一个著名的说法：华夏文明造极于两宋。文明包括物质文明和精神文明，这两个方面宋代都很发达。

所以宋代文官的心目中，总是充满着对自己所处时代的强烈自信，这也是宋代散文的特征之一。

　　修之来此，乐其地僻而事简，又爱其俗之安闲。既得斯泉于山谷之间，乃日与滁人仰而望山，俯而听泉。掇幽芳而荫乔木，风霜冰雪，刻露清秀，四时之景，无不可爱。又幸其民乐其岁物之丰成，而喜与予游也。因为本其山川，道其风俗之美，使民知所以安此丰年之乐者，幸生无事之时也。

　　我来到滁州这个地方任职，喜欢这里地理偏僻、政事简要，又喜欢这里安定闲适的民风。在山谷间找到这样一眼清泉之后，每天和当地人来这里抬头看看山上的风景，低头听听泉水的声音。（此处可以）采集隐蔽的野花，在树木下休憩乘凉，在冬天冰雪风霜之际，这里更加显露出清秀的风貌，一年四季的景色，都是这样惹人喜爱。又庆幸当地的百姓因为收成好，衣食无忧，愿意和我一道游玩。于是（我写这样一篇文章）为当地人写写他们的山川，说说他们的淳美民风，让百姓知道能够安享丰年的欢乐，是因为有幸生于这太平无事的时代。

　　本段所言"掇幽芳而荫乔木，风霜冰雪，刻露清秀，四时之景，无不可爱"，对应上文"俯仰左右，顾而乐之"，因为心中始终充满着乐观的情绪，所以身边的一草一木、一景一物，无不可爱。

　　另外，时任滁州父母官的欧阳修始终没有忘记自己的分内之职，他并不是来这里单纯地游山玩水欣赏风景，而是承担着治理地方、教化百姓的职责。所以他的快乐，除了得之于自然风光之趣以外，更多还来自自己治理有方，当地百姓安居乐业，所辖境内一片欣欣向荣的景象。

"又幸其民乐其岁物之丰成""使民知所以安此丰年之乐者"两个句子都扣住了"丰"与"乐"来写，也呼应了本文题目中的"丰乐"二字，点旨切题。所谓"丰乐"，是指岁丰年稔，由此伴随而来的官民同乐。

段末"幸生无事之时也"一句目的在于对比前面两段所讲的兵戈乱世。滁州这个地方，在天下大乱的时候是兵家用武之地，在太平盛世则变成了民风淳朴、风景秀美、物产富饶的人间乐土。这个用意比《醉翁亭记》的层次更深，不仅仅写个人在大自然中饮酒作乐的感受，还把目光投向了沧海桑田的变迁，写出了一种历史的纵深感。

夫宣上恩德，以与民共乐，刺史之事也。遂书以名其亭焉。庆历丙戌六月日，右正言知制诰、滁州军州事欧阳修记。

宣扬皇帝的恩德，和老百姓一起享受生活之乐，这是刺史的职责。于是我就写下这篇文章来为这座亭子命名。庆历丙戌六月日，右正言知制诰、滁州军州事欧阳修记。

欧阳修在结尾这个段落更加明确地点明自己的身份，自己作为地方官，不仅要对老百姓负责，还要向上对皇帝负责。自己作为文官集团的一分子，有义务向老百姓传达皇帝的恩德。

《醉翁亭记》中的欧阳修很有魏晋名士那种纵浪大化、放浪形骸的风流意态，而《丰乐亭记》则突出地展现了欧阳修作为宋代文官代表的精神气质。他面对个人得失宠辱不惊,对于自然与历史勤于探索,有非常高的文化审美情趣,时刻关心百姓生活,这样完整的面貌,才是宋代文官区别于其他时代文章作手的独特之处。

汇通

十三

苏轼

放鹤亭记

(宋) 苏 轼

　　熙宁十年秋，彭城大水。云龙山人张君之草堂，水及其半扉。明年春，水落，迁于故居之东，东山之麓。升高而望，得异境焉，作亭于其上。彭城之山，冈岭四合，隐然如大环，独缺其西一面，而山人之亭，适当其缺。春夏之交，草木际天；秋冬雪月，千里一色；风雨晦明之间，俯仰百变。

　　山人有二鹤，甚驯而善飞。旦则望西山之缺而放焉，纵其所如，或立于陂田，或翔于云表；暮则傃东山而归。故名之曰"放鹤亭"。

　　郡守苏轼，时从宾佐僚吏往见山人，饮酒于斯亭而乐之。挹山人而告之曰："子知隐居之乐乎？虽南面之君，未可与易也。《易》曰：'鸣鹤在阴，其子和之。'《诗》曰：'鹤鸣于九皋，声闻于天。'盖其为物，清远闲放，超然于尘埃之外，故《易》《诗》人以比贤人君子。隐德之士，狎而玩之，宜若有益而无损者；然卫懿公好鹤则亡其国。周公作《酒诰》，卫武公作《抑戒》，以为荒惑败乱，无若酒者；而刘伶、阮籍之徒，以此全其真而名后世。嗟夫！南面之君，虽清远闲放如鹤者，犹不得好，好之则亡其国；而山林遁世之士，虽荒惑败乱如酒者，犹不能为害，而况于鹤乎？

由此观之，其为乐未可以同日而语也。"山人忻然而笑曰："有是哉！"乃作《放鹤》《招鹤》之歌曰：

鹤飞去兮西山之缺，高翔而下览兮择所适。翻然敛翼，宛将集兮，忽何所见，矫然而复击。独终日于涧谷之间兮，啄苍苔而履白石。

鹤归来兮，东山之阴。其下有人兮，黄冠草屦，葛衣而鼓琴。躬耕而食兮，其余以汝饱。归来归来兮，西山不可以久留。

元丰元年十一月初八日记《放鹤亭记》。

苏轼可能是最受现代读者喜爱的中国古代作家。他是一个文艺上的多面手，在文章方面继承欧阳修的衣钵，是北宋第二代文坛盟主，也是唐宋八大家之一；他的诗歌气势宏大，寓情于理，与黄庭坚并称"苏黄"；他在词作方面开豪放一派，是词史上别具一格的重要人物。同时他还擅长书法，是书法史上著名的"宋四家"（苏黄米蔡）之一。如果他仅仅是在文艺上多才多艺，也许还不足以得到现代读者的特别关注，苏轼最讨人喜欢的地方，在于他的性情豁达。他后半生在政治上比较失意，但我们能在他的文学作品中看到他忘怀得失的自在逍遥。此外，他的兴趣爱好非常广泛，对于宗教、风俗、美食、逸事等和日常生活联系紧密的事物多加留心，并且乐在其中。

小结而言，苏轼在政治上正直坚定，在文艺上多才多艺，在性情上诙谐幽默，这是我们喜爱他的主要原因。

苏轼的性格深处有一种不从俗流的倔强。这种性格体现在政治上，他对当时相争激烈的新旧两党互不偏袒，结果是无论新党得势，还是旧党得势，他都遭受排挤和打击。这种性格体现在文艺创作上，则是不循规蹈矩，处处有意打破常规。比如说苏轼写论体文，很喜欢在观点上标新立异，很喜欢和前人反着来。他的论体文，像《周武非圣人》《周东迁失计》《司马迁二大罪》……这些文章光看题目就很吸引眼球，内容也是颇多争议，可以看出苏轼求新求变的追求。他写诗，大量引入议论和典故，时人谓之"以议论为诗"。他写词，有意与当时流行的词风，也就是以柳永为代表的婉约词风相抗衡，独创豪放一格。他的书法也是这样，唐代书法以硬瘦清劲为美，杜甫所谓"书到硬瘦始通神"，而到了苏轼这里，却刻意写得肥厚疏懒，开启了"宋人尚意"的书法美学格调。

　　苏轼在文艺创作上的种种迹象表明，他的性情除了表现出来的诙谐幽默之外，再往深一层看，其实是一种叛逆和倔强。只不过他的这种叛逆和倔强的背后有着非常强大的才华作为支撑，而寻常人则往往只学到他的皮毛，或者皮毛的皮毛。

　　本专题所选录的《放鹤亭记》，很有代表性地展现了苏轼在文学上的才情学养，也比较集中地体现了苏轼在汇通百家的基础之上自出机杼的过人手段。

　　《放鹤亭记》写于元丰元年（1078），当时苏轼四十一岁，在徐州担任知州，相当于今天的市长。此时距离他人生的重大转折"乌台诗案"的发生还有一年的时间，所以从心情上看，他的情绪总体比较舒展，文章中所寄托的出世情怀清晰可见。在写作手法上，《放鹤亭记》将游记、序记、经传、问答、论体、诗序等多种文体熔为一炉，是一篇手段高明的千古名文，从中也可见《前赤壁赋》某些写作手法的雏形。

本文的题目是"放鹤亭记"。"记"这种文体在古代大致有两种，一种是游记，主要写的是自己去到某个地方的所见所闻所感，比如柳宗元的《始得西山宴游记》、王安石的《游褒禅山记》。还有一种是序记，或者叫作叙记，主要写的是一件事物（比如一座建筑、一个地方等）的来龙去脉，它有什么来历，为什么叫这个名字，寄托着什么理想，等等，比如范仲淹的《岳阳楼记》、王禹偁的《黄州小竹楼记》、欧阳修的《醉翁亭记》。苏轼写的这篇《放鹤亭记》，兼有游记和序记的文体功能，文章里既有游兴，又有来历与寄托。

这种写法，尤其在开头的部分，和欧阳修的《醉翁亭记》比较接近。苏轼是欧阳修的得意门生，从老师那里继承了一些写作手法并不出奇。而《放鹤亭记》这篇文章行文至中段的时候又结合了其他文体的写法，这就是他自己的手段了。

熙宁十年秋，彭城大水。

熙宁十年秋天，彭城（徐州）经历了一次洪水灾害。

熙宁十年是公元1077年。苏轼在这一年出任徐州知州，刚上任没多久就碰上了大洪水，在危急时刻，苏轼身先士卒，带领官兵修筑堤坝，抗击洪灾，最终保全了一城百姓的身家性命。这对于苏轼来说，本该是值得大书特书一笔的政绩，但他在此轻描淡写一笔带过，毫无自矜之意。

另外，苏轼之所以被安排到徐州做官，和王安石主持的"熙宁变法"有直接的关系。王安石在熙宁二年（1069）主持发起新政变法，史称"熙宁变法"，一直持续到了元丰八年（1085）。在这期间，苏轼因为对新法颇多抵触，与王安石发生矛盾。苏轼自感与主导政局的变法派格格不入，于是自己向朝廷请求离开京城到地方任职。他先后在杭州、密州（诸城）、彭城（徐州）、湖州等地任职。彭城是他在地方任职的第三站。

云龙山人张君之草堂，水及其半扉。明年春，水落，迁于故居之东，东山之麓。

居住在云龙山的隐者张君（张天骥）家里的茅草房子被水淹到了家门的一半。第二年春天，洪水退去，张天骥把家搬到了老房子的东面，在东山的山脚下。

文中所称的张君，是苏轼的好朋友张天骥，这是一位不求功名的隐居者，醉心于道家的修身养性之术。

升高而望，得异境焉，作亭于其上。彭城之山，冈岭四合，隐然如大环，独缺其西一面，而山人之亭，适当其缺。春夏之交，草木际天；秋冬雪月，千里一色；风雨晦明之间，俯仰百变。

（从张天骥的新居）登到山上四处远望，发现这里真是一个视野奇特的好地方，所以就在这里修了一座亭子。彭城附近的山，四个方向环抱在一起，隐隐地像一个大环（把彭城包围在中间），唯独在西面有一个缺口，张天骥修的亭子，就正对着西面这个缺口。

春夏季节交替（天气暖和的时候），山上的草木茂盛，遮天蔽日；到了秋天和冬天（天气冷）下雪的夜晚，从山上远远望去，天地都苍茫一片；遇到刮风下雨的时候，天气忽暗忽明，眼前的景色更是时时刻刻都在变化。

这里讲放鹤亭所处的地理环境，不露声色地把游记的内容融入其中。文中所谓"升高而望"，潜在的意思并不是张天骥登高而望，而是苏轼自己在现场看到的情景。这和欧阳修《醉翁亭记》开头的写法是一致的：

环滁皆山也。其西南诸峰，林壑尤美，望之蔚然而深秀者，琅琊也。山行六七里，渐闻水声潺潺，而泻出于两峰之间者，酿泉也。峰回路转，有亭翼然临于泉上者，醉翁亭也。

山人有二鹤，甚驯而善飞。旦则望西山之缺而放焉，纵其所如，或立于陂田，或翔于云表；暮则傃东山而归。故名之曰"放鹤亭"。

张天骥养了两只鹤，不仅非常温驯，而且善于飞翔。早上的时候，张天骥就对着西山那个缺口放飞它们，任随它们自由飞翔，（鹤）有时候站在山间的田里，有时候高高地飞到云层之上；夜晚来临的时候，（它们就自觉）朝着东山飞回来。所以张天骥就把这个亭子命名为"放鹤亭"。

这一段关于张天骥放鹤的描写非常浪漫，结合上一段对彭城周围的山势的描写就更加显得浪漫。彭城周围的山势四围环抱而西面有一个缺口，隐隐象征着人生围城的一条出路；又像篆刻印章里的破边，在规整中显露一丝生气。

中国古人爱鹤、养鹤，比如魏晋时期的支遁和尚，以及本文中讲到的隐士张天骥，本质上就是爱鹤身上那种"驯而善飞"的格调。如善飞而不温驯，如鹰隼，则过于凶猛凌厉；如温驯而不善飞，如家禽，则无足可观。

不论是信奉佛教的支遁，还是崇尚道家的张天骥，以及很多人心目中汇通释儒道的苏轼，他们在鹤这种动物身上投射的审美意趣，其实是不离世间的。他们爱的不是闲云野鹤，而是能放能招，能够在田里意态悠闲地站着，也能够振翅云霄的家鹤。

> 郡守苏轼，时从宾佐僚吏往见山人，饮酒于斯亭而乐之。

苏轼作为彭城的地方长官，有一回带着下属和随从一起去拜访张天骥，就在这座亭子里喝酒快活。

苏轼从他的老师欧阳修那里不光是学到了文章技法，还学到了达观的处事心态。欧阳修的《醉翁亭记》和《丰乐亭记》，明明是在贬官时期写的，文章里却处处着眼于"乐"字。这一点也被苏轼完整地继承。

> 揖山人而告之曰："子知隐居之乐乎？虽南面之君，未可与易也。"

苏轼向张天骥作揖行礼，并对他说："你知道隐居的快乐吗？（隐居的快乐）就算是拿做国君（的快乐）来交换，也不愿意换。"

从这个地方开始，苏轼开始了他在文体上的汇通组合。他的这种主客问答的写法，实际上是赋体或者解体（如我们前面讲过韩愈的《进学解》）的写法。记体很少会这样写。而主客问答写法的关键，是借客问引出主答，再由主答表现自己真实的想法。比如苏轼后来写的《前赤壁赋》就是采用了传统的主客问答写法。

但是在这篇《放鹤亭记》中，主客问答大大出乎读者意料。明明是他去拜访张天骥，他先发言提问，结果他反客为主，好像把该说的道理都抢先说出来了。这显然是苏轼独有的刻意为之。

"《易》曰：'鸣鹤在阴，其子和之。'《诗》曰：'鹤鸣于九皋，声闻于天。'盖其为物，清远闲放，超然于尘埃之外，故《易》《诗》人以比贤人君子。"

"《周易》里说：'鹤在北面鸣叫，它的孩子跟随着一起叫。'《诗经》里有两句诗：'鹤在曲折幽深的沼泽里鸣叫，但是声音直达云霄。'也就是说鹤这种动物，它喜欢远离世俗的清净，喜欢闲散放逸的生活，能够超脱尘世，所以《周易》和《诗经》都拿它来比喻贤人君子。"

从这里开始，苏轼开始引经据典，这既不是记体的写法，也不是主客问答的写法，而是经传的写法。汉代的经传，如《韩诗外传》，还有《史记》列传的第一篇《伯夷列传》[1]，都是这种在

---

[1] 《史记》中的列传并不是一开始就确定采用后世公认的史传体写法，《伯夷列传》沿用了当时流行的经传写法。后面的篇目不断演进发展，一直到列传第四篇《司马穰苴列传》才完全形成全新的史传体。

引经据典中带出自己观点的写作。这种写作方法来源于先秦时期"赋诗言志"（引用《诗经》里的句子来表达自己的意见）的外交传统。它和一般的引用论事不同的地方在于，特别注意引用先秦儒家正统经典，尤其以先秦五经为主要引用对象。

所谓经传，就是阐释经典著作的文义，或者阐释某个重要的义理，所以在引用典籍时会非常重视文献的权威性。苏轼在文中采用这样的写法，是把鹤的寓意当作一件严肃的事情来讨论，是"举轻若重"的写法，也可以由此看出苏轼内心对这种人生态度的高度认同。

"隐德之士，狎而玩之，宜若有益而无损者；然卫懿公好鹤则亡其国。周公作《酒诰》，卫武公作《抑戒》，以为荒惑败乱，无若酒者；而刘伶、阮籍之徒，以此全其真而名后世。"

"德行内敛不外露的贤良之士，（因为自己行为处事有分寸）即便亲近把玩这些宠物，也有益无害；不过像春秋时代的卫懿公（那种没有节制的人），沉溺于玩鹤却亡了国。周公写《酒诰》，卫武公写《抑戒》，他们认为酒是最能荒废光阴、迷乱性情、败坏德行的东西；但是像刘伶、阮籍这些酷爱喝酒的人，却能够在饮酒这个行为中保全自己的真性情，并且以此扬名后世。"

卫懿公是春秋时代卫国的国君，他玩物丧志，不理国政，因为过于喜爱养鹤，甚至给鹤赐予官职，最后在与狄人的战争中惨死。刘伶和阮籍是中国历史上著名的"竹林七贤"中的两位，这两人都很爱喝酒，在魏晋之交那个政治严酷的时代，他们假托醉生梦死来逃避政治灾难,并不是世俗意义上的酒鬼。

这里苏轼在写法上转为论体,通过历史上正反两方面的例子来说明"物物而不物于物"的道理(人有自控力和分寸感,利用、享受外物,而不会沉溺于外物,进而为之所累)。苏轼的论体文在当时名满天下,他的论体文有一个过人之处就是特别擅长举例和譬喻,深得战国纵横家遗风。

"嗟夫!南面之君,虽清远闲放如鹤者,犹不得好,好之则亡其国;而山林遁世之士,虽荒惑败乱如酒者,犹不能为害,而况于鹤乎?由此观之,其为乐未可以同日而语也。"

"多么令人感叹啊!(像卫懿公那样)身为国君,虽然想像鹤一样过清静悠闲、闲适自由的生活,但终究没有落得个好下场,爱好养鹤搞到亡了国;而(像刘伶、阮籍那样)隐遁在山林的隐士,就算是纵情于喝酒这种荒废光阴、迷乱性情、败坏德行的事物,却也不至于带来什么危害,何况养鹤呢?这样看起来,君王之乐和山林隐逸之乐真是没办法同日而语。"

苏轼这里表达的意思,接近于《庄子·逍遥游》的结尾关于樗树的譬喻。身负重任的大人物总是难以全身养命,而恰恰是不受人重视的樗栎之才(世俗意义上的能力平庸者,实际内心另有追求)容易在平凡的生活里找到真正的精神归宿。

山人忻然而笑曰:"有是哉!"乃作《放鹤》《招鹤》之歌。

张天骥欣然笑道:"正是这样啊!"然后写下了《放鹤》和《招鹤》两首诗歌。

此处没有说明写诗的人是张天骥还是苏轼,从上下文来推断,我倾向于是张天骥所写。在这篇文章中,对于隐居的生活状态,苏轼是阐释者和羡慕不已的描述者,而张天骥则是践行者和乐在其中的歌唱者。

前文花了很长的篇幅引出这两首诗,这种写法又比较接近诗序和诗的组合。比如我们非常熟悉的王勃的《滕王阁序》实际上就是《滕王阁诗》的诗序。可以说苏轼在这里又一次变化了文体形式。

鹤飞去兮西山之缺,高翔而下览兮择所适。翻然敛翼,宛将集兮,忽何所见,矫然而复击。独终日于涧谷之间兮,啄苍苔而履白石。

鹤归来兮,东山之阴。其下有人兮,黄冠草屦,葛衣而鼓琴。躬耕而食兮,其余以汝饱。归来归来兮,西山不可以久留。

元丰元年十一月初八日记《放鹤亭记》。

鹤飞去那西山的缺口啊,高高飞在空中向下看哪里是自己喜欢的地方。它突然收起翅膀啊,好像要在某处降落,仿佛看到了什么啊,忽然间又奋力拍打翅膀飞起来。它整天在山谷和涧水之间四处游荡啊,啄食着青苔,脚踩着白色的石头。

鹤飞回来了啊,在东山的北面。山下有个人啊,戴着黄色的帽子,穿着草编织的鞋,他身披麻布衣服正在弹琴。这个人自己种田养活自己啊，还有多余的粮食能够喂饱你。快回来吧，快回来吧，西山不可以久留。

元丰元年十一月初八这天，(我)写下了《放鹤亭记》这篇文章。

这两首诗的写作角度，都是站在张天骥本人的立场，远望鹤的飞去，又守望鹤的归来。当鹤翱翔在天空，以及在山间四处寻觅的时候，这是一种相当自由的状态。而到了夜色降临，鹤从野外归来回到主人身边，则象征着一种安稳又相对富足的状态。

苏轼的这篇《放鹤亭记》在写作技法上，可以说是使出了浑身解数，写作上的十八般武艺都拉出来展示了一番。不过它真正动人之处，可能还不在这些精彩的炫技，而在于它写出了一种自由而安稳的生活理想，这是苏轼真正向往的生活状态，也是千百年来我们大多数人内心最完美的生活状态。苏轼能够在今天成为中国人心目中的文化最大公约数，原因也正在于此。

物我

十四

归有光

先妣事略

(明)归有光

先妣周孺人,弘治元年二月二十一日生。年十六来归。逾年生女淑静,淑静者,大姊也;期而生有光;又期而生女、子,殇一人,期而不育者一人;又逾年生有尚,妊十二月;逾年,生淑顺;一岁,又生有功。有功之生也,孺人比乳他子加健。然数颦蹙顾诸婢曰:"吾为多子苦!"老妪以杯水盛二螺进,曰:"饮此,后妊不数矣。"孺人举之尽,喑不能言。

正德八年五月二十三日,孺人卒。诸儿见家人泣,则随之泣。然犹以为母寝也,伤哉!于是家人延画工画,出二子,命之曰:鼻以上画有光,鼻以下画大姊。以二子肖母也。

孺人讳桂。外曾祖讳明。外祖讳行,太学生。母何氏。世居吴家桥,去县城东南三十里;由千墩浦而南,直桥并小港以东,居人环聚,尽周氏也。外祖与其三兄皆以赀雄,敦尚简实,与人妁妁说村中语,见子弟甥侄无不爱。

孺人之吴家桥,则治木绵;入城则缉垆,灯火荧荧,每至夜分。外祖不二日使人问遗。孺人不忧米盐,乃劳苦若不谋夕。冬月炉火炭屑,使婢子为团,累累曝阶下。室靡弃物,家无闲人。儿女大者攀衣，小者乳抱，手中纫缀不辍。户内洒然。遇僮奴有恩，虽至棰楚，皆不忍有后言。吴家桥岁致鱼蟹饼饵，率人人得食。家中人闻吴家桥人至，皆喜。

有光七岁，与从兄有嘉入学，每阴风细雨，从兄辄留，有光意恋恋，不得留也。孺人中夜觉寝，促有光暗诵《孝经》，即熟读，无一字龃龉，乃喜。孺人卒，母何孺人亦卒。周氏家有羊狗之疴。舅母卒，四姨归顾氏，又卒，死三十人而定。惟外祖与二舅存。

孺人死十一年，大姊归王三接，孺人所许聘者也。十二年，有光补学官弟子，十六年而有妇，孺人所聘者也。期而抱女，抚爱之，益念孺人。中夜与其妇泣，追惟一二，仿佛如昨，余则茫然矣。世乃有无母之人，天乎痛哉！

一、中国古代散文一条有趣的谱系

中国古代的文学理论有一个重要的特色，那就是重视谱系的梳理。如南朝钟嵘所著《诗品》就是一部根据历代诗人的写作风格进行谱系梳理的重要诗学文献。

何谓谱系呢？谱系的原意是指家谱上的系统，如张三的家谱从上面多少代开始记载了他的祖先是谁，然后一代一代地记录下来，一直到曾祖、祖父、父亲。传统的中国人家族观念非常重，所以对家族谱系也非常重视。这样的观念移植到文学理论中（也移植到书法理论、美术理论等多个领域之中），就是重视各个时代作家创作的相互影响关系，这种写作上的传承影响的关系在中国人的心目中就好像生理上的血缘关系，由此影响到中国传统的文学批评观念总是将作家作品置于纵向的时间轴进行品评赏析。

中国古代的散文理论，客观地说，没有诗歌理论那么发达，在形态的成熟度方面，也不如诗歌理论完备。中国古代的散文理论在谱系的梳理上，形成比较晚，线条也比较粗，直至明清之际，文章学理论中才渐渐树立起这样的散文谱系：

司马迁——韩愈——欧阳修——归有光

司马迁、韩愈、欧阳修和归有光分别是汉代、唐代、宋代与明代的人物，这条谱系梳理的时间跨度非常之大，而且其中的传承影响关系还不是那么一目了然。所谓一目了然，如钟嵘《诗品》中载颜延年的诗歌"其源出于陆机"，陆机"其源出于陈思（陈思王曹植）"，曹植诗出于《国风》，这条谱系在脑海中一想过去，对应具体的作品，觉得风格上基本是相近的，所以很容易理解。但散文的这条谱系认真想想也会觉得有些费解。

我们知道司马迁最主要的作品是《史记》，这是一部主体上以传记为中心的史籍。韩愈的散文成就主要集中于各类议论性质的文章，如《进学解》《师说》《原道》等。当然，韩愈也写过一篇戏仿《史记》列传的小文章《毛颖传》。"毛颖"就是毛笔，这是韩愈为毛笔戏作的一篇传记，有寄托在其中，从这篇文章中能看出些许《史记》的影响。欧阳修除了各类单篇的散文之外，专著有《新五代史》，看起来和《史记》比较接近。最让人费解的是谱系末段的归有光。归有光的散文大多是一些帮人写的碑志、墓志，和《史记》在形态上差异比较大。归有光所写的人物，多数是他的亲人、朋友、邻居，其中还以妇孺居多，用直白的话来说就是总是写一些三姑六婆的琐碎事情，这和《史记》所描绘的宏大的历史风云，以及对人类历史产生重大影响的帝王将相更加风马牛不相及。从写作风格上看，归有光琐碎的叙事笔调也似乎很难让人想到奇崛、雄健的《史记》会对他的写作有什么直接影响。

所以，归有光得《史记》之神髓这种看法，在明清之际尽管很流行，但不免受到一些质疑，如清代学者章学诚就提出：

> 惟归（有光）、唐（顺之）之集，其论说文字，皆以《史记》为宗，而其所以得力于《史记》者，乃颇怪其不类。盖《史记》体本苍质，而司马才大，故运之以轻灵。今归、唐之所谓疏宕顿挫，其中无物，遂不免浮滑，而开后人描摹浅陋之习。故疑归、唐诸子得力于《史记》者，特其皮毛，而于古人深际，未之有见。（清·章学诚《文史通义》）

今天，一些学者沿袭了章学诚对归有光的批评，也倾向于认为归有光得《史记》之神髓的看法是不正确的。

历史有趣的一面正在这里，有一些观点，在某段时间里被视为共识，在另外的时间里则被视为谬误。归有光得《史记》之神髓的看法，究竟有没有道理，或者说在什么层面上有道理，这是一个与中国散文史发展有关的重要问题。在解决这个问题之前，我们先来实际感受一下归有光的散文写作。

二、《先妣事略》赏析

归有光的散文，大家比较熟悉的是他的《项脊轩志》。我们今天要来品读的是他的另外一篇极富代表性的散文作品《先妣事略》。

"妣"，原指母亲，后来特指亡故的母亲，"先妣"的意思就是已经去世的母亲。"事略"是一种区别于正式传记的、在写法和记叙人物事件上相对随意的传记文。正式的传记文体有传、行状、行述等，归有光选择"事略"这种非正式的传记文体来记叙母亲生前的事迹，是有讲究的。首先，归有光的母亲周孺人是中国传统的家庭妇女，生平苦难而平凡，没有什么丰功伟绩，如果采用正式的传记体裁显得过于严肃，不得体。其次，文中提到周孺人在归有光很小的时候就去世了，归有光对母亲的印象是模糊的、零散的。所以采用"事略"这种非正式文体来表现其写作对象是恰当且富有亲切感的。

先妣周孺人，弘治元年二月二十一日生。年十六来归。逾年生女淑静，淑静者，大姊也；期而生有光；又期而生女、子，殇一人，期而不育者一人；又逾年生有尚，妊十二月；逾年，生淑顺；一岁，又生有功。有功之生也，孺人比乳他子加健。然数颦蹙顾诸婢曰："吾为多子苦！"老妪以杯水盛二螺进，曰："饮此，后妊不数矣。"孺人举之尽，喑不能言。

已去世的母亲周孺人，弘治元年二月二十一日出生。十六岁就嫁到我们家来。一年之后生了个女儿叫淑静,淑静就是我的大姐;过了一年生了(我)有光;再过了一年又生了一男一女,其中一个生下来就死了,另一个也只活了一年就死了;再过一年生了有尚,这一胎怀了十二个月才生下来;过了一年,生下了淑顺;一年之后又生了有功。有功出生后,母亲哺乳他比哺乳其他孩子更加卖力。然而她常常皱着眉头对家里的婢女说:"我为子女太多而感到辛苦啊!"有个老婆子于是拿了一杯盛着两块螺的水给母亲喝,对她说:"喝了这个,以后就不会频繁地怀孕了。"母亲拿起来喝了,之后就声音变哑,不能说话了。

这一段文字是对母亲生前生活经历的简短介绍,乍一看写得很刻板,好像一份履历,一点儿感情色彩也没有。周孺人十六岁嫁人之后,每一年生一个孩子,文中连续用了"期""又期""又逾年""逾年""一岁"这样的词语作为时间分割,在叙述上看似非常呆板地谈到"生淑静""生有光""生女、子""生有尚""生淑顺""又生有功",但如果细细去品味,这一段文字实在是花费心思的以拙运巧的写法。

稍有常识的现代人都知道,女性两次生育之间的间隔不能太短,如果生育间隔太短会使女性因为身体来不及恢复调整而带来生育风险。归有光的母亲周孺人以一年一到两个孩子的频率生育,从常识推断,这必然对她的身体造成巨大的伤害,也带来了巨大的精神压力。之后周孺人的早亡,必定与过于频繁的生育有关系。

除了生理上的创伤之外,根据后文的叙述,周孺人是一个慈爱、善良、细致的母亲,要悉心抚养众多的子女,即便在生活上不至于为经济所迫,但一定令她十分操劳。

在第一段的结尾，承受了巨大生理痛苦和生活压力的周孺人向女佣感慨为子女众多而感到辛苦。这时有个老婆子给她弄了个毫无依据的偏方，周孺人的反应是"举之尽"，不假思索立刻喝了下去，表示她急切地不想再生这么多孩子。虽然行文至此还没有涉及对周孺人任何品质方面的描写，但周孺人品性中善良、坚忍的一面已经隐隐约约透露出来——面对艰辛，她没有任何推卸责任的做法，没有因为辛苦而疏忽子女，她唯一的愿望只是以后不要再生太多的孩子。

然后，她因为误食偏方变哑。一位饱受生活艰辛的善良妇女在生理上再一次受到重创，作为读者，我们的内心不禁为之一震：她甚至连诉说生活的艰苦都不再可能了。

让我们将归有光的这段文字和《史记·白起王翦列传》第一段简述白起生平的文字相对照一下：

白起者，郿人也。善用兵，事秦昭王。昭王十三年，而白起为左庶长，将而击韩之新城。是岁，穰侯相秦，举任鄙以为汉中守。其明年，白起为左更，攻韩、魏于伊阙，斩首二十四万，又虏其将公孙喜，拔五城。起迁为国尉。涉河取韩安邑以东，到干河。明年，白起为大良造。攻魏，拔之，取城小大六十一。明年，起与客卿错攻垣城，拔之。后五年，白起攻赵，拔光狼城。后七年，白起攻楚，拔鄢、邓五城。其明年，攻楚，拔郢，烧夷陵，遂东至竟陵。楚王亡去郢，东走徙陈。秦以郢为南郡。白起迁为武安君。武安君因取楚，定巫、黔中郡。昭王三十四年，白起攻魏，拔华阳，走芒卯，而虏三晋将，斩首十三万。与赵将贾偃战，沈其卒二万人于河中。昭王四十三年，白起攻韩陉城，拔五城，斩首五万。四十四年，白起攻南阳太行道，绝之。

让我们把这段文字中表示时间间隔的词语按顺序罗列出来："（昭王十三年）是岁""其明年""明年""明年""后五年""后七年""其明年""昭王三十四年""昭王四十三年""四十四年"。

再把其中表示白起职位变化的句子按顺序罗列一下："为左庶长""为左更""迁为国尉""为大良造""迁为武安君"。

再把其中记叙白起功业的句子按顺序罗列一下："击韩之新城""攻韩、魏于伊阙，斩首二十四万，又虏其将公孙喜，拔五城""涉河取韩安邑以东，到干河""攻魏，拔之，取城小大六十一""与客卿错攻垣城，拔之""攻赵，拔光狼城""攻楚，拔鄢、邓五城""攻楚，拔郢，烧夷陵，遂东至竟陵""取楚，定巫、黔中郡""攻魏，拔华阳，走芒卯，而虏三晋将，斩首十三万""与赵将贾偃战，沈其卒二万人于河中""攻韩陉城，拔五城，斩首五万""攻南阳太行道，绝之"。

通过对各条线索重新罗列，我们可以明显看到，尽管司马迁并没有正面描写白起的为人品质、性格特征，但从白起在间隔很短的时间内，职位频频晋升，显赫战功快速地积累（不是攻占城池就是杀敌以万计），其才智过人、声震天下的青云之势已跃然纸上，同时也为他日后自杀的悲剧埋下了伏笔。《史记·项羽本纪》中陈婴之母曾说过："暴得大名，不祥。"这种建立在嗜杀基础上的超越常态的人生轨迹让人心惊。

通过这两段文字的比照，我们应该能明显地看出归有光此处有意学习《史记》的文章技法，并且实践得十分成功。

正德八年五月二十三日，孺人卒。诸儿见家人泣，则随之泣。然犹以为母寝也，伤哉！于是家人延画工画，出二子，命之曰：鼻以上画有光，鼻以下画大姊。以二子肖母也。

正德八年五月二十三日，母亲去世了。孩子们见到家里的大人哭，于是跟着哭，但（并不知道母亲已经去世）还只是以为母亲睡着了，多么令人伤痛啊！家人聘请画师为母亲画遗像，把家里的两个孩子叫出来，告诉画师：鼻子以上的部分照着有光画，鼻子以下照着大姐（淑静）画。因为两个孩子长得很像母亲。

根据归有光写出的母亲的生卒年月，简单计算一下就知道周孺人只有二十五年短暂的生命，其中嫁到归家九年，共生了七个孩子。文章开篇，归有光用非常密集的笔调勾勒出母亲苦难、辛劳的一生，使读者在阅读上被带入一种压迫感之中。而在第二段的一开始，写母亲突然去世了，使得这种叙事上的紧迫感被压缩到了极致，好像一根弹簧被紧紧地挤压到没有任何空间的地步，唯其挤压得越紧，潜在的、亟待释放的叙事张力就越强。

按照回忆性散文的一般写法，写到传主离世，文章基本就已经接近尾声。而归有光的这篇文章，写到母亲离世，叙事才刚刚展开。这样的写作安排，与归有光对母亲的印象直接相关。根据文中的记叙，周孺人去世时归有光仅七岁，他不可能对母亲的生平有太多具体、直接的记忆，所以文章的主要内容，是在叙写归有光印象中和母亲相关的零星记忆，这些记忆不一定是发生在母亲身上的事情，但都与母亲游丝相连。这样的写法，与《史记》列传的第一篇《伯夷列传》有相近之处。《伯夷列传》的传主叔齐、伯夷二人都是传说中商末时代的贤人，关于他们的文献记录非常稀少，所以在此传之中，实际记叙叔齐、伯夷生平事迹的篇幅非常短，而多数篇幅集中在谈论和叔齐、伯夷行事相近的人物，以及大量引用前贤的格言来评论、赞美他们。

这一段的内容看似轻描淡写，实则在真实中流露出刻骨的哀痛。尤其是聘请画工画遗像，家人令其"鼻以上画有光，鼻以下画大姊"。作为母亲，本来应该在子女身上留下更多精神方面的影响，但因为她不幸早亡，留在子女身上的痕迹竟然只有容貌。而此时子女尚年幼，还不明白死亡意味着什么，懵懂中经历着生命中最沉痛的分别而不自知。

孺人讳桂。外曾祖讳明。外祖讳行，太学生。母何氏。世居吴家桥，去县城东南三十里；由千墩浦而南，直桥并小港以东，居人环聚，尽周氏也。外祖与其三兄皆以赀雄，敦尚简实，与人煦煦说村中语，见子弟甥侄无不爱。

周孺人名讳桂。外曾祖父名讳明。外祖父名讳行，是太学生。周孺人的母亲姓何。周孺人家世居吴家桥，在县城东南三十里；经过千墩浦向南，过桥之后沿着小港一直向东走，聚居着很多人家，都是周氏家族的族裔。外祖父和他的三个哥哥都因财力丰厚而在当地很有势力，他们为人注重简朴实际，常常和同乡亲切地拉家常，见到同族的晚辈都十分喜欢他们。

237

此段叙述了母亲周孺人的家世情况。周孺人生于富裕的小康之家，她的父亲是受过高等教育的太学生，资产丰厚，是中国古代标准的乡绅阶层，同时为人朴实敦厚、平易近人。在这样的家庭环境中长大的周孺人，可以想象，是受过良好教育和有一定见识的贤良女子。这一段文字是归有光为正面叙写周孺人而做的前期渲染。

孺人之吴家桥，则治木绵；入城则缉纑，灯火荧荧，每至夜分。外祖不二日使人问遗。孺人不忧米盐，乃劳苦若不谋夕。冬月炉火炭屑，使婢子为团，累累曝阶下。室靡弃物，家无闲人。儿女大者攀衣，小者乳抱，手中纫缀不辍。户内洒然。遇僮奴有恩，虽至棰楚，皆不忍有后言。吴家桥岁致鱼蟹饼饵，率人人得食。家中人闻吴家桥人至，皆喜。

周孺人如果回到娘家吴家桥，就做棉纺活；进城到婆家就搓麻线，常常在闪烁的灯光下一直做到深夜。外祖父经常派人送东西过来，所以孺人在物质上并不短缺，但她仍然每天勤恳劳作，好像家里穷得揭不开锅。冬天家里烧炉用剩的炭渣，孺人让女佣搓成团，一颗颗晒在台阶下（注者按：可能是防滑用）。屋里绝不会有废弃（浪费）的东西，家里没有闲散偷懒的人。孺人的子女大一点的抓住她的衣服，小的抱在怀里喂奶，她的手还在一刻不停地缝纫。家里收拾得整整齐齐。孺人对家里的用人都很好，即便他们犯了错要被打，打完之后都不忍心再责备他们。娘家吴家桥每年都会送鱼蟹糕饼过来，孺人总是让大家都吃。所以婆家的人一听有吴家桥的人来，（知道有东西吃）都非常高兴。

这段文字直承上一段而来。上一段因为对周孺人的家世做了很好的铺垫，这一段叙写她的勤劳、善良、能干、得体就十分自然，不显造作和空洞。以上两段与文章开头的两段在叙事的密度上有很大的差别。前两段密度相当高，密密匝匝地把周孺人从嫁到归家到去世的九年时间紧紧挤在一起，到第三、四段突然放松，用十分舒缓的笔调对孺人生平的琐碎之事娓娓道来。这种叙事上的张弛结合非常有效地增强了有限篇幅内的层次感，也是《史记》传记体篇章的常用叙事技巧。

有光七岁，与从兄有嘉入学，每阴风细雨，从兄辄留，有光意恋恋，不得留也。孺人中夜觉寝，促有光暗诵《孝经》，即熟读，无一字龃龉，乃喜。

我（归有光）七岁的时候和堂兄一起入学，每到阴天刮风下雨，堂兄就能留在学堂里过夜。我也很想留下，但（家里要求）不能留宿（只能回家）。孺人有时半夜醒来，就督促我低声背诵《孝经》，要背到没有一个字的差错才会令她高兴。

这一段似乎写了一些琐碎到不能再琐碎的生活细节，而其中实有值得深入玩味的地方。归有光七岁时，按照前面的推算，已经到了母亲快要去世的时候了，所以此段实际上写的是周孺人临终前不久的事。此时年幼的归有光对即将要发生的人生悲剧毫无预感，像所有贪玩的孩童一样渴望在陌生新鲜的环境过夜。母亲望子成龙，在半夜起身，仍不忘记督促年幼的归有光背诵经典。

然而归有光很快就会永远失去慈母的关爱了，这样永失我爱的悲恸情绪，在人成年之后回想起来格外有一种欲哭无泪、刺入骨髓的哀痛。

孺人卒，母何孺人亦卒。周氏家有羊狗之痾。舅母卒，四姨归顾氏，又卒，死三十人而定。惟外祖与二舅存。

周孺人去世后，紧接着她的母亲何孺人也去世了。再接下来，周氏家族染上了动物瘟疫。舅妈去世了，嫁到顾家的四姨妈也去世了，接着连续死了三十个人。全家只剩下外祖父和二舅还活着。

这一段的叙事节奏再一次加快，从舒缓的、暖色调的氛围中再次跌入冰谷。周孺人的去世仿佛是一场灾难的开始，紧接着是一连串的死亡事件。前面写到的，一个和睦温馨的乡绅之家惨遭横祸，在瘟疫中丧身三十多人，几乎可以称为灭顶之灾。

在文章的前半部分，读者也许会认为周孺人的去世是整篇文章情绪的最低点，却没有料到在接近文章结尾的部分，事件再次急转直下，气氛一片萧杀，令人悲不自禁。

孺人死十一年，大姊归王三接，孺人所许聘者也。十二年，有光补学官弟子，十六年而有妇，孺人所聘者也。期而抱女，抚爱之，益念孺人。中夜与其妇泣，追惟一二，仿佛如昨，余则茫然矣。世乃有无母之人，天乎痛哉！

周孺人去世后十一年，大姐嫁给了王三接，这是母亲在世的时候就定下的婚事。（周孺人去世后）十二年，我考上了秀才，十六年，我娶了妻子，这也是母亲在世时就安排好的婚事。婚后第二年我们生了个女儿，我们都十分喜爱她，这也让我更加思念自己的母亲。有一天半夜我（因思念母亲）在妻子面前哭起来，只能追想起当年母亲在世时一些零星的事情，就好像昨天发生的一样，更多的事就想不起来了。这个世界上怎么会有没有母亲的人啊，天啊，实在太令人悲痛了！

结尾的一段与前文内容有所呼应。第二段记叙画工为母亲画遗像，家人令其"鼻以上画有光，鼻以下画大姊"，似乎母亲留给大姐和归有光的只剩下容貌上的痕迹。而最后一段提到大姐和自己的婚事，都是十多年前母亲安排的，即母亲的关爱在十多年之后仍然得到了落实。然而无论如何，母亲都已经不在了。

归有光写作本文的动机在文章的结尾和盘托出，他婚后得女，对幼女的怜爱，触动了对亡母的追思，这是非常真实的感受。有一句俗话："养儿方知父母恩。"只有成为父母，在为下一代付出的时候才能真切体会到自己父母浓浓的恩情。归有光这篇追忆母亲生平的文章，部分意义是在纪念母亲，而更多的部分是在抒发自己幼年失恃的悲痛，以及为人父母后新的人生感触。

实际上，真正触动人的文章，不论展现了怎样的人物或事件，最终的内核都是在抒写作者自身真实的生命感受。归有光的散文代表作，如《先妣事略》《项脊轩志》《寒花葬志》《思子亭记》等，都具备这个明显的特征。

三、《史记》神髓之变

归有光不仅是中国散文史上影响深远的作家,还是《史记》接受史上重要的研究者和批评家。归有光本人非常推崇《史记》的文章风格,并且认真地对《史记》进行了评点,开创了五色圈点的评点方式,这就是《史记》接受史上一种重要的评点本:《归震川评点史记》,简称为《归评史记》。根据我们上面对《先妣事略》的分析,归有光的散文写作技法得力于《史记》甚多,这本来应该是没有什么争议的事情,但为什么后来却遭到了章学诚的批评呢?

原来,章学诚是清代杰出的经史学家,有着坚定的经史学立场。他的基本理由是:《史记》是一部气度恢宏的纪传体通史,有着整体性的布局和宏观的史学理想,不是散文家光学点写作技巧就能够继承其伟大史学精神的。所以在章学诚眼中,归有光从《史记》中学到的所谓文章技法,只不过是皮毛,"而于古人深际,未之有见"。那么归有光得《史记》之神髓的说法当然也就不能被章学诚认可。

但章学诚忽略了学术史发展的背景。作为汉代文明产物的《史记》,其中所包含的那种学究天人、通变古今的恢宏史学精神,在明代已经衰落了。在明代,通史性质的前代史学著作没有激起史家的太多热情,也没有产生特别有影响的通史著作。不仅通史性质的著作在明代衰落,由于叙事史学的衰落,纪传体断代史方面也有所变化。明初宋濂、王袆等人奉诏编撰的《元史》,因着手准备与实际编写的时间都十分仓促,写作质量非常低,是二十四史之中质量最差的史籍之一。后来虽然有很多明代人对《元史》进行修补，但终有明一朝，《元史》的状况并没有得到整体性的改观。由此也可以从一个方面看出，明人在史学方面的追求，已经发生了变化。明代史学取得突出成绩的方面集中在掌故之学、域外史地之学、当代史和专门史，而《史记》建立的纪传体通史的史学传统，却在明代无可挽回地衰落了。

在这样的学术背景之下，归有光对《史记》的学习不大可能走纪传体通史的路子。打个近似的比方，商周时期的青铜重器非常华美、典雅，富于仪式感，后世已经不会再铸造这样工程浩大的青铜重器了，但这些青铜器的纹理、造型却可以移植运用到符合时代背景的新物件上。这样的继承，虽然未必符合原物的整体性精神气貌，却是能够在新时代背景下探寻新路的很好的方法。

另一个重要的方面，归有光和司马迁的身份背景也大不相同。司马迁继承父亲司马谈担任太史一职，主要的职责是执掌国家图书和观察天象，相当于今天的国家图书馆馆长兼国家天文台台长。司马迁具有他人不具备的大量知识资源，并且一生在中央任职，接触的多是帝王将相式的大人物，所以有足够的知识储备和洞察力去着力描写影响人类历史进程的重要人物。但归有光是个常年科考不中的中下层知识分子，直到六十岁才考上进士当上知县，他的生活经历和眼界不可能与司马迁相提并论。归有光在生活中真实接触的，多数是那些活生生的普通人，如地方乡绅、三姑六婆。他将司马迁在《史记》中用来记叙帝王将相的叙事手段灵活运用到描写普通人物的文章当中。事实证明，这是相当成功的创作实践。

清人张谦宜在《砚斋论文》对此有着精辟的论述：

归先生作忠臣、孝子、长者与夫妇媛烈文字，皆与之疼痒相关，肝胆相照，然后用苦心细笔一一搜抉而出，故全得神里，对之如生。太史公撰名相、大将、酷吏、循良，皆用此法。读得熟，拈得出，提起放倒，快心得手，久久肠胃相合，神情逼俏，是谓得髓，岂在字句佶奥，段落零星……得《史记》之髓，岂在字句之形似哉！

张谦宜的意思是，归有光对《史记》的继承不在于一定要学《史记》去写帝王将相，去展现历史波澜，而在于能够运用各种叙事写作手法，将与自己生命紧紧相连的普通人物写得神情皆肖。这是对归有光及其与《史记》的关系非常精准的评论。

四、归有光与现代散文写作

归有光的散文写作在中国散文史上有着重要的地位，明末小品文和清代桐城古文都深受其影响。其中清代的桐城古文在文章理论上近绍归有光，远祧司马迁，是中国历史上影响最大的文章流派。归有光将《史记》专注于叙事的写作手法，从史学领域引入到日常散文的写作中来，直到今天仍然启发着人们的写作，许多现当代散文家都深受归有光的影响。在我看来，归有光的散文未必是中国古代散文中水平最高者，却是现代散文写作最易于学习和借鉴的。

归有光对现代散文的启发简单说来可以总结为三点：

1. 高度重视叙事。
2. 语言简淡、质朴。

3.写作内容与自己的生命紧密相连。

我们可以回顾一下自己阅读经历中那些真正感动过自己的现代散文篇目，例如：

我看见他戴着黑布小帽，穿着黑布大马褂，深青布棉袍，蹒跚地走到铁道边，慢慢探身下去，尚不大难。可是他穿过铁道，要爬上那边月台，就不容易了。他用两手攀着上面，两脚再向上缩；他肥胖的身子向左微倾，显出努力的样子。这时我看见他的背影，我的泪很快地流下来了。我赶紧拭干了泪，怕他看见，也怕别人看见。我再向外看时，他已抱了朱红的橘子往回走了。过铁道时，他先将橘子散放在地上，自己慢慢爬下，再抱起橘子走。到这边时，我赶紧去搀他。他和我走到车上，将橘子一股脑儿放在我的皮大衣上。于是扑扑衣上的泥土，心里很轻松似的，过一会儿说："我走了，到那边来信！"我望着他走出去。他走了几步，回过头看见我，说："进去吧，里边没人。"等他的背影混入来来往往的人里，再找不着了，我便进来坐下，我的眼泪又来了。（朱自清《背影》）

他妒忌我画的图，趁没人的时候拿来撕了或是涂上两道黑杠子。我能够想象他心理上感受的压迫。我比他大一岁，比他会说话，比他身体好，我能吃的他不能吃，我能做的他不能做。

一同玩的时候，总是我出主意。我们是"金家庄"上能征惯战的两员骁将，我叫月红，他叫杏红，我使一口宝剑，他使两只铜锤，还有许许多多虚拟的伙伴。开幕的时候永远是黄昏，金大妈在公众的厨房里咚咚切菜，大家饱餐战饭，趁着月色翻过山头去攻打蛮人。路上偶尔杀两头老虎，劫得老虎蛋，那是巴斗大的锦毛球，剖开来像白煮鸡蛋，可是蛋黄是圆的。我弟弟常常不听我的调派，因而争吵起来。他是"既不能命，又不受令"的，然而他实在是秀美可爱，有时候我也让他编个故事：一个旅行的人为老虎追赶着，赶着，赶着，泼风似的跑，后头呜呜赶着——没等他说完，我已经笑倒了，在他腮上吻一下，把他当个小玩意。（张爱玲《弟弟》）

冬天的百草园比较的无味；雪一下，可就两样了。拍雪人（将自己的全形印在雪上）和塑雪罗汉需要人们鉴赏，这是荒园，人迹罕至，所以不相宜，只好来捕鸟。薄薄的雪，是不行的；总须积雪盖了地面一两天，鸟雀们久已无处觅食的时候才好。扫开一块雪，露出地面，用一支短棒支起一面大的竹筛来，下面撒些秕谷，棒上系一条长绳，人远远地牵着，看鸟雀下来啄食，走到竹筛底下的时候，将绳子一拉，便罩住了。但所得的是麻雀居多，也有白颊的"张飞鸟"，性子很躁，养不过夜的。（鲁迅《从百草园到三味书屋》）

来求我的人越来越多了，先是代写书信，我知道了每一家的状况，鸡多鸭少，连老小的小名也都清楚。后来，更多的是携儿来拜老师，一到高考前夕，人来得最多，提了点心，拿了酒水。我收了学生，退了礼品，孩子多起来，就组成一个组，在院子里辅导作文。村人见得喜欢，越发器重起我。每次辅导，门外必有家长坐听，若有孩子不安生了，就进来张口就骂，举手便打。果然两年之间，村里就考中了大学生五名，中专生十名。（贾平凹《静虚村记》）

曾有过一个热爱唱歌的小伙子，他也是每天都到这园中来，来唱歌，唱了好多年，后来不见了。他的年纪与我相仿，他多半是早晨来,唱半小时或整整唱一个上午,估计在另外的时间里他还得上班。我们经常在祭坛东侧的小路上相遇,我知道他是到东南角的高墙下去唱歌,他一定猜想我去东北角的树林里做什么。我找到我的地方,抽几口烟,便听见他谨慎地整理歌喉了。他反反复复唱那么几首歌。"文化革命"没过去的时候,他唱"蓝蓝的天上白云飘,白云下面马儿跑……"我老也记不住这歌的名字。"文革"后,他唱《货郎与小姐》中那首最为流传的咏叹调。"卖布——卖布嘞,卖布——卖布嘞!"我记得这开头的一句他唱得很有声势,在早晨清澈的空气中,货郎跑遍园中的每一个角落去恭维小姐。(史铁生《我与地坛》)

每个人心目中的篇目不尽相同,但只要我们认真去回想一下,让人印象深刻的中国现代散文,无不具备以上三个特征。

这三个特征说起来好像很简单,但在散文的实际写作当中却最容易被人忽略。今天许多中学生、大学生,以及部分作者,在写作散文的时候常常犯这样的毛病:喜欢空洞地抒发情感和议论,在语言上喜欢过分修饰和雕琢字词。这样的文章之所以看起来甜软、俗滑,用通俗的话来说就是不耐看,正是因为违背了中国散文传统的基本美学倾向。所以从这个角度来说,归有光的散文对于今天的散文爱好者来说,仍具有学习的意义。

雅趣

十五

明代小品文

叙陈正甫《会心集》

（明）袁宏道

世人所难得者惟趣。趣如山上之色，水中之味，花中之光，女中之态，虽善说者不能下一语，惟会心者知之。今之人慕趣之名，求趣之似，于是有辨说书画、涉猎古董以为清，寄意玄虚、脱迹尘纷以为远，又其下则有如苏州之烧香煮茶者。此等皆趣之皮毛，何关神情？

夫趣得之自然者深，得之学问者浅。当其为童子也，不知有趣，然无往而非趣也。面无端容，目无定睛，口喃喃而欲语，足跳跃而不定，人生之至乐，真无逾于此时者。孟子所谓"不失赤子"，老子所谓"能婴儿"，盖指此也。趣之正等正觉最上乘也。山林之人，无拘无缚，得自在度日，故虽不求趣而趣近之。愚不肖之近趣也，以无品也，品愈卑，故所求愈下。或为酒肉，或为声伎，率心而行，无所忌惮，自以为绝望于世，故举世非笑之不顾也，此又一趣也。迨夫年渐长，官渐高，品渐大，有身如梏，有心如棘，毛孔骨节俱为闻见知识所缚，入理愈深，然其去趣愈远矣。

余友陈正甫，深于趣者也，故所述《会心集》若干卷，趣居其多。不然，虽介若伯夷，高若严光，不录也。噫，孰谓有品如君，官如君，年之壮如君，而能知趣如此者哉！

西湖七月半

（明）张岱

西湖七月半，一无可看，止可看看七月半之人。看七月半之人，以五类看之。

其一，楼船箫鼓，峨冠盛筵，灯火优傒，声光相乱，名为看月而实不见月者，看之。

其一，亦船亦楼，名娃闺秀，携及童娈，笑啼杂之，环坐露台，左右盼望，身在月下而实不看月者，看之。

其一，亦船亦声歌，名妓闲僧，浅斟低唱，弱管轻丝，竹肉相发，亦在月下，亦看月，而欲人看其看月者，看之。

其一，不舟不车，不衫不帻，酒醉饭饱，呼群三五，跻入人丛，昭庆、断桥，嚣呼嘈杂，装假醉，唱无腔曲，月亦看，看月者亦看，不看月者亦看，而实无一看者，看之。

其一，小船轻幌，净几暖炉，茶铛旋煮，素瓷静递，好友佳人，邀月同坐，或匿影树下，或逃嚣里湖，看月而人不见其看月之态，亦不作意看月者，看之。

杭人游湖，巳出酉归，避月如仇。是夕好名，逐队争出，多犒门军酒钱，轿夫擎燎，列俟岸上。一入舟，速舟子急放断桥，赶入胜会。以故二鼓以前，人声鼓吹，如沸如撼，如魇如呓，如聋如哑,大船小船一齐凑岸,一无所见,止见篙击篙,舟触舟,肩摩肩,面看面而已。少刻兴尽,官府席散,皂隶喝道去。轿夫叫船上人,怖以关门,灯笼火把如列星,一一簇拥而去。岸上人亦逐队赶门,渐稀渐薄,顷刻散尽矣。

吾辈始舣舟近岸。断桥石磴始凉,席其上,呼客纵饮。此时月如镜新磨,山复整妆,湖复颒面,向之浅斟低唱者出,匿影树下者亦出,吾辈往通声气,拉与同坐。韵友来,名妓至,杯箸安,竹肉发。月色苍凉,东方将白,客方散去。吾辈纵舟,酣睡于十里荷花之中,香气拍人,清梦甚惬。

晚明时期,中国文学史上曾兴起过一种叫作"小品文"的散文形式,人们习惯称为晚明小品文。何谓"小品文"呢?"小品"一词最早出自佛教,在佛教中,完整的佛经被称为"大品",而节选本的佛经被称为"小品"。"小品文"一般是指篇幅相对短小,富有意趣的散文。"小品"这个词在今天有特指的意思,主要指时间较短、演出人数较少、以诙谐幽默为主要风格的舞台剧,如大家很熟悉的春节联欢晚会上的小品节目。今天的"小品"在含义上对明代"小品文"是有所继承的,主要取其篇幅短小、趣味丛生之意。

晚明小品文名篇众多、名家辈出,是中国文学史上惹人注目的一种文学样式,如现代散文名家周作人,就对晚明小品文推崇备至,在写作和理论上都取得了高超的成就。周作人的学生沈启无曾编过一本《近代散文钞》,是针对晚明小品文的一种优秀选本,也是本章的推荐阅读书目。本专题选讲的是两位重要的晚明小品文作家袁宏道和张岱的两篇作品《叙陈正甫〈会心集〉》和《西湖七月半》。

一、《叙陈正甫〈会心集〉》鉴赏

袁宏道是晚明重要的文章家和文学理论家，是荆州公安（今属湖北）人，与其兄袁宗道、弟袁中道在当时负有文名，并称"公安三袁"，被视为"公安派"的代表人物。陈正甫是袁宏道的好朋友，自编了一部文集《会心集》。在中国古代的文体中，叙和序性质接近，袁宏道这篇文章，就是《会心集》的序文。我们已经了解到，中国古代散文的实用性非常强。序文就是一种实用性很强的文体，它的主要功能是向读者扼要介绍一本书的内容和旨趣，我们前面学习过的《兰亭集序》，也是这样的序体文章。从道理上说，序文本应该是一本书的附属物，是配角，但实际上，也有许多富于才情的作家能够把这种附属性质的文体写得比正文更加出色，以致喧宾夺主。比如《兰亭集序》就比《兰亭集》中的诗篇更加让人印象深刻，袁宏道的《叙陈正甫〈会心集〉》是晚明小品文的代表作，而陈正甫的《会心集》则几乎不再被人们提起了。

世人所难得者惟趣。趣如山上之色，水中之味，花中之光，女中之态，虽善说者不能下一语，惟会心者知之。今之人慕趣之名，求趣之似，于是有辨说书画、涉猎古董以为清，寄意玄虚、脱迹尘纷以为远，又其下则有如苏州之烧香煮茶者。此等皆趣之皮毛，何关神情？

世间人最难得到的东西唯有趣味。趣味这种东西啊，就像是山上的颜色，水里的滋味，花间的光影，女人的姿态，即便是能说会道的人也说不清楚，只有心领神会的人才能知道。现在的人仰慕趣味的名声，去追求和趣味形式相似的东西，因为这样，有人把辨说书画、涉猎古董当作清雅，有人把玄谈高深的道理、离开红尘不问世事当作高远，还有等而下之者模仿韦应物烧香来煮茶。以上提到的这些行事，都只能说是趣味的皮毛，和趣味的精神有什么关系呢？

中国古代正统的文学观念是文以载道，所以一般来说，古人给别人的文集写序，总是免不了要恭维对方的人品道德是如何高尚，而这些高尚的人品道德又是如何在诗文中得以体现。袁宏道这篇文章开头就给人一种耳目一新的感觉，提出世人最难得到的东西是趣味，为后文赞叹陈正甫"深于趣者"，其文章"趣居其多"做好了铺垫，表明袁宏道的文艺观与正统的文艺观不同。

在这一段文字之中，袁宏道连用四个物象来说明趣味之难得，分别是"山上之色，水中之味，花中之光，女中之态"，是非常精彩的比喻。它们的共同之处正在于虽然都深富意趣，但形态瞬息万变、不可方测，语言难以概括，非亲身体验不能得知。我们经常将"趣""味"二字连用，也正是这个道理。意趣和味道都是只能体验而不能言传的东西。比如，一个没有吃过苹果的人问吃过苹果的人，苹果是什么味道，这时你可以说苹果吃起来口感是脆的、有很多水分、甜中带酸……但无论你如何用语言去形容，去描述，那个没有吃过苹果的人始终不会真正地知道苹果的味道。意趣也是这样，这个世界有趣的事情不可胜数，有人爱音乐，有人爱运动，有人爱绘画……每一件事情都包含着旁人难以了解的趣味。

正因为意趣和味道一样具有体验性与多变性，所以机械、单纯地模仿他人的趣味形式是很做作、很无聊的行为。袁宏道在文中提到，当时有人附庸风雅地把玩字画、收藏古董，或者自以为是地玄谈高远。实际上，这样愚蠢的事情以前有人做过，今天也有很多人在做，只是形式不同而已，说到底都是缘于不明白意趣的真谛。

夫趣得之自然者深，得之学问者浅。当其为童子也，不知有趣，然无往而非趣也。面无端容，目无定睛，口喃喃而欲语，足跳跃而不定，人生之至乐，真无逾于此时者。孟子所谓"不失赤子"，老子所谓"能婴儿"，盖指此也。趣之正等正觉最上乘也。山林之人，无拘无缚，得自在度日，故虽不求趣而趣近之。愚不肖之近趣也，以无品也，品愈卑，故所求愈下。或为酒肉，或为声伎，率心而行，无所忌惮，自以为绝望于世，故举世非笑之不顾也，此又一趣也。迨夫年渐长，官渐高，品渐大，有身如梏，有心如棘，毛孔骨节俱为闻见知识所缚，入理愈深，然其去趣愈远矣。

从自然天性中得来的趣味深刻，通过后天学习得来的趣味浅近。当一个人还是儿童的时候，并不知道有一个叫作趣味的东西，但儿童的一言一行无一不受到趣味的驱使。（儿童的）脸上没有端庄的表情，眼睛不会安定地注视，口里喃喃而语好像要说话的样子，双脚跳来跳去不能安于一处，人生最极致的快乐，真是没有能够超过这个时候的了。孟子所说"不要失去赤子之心",老子所说"要像婴儿一样",都是指这个意思。(童趣)实在是趣味之中最好、最纯粹的。山林中生活的人,无拘无束,可以按照自己的想法生活,所以不刻意去追求趣味,但他的生活本身就与趣味相近。那些愚蠢庸俗的人追求趣味,因为本身格调低下,所以追求的趣味也就格调低下。有的人纵情酒肉,有的人狎近声伎,由着自己的性子行事,什么也不怕,自认为对这个世界已经不抱什么希望,所以即便受到世人的嘲笑也不在乎,(因为这是真实天性的流露)也能算是一种趣味。等到年纪越来越大,职位越做越高,品阶越来越大,身体就像套着无形的枷锁,心灵如同扎着荆棘,全副身心都被后天学习到的知识所束缚,理论越深入,离真实的趣味就越远。

以上这一段文字从第一段铺陈衍生而出,进一步说明趣味与自然之间的关系。写得比较随意,见解并不新鲜,有些引述也并不准确。比如,文中引用了《孟子·离娄下》的句子:"大人者,不失其赤子之心者也。"孟子在这里谈赤子之心的本意是有修养的大人君子应该保持像婴儿一样真实、坦诚的品质,《孟子》的原意与趣味的关系并不大,而文中说"孟子所谓'不失赤子'……盖指此也",显然就是袁宏道的自我发挥了。

文中又有"趣之正等正觉最上乘"之语,是从佛教术语里化出的。"正等正觉"即"正觉",原意指佛陀证道时洞晓宇宙世界一切奥秘的、没有一丝缺陷的觉悟,一般文人将此语引申为针对某事物最透彻的体会和觉悟。"上乘"即"大乘",是与"小乘"相对的概念。袁宏道是借用佛教术语来说明完全发自天然的童趣,是一切趣味中最完美、纯粹的趣味。实际上，袁宏道虽然借用了佛教的术语，但思想上和佛教还是有一定的隔阂。此段的最后提到"入理愈深，然其去趣愈远"，又化用了佛教"理障"的概念，意谓执着于繁复、僵化的理论会对正确的认知带来障碍，用来呼应前文"趣得之自然者深，得之学问者浅"。这是对佛教理论的断章取义，佛教中固然有"理障"的概念，但与"理障"相对还有"事障"一说。《圆觉经》云："云何二障？一者理障，碍正知见；二者事障，续诸生死。"在佛教的理论中，即便是得之于自然的体验，也可能为正确的认知带来障碍。宋明以来的文人在写作诗文的时候，常常喜欢用一些佛教术语借以显示超凡脱俗，但多数人对佛教思想并没有深入的了解，很多时候只是用佛教术语来点缀文辞。在一般的看法中，中国古代作家的知识构成由释、儒、道三家分占，其实佛教的成分在写作中主要是点缀性质的。

余友陈正甫，深于趣者也，故所述《会心集》若干卷，趣居其多。不然，虽介若伯夷，高若严光，不录也。噫，孰谓有品如君，官如君，年之壮如君，而能知趣如此者哉！

我的好朋友陈正甫，是一个深解意趣之人，所以他所撰写的《会心集》若干卷，其中有趣的内容居多。如果不是有趣的文字，就算是像伯夷一样狷介，像严光一样高洁，也不收录入这部文集。啊，谁能说出一个格调如陈君一样不俗，官职如陈君一样高，年纪如陈君一样壮盛，而深解意趣如陈君一样到如此地步的人哪！

这一段文字应该说只是语带夸张的场面话，称赞陈正甫的诗文深得意趣，超乎他人。语带夸张的赞美之词如果放在其他一些文体里，也许会让人感觉造作不实，但出现在序文之中，却是一般的惯例。对于作者来说，没有什么比他人称赞自己的作品更加令人欣悦的事情了，而作为受托作序的序者当然了解这样一份期待的心情，自然会心命笔。所以序文和正文之间的关系，就好像广告与产品一样，有一定的参考价值，但不能全信。今天我们去书店随便翻看，很多书都有一篇漂亮的序文。作为读者的我们需要明白，序言里的有些话尽管漂亮，但说到底多数只是场面话，至于正文是不是同样精彩，就需要多花点时间去甄别一下。

袁宏道的这篇序文，在中国文论史上占有一席之地，并不在于它讲明了多么高深的道理，也不在于它阐述了多么精辟的文艺理论，其引人注目之处在于袁宏道旗帜鲜明地将"趣味"标举为一种文学追求，并对这样的文学追求赋予了唯一的价值，这是晚明小品文文学追求的集中体现。如果我们把目光从文学内部投到更广阔的社会历史发展轨迹中，就会发现，晚明社会思潮中有一种崇尚趣味的倾向，这与宋明以来社会经济和城市文化的发展密切相关。时至晚明，中国的城市，尤其是江南地区的城市，已经发展到令人惊叹的完善程度。晚明文化中各种尚奇、尚异的趣味追求，正是中国古代城市演进至成熟，市民文化和士大夫文化合流的必然产物。

为了进一步理解晚明小品文的这种特点，我们来看一看另一篇著名的小品文，张岱的《西湖七月半》。

二、《西湖七月半》赏析

张岱是明末清初著名的文人学者，也是最富代表性的晚明小品文作家，所著《西湖梦寻》和《陶庵梦忆》二集是最受历代读者欢迎的小品文集。在这两部小品文集中，张岱以极富情趣的笔调叙写自己熟悉的江南风土人情，如果借用上文中袁宏道称赞陈正甫的话"深于趣者"来概括张岱的小品文写作，应当是十分恰当的。在张岱的笔下，寻常生活中的一事一物，无不蕴含着值得深深玩味的意趣，如其中的代表篇目《金山夜戏》讲述了自己一时兴起的小小恶作剧，《柳敬亭说书》记叙了一位相貌奇丑但技艺高超的说书艺人柳麻子，《湖心亭看雪》记叙了自己冒着严寒去湖心亭看雪，偶遇和自己品味相近的看雪人，令人快心，等等。

《西湖七月半》一文出自《陶庵梦忆》，是张岱小品文的代表作。

> 西湖七月半，一无可看，止可看看七月半之人。看七月半之人，以五类看之。

到了七月半（中元节）的时候，西湖本身就没有什么可观赏之处了，只能看看来西湖边过中元节的人。过中元节的人，可以分为五类来看。

文章开篇很新颖。西湖是名满天下、极具观赏价值的景致。苏轼有两句脍炙人口的诗句："欲把西湖比西子，淡妆浓抹总相宜。"意思是西湖的景色不管怎么看，晴天也好，下雨也好，都好看。张岱本人长期生活在杭州，对西湖有着很深的感情，他的

《西湖梦寻》和《陶庵梦忆》中的许多篇章，都是围绕着西湖的不同角度去抒写意趣。但是这篇文章一开头，他就抛出一句"西湖七月半，一无可看"，如此美好的人间绝境到了七月半（中元节）的时候，竟然一无可看，这是为什么？这个问题，全文虽然没有提供正面的答案，但实际上并不难回答。根据后文我们可以看出，到了七月半的时候，到西湖边过中元节的人就非常多，湖边人声鼎沸、灯火通明的世间浮华和西湖那种水光潋滟、远山含黛的含蓄之美、清寂之美形成了强烈的冲突，甚至掩盖了后者。苏轼把西湖比作美女，这美女必定是溪边浣纱、捧心蹙眉的西施，这个比喻很有讲究，很传神，突出了那种不施铅华、轻灵透彻的女性之美；同样是女性之美，如果把西湖比作富贵万方的杨贵妃、赵飞燕，从意境上讲就不对头。张岱说"西湖七月半，一无可看"正是这个原因，到了七月半的时候，西湖本身值得欣赏的意境被打破了，自然也就无趣可言。

沈从文的学生汪曾祺在《沈从文先生在西南联大》一文中记叙过老师的一件趣事。某一天，沈从文在一本书的后面写下这样一句话："某月某日，见一大胖女人从桥上过，心中十分难过。"汪曾祺说自己一直不知道这句话是什么意思，大胖女人为什么使沈先生十分难过呢？其实，沈从文见大胖女人从桥上过，与明人张岱眼中无趣的西湖七月半是十分相近的。传统的桥，不是今天钢筋混凝土建筑的大桥，在美学上是纤弱的、轻盈的，这样的背景下若是款款走来一位"撑着油纸伞，丁香一样地结着愁怨的姑娘"（戴望舒《雨巷》）那是再协调不过了，但偏偏走来的是一大胖女人，彻底打破了美学上的和谐感。沈从文表示这样的情形让他感到"心中十分难过",而张岱的无奈之情也跃然纸上——"止可看看七月半之人","止"通"只",只能看看来西湖边过中元节的人,这是多么无可奈何的选择啊!看,实则是把玩的意思,西湖无一可看,只能看看来西湖赶热闹的人们,简直是在无趣中硬找趣处。这篇文章的中间部分看似写得好不热闹,但开头一个"止"字,末段两个"凉"字,实实在在把士大夫那种清贵之气流露无遗,这是在阅读这篇文章时要特别注意的。

其一,楼船箫鼓,峨冠盛筵,灯火优傒,声光相乱,名为看月而实不见月者,看之。

其中一类人,坐在豪华的大楼船上,有箫声鼓声伴奏助兴,戴着高冠,穿着漂亮整齐的衣服,摆设着盛大的酒宴,灯火明亮,优伶、仆从相随,乐声与灯光交相错杂。这就是名义上跑到西湖来看月亮,实则(纵情于声色排场)根本看不见月亮的人。这类人啊,值得看看。

张岱将看七月半之人分为五类,以上是第一类。对喧闹的人群强作分类,并对每一类人作脸谱化的勾勒,是一种写作上的蓄意安排。西湖七月半本来是一个鲜活的场景,经张岱这样一划分,立刻呈现出一种刻板的反讽效果。张岱在文字上这样处理,正是刻意营造一种冷峻的幽默氛围。这样的写法,略晚于张岱的金圣叹也曾采用过,发挥得更加刻意夸张,引来后世许多人跟风仿作。

张岱所写的第一类人,是附庸风雅的伪名士,锦衣玉食,排场铺张,实际上毫无名士的审美情趣,打着到西湖赏月的幌子,实际上只知道纵情声色之娱，不懂得欣赏。张岱所谓"看之"，有一种冷眼的态度暗藏其中，言下之意是这类人在我眼中是多么可笑啊。

其一，亦船亦楼，名娃闺秀，携及童娈，笑啼杂之，环坐露台，左右盼望，身在月下而实不看月者，看之。

其中一类人，也是坐着豪华大楼船而来，带着有名的美人和贤淑有才的女子，还带着美童，嬉笑中夹着打趣的叫喊声，环坐在大船前的露台上，左盼右顾，置身月下但其实并没有看月。这类人啊，值得看看。

第二类人是沉溺于男欢女爱的富贵之人，他们带着貌美的女子和美童，只知道调笑顾盼，全然忽略了天地之大美，品味也很是有限。

其一，亦船亦声歌，名妓闲僧，浅斟低唱，弱管轻丝，竹肉相发，亦在月下，亦看月，而欲人看其看月者，看之。

其中一类人，坐着船来，船上有人唱歌奏乐，还带着名妓和闲散僧人，慢慢地喝酒，低声地唱歌，管乐和弦乐的声音都不高，乐器演奏和歌唱的声音齐发。这类人在月下确实是在看月，但他们主要的目的，是让别人看见他们在看月，这类人啊，值得看看。

第三类人也可以说是故作姿态的伪名士。他们不像第一类人那么有钱，用排场来展现名士风度，走的是行为艺术路线。他们在船上带着名妓和闲散僧人一起喝酒唱歌,用这样古怪的搭配博人眼球,展现不俗,也十分造作。这里顺便提一下,晚明的社会风气中有这种尚趣过头以致造作的现象,许多著名的文人、名士公开地过着放荡的生活,有着非常古怪的言行举止,并引以为荣。

其一,不舟不车,不衫不帻,酒醉饭饱,呼群三五,跻入人丛,昭庆、断桥,嚣呼嘈杂,装假醉,唱无腔曲,月亦看,看月者亦看,不看月者亦看,而实无一看者,看之。

其中一类人,不坐船也不坐车,不穿长衫也不戴头巾,吃饱喝醉,叫上三五个人,挤到人群中,在昭庆寺、断桥一带高声乱嚷喧闹,假装发酒疯,胡乱唱着不成曲调的歌,他们月也看,看月的人也看,不看月的人也看(这里看看,那里看看),而实际上什么也没有放在眼里。这类人啊,值得看看。

第四类人是游手好闲的人,有点类似于小说《金瓶梅》里所写的闲人。这类人没什么文化,也没什么经济地位,只喜欢呼朋唤友,到处凑热闹,无事生非,而实际上内心非常空虚。

其一,小船轻幌,净几暖炉,茶铛旋煮,素瓷静递,好友佳人,邀月同坐,或匿影树下,或逃嚣里湖,看月而人不见其看月之态,亦不作意看月者,看之。

其中一类人,乘着挂薄幔的小船,小船里茶几洁净,茶炉温热,茶铛很快把水烧开,白色的瓷茶具在无言中传递。他们和好友、佳人一道，请月亮和他们同坐，有时隐藏在树荫之下，有时去里湖逃避喧闹。他们赏月但旁人见不到他们赏月的样子，他们自己也不刻意赏月。这类人啊，值得看看。

在张岱划分的五类人中，最后一类人是真正具有风度的名士。他们品味素雅，不喜喧闹，也不故作姿态，和前四类人完全不同，从后文来看，张岱与这类人是引以为朋友的。在五类人中，前四类无聊、造作，后一类素雅、简静，形成了鲜明的对比。前一种人多，后一种人少，表现出张岱心中那股暗藏的清贵之气。此段云"人不见其态"（人们看不见他们的样子），又云"看之"（值得看看他们），语义上好像是矛盾的。实际上"不见其态"是对多数人而言，他们并没有发现真美和真名士的眼光，而"看之"是对像张岱这种远处冷眼旁观的人而言。这一小段文字中暗藏着波澜，值得把玩。

杭人游湖，已出酉归，避月如仇。是夕好名，逐队争出，多犒门军酒钱，轿夫擎燎，列俟岸上。一入舟，速舟子急放断桥，赶入胜会。以故二鼓以前，人声鼓吹，如沸如撼，如魇如呓，如聋如哑，大船小船一齐凑岸，一无所见，止见篙击篙，舟触舟，肩摩肩，面看面而已。少刻兴尽，官府席散，皂隶喝道去。轿夫叫船上人，怖以关门，灯笼火把如列星，一一簇拥而去。岸上人亦逐队赶门，渐稀渐薄，顷刻散尽矣。

杭州人（在这一天）游西湖，巳时出门，酉时回来，好像有仇似的躲避着月亮。这天夜里，人们追求虚名，结队争相出城，给守城门的士卒一些酒钱作为犒劳,轿夫高举火把,在岸上列队等候。这些人一上船,就催促船家迅速把船划到断桥,赶着去参加喧闹的集会。因此在二更鼓以前,人们的声音和鼓乐的声音喧闹得好像水波涌腾、大地震荡,又好像梦魇和呓语(一般杂乱无序),既听不到别人说话,别人也听不到自己说话。大船小舟一起靠岸,什么也看不见,只看到船篙与船篙相撞,船与船相碰,肩膀与肩膀相摩擦,脸和脸相对而已。一会儿兴致尽了,官府宴席已散,由衙役吆喝开道而去。轿夫招呼船上的人,以关城门来恐吓游人,使他们早归,灯笼和火把像一行行星星,一一簇拥着回去。岸上的人也一批批急赴城门,人群慢慢稀少,不久就全部散去了。

这一段文字又是作者的冷眼旁观,比起前面具体写五类人的文字来说,把各色人等揉成一个整体来写,语言冷峻精彩。张岱用冷言冷语来叙写热闹的"西湖七月半",就好像《红楼梦》里的林黛玉总是能从热闹处看出冷清,从盛情处看出无聊,其实并不是有心作怪,只是文化品位与普通人异趣而已。

本段描写西湖当夜喧闹的文字非常精彩、准确,恰似一幅西方印象派画作:"人声鼓吹,如沸如撼,如魇如呓,如聋如哑,大船小船一齐凑岸,一无所见,止见篙击篙,舟触舟,肩摩肩,面看面而已。"人们制造出的像水波涌腾、大地震荡的声音交织在一起,给人的印象是无序和失控的;人们身在其中,却因为声音过大而无法辨识自己和他人的声音;而当人们乘船拥挤至一处,原本是赏月游湖的活动却变成了只能看人的遭罪事。短短数语刻画出如此荒谬、颠倒的人间喜剧,很有某些现代小说的味道。

吾辈始舣舟近岸。断桥石磴始凉，席其上，呼客纵饮。此时月如镜新磨，山复整妆，湖复颒面，向之浅斟低唱者出，匿影树下者亦出，吾辈往通声气，拉与同坐。韵友来，名妓至，杯箸安，竹肉发。月色苍凉，东方将白，客方散去。吾辈纵舟，酣睡于十里荷花之中，香气拍人，清梦甚惬。

（等人群散了）我们这些人才慢慢把船靠近湖岸。断桥边的石磴才刚刚凉下来，大家在上面摆设酒席，招呼客人开怀畅饮。此时，月亮像刚刚磨过的铜镜（光洁明亮），山峦重新整妆，湖水重新整洗面目呈现在我们面前。之前提到的慢慢喝酒、曼声歌唱的人出来了，隐藏在树荫下的人也出来了（第五类人），我们这些人去和他们打招呼，拉来同席而坐。喜欢吟诗作对的朋友来了，出名的歌妓也来了，杯筷安置，歌乐齐发。一直玩到月色苍凉，东方即将破晓，客人们才散去。我们任由小船漂荡，在十里荷花里畅快地安睡，荷花的清香拍打在身上，清梦多么令人惬意。

这是本文的最后一段。本文的色调由热到冷，两起两落，前面写四类人是热闹的人，第五类人是清雅的人；倒数第二段写热闹的人群和场景，最后一段写清雅的名士的场景。一热一冷，在情绪上富有张力。试将此文与苏轼的《前赤壁赋》相对比，同样是与知己泛舟夜游名胜，《前赤壁赋》的气氛是文人士大夫的那种雅，而《西湖七月半》则是在喧闹的世俗中挤出的一点点雅，在行文的布局安排上，后者的层次更加丰富，是一篇值得玩味的古代散文佳作。

三、烟火气与烟水气交织的雅趣

清代著名小说《儒林外史》中有这样一个有趣的段落：

坐了半日，日色已经西斜，只见两个挑粪桶的，挑了两担空桶，歇在山上。这一个拍那一个肩头道："兄弟，今日的货已经卖完了，我和你到永宁泉吃一壶水，回来再到雨花台看看落照。"杜慎卿笑道："真乃菜佣酒保都有六朝烟水气，一点也不差。"（《儒林外史·第二十九回：诸葛佑僧寮遇友，杜慎卿江郡纳姬》)

小说中写到南京城中两个挑粪工在结束了一天的劳动之后，相约去永宁泉吃茶，再去雨花台看夕阳。这样富有文人雅趣的事情出自两个挑粪工之口，着实让小说中的名士杜慎卿颇感意外，也感到十分有趣。实际上，《儒林外史》这部以明代为历史背景的小说，其描写的知识分子生活，处处和菜佣酒保的市井生活紧密相连，让人感受到古代繁华城市鲜活浓烈的生活气息。

晚明小品文所倡导和推崇的雅趣，正是明清之际城市文化高度发展的一种产物。城市文明的高度发达，提供了比较稳定的物质生活基础，让文人能够在文学追求上专注于趣味。同时，城市生活的方方面面也进入文人写作的视野，市民文化的品位渐渐与文人趣味相融合，形成了一套身在世俗、品味世俗又试图借助文人雅趣超越世俗的文化意趣，我称之为"烟火气与烟水气交织的雅趣"。这样的文学追求，我们在袁宏道、张岱等晚明文人的小品文写作中得到了真切的体会。晚明小品文是中国古代文学史上一种重要的文学样式。

20世纪二三十年代，小品文曾在中国文坛掀起过一阵浪潮，许多著名作家都曾有意无意地沿着晚明小品文的路子进行过散文写作。比如著名作家、文艺理论家阿英曾编过一本文集《现代十六家小品》，收录了周作人、俞平伯、朱自清等人的小品文作品。又如梁实秋写过一本著名散文集《雅舍小品》，在这部文集中，虽然作者尽量把生活中的琐碎事情和人生感悟写得富于文人谐趣，并且在行文中常常穿插典籍掌故，但如果细细品读，我们会发现他实际写作的却是自己作为现代市民的日常生活。例如：

男人令人首先感到的印象是脏！当然，男人当中亦不乏刷洗干净洁身自好的，甚至还有油头粉面衣冠楚楚的，但大体讲来，男人消耗肥皂和水的数量要比较少些。……有些男人，西装裤尽管挺直，他的耳后脖根，土壤肥沃，常常宜于种麦！袜子手绢不知随时洗涤，常常日积月累，到处塞藏，等到无可使用时，再从那一堆污垢存货当中拣选比较干净的去应急。（梁实秋《男人》）

钟表上的时针是在慢慢的移动着的，移动得如此之慢，使你几乎不感觉到它的移动。人的年纪也是这样的，一年又一年，总有一天会蓦然一惊，已经到了中年。到这时候大概有两件事使你不能不注意。（梁实秋《中年》）

我所谓的双城是指我们的台北与美国的西雅图。对这两个城市，我都有一点粗略的认识。在台北我住了三十多年，搬过六次家，从德惠街搬到辛亥路，吃过拜拜，挤过花朝，游过孔庙，逛过万华，究竟所知有限。高阶层的灯红酒绿，低阶层的褐衣蔬食，接触不多，平凡交游活动的范围也很狭小，疏慵成性，画地为牢，中华路以西即甚少涉足。西雅图（简称西市）是美国西北部一大港口，若干年来我曾访问过不下十次，居留期间长则三两年，短则一两月，闭门家中坐的时候多，因为虽有胜情而无济胜之具，即或驾言出游，也不过是浮光掠影。所以我说我对这两个城市，只有一点粗略的认识。（梁实秋《双城记》）

虽然晚明小品文有着独特的文学品位，但对晚明小品文的成就和地位作出正确的评价却并不是一件简单的事情。近世以来，许多文学理论家对晚明小品文有着过高的评价，放大了中国散文传统中崇尚雅趣的一面，这也许和近现代以来城市文明急速发展有关，但从文学本身的角度而言，却并不中肯。

中国文学传统的主流是崇尚高雅、品味厚重，晚明小品文尚趣、轻盈的文学追求是对中国文学传统主流的一种补充，但不应该与主流本身相混淆。我的导师吴承学教授曾将晚明小品文的文学成就概括为"小而好，好而小"，这是非常准确客观的意见，值得我们在品读小品文之余认真思考。

经营

十六

桐城派古文

左忠毅公传（节录）

（清）戴名世

初，大兴人史可法，幼贫贱，奉其父母居于穷巷。光斗为督学，可法以应童子试见光斗，光斗奇之，曰："子，异人也！他日名位当在吾上。"因召之读书邸第，而时时馈遗其父母赀用。一日，光斗夜归，风寒雨雪，入可法室，见可法隐几假寐，二童子侍立于旁，光斗解衣覆之勿令觉，其怜爱之如此。及光斗逮系，可法已举于乡矣。可法知事不可为，乃衣青衣携饭一盂，佯为左氏家奴纳橐饘者，贿狱卒而入。见光斗肢体已裂，抱之而泣，乃饭光斗。光斗呼可法而字之曰："道邻，宜厚自爱，异日天下有事，吾望子为国柱石。自吾被祸，门生故吏，逆党日逻而捕之。今子出身犯难，尤狥硜硜之小节，而撄奸人之锋，我死，子必随之，是再戮我。"可法泣且拜，解带束光斗之腰而出。阅数日，光斗死，可法仍贿狱卒，入收其尸。糜烂不可复识，识其带，乃棺而敛之，得以归葬。后可法果以功名显。

左忠毅公逸事

（清）方苞

先君子尝言，乡先辈左忠毅公视学京畿，一日，风雪严寒，从数骑出，微行入古寺。庑下一生伏案卧，文方成草。公阅毕，即解貂覆生，为掩户。叩之寺僧，则史公可法也。及试，吏呼名至史公，公瞿然注视，呈卷，即面署第一。召入，使拜夫人，曰："吾诸儿碌碌，他日继吾志事，惟此生耳。"

及左公下厂狱，史朝夕狱门外。逆阉防伺甚严，虽家仆不得近。久之，闻左公被炮烙，旦夕且死，持五十金，涕泣谋于禁卒，卒感焉。一日，使史更敝衣，草屦，背筐，手长镵，为除不洁者，引入。微指左公处，则席地倚墙而坐，面额焦烂不可辨，左膝以下筋骨尽脱矣。史前跪抱公膝而呜咽。公辨其声，而目不可开，乃奋臂以指拨眦，目光如炬，怒曰："庸奴！此何地也，而汝来前！国家之事糜烂至此，老夫已矣，汝复轻身而昧大义，天下事谁可支拄者？不速去，无俟奸人构陷，吾今即扑杀汝！"因摸地上刑械作投击势。史噤不敢发声，趋而出。后常流涕述其事以语人，曰："吾师肺肝，皆铁石所铸造也。"

崇祯末，流贼张献忠出没蕲、黄、潜、桐间，史公以凤庐道奉檄守御。每有警，辄数月不就寝，使将士更休，而自坐幄幕外。择健卒十人，令二人蹲踞而背倚之，漏鼓移则番代。每寒夜起立，振衣裳，甲上冰霜迸落，铿然有声。或劝以少休，公曰："吾上恐负朝廷，下恐愧吾师也。"

史公治兵，往来桐城，必躬造左公第，候太公、太母起居，拜夫人于堂上。

余宗老涂山，左公甥也，与先君子善，谓狱中语乃亲得之于史公云。

左光斗是明代神宗至熹宗时期著名的政治人物，安徽桐城人，政绩卓著，官至左都御史，负责监察百官。左光斗刚毅忠勇、尽忠职守，长期与各种强权集团做斗争，最后被以魏忠贤为中心的阉党集团陷害下狱，惨遭酷刑至死。后魏忠贤失势伏辜，左光斗的名誉得以平反，南明王朝追谥"忠毅"。左光斗这样一位可歌可泣的英雄人物，自然会得到世人的景仰和追忆。于是，在左光斗身后，出现了关于他的许多种不同记载。其中最有名的，是他的两位同乡的作品：戴名世的《左忠毅公传》和方苞的《左忠毅公逸事》。

这两篇文章都是桐城派古文的代表作。桐城派古文在中国文学史上具有非常重要的地位，它是中国历史上持续时间最长、影响范围最广的文学流派，有"天下文章其在桐城乎"和"天下文章出桐城"的说法，其影响从清初的康熙时期一直持续到了民国。戴名世与方苞同为清代前期桐城人，二人交往甚密。戴名世年长方苞约十五岁，与方苞是亦师亦友的关系。二人都是精通文史的学者，尤以文章知名。清代的桐城派古文即将方苞视为开山祖师，与刘大櫆、姚鼐并称"桐城三祖"，而将戴名世视为桐城先导，也有将戴名世与三祖并称为"桐城四祖"的说法。

在本专题中，我为大家挑选了戴名世的《左忠毅公传》（节录）和方苞的《左忠毅公逸事》来展示桐城派古文的基本观念和技法。

一、戴名世《左忠毅公传》（节录）赏析

戴名世的《左忠毅公传》一文共计四千余字，详细记载了左光斗一生主要的从政经历和与明末阉党斗争的事迹。《左忠毅公传》非常严格地采用了《史记》的史传体例和写作方法，例如在传文一开头便拎出传主最突出的人生业绩和人品特征，将其与杨涟并提，凸显其忠毅之志；在传文中长篇引录传主的文辞，借以展现传主的思想、文采，并帮助叙事的推进；文中叙述熊廷弼败辽东一事，为后文熊廷弼狱中自辩埋下伏笔；文末于左光斗死后又倒叙其与弟子史可法若干事迹，以示薪火相传、精神永存；篇末论赞紧扣人物，表达了对失败英雄的无限哀婉……这样的史笔，对《史记》的模仿到了惟妙惟肖的地步，如去除时代背景的因素，可以说即便置之于《史记》之中也未遑多让。

戴名世是清代初期著名的学者和文章家，尤以史才自负，生平的一大愿望就是效仿《史记》为已经灭亡的明王朝撰写一部《明史》。戴名世的《左忠毅公传》在体例和写法上与《史记》传记文保持了高度一致，比后修的《明史·左光斗传》在史笔上胜出许多（详见本章附录），所以将其视为一篇正史传记文在某种程

度上是完全成立的。

限于篇幅，也因为方苞的《左忠毅公逸事》是从戴名世的《左忠毅公传》的相关内容脱胎而来，本专题只节录了《左忠毅公传》中左光斗与弟子史可法相关的内容。下面梳理下文章大意。

很久以前，大兴有个叫史可法的人，他自幼贫贱，在贫民居住的陋巷里侍奉父母。左光斗当时担任督导考试的官员，史可法在参加科考的资格考试时去见他，左光斗大为惊叹，说："你是非同一般的人啊！以后的名声地位一定在我之上。"于是让史可法到自己的府邸住下读书，并时常给他钱财供养父母。有一天，左光斗很晚回家，遇上寒冷的大风雪，进到史可法的房间，看见史可法（因读书累了）靠在书桌上打盹，有两个书童站在旁边，左光斗就将自己的衣服脱下来给史可法轻轻盖上，并不惊醒他，浓浓的师生情谊可见一斑。到后来左光斗被诬下狱，史可法已经考取举人了。史可法知道（因敌对势力强大）自己无力拯救恩师，于是他换上下贱之人穿的衣服，带着一盂饭，假装自己是左家来送衣食的家奴，贿赂了狱卒来到监狱里探望左光斗。他看到左光斗被酷刑折磨得全身开裂，不由得抱起恩师流下眼泪，并拿饭喂给左光斗吃。这时左光斗轻呼史可法的字（古代长辈对晚辈一般称名，称字表示尊重），对他说："道邻啊，你一定要善自珍重，以后国家发生重大的变故，我希望你能成为国家的中流砥柱。自从我出事以来，逆党每天都在搜罗我以前的学生和部下（打算一网打尽）。现在你以身犯险，曲从于没有意义的小节而撞在坏人的刀口上，我死之后，如果你再跟着不幸遇难，这就等于是将我又杀了一次啊。"史可法听了，只好哭着向左光斗叩拜，解下自己的腰带绑在左光斗的腰上，然后就离开了。过了几天，左光斗死在狱中，史可法再次贿赂狱卒，进入监狱为左光斗收尸。此时左光斗的遗体已经腐烂得无法辨认了，只能认得他腰上的腰带，史可法将他的遗体收回来安葬。后来，史可法果然以显赫的功业名扬天下。

这是《左忠毅公传》正文的最后部分，是行文至左光斗殉难之后补入倒叙的一段文字。在传文的前一部分中，戴名世已经运用了各种史传写作手段，通过记叙左光斗一生的政治事迹，展现出传主不畏强权、忠贞不屈的刚直精神，塑造出一位铁骨铮铮、怒目金刚式的诤臣。而此传特别在最后录入其与弟子史可法的若干事迹，写作上的用意十分明显，即希望通过展现左光斗性格中温柔、仁厚的一面，从而使左光斗的形象更加丰富和富有层次感。应该说，戴名世的这种写作上的安排是非常成功的。在戴名世的笔下，左光斗与史可法之间的师生情谊透露出浓浓的温情。左光斗对史可法的怜爱之情，通过"解衣覆之勿令觉""呼可法而字之"这样的细节表现出来，一位关爱后进的长辈也被刻画得宛在目前，与前文所记述的左光斗面对奸佞、内戚、宦官所展现出的忠勇刚直恰好形成鲜明的对比，进而有机地塑造了一个丰富完整的人物形象。

二、方苞《左忠毅公逸事》赏析

方苞的《左忠毅公逸事》在20世纪90年代曾经入选过中学

语文课本，后来被取消。今天的中学生读者可能不是很熟悉，我在这里为大家梳理一下文章大意。

父亲在世时曾经对我说，我们同乡的前辈左忠毅公当年在京城附近督导考试。有一天，左公在寒冷的大风雪天带着几名随从骑着马便服出巡，来到一间古寺，发现寺庙的廊屋里有一个书生趴在桌上睡着了，桌上放着书生刚刚草拟好的文章。左公拿起文章来看了一遍，立刻解下自己的貂裘大衣盖在书生身上，并默默地帮他把房门掩上。左公向寺里的僧人问书生的情况，知道他叫史可法。到考试的时候，差役点到史可法的名字，左公惊喜地看着他，等史可法呈上试卷，就当面审批他为第一名。左公把他叫到家里来，让他拜见左夫人，并对夫人说："我们的几个孩子都很平庸，以后能够继承我的志向和事业的，只有这个书生了。"

后来左公被诬进了东厂监狱，史可法整天都守候在监狱门外。宦官集团看管得很严，即便是左家的仆人也不能靠近。就这样过了很久，史可法听说左公在狱中遭受了炮烙之刑，很快就要死了，于是他拿着五十两银子，去找狱卒痛哭求情，连狱卒都被他感动了。一天，狱卒让史可法换上破旧的衣服、草鞋，背着背篓，手拿长铲，装作是打扫的人，带他进入监狱。狱卒悄悄指示他左公的位置，史可法看见左公靠墙坐在地上，脸上的肉已经焦烂难以辨认，左腿膝盖以下的筋骨全部脱落。史可法跪在左公面前，抱着左公的膝盖禁不住轻声哭泣。左公依稀听出是他的声音，但眼睛已无法睁开，于是奋力举起胳膊用手指拨开眼眶，目光像火焰一样炽热，愤怒地说："你这个没用的奴才！这是什么地方，你来这里干什么！

国家的事情已经腐败到这个程度,我已经完了,连你也不顾大义轻视自己的生命(前来冒险),以后天下兴亡还能指望谁?你要是不速速离开,不用等到奸佞来害你,我现在就杀了你!"说着,用手去地上摸刑具,做出一副要投掷的架势。史可法吓得不敢作声,快步走了出来。后来他常常流着泪向别人述说这件事,他说:"恩师的肝肺,真是铁石铸造出来的。"

崇祯末年,张献忠在蕲春、黄冈、潜山、桐城一带造反,史可法时任凤阳、庐州道员,奉命防守御敌。每次有警报传来,他就几个月不上床睡觉,让士兵轮番休息,而自己坐在帷帐外。他挑选了十名强健的士卒,命令其中二人蹲坐着用背靠着他,过了一更鼓就轮流替换一次。每到寒冷的夜晚站立起来,抖动自己的衣裳,铠甲上的冰霜散落下来,会发出像金属般响亮的声音。有人劝他稍微休息一下,他说:"我对上怕辜负朝廷的重托,对下怕愧对恩师的栽培呀!"

史可法带兵作战,常常经过桐城,他每次都会亲自到左公府上向左太公、左太母问安,并恭敬地在堂上拜见左夫人。

我同族的老长辈涂山是左公的外甥,与先父交情很好,他说左公在狱中的那番话是从史公那里亲耳听来的。

方苞的这篇文章,非常突出地体现了他自己提倡的"洁雅"的写作追求。全文五百余字,开合有度,无一赘笔。借用书法理论中的一个说法来评论,可以称之为"疏处可以跑马,密处不使透风",将左光斗英雄磊落、忠义仁厚的光辉形象展现得淋漓尽致,将散文写作的技法水准推向了一个高峰。

三、《左忠毅公传》与《左忠毅公逸事》之比较

钱锺书先生在《谈艺录》中指出,戴名世《左忠毅公传》和方苞《左忠毅公逸事》都是在已有文献的基础上加以发挥,有小说家言的倾向,更进一步指出"小说、剧本固尔,史传中恐亦不乏弄笔狡狯处,名以文章著者为尤甚",方文胜戴文之处在于"添毫点睛"。

方文与戴文相比,首先在体裁上有所不同。《左忠毅公传》是正史史传体裁,而《左忠毅公逸事》属于非正式的传记文,"逸事"这种体裁一般记叙传主鲜为人知的、细节的事迹,并不严格按照传主的生平进行详细的记载,与我们前面讲到过的归有光《先妣事略》那种"事略"体有些接近。其次在篇幅上相差甚远,《左忠毅公逸事》仅五百余字,而《左忠毅公传》有四千多字。最后,更重要的是,二文中部分文字在内容上虽然非常接近,但展现出的细节却大相径庭,这正是这两篇文章引起后世评论家评论兴趣的重要原因。

戴文作于康熙十五年,戴名世时年二十四岁;方文作于方苞四十至五十岁之间。年轻的戴名世有着高超的模仿能力,善于守陈,拟古惟妙惟肖;而中年的方苞在写作上积累了更多的经验,在有选择地继承前人写作方法和蓄意经营安排上都要显得更为老到一些。

戴名世的《左忠毅公传》是一篇具有整体性的史传。这篇史传文,通过记叙左光斗一生主要的经历,勾画出了传主正直、坚贞、

热忱的儒者形象。全传以左光斗和门人史可法的交往事迹为结尾，是在左光斗的生命中增添一笔重要的色彩，正是有了这关爱后进、宅心仁厚的一笔，左光斗在传记中的形象才更加饱满起来。钱锺书先生引史可法《忠正集》中记叙自己与左光斗狱中相会，左光斗仅有一语"师见而颦蹙曰：'尔胡为乎来哉'"，此语并不激烈，但语气是仁厚慈爱的，正见左光斗对学生的真挚关爱。对比戴名世的叙述"光斗呼可法而字之曰：'道邻，宜厚自爱，异日天下有事，吾望子为国柱石。自吾被祸，门生故吏，逆党日逻而捕之。今子出身犯难，尤徇硁硁之小节，而撄奸人之锋，我死，子必随之，是再戮我'"，虽然加以发挥，加长了叙述篇幅，但仍不失仁厚之意，作为史传而言可以说确实是忠实于传主精神风貌的写法。

而方苞的《左忠毅公逸事》本身不是史传体的文章，他选择"逸事"这种非正式的体裁，就是要力图在极短的篇幅内集中展现左光斗富有层次的精神人格。所以他必须在有限的篇幅中制造跌宕的叙事，突出强化细节的描写，这就使得对传主的叙写在细节方面难免有失实之处。如将左光斗与史可法的知遇写得十分具有戏剧性，凸显出左光斗的博学睿智和心胸宽广，而左光斗在狱中与史可法的相会也平添了光芒万丈的刚毅之气。最神奇的一笔则是将左光斗的仁厚精神，通过其门人史可法的事迹续写出来。可以说方苞所写的具体事件在史学上未必经得起推敲，但他所刻画的人物品质却相当传神。

打个比方来说，戴名世的《左忠毅公传》好比是一部长达两个小时的左光斗传记电影，其中左光斗和史可法的故事，是电影最后结尾的十分钟，是徐徐落下的帷幕；方苞的《左忠毅公逸事》

则好比是一部只有十分钟的人物短片，左光斗和史可法的故事是短片的全部内容，是一个接一个的精彩片段。同样要在规定时间内展现人物的气质风貌，在处理手法上肯定是不一样的。如果我们要详细地了解左光斗的生平，《左忠毅公传》肯定能带给我们完整具体的相关信息；如果我们只是要在很短的时间内感受人物的风采，那么《左忠毅公逸事》带给我们的印象和冲击肯定更加集中。

  桐城派的文章学理论，在取法对象上近绍归有光，远祧司马迁；在写作实际中，像方苞这样在极短的篇幅内展现高超布局、描写等叙事能力的写法，与其说出自《史记》，不如说直接得力于归有光。《史记》虽然长于叙事和刻画，但往往采用较为舒缓的笔调，在对重大历史背景有比较充分介绍和铺垫的情况下融合人物的描画，在司马迁的传记之中，历史的宏大走向与人物的风云际会是合一的；而像《左忠毅公逸事》以突出人物形象、品质为核心，蓄意经营的布置，细致用意的裁剪，绵密紧凑的刻画则不应该被认为是直接取法于《史记》——在这个方面，戴名世的《左忠毅公传》倒是更加符合《史记》的风貌。我们在前面的章节谈到，归有光是明中期以来成功将《史记》的叙事精神引入单篇，尤其是短篇文章写作的文章家，也是方苞最推崇的前代作家。

  桐城派古文主要的成就，客观地说，正是集中在短篇制作的布局和描写上，能够利用有限的篇幅尽可能地含蓄容量、制造波澜，与《史记》传记中的那种从容叙事、娓娓道来的文风实际上存在着高效与古雅之别。桐城派古文发展到末流之所以被人诟病，被蔑称为"桐城谬种"（胡适语），很大原因也正在不明此理，由苦心经营变为刻意卖弄了。

附录

左光斗，字遗直，桐城人。万历三十五年进士。除中书舍人。选授御史，巡视中城。捕治吏部豪恶吏，获假印七十余，假官一百余人，辇下震悚。

出理屯田，言："北人不知水利，一年而地荒，二年而民徙，三年而地与民尽矣。今欲使旱不为灾，涝不为害，惟有兴水利一法。"因条上三因十四议：曰因天之时，因地之利，因人之情；曰议浚川，议疏渠，议引流，议设坝，议建闸，议设陂，议相地，议筑塘，议招徕，议择人，议择将，议兵屯，议力田设科，议富民拜爵。其法粲然具备，诏悉允行。水利大兴，北人始知艺稻。邹元标尝曰："三十年前，都人不知稻草何物，今所在皆稻，种水田利也。"阉人刘朝称东宫令旨，索蓟畹废庄。光斗不启封还之，曰："尺土皆殿下有，今日安敢私受？"阉人愤而去。

光宗崩，李选侍据乾清宫，迫皇长子封皇后。光斗上言："内廷有乾清宫，犹外廷有皇极殿，惟天子御天得居之，惟皇后配天得共居之。其他妃嫔虽以次进御，不得恒居，非但避嫌，亦以别尊卑也。选侍既非嫡母，又非生母，俨然尊居正宫，而殿下乃退处慈庆，不得守几筵，行大礼，名分谓何？选侍事先皇无脱簪戒旦之德，于殿下无抚摩养育之恩，此其人，岂可以托圣躬者？且殿下春秋十六龄矣，内辅以忠直老成，外辅以公孤卿贰，何虑乏人，尚须乳哺而襁负之哉？况睿哲初开，正宜不见可欲，何必托于妇人女子之手？及今不早断决，将借抚养之名，行专制之实。武氏之祸再见于今，将来有不忍言者。"时选侍欲专大权。廷臣笺奏，令先进乾清，然后进慈庆。得光斗笺，大怒，将加严谴。数遣使宣召光斗。光斗曰："我天子法官也，非天子召不赴。若辈何为者？"选侍益怒，邀熹宗至乾清议之。熹宗不肯往，使使取其笺视之，心以为善，趣择日移宫，光斗乃免。当是时，宫府危疑，人情危惧，光斗与杨涟协心建议，排阉奴，扶冲主，宸极获正，两人力为多。由是朝野并称为"杨左"。

未几，御史贾继春上书内阁，言帝不当薄待庶母。光斗闻之，即上言："先帝宴驾，大臣从乾清宫奉皇上出居慈庆宫，臣等以为不宜避选侍。故臣于初二日具《慎守典礼肃清宫禁》一疏。宫中震怒，祸几不测。赖皇上保全，发臣疏于内阁。初五日，阁臣具揭再催，奉旨移宫。至初六日，皇上登极，驾还乾清。宫禁肃然，内外宁谧。夫皇上既当还宫，则选侍之当移，其理明白易晓。惟是移宫以后，自宜存大体，捐小过。若复株连蔓引，使宫闱不安，即于国体有损。乞立诛盗宝宫奴刘逊等，而尽宽其余。"帝乃宣谕百官，备述选侍凌虐圣母诸状。及召见，又言："朕与选侍有仇。"继春用是得罪去。

时廷臣议改元。或议削泰昌弗纪；或议去万历四十八年，即以今年为泰昌；或议以明年为泰昌，后年为天启。光斗力排其说，请从今年八月以前为万历，以后为泰昌，议遂定。孙如游由中旨入阁，抗疏请斥之。出督畿辅学政，力杜请寄，识鉴如神。

天启初，廷议起用熊廷弼，罪言官魏应嘉等。光斗独抗疏争之，言廷弼才优而量不宏，昔以守辽则有余，今以复辽则不足。已而廷弼竟败。三年秋，疏请召还文震孟、满朝荐、毛士龙、徐大相等，并乞召继春及范济世。济世亦论"移宫"事与光斗异者，疏上不纳。其年擢大理丞，进少卿。

明年二月拜左佥都御史。是时，韩爌、赵南星、高攀龙、杨涟、郑三俊、李邦华、魏大中诸人咸居要地。光斗与相得，务为危言核论，甄别流品，正人咸赖之，而忌者浸不能容。光斗与给事中阮大铖同里，招之入京。会吏科都给事中缺，当迁者，首周士朴，次大铖，次大中。大铖邀中旨，勒士朴不迁，以为己地。赵南星恶之，欲例转大铖。大铖疑光斗发其谋，恨甚。熊明遇、徐良彦皆欲得佥都御史，而南星引光斗为之，两人亦恨光斗。江西人又以他故衔大中，遂共嗾给事中傅櫆劾光斗、大中与汪文言比而为奸。光斗疏辨，且诋櫆结东厂理刑傅继教为昆弟。櫆恚，再疏讦光斗。光斗乞罢，事得解。

杨涟劾魏忠贤，光斗与其谋，又与攀龙共发崔呈秀赃私，忠贤暨其党咸怒。及忠贤逐南星、攀龙、大中，次将及涟、光斗。光斗愤甚，草奏劾忠贤及魏广微三十二斩罪，拟十一月二日上之，先遣妻子南还。忠贤诇知，先二日假会推事与涟俱削籍。群小恨不已，复构文言狱，入光斗名，遣使往逮。父老子弟拥马首号哭，声震原野，缇骑亦为雪涕。至则下诏狱酷讯。许显纯诬以受杨镐、熊廷弼贿，涟等初不承，已而恐以不承为酷刑所毙，冀下法司，得少缓死为后图。诸人俱自诬服，光斗坐赃二万。忠贤乃矫旨，仍令显纯五日一追比，不下法司，诸人始悔失计。容城孙奇逢者，节侠士也，与定兴鹿正以光斗有德于畿辅，倡议醵金，诸生争应之。得金数千，谋代输，缓其狱，而光斗与涟已同日为狱卒所毙，时五年七月二十有六日也，年五十一。

光斗既死,赃犹未竟。忠贤令抚按严追,系其群从十四人。长兄光霁坐累死,母以哭子死。都御史周应秋犹以所司承追不力,疏趣之,由是诸人家族尽破。及忠贤定《三朝要典》,"移宫"一案以涟、光斗为罪魁,议开棺僇尸。有解之者,乃免。忠贤既诛,赠光斗右都御史,录其一子。已,再赠太子少保。福王时,追谥忠毅。

(《明史·列传第一百三十二·左光斗》)

锐利

十七

鲁迅

秋　夜

鲁　迅

在我的后园，可以看见墙外有两株树，一株是枣树，还有一株也是枣树。

这上面的夜的天空，奇怪而高，我生平没有见过这样的奇怪而高的天空。他仿佛要离开人间而去，使人们仰面不再看见。然而现在却非常之蓝，闪闪地睒着几十个星星的眼，冷眼。他的口角上现出微笑，似乎自以为大有深意，而将繁霜洒在我的园里的野花草上。

我不知道那些花草真叫什么名字，人们叫他们什么名字。我记得有一种开过极细小的粉红花，现在还开着，但是更极细小了，她在冷的夜气中，瑟缩地做梦，梦见春的到来，梦见秋的到来，梦见瘦的诗人将眼泪擦在她最末的花瓣上，告诉她秋虽然来，冬虽然来，而此后接着还是春，胡蝶乱飞，蜜蜂都唱起春词来了。她于是一笑，虽然颜色冻得红惨惨的，仍然瑟缩着。

枣树，他们简直落尽了叶子。先前，还有一两个孩子来打他们别人打剩的枣子，现在是一个也不剩了，连叶子也落尽了。他知道小粉红花的梦，秋后要有春；他也知道落叶的梦，春后还是秋。

他简直落尽叶子,单剩干子,然而脱了当初满树是果实和叶子时候的弧形,欠伸得很舒服。但是,有几枝还低亚着,护定他从打枣的竿梢所得的皮伤,而最直最长的几枝,却已默默地铁似的直刺着奇怪而高的天空,使天空闪闪地鬼睒眼;直刺着天空中圆满的月亮,使月亮窘得发白。

鬼睒眼的天空越加非常之蓝,不安了,仿佛想离去人间,避开枣树,只将月亮剩下。然而月亮也暗暗地躲到东边去了。而一无所有的干子,却仍然默默地铁似的直刺着奇怪而高的天空,一意要制他的死命,不管他各式各样的睒着许多蛊惑的眼睛。

哇的一声,夜游的恶鸟飞过了。

我忽而听到夜半的笑声,吃吃的,似乎不愿意惊动睡着的人,然而四围的空气都应和着笑。夜半,没有别的人,我即刻听出这声音就在我嘴里,我也即刻被这笑声所驱逐,回进自己的房。灯火的带子也即刻被我旋高了。

后窗的玻璃上丁丁地响,还有许多小飞虫乱撞。不多久,几个进来了,许是从窗纸的破孔进来的。他们一进来,又在玻璃的灯罩上撞得丁丁地响。一个从上面撞进去了,他于是遇到火,而且我以为这火是真的。两三个却休息在灯的纸罩上喘气。那罩是昨晚新换的罩,雪白的纸,折出波浪纹的叠痕,一角还画出一枝猩红色的栀子。

猩红的栀子开花时,枣树又要做小粉红花的梦,青葱地弯成弧形了……我又听到夜半的笑声;我赶紧砍断我的心绪,看那老在白纸罩上的小青虫,头大尾小,向日葵子似的,只有半粒小麦那么大,遍身的颜色苍翠得可爱,可怜。

289

我打一个呵欠，点起一枝纸烟，喷出烟来，对着灯默默地敬奠这些苍翠精致的英雄们。

一九二四年九月十五日

西方有一句谚语叫作"拿破仑的名字前面不用加'著名'二字"。鲁迅在中国现代文学史上的地位大致也是如此，他是一位不需要过多介绍的大作家。

一般情况下，我们在谈论鲁迅的时候，谈论比较多的是他在中国现代思想启蒙中的贡献。谈论他的文学成就时，往往也是谈论思想性多于文学性。实际上，鲁迅作为文学家，在现代汉语文学方面独创性相当高。他的独特性之突出，成就之高超，令后来者很难模仿。

鲁迅本人的旧学修养非常好，在散文写作上，他对传统的写作技法非常熟悉，也能够运用自如。比如《藤野先生》和《从百草园到三味书屋》，甚至在他的一些短篇小说作品中，也都能看到归有光式的娓娓道来或者桐城古文的经营安排。在民国时期，能够在写作技术上达到这个水平的作家不在少数，所以如果鲁迅仅仅将传统写作技法运用自如，那么他很难从同时代的作家群中脱颖而出。

鲁迅真正从优秀跻身于伟大，正在于他从传统走向现代的开创性。他富有开创性的散文写作，主要集中在散文集《野草》之中。本专题选录的《秋夜》是《野草》中的代表作。

《野草》又被称为散文诗集。关于散文诗，人们一般认为是指语言像诗一样精致的散文。如果对应到鲁迅的《野草》，我认为称其为散文诗还有另一层用意——《野草》中的散文作品放弃了传统散文写作中写人记事或者寓情于景的写作方式，即不写具体的人，不写具体的事，不写具体的景，以我观物，直接把内心情绪放在第一位来进行刻画。这种写法，在古代一般用诗歌的形式来展现。因为诗歌有韵律和辞藻的辅助，很容易表达抽象的情绪。

举例而言，同样是表达山河板荡、国家动乱之际的忧心忡忡，杜甫的《秋兴八首》就达到了中国古代律诗的巅峰水准：

玉露凋伤枫树林，巫山巫峡气萧森。
江间波浪兼天涌，塞上风云接地阴。
丛菊两开他日泪，孤舟一系故园心。
寒衣处处催刀尺，白帝城高急暮砧。
（唐·杜甫《秋兴八首》其一）

闻道长安似弈棋，百年世事不胜悲。
王侯第宅皆新主，文武衣冠异昔时。
直北关山金鼓振，征西车马羽书驰。
鱼龙寂寞秋江冷，故国平居有所思。
（唐·杜甫《秋兴八首》其四）

由于散文在修辞上能够借助的手段力量天然地比诗歌要弱，所以直接把情绪抽象出来写，还要写到位，难度非常大。在这里我想举一个反面的例子，就是朱自清的散文作品《荷塘月色》。《荷塘月色》这篇文章因为入选中学语文教材而广为人知，但根据我个人的阅读经验以及我对中学师生的调研情况来看,这篇文章在读者心目中普遍的印象是气格孱弱,语言空洞,即便我们相信朱自清当时那种压抑的情绪是真实的(这种相信来自其他资料的补充),却仍然很难被《荷塘月色》真正打动。原因就在于散文在语言上天然缺少助攻,类似于唱歌没有伴奏,要用清唱唱出层次丰富的效果,这对作家的语言能力是一种极大的挑战。

鲁迅的《秋夜》非常精彩地完成了这样的挑战,它在没有叙事配合的情况下,以极其锐利的语言撕开了读者的阅读防线,把内心的情绪精准地送达读者眼前,这才是和鲁迅同一时代的作家难以企及的独门功夫。

我想先把《秋夜》的开头和朱自清《荷塘月色》的开头放在一起做个比较:

在我的后园,可以看见墙外有两株树,一株是枣树,还有一株也是枣树。(鲁迅《秋夜》)

这几天心里颇不宁静。今晚在院子里坐着乘凉,忽然想起日日走过的荷塘,在这满月的光里,总该另有一番样子吧。(朱自清《荷塘月色》)

这两篇文章的开头要表达的内容,其实都是"这几天心里颇不宁静"。朱自清的语气很绵软,语义也浅白。鲁迅的语气很冷峻,含蓄耐嚼。"一株是枣树,还有一株也是枣树",视线上的空疏无聊清晰地表现出作者在精神上无所依靠,心绪无处安放的空虚愁苦之感。同时，枣树也是本文重要的歌颂对象，它寄托着在寂寞中顽强挺立的人格理想。这一点在后文中得到了反复强化。

接下来，鲁迅进一步强化了这种空虚感：

这上面的夜的天空，奇怪而高，我生平没有见过这样的奇怪而高的天空。他仿佛要离开人间而去，使人们仰面不再看见。

两棵枣树指向天空，作者顺着树尖向上看去，看到的是"奇怪而高的天空"。我们都知道客观情况是天空不会突然变高，而作者感到天空变得"奇怪而高"，这只能是由作者主观感受决定的，也就是继续强化了开头的空虚感。从自己生活的园子周边，到天地宇宙之间，空虚感无处不在，并且还在加速膨胀，也就是文中所说的"仿佛要离开人间而去"，这是一个加速变化的动态过程。

不仅空虚，而且寒冷。鲁迅写心情上的寒冷也极富想象力，他说：

然而（夜空）现在却非常之蓝，闪闪地睐着几十个星星的眼，冷眼。

夜空的高对应空虚，冷色调的蓝对应情绪上的寒冷，星星眨着冷眼，则带着浓浓的荒诞诡异之感。不仅夜空寒冷，连夜空中的星星也呈现出一种冷眼的姿态。这里有一个小细节，本文作于1924年9月15日，农历八月十七，中秋节过后两天。文中说"几十个星星"，而不是漫天的星星，再对应后文所说"天空中圆满的月亮",说明这是一个月明星稀的夜晚。在月明星稀的晚上写秋夜,作者没有把月亮作为主角来描写,反而着力渲染稀稀落落的星星,让人不禁联想起清代大诗人黄景仁的诗:

千家笑语漏迟迟,忧患潜从物外知。
悄立市桥人不识,一星如月看多时。
(清·黄景仁《癸巳除夕偶成》其一)

鲁迅写作本文的时候,中国正处于社会混乱的局面。在政治上,辛亥革命缔造的民国内部四分五裂,军阀混战,民不聊生;在思想上,新文化运动进入低潮,陈腐的复古之风盛行。在这种混乱压抑的局面下,国家前途未卜,个人在思想上孤立无援。《秋夜》开头两段所渲染的,就是这种真实的空虚、寒冷、诡异的氛围,也就是黄景仁在诗中所说的:"忧患潜从物外知。"

接下来一句话显露出了鲁迅不凡的手笔:

他的口角上现出微笑,似乎自以为大有深意,而将繁霜洒在我的园里的野花草上。

这里的"他"应是指夜空。把夜空比作人,有具体面貌、具体表情的人,这种比喻手法非常现代,突破了古代作家的寻常手段。它写出了一种铺天盖地而来的邪恶感,在其笼罩之下,芸芸众生无处可逃。"口角上现出微笑,似乎自以为大有深意"表示邪恶势力的自负与傲慢;"将繁霜洒在我的园里的野花草上",则表达邪恶势力对生命的无情摧残。

接下来两段内容，首先谈到的是没有名字的花草，象征着乱世之中命若草芥的普通人。"一种开过极细小的粉红花"，象征着乱世中飘摇的人群，柔弱之中仍然对未来抱以美好的幻想。这样的人群喜欢做梦，喜欢在梦中梦见"瘦的诗人"，但做完梦后什么都不敢做，只能悽惨地瑟缩着。说得直接一些，这群人对应着小资产阶级和小知识分子，他们热爱美好，喜欢幻想，但只能在瑟缩的姿态中从"细小"变为"更极细小"。

下一段讲到的被打尽枣子、脱尽落叶的枣树，象征着乱世中具备生产能力（劳动者），但仍不能避免被侮辱与被损害的人，他们之中有与众不同者：

而最直最长的几枝，却已默默地铁似的直刺着奇怪而高的天空，使天空闪闪地鬼䀹眼；直刺着天空中圆满的月亮，使月亮窘得发白。

枣树中部分枝丫在苦难中坚挺，"默默地铁似的直刺着奇怪而高的天空"，这是底层劳动者反抗和战斗的一种姿态。"直刺着天空中圆满的月亮，使月亮窘得发白"，表示反抗姿态所产生的实际意义，它能够令部分高高在上者畏惧，即文中所说的"使月亮窘得发白"。

面对反抗，社会上层的执柄者显然有着圆滑老到的应对策略：

鬼䀹眼的天空越加非常之蓝，不安了，仿佛想离去人间，避

295

开枣树,只将月亮剩下。然而月亮也暗暗地躲到东边去了。

"鬼䀹眼的天空"是笼罩性的、无处不在又不具体现形的高层邪恶势力,他们对反抗力量避其锋芒,推出代理人(月亮)摆在明处代其受过。而代理人也不是毫无政治头脑,他们也不愿意直接面对反抗,于是"暗暗地躲到东边去了"。

在这样油滑的政客面前,鲁迅描述的反抗者表现出坚定不移的革命姿态:

而一无所有的干子,却仍然默默地铁似的直刺着奇怪而高的天空,一意要制他的死命,不管他各式各样的䀹着许多蛊惑的眼睛。

鲁迅被许多民国文人诟病的一点,就是认为他太过于尖刻,文章里动不动就要打要杀,好像没有文化人的斯文派头。而这恰恰是鲁迅在同时代人之中超群拔萃的最重要的因素。他不屈从于高压,不受花样手段的蛊惑,他的勇敢和智慧恰恰是民国文人最欠缺的东西。他在《秋夜》中把这两样宝贵的东西寄托在枣树上,其中包含着对读者的殷殷期望。

哇的一声,夜游的恶鸟飞过了。

文章的节奏突然被这句话打断,在听觉和视觉的分隔下,文章进入后半部分。

《秋夜》这篇文章前后两部分的写作风格有很大的不同。前半部分的象征和比喻虽然有出奇之处,但总体节奏比较平稳舒缓,所有的喻体和本体之间也有迹可循。但后半部分的行文节奏明显加快,意象越来越密集,意象组合之间的逻辑也未必完全连贯。这是因为鲁迅要在后半段达成一种跳跃式的、梦境呓语般的文学效果,对读者造成强烈的感官冲击。

类似的艺术效果,我曾经在观看电影的过程中有过深切的体会。陈凯歌导演的电影《孩子王》中有一个情节,主人公老杆在深夜苦苦思索关于教育和人生的问题,这时画外响起了密集而凌乱的诵经声。看到这里的时候,我突然想起了鲁迅《秋夜》里的段落:

我忽而听到夜半的笑声,吃吃的,似乎不愿意惊动睡着的人,然而四围的空气都应和着笑。夜半,没有别的人,我即刻听出这声音就在我嘴里,我也即刻被这笑声所驱逐,回进自己的房。

无论是陈凯歌电影里的诵经声,还是鲁迅文章里所说的"夜半的笑声",都代表着环绕在人物周围挥之不去的困惑与迷茫。

下面飞蛾扑火的段落象征着在黑暗中奋不顾身寻找光明的勇敢者,这个用意清晰可见。但写到下一段开头的时候,文章再一次出现了犹如电影蒙太奇手法般的意象组合:

猩红的栀子开花时,枣树又要做小粉红花的梦,青葱地弯成弧形了……

鲁迅本人的美术修养非常高，这几个意象组合在一起产生了极为丰富的视觉效果，色彩协调，姿态各异，深具现代美学格调。我猜测这里可能未必是要表达关于现实的隐喻，而是表达了鲁迅的一种真实想法——在极度压抑和迷茫的情绪中被细节事物所吸引，进而激发了美学上的创造联想。但这种联想一闪而过，只呈现了三个片段，作者自己立刻打断了这种想法：

我赶紧砍断我的心绪，看那老在白纸罩上的小青虫，头大尾小，向日葵子似的，只有半粒小麦那么大，遍身的颜色苍翠得可爱，可怜。

所谓砍断心绪，砍断的是于现实毫无增益的无谓想象（尽管那是很美的创造）。鲁迅强迫自己回归到现实关注中来，表明他和无病呻吟的文学家、艺术家并不在同一阵营之中。他投射的理想人格，注定是不顾一切寻找光明的小青虫：

我打一个呵欠，点起一枝纸烟，喷出烟来，对着灯默默地敬奠这些苍翠精致的英雄们。

鲁迅的文集《野草》，文学成就非常高，同时也带有比较高的阅读门槛。这些作品并不符合我们来自传统的一般阅读审美习惯。这就有点像西方美术史上的古典绘画和现代绘画的区别。西方古典绘画，特别是文艺复兴以来的油画，画得像不像，比例准不准，人体结构合理不合理……这些方面哪怕是普通观众也能够产生直观判断。而现代绘画，比如毕加索的结构主义绘画，就带有一定的鉴赏门槛。

我上面打的这个比方并不是"皇帝的新装"式的强为之解说。在全世界范围内，文学艺术创造的现代性主要体现落实在观念上，而不是时间上。文学艺术的现代性一方面要求在维度上突破传统技法的苑囿，另一方面还必须深深切入现代社会的脉动，这对于创作者和鉴赏者而言都是极具挑战的事情——我们是否足够了解传统艺术，以及足够了解和古典时代相比发生了翻天覆地变化的现代生活。

从这个角度来看，鲁迅的散文创作在观念和技术的现代性上是大大领先于时代的。他在接近一百年前写下的散文作品，在今天看起来，仍然可以和当代顶级的文艺作品形成沟通，实在令人佩服不已。

渊博

十八

傅雷

《世界美术名作二十讲》序

傅 雷

年来国人治西洋美术者日众,顾了解西洋美术之理论及历史者寥寥。好骛新奇之徒,惑于"现代"之为美名也,竞竞以"立体""达达""表现"诸派相标榜,沾沾以肖似某家某师自喜。肤浅庸俗之流,徒知悦目为美,工细为上,则又奉官学派为典型:坐井观天,莫此为甚!然而趋时守旧之途虽殊,其昧于历史因果,缺乏研究精神,拘囿于形式,兢兢于模仿则一也。慨自"五四"以降,为学之态度随世风而日趋浇薄:投机取巧,习为故常;奸黠之辈且有以学术为猎取功名利禄之具者;相形之下,则前之拘于形式,忠于模仿之学者犹不失为谨愿。呜呼!若是而欲望学术昌明,不将令人与河清无日之叹乎?

某也至愚,尝以为研究西洋美术,乃借触类旁通之功为创造中国新艺术之准备,而非即创造本身之谓也;而研究又非以五色纷披之彩笔曲肖马蒂斯、塞尚为能事也。夫一国艺术之产生,必时代、环境、传统演化,迫之产生,犹一国动植物之生长,必土质、气候、温度、雨量,使其生长。拉斐尔之生于文艺复兴期之意大利,莫里哀之生于十七世纪之法兰西,亦犹橙橘橄榄之遍于南国,事有必至，理有固然也。陶潜不生于西域，但丁不生于中土，形格势禁，事理、环境、民族性之所不容也。此研究西洋艺术所不可不知者一。

至欲撷取外来艺术之精英而融为己有，则必经时势之推移，思想之酝酿，而在心理上又必经直觉、理解、憬悟、贯通诸程序，方能衷心有所真感。观夫马奈、凡·高之于日本版画，高更之于黑人艺术，盖无不由斯途以臻于创造新艺之境。此研究西洋艺术所不可不知者二。

今也东西艺术，技术形式既不同，所启发之境界复大异，所表白之心灵情操，又有民族性之差别为其基础，可见所谓融合中西艺术之口号，未免言之过早，盖今之艺人，犹沦于中西文化冲突后之漩涡中不能自拔，调和云何哉？矧吾人之于西方艺术，迄今犹未臻理解透辟之域，遑言创造乎？

然而今日之言调和东西艺术者，提倡古典或现代化者，固比比皆是，是一知半解，不假深思之过耳。世惟有学殖湛深之士方能知学问之无穷而常惴惴默默，惧一言之失有损乎学术尊严，亦惟有此惴惴默默之辈，方能孜孜矻矻，树百年之基。某不敏，何敢以此自许？特念古人三年之病必求七年之艾之训，故愿执斩荆棘，辟草莽之役，为艺界同仁尽些微之力耳。是编之成，即本斯义。编分二十讲，所述皆名家杰构，凡绘画、雕塑、建筑、装饰、美术诸门，遍尝一脔。间亦论及作家之人品学问，欲以表显艺人之操守与修养也；亦有涉及时代与环境，明艺术发生之因果也；历史叙述，理论阐发，兼顾并重，示研究工作之重要也。愚固知画家不必为史家，犹史家之不必为画家；然史之名画家固无一非稔知艺术源流与技术精义者，此其作品之所以必不失其时代意识，所以在历史上必为承前启后之关键也。

是编参考书，有法国博尔德（Bordes）氏之美术史讲话及晚近诸家之美术史。序中所言，容有致艺坛诸君子于不快者，则惟有以爱真理甚于爱友一语自谢耳。

一九三四年六月

华裔旅法导演戴思杰执导的电影《巴尔扎克和小裁缝》里面有这样一个情节，下乡知青马剑铃去医院找素不相识的医生帮忙看病，医生一开始对他态度很冷淡，于是他趁没人的时候悄悄掀开外套，露出衣服里子密密麻麻抄满的巴尔扎克小说，以此作为礼物送给医生。医生定睛一看，脸色大变，说"这是傅雷翻译的，我一看就晓得"，然后爽快地答应了他的求助。

我第一次看到这里的时候，差点感动地流下泪水。在我的心目中，傅雷先生是中国二十世纪最有骨气、最有才华、最具赤子之心、文艺鉴赏力最强（不局限于文学）、文笔最好的文艺评论家（傅雷先生当然也是著名的翻译家，但我不懂翻译，对他的翻译成就无从置喙）。我认为他在文学艺术理论方面的成就，甚至胜过钱锺书先生。钱锺书先生在某种程度上有"为学日益，为道日损"（《道德经》）的知见障，在文艺上有变相的声名负累，有许多不必要的炫博。而傅雷先生没有这些问题，他说："赤子孤独了，会创造一个世界。"（《傅雷家书》）他就是这样一个在文艺的世界（而非故纸堆的世界）里完全自由和真诚的赤子。

傅雷先生精彩的文章不胜枚举，他的许多理论著作、评论文章、翻译作品、书信都是文质兼美的佳作。本专题为读者选录的文章，是傅雷先生在专著《世界美术名作二十讲》中的自序。我们今天读书的序言，尤其是学术书和文化普及读物的序言，多见温温吞吞的相互吹捧或者自我标榜，很多序言充斥着客套的场面话，对于文化知识传递的力度和精准度毫不在意。

而傅雷先生这篇序落笔辛辣尖锐，拳拳到肉，见解高明，文笔酣畅，字字闪现着他勇敢对抗俗流的骨鲠之气。很多时候我们会误以为文艺上俗与不俗主要依靠社会阶层的划分，好像知识阶层天然就是不俗的代表，其实不然。知识阶层普遍俗气入骨，古往今来并无二致。比如唐代玄奘和尚不畏艰险远赴天竺求取真经，就是因为当时的佛教思想俗流遍地，讹误百出：

> 有玄奘法师者，法门之领袖也。……凝心内境，悲正法之陵迟；栖虑玄门，慨深文之讹谬。思欲分条析理，广彼前闻；截伪续真，开兹后学。是以翘心净土，往游西域；乘危远迈，杖策孤征。（唐·李世民《三藏圣教序》）

又比如以骨鲠老硬风格传世的宋代诗歌名家和书法大师黄庭坚说过这样的话：

> 士大夫处世可以百为，惟不可俗，俗便不可医也。（宋·黄庭坚）

黄庭坚的这番话并不是说士大夫阶层普遍如此，而是他认为自己作为士大夫应有此担当和坚持。实际上，黄庭坚作为苏轼名义上的门生（苏轼对于黄庭坚亦师亦友），他和苏轼一样都有满肚子不合时宜，并且把这种不合时宜贯彻到自己的诗歌和书法创作中去，最终成为一代文化宗师。

中国古代具备这种不俗之气的杰出文化人物非常稀少，到了明清时代就更加稀少，可能是由明代以来政治上的高度集权所致。所以明清时代的知识阶层（主体是广大的地方乡绅群体，他们是高层政治的土壤），普遍就是小说《儒林外史》里描述的那样庸碌酸腐。这样的文化气质一直延续到了晚清民国。今天很多人喜欢吹捧所谓"民国大师"，其实很多"民国大师"不过是从吴敬梓《儒林外史》走进了钱锺书先生《围城》的同一批人，他们的徒子徒孙更是等而下之。

傅雷先生在民国知识分子里简直可以说得上是一股清流。他的文化品格坚毅独立，意趣高远，不从俗流的同时也不刻意张扬。用古人的话来说是"出淤泥而不染，濯清涟而不妖"，用近世陈寅恪先生的话来说是"独立之精神，自由之思想"。傅雷先生是一位在文化上可以比肩古人（如玄奘法师和黄庭坚）的"倜傥非常之人"（司马迁《报任安书》）。

1931年，年仅23岁的傅雷从法国学成回到上海，任教于上海美术专科学校，担任美术史课程教学。1934年，他完成了《世界美术名作二十讲》的写作，这是他在平时上课讲义的基础上增补完善而成的书稿。

二十世纪三十年代是西方文化开始迅速涌入中国的时代，傅雷先生在引介西方艺术文化这个方面有筚路蓝缕之功。在当年那个国力衰弱伴随着文化衰弱的时代，客观深入地向中国读者介绍西方艺术文化，对介绍者而言是一件挑战极大的事情，这需要过人的知识积累和不卑不亢的文化自信。傅雷先生的《世界美术名作二十讲》就是在这种艰难的环境中实现了高超的成就。他对西方美术史上最重要的美术家和作品做出了以点带面、提纲挈领式的介绍和梳理。他还能够结合具体的西方历史、宗教、习俗背景来对美术家和作品进行介绍，不仅展现出渊博的学识，带给读者极大的信息含量，而且能够精练地勾勒出西方美术史的社会背景和发展规律。另外，他对美术家和作品的评述融入了自己的艺术体验，并非机械呆板的人云亦云，使得这部著作充满了鲜活的艺术触感。

《世界美术名作二十讲》全书采用白话文，语言流畅自然，但他为书所写的小序，则采用了浅近的文言。这种文风延续了梁启超开创的"新文体"，在论说上容易形成利落雄强的语言气势，同时又晓畅易懂，没有太大的阅读障碍，易于传播。这篇序文阅读难度比较小，我下面在赏析的时候不作翻译，只对内容进行相应的补充说明。

序文一开篇，矛头直指同行，"好骛新奇之徒""肤浅庸俗之流""奸黠之辈"被傅雷先生刻画得惟妙惟肖，他们毫无主见、盲目跟风、自我标榜、投机取巧、争名逐利……这在文化艺术圈是非常少见的写法，毕竟文化艺术圈的常态是花花轿子众人抬，你好我好大家好。像这种几句话下来就把一桌子人全部得罪完的写法，借用《巴尔扎克和小裁缝》电影里医生的话来说："这是傅雷写的，我一看就晓得。"

其实，像这样对自己所处的行业风气充满痛惜之情的不独傅雷先生一人，史学家顾颉刚先生在《古史辨自序》里也表达过近似的意思。以及，和傅雷先生同岁、远在法国的人类学家列维-斯特劳斯在三十年代的时候，由于对行业风气感到失望，也放弃了哲学专业，转而从事人类学调研。关于这一段心路历程，他在学术名著《忧郁的热带》有过细致的描述。

傅雷先生的文艺评论悬格甚高，敢于直言。不要说提到庸碌之辈，就是评论才女张爱玲的作品，也一样直来直去。他在张爱玲走红文坛的时候写下了《论张爱玲的小说》一文，其中除了技术性的点评之外，还不乏文艺上的批评意见，导致二人交恶。傅雷先生的文艺评论无论措辞如何尖锐，始终基于文艺的立场来进行，虽然经常惹人不快，但从不夹带私人恩怨，可谓磊落坦荡。

第二段即便放在今天也仍然具有振聋发聩的意义。傅雷先生提出了自己开展研究的意义问题，即：研究西方美术史的目的是什么？他给出的答案非常有气魄，那就是为中国人在未来开展艺术创造做好知识上的准备。

在艺术领域，研究是为创造做准备，这似乎是一个听起来天经地义的逻辑。而实际上，真正怀揣着这样动机的从业者少之又少，为了研究而研究才是一直以来艺术理论界的常态。

除了为研究而研究，还有一种研究路数也是傅雷先生非常看不起的，那就是对西方艺术生搬硬套的机械模仿，所谓"以五色纷披之彩笔曲肖马蒂斯、塞尚为能事"。二十世纪是中国人在文化自信方面低靡的时代，不要说傅雷先生所处的三十年代，就是到了八十年代，中国的文学、艺术、思想界都持着一种对西方文化亦步亦趋的态度。我曾经看过一篇关于八十年代白洋淀诗群的访谈文章，其中讲到当时的白洋淀诗群诗人写诗，就是以模仿外国诗人模仿得像为荣，而且是要特意让人看得出来的那种像。而傅雷先生早在三十年代就提出，中国人即便画得再像西方大画家，也没有意义，因为每个国家和民族的历史文化、地理条件、时代风气不同，根本无法照搬复制。所谓"陶潜不生于西域，但丁不生于中土，形格势禁，事理、环境、民族性之所不容也"。

可见，傅雷先生虽然是最早一批熟悉并引介西方美术的理论家，但他完全没有挟洋自重的盲目和虚荣，他真诚地希望以他山之石攻我之玉，甚至有一种成功不必在我，甘作护花春泥的奉献精神。这样的真诚和自信力，即便放在今天，也极富胆识和气魄。

第三段是对上一段的进一步阐发，讲明学习借鉴其他民族的文化艺术养分，在现代世界中的重要意义。

关于这个问题，中国古典的艺术理论，比如书论、画论、诗论、文论等是从来没有涉及的。这是因为中国古代文明过于早熟和强大，对地缘上邻近的周边文明一直呈现出强辐射影响。古典时代的文化融合，中国文化主要是输出方。所以中国古代的艺术文化要汲取和自己所处时代不同的新鲜养分，往往就只有求古寻论，向复古的方向走。这也由此带来了一种文化上的心理包袱，就是不愿意向其他民族文化平等地借鉴学习。

傅雷先生在这段，举马奈、凡·高学习日本版画和高更学习太平洋小岛土著人艺术两个例子，说明的是强国可以向弱国学习（马奈、凡·高所处的时代，法国远比日本强大），现代文明可以向原始文明学习，目的就是要帮助中国艺术家丢掉心理包袱，积极拥抱一切有益的艺术养分。

接下来一段文字表达的意思清醒而深刻。在傅雷先生所处的时代，中国文化的创造力在全世界范围内相对比较弱，在这种情况下，以民粹主义的态度拒绝承认这个现实并不是明智之举。而傅雷先生的态度则是：我们的艺术创造力暂时不如西方，所以我们暂时没有资格和西方艺术平起平坐地谈论什么融合，我们目前要做的是谦虚地学习，只有在学习吃透之后，才有可能产生真正符合本民族特色的艺术创造。

倒数第二段的文辞非常雅驯，可以看出傅雷先生深厚的旧学修养。其中谈到的"惴惴默默之辈"，大有《论语》"敏于事而慎于言"或《庄子》"呆若木鸡"之深长意味。

其中又谈到"愚固知画家不必为史家，犹史家之不必为画家；然史之名画家固无一非稔知艺术源流与技术精义者……"，阐明艺术创造必须理论与实践相结合的朴素道理。本文前面批评理论家空谈理论不尚实践，这里则强调理论对于创作实践的重要性，不可偏废，这是对创作者提出的殷殷期许。

结尾段落干净利落，简单说明自己所著内容对前人的借鉴，并表达出一种不可夺志的坚毅勇敢。这是傅雷先生最宝贵的品质，他最终用自己的生命印证了这一点。

几年前，我去上海出差，专门去静安寺附近不远的安定坊，瞻仰傅雷先生辞世时的故居。那里现在是一个有院墙围闭起来的私人住宅小区，外人不能进入。于是我在院外望着里面矮矮的小楼，向傅雷先生遥遥地深鞠了一躬。

赤诚

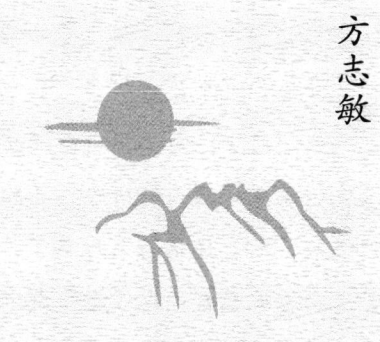

十九

方志敏

可爱的中国(节选)

方志敏

这是一间囚室。

这间囚室,四壁都用白纸裱糊过,虽过时已久,裱纸变了黯黄色,有几处漏雨的地方,并起了大块的黑色斑点;但有日光照射进来,或是强光的电灯亮了,这室内仍显得洁白耀目。对天空开了两道玻璃窗,光线空气都不算坏。对准窗子,在室中靠石壁放着一张黑漆色长方书桌,桌上摆了几本厚书和墨盒茶盅。桌边放着一把锯短了脚的矮竹椅;接着竹椅背后,就是一张铁床;床上铺着灰色军毯,一床粗布棉被,折叠了三层,整齐的摆在床的里沿。在这室的里面一角,有一只未漆的未盖的白木箱摆着,木箱里另有一只马桶躲藏在里面,日夜张开着口,承受这室内囚人每日排泄下来的秽物。在白木箱前面的靠壁处,放着一只蓝磁的痰盂,它像与马桶比赛似的,也是日夜张开着口,承受室内囚人吐出来的痰涕与丢下去的橘皮蔗渣和纸屑。骤然跑进这间房来,若不是看到那只刺目的很不雅观的白方木箱,以及坐在桌边那个钉着铁镣一望而知为囚人的祥松(方志敏本人化名),或者你会认为这不是一间囚室,而是一间书室了。

……

今天在换班的看守兵推开门来望望他——换班交代最重要的一个囚人——的时候,却看到祥松没有看书,也没有踱步,他坐在桌边,用左手撑住头,右手执着笔在纸上边写边想。祥松今天似乎有点什么感触,要把它写出来。他在写些什么呢?啊!他在写着一封给朋友们的信。

亲爱的朋友们:

我终于被俘入狱了。

关于我被俘入狱的情形,你们在报纸上可以看到,知道大概,我不必说了。我在被俘以后,经过绳子的绑缚,经过钉上粗重的脚镣,经过无数次的拍照,经过装甲车的押解,经过几次群众会上活的示众,以至关入笼子里,这些都像放电影一般,一幕一幕的过去!我不愿再去回忆那些过去了的事情,回忆,只能增加我不堪的羞愧和苦恼!我也不愿将我在狱中的生活告诉你们。朋友,无论谁入了狱,都得感到愁苦和屈辱,我当然更甚,所以不能告诉你们一点什么好的新闻。我今天想告诉你们的却是另外一个比较紧要的问题,即是关于爱护中国,拯救中国的问题,你们或者高兴听一听我讲这个问题罢。

……

朋友!中国是生育我们的母亲。你们觉得这位母亲可爱吗?我想你们是和我一样的见解,都觉得这位母亲是蛮可爱蛮可爱的。以言气候,中国处于温带,不十分热,也不十分冷,好像我们母亲的体温,不高不低,最适宜于孩儿们的偎依。以言国土,中国土地广大,纵横万数千里,好像我们的母亲是一个身体魁大、胸宽背阔的妇人，不像日本姑娘那样苗条瘦小。中国许多有名的崇山大岭，长江巨河，以及大小湖泊，岂不象征着我们母亲丰满坚实的肥肤上之健美的肉纹和肉窝？中国土地的生产力是无限的；地底蕴藏着未开发的宝藏也是无限的；废置而未曾利用起来的天然力，更是无限的，这又岂不象征着我们的母亲，保有着无穷的乳汁，无穷的力量，以养育她四万万的孩儿？我想世界上再没有比她养得更多的孩子的母亲吧。至于说到中国天然风景的美丽，我可以说，不但是雄巍的峨嵋，妩媚的西湖，幽雅的雁荡，与夫"秀丽甲天下"的桂林山水，可以傲睨一世，令人称美；其实中国是无地不美，到处皆景，自城市以至乡村，一山一水，一丘一壑，只要稍加修饰和培植，都可以成流连难舍的胜景；这好像我们的母亲，她是一个天姿玉质的美人，她的身体的每一部分，都有令人爱慕之美。中国海岸线之长而且弯曲，照现代艺术家说来，这象征我们母亲富有曲线美吧。咳！母亲！美丽的母亲，可爱的母亲，只因你受着人家的压榨和剥削，弄成贫穷已极；不但不能买一件新的好看的衣服，把你自己装饰起来；甚至不能买块香皂将你全身洗擦洗擦，以致现出怪难看的一种憔悴褴褛和污秽不洁的形容来！啊！我们的母亲太可怜了，一个天生的丽人，现在却变成叫化的婆子！站在欧洲、美洲各位华贵的太太面前，固然是深愧不如，就是站在那日本小姑娘面前，也自惭形秽得很呢！

　　听着！朋友！母亲躲到一边去哭泣了，哭得伤心得很呀！她似乎在骂着："难道我四万万七千万的孩子，都是白生了吗？难道他们真像着了魔的狮子，一天到晚的睡着不醒吗？难道他们不知道自己伟大的团结力量，去与残害母亲、剥削母亲的敌人斗争吗？难道他们不想将母亲从敌人手里救出来，把母亲也装饰起来，成为世界上一个最出色、最美丽、最令人尊敬的母亲吗？"朋友，听到没有母亲哀痛的哭骂？是的，是的，母亲骂得对，十分对！我们不能怪母亲好哭，只怪得我们之中出了败类，自己压制自己，眼睁睁的望着我们这位挺慈祥美丽的母亲，受着许多无谓的屈辱，和残暴的踩蹦！这真是我们做孩子们的不是了，简直连一位母亲都爱护不住了！

……

朋友，从崩溃毁灭中，救出中国来，从帝国主义恶魔生吞活剥下，救出我们垂死的母亲来，这是刻不容缓的了。但是，到底怎样去救呢？是不是由我们同胞中，选出几个最会做文章的人，写上一篇十分娓娓动听的文告或书信，去劝告那些恶魔停止侵略呢？还是挑选几个最会演说、最长于外交辞令的人，去向他们游说，说动他们的良心，自动的放下屠刀不再宰割中国呢？抑或挑选一些顶擅哭泣的人，组成哭泣团，到他们面前去，长跪不起，哭个七日七夜，哭动他们的慈心，从中国撒手回去呢？再或者……我想不讲了，这些都不会丝毫有效的。哀求帝国主义不侵略和灭亡中国，那岂不等于哀求老虎不吃肉？那是再可笑也没有了。我想，欲求中国民族的独立解放，决不是哀告、跪求哭泣所能济事，而是唤起全国民众起来斗争，都手执武器，去与帝国主义进行神圣的民族革命战争，将他们打出中国去，这才是中国唯一的出路，也是我们救母亲的唯一方法，朋友，你们说对不对呢？

……

朋友，虽然在我们之中，有汉奸，有傀儡，有卖国贼，他们认仇作父，为虎作伥，但他们那班可耻的人，终竟是少数，他们已经受到国人的抨击和唾弃，而渐趋于可鄙的结局。大多数的中国人，有良心有民族热情的中国人，仍然是热心爱护自己的国家的。现在不是有成千成万的人在那里决死战斗吗？他们决不让中国被帝国主义所灭亡，决不让自己和子孙们做亡国奴。朋友，我相信中国民族必能从战斗中获救，这岂是我们的自欺自誉吗？

不错，目前的中国，固然是江山破碎，国弊民穷，但谁能断言，中国没有一个光明的前途呢？不，决不会的，我们相信，中国一定有个可赞美的光明前途。中国民族在很早以前，就造起了一座万里长城和开凿了几千里的运河，这就证明中国民族伟大无比的创造力！中国在战斗之中一旦斩去了帝国主义的锁链，肃清自己阵线内的汉奸卖国贼，得到了自由与解放，这种创造力，将会无限的发挥出来。到那时，中国的面貌将会被我们改造一新。所有贫穷和灾荒，混乱和仇杀，饥饿和寒冷，疾病和瘟疫，迷信和愚昧，以及那慢性的杀灭中国民族的鸦片毒物，这些等等是帝国主义带给我们可憎的赠品，将来也要随着帝国主义的赶走而离去中国了。朋友，我相信，到那时，到处都是活跃跃的创造，到处都是日新月异的进步，欢歌将代替了悲叹，笑脸将代替了哭脸，富裕将代替了贫穷，康健将代替了疾苦，智慧将代替了愚昧，友爱将代替了仇杀，生之快乐将代替了死之悲哀，明媚的花园将代替了凄凉的荒地！这时，我们民族就可以无愧色的立在人类的面前，而生育我们的母亲，也会最美丽地装饰起来，与世界上各位母亲平等的携手了。

这么光荣的一天，决不在辽远的将来，而在很近的将来，我们可以这样相信的,朋友!

朋友,我的话说得太噜嗦厌听了吧!好,我只说下面几句了。我老实的告诉你们,我爱护中国之热诚,还是如小学生时代一样的真诚无伪;我要打倒帝国主义为中国民族解放之心还是火一般的炽烈。不过,现在我是一个待决之囚呀!我没有机会为中国民族尽力了,我今日写这封信,是我为民族热情所感,用文字来作一次为垂危的中国的呼喊,虽然我的呼喊,声音十分微弱,有如一只将死之鸟的哀鸣。

啊!我虽然不能实际的为中国奋斗,为中国民族奋斗,但我的心总是日夜祷祝着中国民族在帝国主义羁绊之下解放出来之早日成功!假如我还能生存,那我生存一天就要为中国呼喊一天;假如我不能生存——死了,我流血的地方,或者我瘗骨的地方,或许会长出一朵可爱的花来,这朵花你们就看作是我的精诚的寄托吧!在微风的吹拂中,如果那朵花是上下点头,那就可视为我对于为中国民族解放奋斗的爱国志士们在致以热诚的敬礼;如果那朵花是左右摇摆,那就可视为我在提劲儿唱着革命之歌,鼓励战士们前进啦!

亲爱的朋友们,不要悲观,不要畏馁,要奋斗!要持久的艰苦的奋斗!把各人所有的智慧才能,都提供于民族的拯救吧!无论如何,我们决不能让伟大的可爱的中国,灭亡于帝国主义的肮脏的手里!

你们挚诚的祥松
五月二日写于囚室

……

现代文学理论家编著的现代文学教材或者现代文学作品选本,几乎都不会把《可爱的中国》这样的作品辑录在册。理论家当然有自己的标准和理由,志不可夺。譬如钱锺书先生编《宋诗选注》就不选文天祥的《正气歌》,理由是《正气歌》理大于象,不是好诗。这个标准从纯粹的书斋文人角度出发,当然完全说得通。

但是,文学从来就不是书斋文化的专利,书斋之外,广阔无边的社会人生才是文学真正的家园。古往今来一些珍稀的文学作品绝非池中之物,它们的宝贵价值远远超出饤饾琐屑的修辞技巧,或者故作深沉的无病玄想,它们剖肝沥胆,浩气四塞,光焰万丈。方志敏所写的《可爱的中国》就是这样的作品,我相信,在未来中国人的文学观念中,它会成为和文天祥《正气歌》一样代表着中国精神的汉语文字作品而万古流传。

方志敏是中国共产党早期领导者之一,是土地革命战争时期赣东北和闽浙赣革命根据地的创建人。1899年,他出生在江西省弋阳县一个农民家庭,1924年加入中国共产党。1928年,参与领导弋横起义,创建赣东北革命根据地。曾任赣东北省、闽浙赣省苏维埃政府主席,第十军代理政治委员等职。

1935年1月,方志敏被国民党军俘虏,同年8月遭秘密杀害。在被捕到就义的半年时间里,方志敏严辞拒绝了反动当局的劝降,同时,抓紧生命中最后的时间在狱中宣传革命,并写下了十几万字的遗稿。《可爱的中国》就是作于这一时期。

方志敏首先是一位革命家,他的毕生精力主要投入在发动和组织革命上。而在另一个方面,他还具备扎实的文学功底。早在1922年,年轻的方志敏就和鲁迅在同期报纸上发表文章。他在

1923年创作的白话小说《谋事》与鲁迅、郁达夫、叶圣陶等著名作家的作品一起入选上海小说研究所编印的小说《年鉴》。他还曾编写宣传革命的话剧《年关斗争》，并参与演出。[①]

《可爱的中国》全文一万四千多字，限于篇幅，我在本章前面仅仅节选了三千多字。我所省略的，主要是方志敏自述从小到大见到国家破败、国人遭受侮辱的真切见闻，还有自己参与爱国活动的经历。

《可爱的中国》在结构形式上有意识地模仿了文天祥的诗歌作品《正气歌》，即"序言（引言）+ 正文"的模式。《正气歌》诗前有一段诗序，讲述诗人被囚禁在狭小、肮脏、恶臭的囚室里，面对长达两年的身心压迫，自己岿然不动的坚定信念。《可爱的中国》开头，有长达一千多字的引言，也是着重描写作者被关押的囚室的情况，同样身处恶劣的环境，同样面对敌人的威逼利诱，同样也是内心怀抱着绝不动摇的坚定信念。

我们来对比一下：

这是一间囚室。

这间囚室，四壁都用白纸裱糊过，虽过时已久，裱纸变了黯黄色，有几处漏雨的地方，并起了大块的黑色斑点……木箱里另有一只马桶躲藏在里面，日夜张开着口，承受这室内囚人每日排泄下来的秽物。在白木箱前面的靠壁处，放着一只蓝磁的痰盂，

---

① 参考葛涛：《方志敏确与鲁迅在〈觉悟〉副刊"同版"发文》，《中华读书报》2021年6月30日。

它像与马桶比赛似的,也是日夜张开着口,承受室内囚人吐出来的痰涕与丢下去的橘皮蔗渣和纸屑。……(方志敏《可爱的中国》)

余囚北庭,坐一土室。室广八尺,深可四寻。单扉低小,白间短窄,污下而幽暗。当此夏日,诸气萃然:雨潦四集,浮动床几,时则为水气;涂泥半朝,蒸沤历澜,时则为土气;乍晴暴热,风道四塞,时则为日气;檐阴薪爨,助长炎虐,时则为火气;仓腐寄顿,陈陈逼人,时则为米气;骈肩杂遝,腥臊污垢,时则为人气;或圊溷,或毁尸,或腐鼠,恶气杂出,时则为秽气。……(宋·文天祥《正气歌》诗序)

可以看得出来,方志敏在威武不屈的气节上是以文天祥为榜样的,面对隔绝自由的肮脏囚室,面对死亡的残酷威胁,古今两位仁人志士都表现出了非常相似的从容淡定。《可爱的中国》在开头描述囚室,场景描述清晰流畅,画面感十足,令读者如身临其境,展现出作者深厚的文学修养。

《正气歌》在诗序之后,作品的主体部分用一首情感热烈的五言长诗讲述了诗人顶天立地、无愧于心的高尚气节,是一首自白诗。而《可爱的中国》的引言,则引出了一封长达一万三千字的书信,这不是留给作者自己看的自白书,而是写给当时所有有良知的中国人看的,宣传爱国救亡真理的公开信。

这封公开信的文风,和开头的引言很不一样。引言部分,文笔细腻沉静,书面化程度很高;而一进入正文的书信部分,就从考究的书面措辞一下子变成了演讲稿式的大白话,这种文风一直持续到全文结束。

我推测这是方志敏的有意安排。引言部分采用修辞性比较强的书面化表达，展现出一种从容不迫的优雅自信。而正文部分文风一变，改用大白话来写，是因为这篇文章的写作目的，主要是通过记叙他自己一生的革命经历，鼓舞更多的中国人保家卫国、振兴中华。

在义务教育已经完全普及的今天，我们很难想象到，在新中国建立之前的民国时期，由于当时教育水平普遍低下，大多数中国人都是文盲。所以方志敏的这篇文章，从传播的角度出发，必须要放弃文绉绉的书面语，转而写成大多数人都能看得懂，或者至少听得懂的大白话。他想用嘴巴告诉大家的话，讲自己的经历见闻也好，讲道理也好，就这么一句一句用文字写下来，完全不加修饰。比如下面这些句子：

中国是生育我们的母亲。你们觉得这位母亲可爱吗？我想你们是和我一样的见解，都觉得这位母亲是蛮可爱蛮可爱的。

啊！我们的母亲太可怜了，一个天生的丽人，现在却变成叫化的婆子！

朋友，听到没有母亲哀痛的哭骂？是的，是的，母亲骂得对，十分对！

亲爱的朋友们，不要悲观，不要畏馁，要奋斗！要持久的艰苦的奋斗！

口语化的词语和强化重复的语气，被作者大量保留在文中。所以《可爱的中国》整篇文章读下来，会有一种好像在听演讲的感觉。这是一个拳拳赤子面带微笑的泣血疾呼。

作者在文中还专门提到：

到底怎样去救（中国）呢？是不是由我们同胞中，选出几个最会做文章的人，写上一篇十分娓娓动听的文告或书信，去劝告那些恶魔停止侵略呢？……这些都不会丝毫有效的。哀求帝国主义不侵略和灭亡中国，那岂不等于哀求老虎不吃肉？那是再可笑也没有了。我想，欲求中国民族的独立解放，决不是哀告、跪求、哭泣所能济事，而是唤起全国民众起来斗争，都手执武器，去与帝国主义进行神圣的民族革命战争，将他们打出中国去，这才是中国唯一的出路。

方志敏的这番话，和毛泽东在《湖南农民运动考察报告》中说过的一段话意思完全吻合：

革命不是请客吃饭，不是做文章，不是绘画绣花，不能那样雅致，那样从容不迫，文质彬彬，那样温良恭俭让。（毛泽东《湖南农民运动考察报告》）

方志敏和毛泽东都是知行合一的革命家，他们务实求真的态度贯穿在毕生的工作和写作之中。方志敏的这篇遗作虽然基本用大白话写成，但是在特殊的极端环境和历史条件下，形成了一种酣畅淋漓、热情喷涌的文学效果。这是书斋文人无法写出来，甚至很有可能欣赏不来的美学力量。

《可爱的中国》在行文的布局上是做了精心的设计的。方志敏通过回顾自己一生的真实经历，把当时国家衰弱、同胞饱受欺凌的现状，用拉家常的亲切口吻讲述出来。全文一共讲述了以下几个具体的事件：

1. 高小时代参与校园爱国运动。

2. 在省城和上海读书时见到外国人横行霸道。

3. 乘坐 J 国轮船时见到船员毒打没有买票的穷人。

4. 和一位军队文职人员讨论国事，文员认为中国必亡，作者据理力争。

5. 又一次乘坐 J 国轮船时发现，经过工人运动之后，外国人对穷人的态度暂时有所收敛。

在每一个事件之后，作者都会趁热打铁配合一段非常富有感染力的议论，在激发读者情感共鸣的同时植入爱国观念，行文张弛有度，层次清晰。这种夹叙夹议、打动人心的讲述方式，很可能源自方志敏在日常开展革命工作过程中积累的丰富经验，而绝非来自教条的文学理论。

《可爱的中国》还表达了一种超越传统英雄的划时代精神，这是我认为这篇文章最可贵的地方。

在中国漫长的历史长河中，曾经涌现出许许多多气节高尚的仁人志士。在古典时代，一个人能够不慕富贵、不畏生死地坚持原则，就已经能够达到最高的传统道德标准。比如《史记》中最推崇的道德楷模，是宁愿饿死在首阳山上，也不下山在新王朝做官的伯夷、叔齐。再比如文天祥在世时尽力保卫国家，被俘虏后誓死不屈从于敌人的威逼利诱，最后慷慨就义。像伯夷、叔齐、文天祥这样的先贤,他们的事迹总是有一股悲壮的气质。

而方志敏这样的现代革命家和前贤最大的不同,就在于无论个人的前途生死具体如何,他们的内心总是充满着光明的希望。换句话说,他们为自己赋予的生命气质并不悲壮,而是无比乐观积极。这两者的差别,我用古代诗人和现代革命家的诗句来做个对比,大家就能够看得很明白:

死去元知万事空,但悲不见九州同。(宋·陆游《示儿》)
此去泉台招旧部,旌旗十万斩阎罗!(陈毅《梅岭三章》)

所以我们在《可爱的中国》当中读不到生离死别的不舍和忧伤,我们能够感受到的,是方志敏在生命的尽头抓紧最后的时间,热情洋溢地鼓舞民众投入到爱国救亡的伟大事业中来。他笑着告诉所有人,伟大的不是为事业牺牲的自己,而是自己为之牺牲的事业。

这样卓然忘我的精神,这样气贯长虹的魄力,这样激动人心的文字,没有进入文学史家的法眼,一定不是作品的问题。

浑融

二十

张爱玲

弟　弟

张爱玲

　　我弟弟生得很美而我一点都不。从小我们家里谁都惋惜着，因为那样的小嘴、大眼睛与长睫毛，生在男孩子的脸上，简直是白糟蹋了，长辈就问他："你把眼睫毛借我好不好？明天就还你。"然而他总是一口回绝了。有一次，大家说起某人的太太真漂亮，他问道："有我好看吗？"大家常常取笑他的虚荣心。

　　他妒忌我画的图，趁没人的时侯拿来撕了或是涂上两道黑杠子。我能够想象他心理上感受的压迫。我比他大一岁，比他会说话，比他身体好，我能吃的他不能吃，我能做的他不能做。

　　一同玩的时侯，总是我出主意。我们是"金家庄"上能征惯战的两员骁将，我叫月红，他叫杏红，我使一口宝剑，他使两只铜锤，还有许许多多虚拟的伙伴。开幕的时候永远是黄昏，金大妈在公众的厨房里咚咚切菜，大家饱餐战饭，趁着月色翻过山头去攻打蛮人。路上偶尔杀两头老虎，劫得老虎蛋，那是巴斗大的锦毛球，剖开来像白煮鸡蛋，可是蛋黄是圆的。我弟弟常常不听我的调派，因而争吵起来。他是"既不能命，又不受令"的，然而他实在是秀美可爱，有时侯我也让他编个故事：一个旅行的人为老虎追赶着，赶着，赶着，泼风似的跑，后头呜呜赶着……没等他说完，我已经笑倒了，在他腮上吻一下，把他当个小玩意。

有了后母之后，我住读的时候多，难得回家，也不知道我弟弟过的是何等样的生活。有一次放假，看见他，吃了一惊。他变得高而瘦，穿一件不甚干净的蓝布罩衫，租了许多连环图画来看。我自己那时候正在读穆时英的《南北极》与巴金的《灭亡》，认为他的口胃大有纠正的必要，然而他只晃一晃就不见了。大家纷纷告诉我他的劣迹，逃学，忤逆，没志气。我比谁都气愤，附和着众人，如此激烈地诋毁他，他们反而倒过来劝我了。

后来，在饭桌上，为了一点小事，我父亲打了他一个嘴巴子。我大大地一震，把饭碗挡住了脸，眼泪往下直淌。我后母笑了起来道："咦，你哭什么？又不是说你！你瞧，他没哭，你倒哭了！"我丢下了碗冲到隔壁的浴室里去，闩上了门，无声地抽噎着。我立在镜子前面，看我自己的掣动的脸，看着泪滔滔流下来，像电影里的特写。我咬着牙说："我要报仇。有一天我要报仇。"

浴室的玻璃窗临着阳台，啪的一声，一只皮球蹦到玻璃上，又弹回去了。我弟弟在阳台上踢球。他已经忘了那回事了。这一类的事，他是惯了的。我没有再哭，只感到一阵寒冷的悲哀。

如果从技术的角度来评选中国现当代最佳白话散文，我一定会把票投给张爱玲的《弟弟》。尽管作家张爱玲并不主要以散文名世，尽管这篇文章的篇幅比较短小，但是它在散文写作的技术上堪称完美，谋篇布局大巧若拙，语言自然流畅中见狠准老辣，闲笔中的言外之意运用如盐入水不着痕迹，体现出张爱玲一流的文学触觉。

有趣的是,虽然张爱玲是一位在观念上现代性非常强的作家,虽然她的白话文写作功力炉火纯青,但她的这篇白话散文作品《弟弟》,在技术上可以说是纯用中国古典散文的技法。反观我们前面讲到的鲁迅,生于旧时代,比张爱玲年长近四十岁,而且处于文言文向白话文转折的时代,但是鲁迅的白话散文写作却完全突破了中国古典散文的格局,可以说是自树一格。这两位写作大师,年长者锐利,后起者浑融,实在是中国现代文学史上两道巍峨的景观。

这篇文章题目叫《弟弟》,表面上看,写的是个窝窝囊囊的弟弟。但文章高手张爱玲绝对不会做这种幼稚的写人记事,她其实是借弟弟这个人物,写自己的精神寄托和心路历程。这种写法,我在之前讲归有光的《先妣事略》的时候谈到过,真正高明的文章家在写散文的时候,不管写作对象是什么事物,是什么人,不管花了多少笔墨去刻画,归根结底是以我观物,在他者身上投射自己的生命感受。

就像归有光写《先妣事略》,文章绝大部分是回忆母亲在世时的点滴过往,一直到最后一段才点出真正的写作用意——自己初为人父,看到襁褓中的女儿有父母疼爱,而自己却幼年丧母,缺少母爱,不禁悲从中来。这实际上写的是他自己生命中重要的情感缺失。还有入选中学语文课本的《项脊轩志》,表面上看写的是他家里破破烂烂的小书房,实际上写的是他自己不甘平庸的怀抱和物是人非的怅惘。[①]

张爱玲在散文写作的立意方面继承了归有光的路数,而把行文的精致程度推到了一个新的高峰。

《弟弟》分为六个段落,从内容上看,前三个段落为一部分,后三个段落为一部分,篇幅上各占一半,但是节奏上有明显的徐疾之别。前三个段落仿佛用闲笔娓娓道来,文气舒缓,后三个段落行笔锋利,鞭鞭见血。前三个段落由窄入宽,越写越柔和,后三个段落由表入里,越写越冰冷,布局上形成了纺锤形结构,实现了节奏上徐疾、钝利的精巧平衡。

前三个段落的内容是回忆弟弟和自己在幼年时的相处经历。这个部分一直在突出一个概念模式,就是"弟弟怎样+我怎样",在读者的观念中不断强化弟弟和自己的血缘连接和情感连接,强化一母同胞的姐弟所具有的天然生命连接。在幼年时代,无论是姐弟自己,还是旁人,都在试图为他们做出区分,比如说下面这些句子:

> 我弟弟生得很美而我一点都不。
> 我能吃的他不能吃,我能做的他不能做。
> 我叫月红,他叫杏红,我使一口宝剑,他使两只铜锤。

[①] 《项脊轩志》一文分为前后两部分,后一部分为后来补写。前一部分,即原文部分的结尾,落脚点是君子固穷、穷且益坚的倔强。后来补写的部分,包括我们非常熟悉的结尾"庭有枇杷树,吾妻死之年所手植也,今已亭亭如盖矣",则是强化了原文中睹物思人的成分。

329

但越是试图去做这样的区分,他们之间就越有一种打断了骨头连着筋的一体性。第三段的最后是:

没等他说完,我已经笑倒了,在他腮上吻一下,把他当个小玩意。

这个句子写得很精彩,用看起来极其轻巧平淡的口吻渲染了多层次的文学味道。它表面说的是姐姐对弟弟的怜爱之情,更深一层说的是姐弟俩在情感上完全交融共鸣,不为外界事物所动摇。

在这幼小的年龄阶段,张爱玲的精神是幼稚而充实的,弟弟是她情感的同盟者。所以前三个段落写得异常温暖,这也许是张爱玲一生中少有的温馨记忆。

第四段一开头,笔锋急转直下,在上一段温馨满满的回忆之后非常突兀地杀入一句:

有了后母之后……

前面三段讲自己和弟弟的幼年经历的时候,张爱玲有意伏下一笔,那就是从来没有提到父母。前三段里除了弟弟以外,提到的人物有面目模糊的"长辈""大家",还有"金大妈",却对亲生父母不置一词。我从自身写作经验的角度来看待这种写法,几乎可以肯定这是有意为之。而张爱玲高妙的地方就在于,她在前半部分对父母避而不谈,却丝毫不会引起读者的怀疑。一个对张爱玲生平不太熟悉的读者,如果只读这篇文章的前三段,大概率会被她温情的描述误导，以为她幼年生活在一个其乐融融的四口之家。

一直到第四段开头，劈头盖脸一句话，瞬间就把前三段营造的温馨气氛击得粉碎，其中"后母"二字尤其扎眼。有后母，意味着生母已经不在这个家里了。是去世了，还是和父亲离异了，或是有别的什么意外情况？这些问题，《弟弟》这篇文章里没有提到。这可以说是绝顶文章高手对写作素材做出的大胆裁剪。

从常理而言，人对自己的亲生母亲都会有着温情的记忆。比如归有光写《先妣事略》，哪怕他的母亲在他七八岁的时候就因病去世了，他也会尽可能地抓住零星的记忆，或者从其他长辈那里听来的母亲事迹来进行叙写。张爱玲和弟弟的血缘连接，正来自父母，在父母缺位的情况下，她和弟弟的情感连接越深，就越传递出这样一个用意：她和父母在情感上是完全隔离的。所以弟弟作为她的情感同盟者，在她的生命中显得尤为重要。

根据张爱玲的生平情况，她的父母都出生于名门望族。她的父亲张志沂是晚清名臣李鸿章的外孙，母亲黄逸梵是清末长江七省水师提督黄翼升的孙女。这一对父母身上都有强烈的纨绔子弟气息。张志沂抽鸦片、嫖妓、娶姨太太，黄逸梵以新派女性自居，徒慕虚荣坐吃山空，对家庭没有什么责任感，并在张爱玲四岁的时候离家出走，后来流落海外至终老。

张爱玲和弟弟从小几乎没有感受过来自生母的天伦之爱，所以她在写作中干脆把生母这个角色完全剔除掉，反向地表达出一种干脆利落的精神切割。即便是不熟悉张爱玲生平的读者，从她这篇文章当中也能感受到这种倔强的情绪。

"有了后母"这几个字，在文章中像一根钉子，又像一根刺，生硬而又尖锐地打入进来，这种阅读感受想必和后母介入张爱玲的家庭时的那种突兀感非常接近。而接下来的句子则像一道分水岭，切割开了作者和弟弟的精神连接：

有了后母之后，我住读的时候多，难得回家，也不知道我弟弟过的是何等样的生活。

原本亲密无间的姐弟俩，在后母介入家庭之后，在空间上被隔断开。张爱玲没有告诉读者，她住校读书这件事和后母有没有关系，但是从后文可以看出，后母并不是一个愿意为他们姐弟付出的人。所以我们可以大致推断，张爱玲在很小的年纪就去住校读书，很可能是因为生父和后母懒得亲自负担起教育的责任。

后母的到来，对于张爱玲来说是成长道路上的一次重要转折，她被变相推出了家庭的大门。这个倔强的少女并没有向读者诉说她此时的委屈、不安和迷茫，只是轻描淡写道："（我）难得回家，也不知道我弟弟过的是何等样的生活。""难得回家"的言外之意是，家不需要我，我也不稀罕这个家。"也不知道我弟弟过的是何等样的生活"，意思是，这个令人心寒的家里唯一令我挂怀的，只有这个弟弟。

无论张爱玲和弟弟如何血浓于水，无论他们在幼年时代如何亲密无间，在张爱玲外出住校这个时间节点，他们已经不可挽回地走到了人生的岔路口。搞明白这个转折点，文章后半部分有些看起来奇奇怪怪的内容也就不那么费解了。

接下来张爱玲讲有一次放假回家看到弟弟的外貌，吃了一惊，此时的弟弟"变得高而瘦，穿一件不甚干净的蓝布罩衫"。"变得高而瘦"，这种转变不是短时间能够形成的，意味着张爱玲很长时间没有回家。高，是指弟弟正在发育期，个子长得快；瘦，结合后面讲到他穿着不干净的衣服，则暗示生父和后母并不重视弟弟的生活所需，不仅不重视他的生理发育和仪容仪表，也不重视他的文化教育，所以弟弟"租了许多连环图画来看"。

张爱玲紧接下来说"自己那时候正在读穆时英的《南北极》与巴金的《灭亡》，认为他的口胃大有纠正的必要，然而他只晃一晃就不见了"，这里穆时英和巴金的小说象征着高水平的文化素养，反衬弟弟租连环画水平低。同时，也意味着姐弟俩的精神世界开始分道扬镳。张爱玲在文章里说弟弟的阅读品味需要纠正，真实的意思是希望把弟弟在思想和情感上引导向自己的一边，让弟弟像小时候那样，继续做自己精神上的同盟者。

我们把这里和前文所讲到的小时候作者和弟弟一起做游戏的场景做个对比。小时候做游戏，"弟弟常常不听我的调派，因而争吵起来"，但是表面上吵闹归吵闹，姐弟俩的心是连在一起的。长大以后，当他们出现阅读品味的分歧时，弟弟已经懒得和姐姐吵闹，"只晃一晃就不见了"，说明姐姐试图拉拢弟弟的想法是徒劳的。

所以张爱玲才会由衷地感到生气，当听别人说起弟弟的缺点时，"我比谁都气愤，附和着众人，如此激烈地诋毁他，他们反而倒过来劝我了"，这其实是借题发挥的迁怒。张爱玲并不是气愤弟弟顽劣，而是难过于他的疏离。她之所以伪装自己真实的情绪，

333

不去向弟弟直白地沟通自己的想法，是因为父母长期的漠视给她的内心披上了厚厚的装甲，让她一生始终不能敞开心扉——这一点在张爱玲的小说写作中也非常明显。

《弟弟》第四段，行文环环相扣，每一句话都写出了新的用意和层次，并且在前文的基础之上不断曲折递进，文学表现力绵密紧实，合力十足，借用书法理论里的一句话，叫"密处不能插针"。

第四段的笔法紧密，第五段却仿佛一段闲笔。第五段表面上看起来写得松，实际上比上一段更加严酷。这段开头说在吃饭的时候，父亲因为一点小事，打了弟弟一个耳光。这是全文父亲第一次，也是唯一一次出场。从常理而言，我们一般认为一家人坐在一起吃饭是最温馨的时刻，而父亲因为一点小事，随随便便就当着其他家庭成员的面，羞辱式地打弟弟耳光，说明这个父亲对家庭亲情非常冷漠，丝毫不在意儿子的尊严，也不在意家庭气氛是否和睦，是一个以自我为中心的人。

父亲打了弟弟，懵懂的弟弟没有哭，早慧的姐姐反而哭了起来。姐姐哭，是为这种冷漠的家庭氛围而难过。另外，她也难过弟弟作为男性，丝毫没有反抗精神——张爱玲虽然很有反抗精神，但毕竟是个女孩子，她反抗的方式是故作坚强地、徒劳地拿碗挡住脸。结果她的这种煎熬，反而招来了后母的嘲笑，最终在情绪上彻底激怒了张爱玲，她冲到浴室锁上门，无声地抽噎。

当文章进行到"无声地抽噎"时，作者心中那种无处释放的压抑和愤懑简直跃然纸上。然后她开始了一段封闭空间中的自我审视和内心独白，这里着墨尤其详细：

我立在镜子前面，看我自己的掣动的脸，看着泪滔滔流下来，像电影里的特写。我咬着牙说："我要报仇。有一天我要报仇。"

张爱玲看着镜中的自己，她看到的不仅仅是镜像的外貌，还有自己那颗受到家庭伤害的心。张爱玲是天生的文学家和艺术家，她敏感的艺术细胞会把内心的情绪无限放大，所以她看待自己的情绪"像电影里的特写"。

以前有个学生问过我，张爱玲这里所说的"报仇"，是不是说长大以后要对生父和后母报仇。我认为并不是这个意思。文中所说的"报仇"，是张爱玲文学化地描写自己当时那种气愤到接近狂躁的状态。另一方面，她的"报仇"实际上是没有对象的。尽管家庭氛围并不和睦，尽管生父和后母对待子女都比较冷漠，但也说不上有多坏，至少还是能够做到给姐弟俩提供基础的生活条件和教育条件的。所以如果张爱玲所说的"报仇"是指对父母而言，如果按照"以直报怨"的对等原则，最多选择以后对父母冷漠相待，用不着这样撕心裂肺、惊天动地。

张爱玲真正仇视的对象，不是具体的人，而是精神上的孤独，尤其是在青春成长期经历的那种在精神上举目无亲的孤独感。弟弟在幼年时代带给她慰藉，是她曾经赖以对抗孤独的精神支柱。而在此时，她终于明白，弟弟这根精神支柱已经彻底崩塌了，从此以后，她不得不面向孤独孤身奋战。

张爱玲的一生有过很多惊人的言行，比如说她宣称"出名要趁早"，醉心于奢华，以及她所托非人的婚恋故事，在我看来，都是她朝着孤独报仇的举动，就像堂吉诃德迎战风车。

文章的结尾段落节奏突然再次放缓：

浴室的玻璃窗临着阳台，啪的一声，一只皮球蹦到玻璃上，又弹回去了。我弟弟在阳台上踢球。

姐姐在浴室里无声抽噎，弟弟在户外兀自开心地玩皮球。皮球踢不进浴室的窗户，被反弹回去，寓意着姐姐的心门已经关闭，弟弟从此再也走不进去了。接着张爱玲还补了一句：

他已经忘了那回事了。这一类的事，他是惯了的。

这两句话呼应了前面父亲在饭桌打弟弟的情节。弟弟的性格逆来顺受，和姐姐的倔强激烈形成明显的反差，意味着姐弟俩的情感连接已经断裂。最后，姐姐说：

我没有再哭，只感到一阵寒冷的悲哀。

这是"哀莫大于心死"的白话文表达，言尽于此。
张爱玲这篇短文虽然只有短短九百多字，但是我读过无数遍，也曾经在课堂上跟学生讲过无数遍。即便我把自己对这篇文章的所思所感，用五千多字的篇幅记录下来，仍然会觉得在技术解析上可能还留有未尽之憾。我认为，这篇作品在现代汉语散文写作的技术层面已经达到了无懈可击的境界，张爱玲的语感之精妙，谋篇布局的天赋之高超，实在令人叹为观止。

复调

二十一

史铁生

我与地坛

史铁生

一

我在好几篇小说中都提到过一座废弃的古园,实际就是地坛。许多年前旅游业还没有开展,园子荒芜冷落得如同一片野地,很少被人记起。

地坛离我家很近。或者说我家离地坛很近。总之,只好认为这是缘分。地坛在我出生前四百多年就坐落在那儿了,而自从我的祖母年轻时带着我父亲来到北京,就一直住在离它不远的地方——五十多年间搬过几次家,可搬来搬去总是在它周围,而且是越搬离它越近了。我常觉得这中间有着宿命的味道:仿佛这古园就是为了等我,而历尽沧桑在那儿等待了四百多年。

它等待我出生,然后又等待我活到最狂妄的年龄上忽地残废了双腿。四百多年里,它一面剥蚀了古殿檐头浮夸的琉璃,淡褪了门壁上炫耀的朱红,坍圮了一段段高墙又散落了玉砌雕栏,祭坛四周的老柏树愈见苍幽,到处的野草荒藤也都茂盛得自在坦荡。这时候想必我是该来了。十五年前的一个下午,我摇着轮椅进入园中，它为一个失魂落魄的人把一切都准备好了。那时，太阳循着亘古不变的路途正越来越大，也越红。在满园弥漫的沉静光芒中，一个人更容易看到时间，并看见自己的身影。

自从那个下午我无意中进了这园子，就再没长久地离开过它。我一下子就理解了它的意图。正如我在一篇小说中所说的："在人口密聚的城市里，有这样一个宁静的去处，像是上帝的苦心安排。"

两条腿残废后的最初几年，我找不到工作，找不到去路，忽然间几乎什么都找不到了，我就摇了轮椅总是到它那儿去，仅为着那儿是可以逃避一个世界的另一个世界。我在那篇小说中写道："没处可去我便一天到晚耗在这园子里。跟上班下班一样，别人去上班我就摇了轮椅到这儿来。""园子无人看管，上下班时间有些抄近路的人们从园中穿过，园子里活跃一阵，过后便沉寂下来。""园墙在金晃晃的空气中斜切下一溜阴凉，我把轮椅开进去，把椅背放倒，坐着或是躺着，看书或者想事，撅一杈树枝左右拍打，驱赶那些和我一样不明白为什么要来这世上的小昆虫。""蜂儿如一朵小雾稳稳地停在半空；蚂蚁摇头晃脑捋着触须，猛然间想透了什么，转身疾行而去；瓢虫爬得不耐烦了，累了，祈祷一回便支开翅膀，忽悠一下升空了；树干上留着一只蝉蜕，寂寞如一间空屋；露水在草叶上滚动，聚集，压弯了草叶轰然坠地摔开万道金光。""满园子都是草木竞相生长弄出的响动，窸窸窣窣窸窸窣窣片刻不息。"这都是真实的记录，园子荒芜但并不衰败。

除去几座殿堂我无法进去，除去那座祭坛我不能上去而只能从各个角度张望它，地坛的每一棵树下我都去过，差不多它的每一米草地上都有过我的车轮印。无论是什么季节，什么天气，什么时间，我都在这园子里待过。有时候待一会儿就回家，有时候就待到满地上都亮起月光。记不清都是在它的哪些角落里了，我一连几小时专心致志地想关于死的事，也以同样的耐心和方式想过我为什么要出生。这样想了好几年，最后事情终于弄明白了：一个人，出生了，这就不再是一个可以辩论的问题，而只是上帝交给他的一个事实；上帝在交给我们这件事实的时候，已经顺便保证了它的结果，所以死是一件不必急于求成的事，死是一个必然会降临的节日。这样想过之后我安心多了，眼前的一切不再那么可怕。比如你起早熬夜准备考试的时候，忽然想起有一个长长的假期在前面等待你，你会不会觉得轻松一点，并且庆幸并且感激这样的安排？

剩下的就是怎样活的问题了。这却不是在某一个瞬间就能完全想透的，不是能够一次性解决的事，怕是活多久就要想它多久了，就像是伴你终生的魔鬼或恋人。所以，十五年了，我还是总得到那古园里去，去它的老树下或荒草边或颓墙旁，去默坐，去呆想，去推开耳边的嘈杂理一理纷乱的思绪，去窥看自己的心魂。十五年中，这古园的形体被不能理解它的人肆意雕琢，幸好有些东西是任谁也不能改变它的。譬如祭坛石门中的落日，寂静的光辉平铺的一刻，地上的每一个坎坷都被映照得灿烂；譬如在园中最为落寞的时间，一群雨燕便出来高歌，把天地都叫喊得苍凉；譬如冬天雪地上孩子的脚印，总让人猜想他们是谁，曾在那儿做过些什么，然后又都到哪儿去了；譬如那些苍黑的古柏，你忧郁的时候它们镇静地站在那儿，你欣喜的时候它们依然镇静地站在那儿，它们没日没夜地站在那儿从你没有出生一直站到这个世界上又没了你的时候;譬如暴雨骤临园中,激起一阵阵灼烈而清纯的草木和泥土的气味,让人想起无数个夏天的事件;譬如秋风忽至,再有一场早霜,落叶或飘摇歌舞或坦然安卧,满园中播散着熨帖而微苦的味道。味道是最说不清楚的,味道不能写只能闻,要你身临其境去闻才能明了。味道甚至是难于记忆的,只有你又闻到它你才能记起它的全部情感和意蕴。所以我常常要到那园子里去。

二

现在我才想到,当年我总是独自跑到地坛去,曾经给母亲出了一个怎样的难题。

她不是那种光会疼爱儿子而不懂得理解儿子的母亲。她知道我心里的苦闷,知道不该阻止我出去走走,知道我要是老待在家里结果会更糟,但她又担心我一个人在那荒僻的园子里整天都想些什么。我那时脾气坏到极点,经常是发了疯一样地离开家,从那园子里回来又中了魔似的什么话都不说。母亲知道有些事不宜问,便犹犹豫豫地想问而终于不敢问,因为她自己心里也没有答案。她料想我不会愿意她跟我一同去,所以她从未这样要求过,她知道得给我一点独处的时间,得有这样一段过程。她只是不知道这过程得要多久,和这过程的尽头究竟是什么。每次我要动身时,她便无言地帮我准备,帮助我上了轮椅车,看着我摇车拐出小院;这以后她会怎样,当年我不曾想过。

有一回我摇车出了小院,想起一件什么事又返身回来,看见母亲仍站在原地,还是送我走时的姿势,望着我拐出小院去的那处墙角,对我的回来竟一时没有反应。待她再次送我出门的时候,她说:"出去活动活动,去地坛看看书,我说这挺好。"许多年以后我才渐渐听出,母亲这话实际上是自我安慰,是暗自的祷告,是给我的提示,是恳求与嘱咐。只是在她猝然去世之后,我才有余暇设想。当我不在家里的那些漫长的时间,她是怎样心神不定坐卧难宁,兼着痛苦与惊恐与一个母亲最低限度的祈求。现在我可以断定,以她的聪慧和坚忍,在那些空落的白天后的黑夜,在那不眠的黑夜后的白天,她思来想去最后准是对自己说:"反正我不能不让他出去,未来的日子是他自己的,如果他真的要在那园子里出了什么事,这苦难也只好我来承担。"在那段日子里——那是好几年长的一段日子,我想我一定使母亲做过了最坏的准备了,但她从来没有对我说过:"你为我想想。"事实上我也真的没为她想过。那时她的儿子还太年轻,还来不及为母亲想,他被命运击昏了头,一心以为自己是世上最不幸的一个,不知道儿子的不幸在母亲那儿总是要加倍的。她有一个长到二十岁上忽然截瘫了的儿子,这是她唯一的儿子;她情愿截瘫的是自己而不是儿子,可这事无法代替;她想,只要儿子能活下去哪怕自己去死呢也行,可她又确信一个人不能仅仅是活着,儿子得有一条路走向自己的幸福;而这条路呢,没有谁能保证她的儿子终于能找到。——这样一个母亲,注定是活得最苦的母亲。

有一次与一个作家朋友聊天,我问他学写作的最初动机是什么?他想了一会说:"为我母亲。为了让她骄傲。"我心里一惊,良久无言。回想自己最初写小说的动机,虽不似这位朋友的那般单纯，但如他一样的愿望我也有，且一经细想，发现这愿望也在全部动机中占了很大比重。这位朋友说："我的动机太低俗了吧？"我光是摇头，心想低俗并不见得低俗，只怕是这愿望过于天真了。他又说："我那时真就是想出名，出了名让别人羡慕我母亲。"我想，他比我坦率。我想，他又比我幸福，因为他的母亲还活着。而且我想，他的母亲也比我的母亲运气好，他的母亲没有一个双腿残废的儿子，否则事情就不这么简单。

在我的头一篇小说发表的时候，在我的小说第一次获奖的那些日子里，我真是多么希望我的母亲还活着。我便又不能在家里待了，又整天整天独自跑到地坛去，心里是没头没尾的沉郁和哀怨，走遍整个园子却怎么也想不通：母亲为什么就不能再多活两年？为什么在她的儿子就快要碰撞开一条路的时候，她却忽然熬不住了？莫非她来此世上只是为了替儿子担忧，却不该分享我的一点点快乐？她匆匆离我去时才只有四十九岁呀！有那么一会，我甚至对世界对上帝充满了仇恨和厌恶。后来我在一篇题为"合欢树"的文章中写道："我坐在小公园安静的树林里，闭上眼睛，想，上帝为什么早早地召母亲回去呢？很久很久，迷迷糊糊的我听见了回答：'她心里太苦了，上帝看她受不住了，就召她回去。'我似乎得了一点安慰，睁开眼睛，看见风正从树林里穿过。"小公园，指的也是地坛。

只是到了这时候，纷纭的往事才在我眼前幻现得清晰，母亲的苦难与伟大才在我心中渗透得深彻。上帝的考虑，也许是对的。

摇着轮椅在园中慢慢走，又是雾罩的清晨，又是骄阳高悬的白昼，我只想着一件事：母亲已经不在了。在老柏树旁停下，在草地上在颓墙边停下，又是处处虫鸣的午后，又是鸟儿归巢的傍晚，我心里只默念着一句话：可是母亲已经不在了。把椅背放倒，躺下，似睡非睡挨到日没，坐起来，心神恍惚，呆呆地直坐到古祭坛上落满黑暗然后再渐渐浮起月光，心里才有点明白：母亲不能再来这园中找我了。

曾有过好多回，我在这园子里待得太久了，母亲就来找我。她来找我又不想让我发觉，只要见我还好好地在这园子里，她就悄悄转身回去，我看见过几次她的背影。我也看见过几回她四处张望的情景，她视力不好，端着眼镜像在寻找海上的一条船；她没看见我时我已经看见她了，待我看见她也看见我了我就不去看她，过一会我再抬头看她就又看见她缓缓离去的背影。我无法知道有多少回她没有找到我。有一回我坐在矮树丛中，树丛很密，我看见她没有找到我；她一个人在园子里走，走过我的身旁，走过我经常待的一些地方，步履茫然又急迫。我不知道她已经找了多久还要找多久，我不知道为什么我决意不喊她——但这绝不是小时候的捉迷藏，这也许是出于长大了的男孩子的倔强或羞涩？但这倔强只留给我痛悔，丝毫也没有骄傲。我真想告诫所有长大了的男孩子，千万不要跟母亲来这套倔强，羞涩就更不必，我已经懂了可我已经来不及了。

儿子想使母亲骄傲，这心情毕竟是太真实了，以致使"想出名"这一声名狼藉的念头也多少改变了一点形象。这是个复杂的问题，且不去管它了罢。随着小说获奖的激动逐日暗淡，我开始相信，至少有一点我是想错了：我用纸笔在报刊上碰撞开的一条路，并不就是母亲盼望我找到的那条路。年年月月我都到这园子里来，年年月月我都要想，母亲盼望我找到的那条路到底是什么。母亲生前没给我留下过什么隽永的哲言，或要我恪守的教诲，只是在她去世之后，她艰难的命运，坚忍的意志和毫不张扬的爱，随光阴流转，在我的印象中愈加鲜明深刻。

有一年，十月的风又翻动起安详的落叶，我在园中读书，听见两个散步的老人说："没想到这园子有这么大。"我放下书，想，这么大一座园子，要在其中找到她的儿子，母亲走过了多少焦灼的路。多年来我头一次意识到，这园中不单是处处都有过我的车辙，有过我的车辙的地方也都有过母亲的脚印。

<h2 style="text-align:center">三</h2>

如果以一天中的时间来对应四季，当然春天是早晨，夏天是中午，秋天是黄昏，冬天是夜晚。如果以乐器来对应四季，我想春天应该是小号，夏天是定音鼓，秋天是大提琴，冬天是圆号和长笛。要是以这园子里的声响来对应四季呢？那么，春天是祭坛上空飘浮着的鸽子的哨音，夏天是冗长的蝉歌和杨树叶子哗啦啦地对蝉歌的取笑，秋天是古殿檐头的风铃响，冬天是啄木鸟随意而空旷的啄木声。以园中的景物对应四季，春天是一径时而苍白时而黑润的小路，时而明朗时而阴晦的天上摇荡着串串杨花；夏天是一条条耀眼而灼人的石凳，或阴凉而爬满了青苔的石阶，阶下有果皮，阶上有半张被坐皱的报纸；秋天是一座青铜的大钟，在园子的西北角上曾丢弃着一座很大的铜钟，铜钟与这园子一般年纪，浑身挂满绿锈，文字已不清晰；冬天，是林中空地上几只

羽毛蓬松的老麻雀。以心绪对应四季呢？春天是卧病的季节，否则人们不易发觉春天的残忍与渴望；夏天，情人们应该在这个季节里失恋，不然就似乎对不起爱情；秋天是从外面买一棵盆花回家的时候，把花搁在阔别了的家中，并且打开窗户把阳光也放进屋里，慢慢回忆慢慢整理一些发过霉的东西；冬天伴着火炉和书，一遍遍坚定不死的决心，写一些并不发出的信。还可以用艺术形式对应四季，这样春天就是一幅画，夏天是一部长篇小说，秋天是一首短歌或诗，冬天是一群雕塑。以梦呢？以梦对应四季呢？春天是树尖上的呼喊，夏天是呼喊中的细雨，秋天是细雨中的土地，冬天是干净的土地上的一只孤零的烟斗。

因为这园子，我常感恩于自己的命运。

我甚至现在就能清楚地看见，一旦有一天我不得不长久地离开它，我会怎样想念它，我会怎样想念它并且梦见它，我会怎样因为不敢想念它而梦也梦不到它。

四

现在让我想想，十五年中坚持到这园子来的人都是谁呢？好像只剩了我和一对老人。

十五年前，这对老人还只能算是中年夫妇，我则货真价实还是个青年。他们总是在薄暮时分来园中散步，我不大弄得清他们是从哪边的园门进来，一般来说他们是逆时针绕这园子走。男人个子很高，肩宽腿长，走起路来目不斜视，胯以上直至脖颈挺直不动；他的妻子攀了他一条胳膊走，也不能使他的上身稍有松懈。

女人个子却矮，也不算漂亮，我无端地相信她必出身于家道中衰的名门富族；她攀在丈夫胳膊上像个娇弱的孩子，她向四周观望似总含着恐惧，她轻声与丈夫谈话，见有人走近就立刻怯怯地收住话头。我有时因为他们而想起冉阿让与柯赛特，但这想法并不巩固，他们一望即知是老夫老妻。两个人的穿着都算得上考究，但由于时代的演进，他们的服饰又可以称为古朴了。他们和我一样，到这园子里来几乎是风雨无阻，不过他们比我守时。我什么时间都可能来，他们则一定是在暮色初临的时候。刮风时他们穿了米色风衣，下雨时他们打了黑色的雨伞，夏天他们的衬衫是白色的裤子是黑色的或米色的，冬天他们的呢子大衣又都是黑色的，想必他们只喜欢这三种颜色。他们逆时针绕这园子一周，然后离去。他们走过我身旁时只有男人的脚步响，女人像是贴在高大的丈夫身上跟着漂移。我相信他们一定对我有印象，但是我们没有说过话，我们互相都没有想要接近的表示。十五年中，他们或许注意到一个小伙子进入了中年，我则看着一对令人羡慕的中年情侣不觉中成了两个老人。

曾有过一个热爱唱歌的小伙子，他也是每天都到这园中来，来唱歌，唱了好多年，后来不见了。他的年纪与我相仿，他多半是早晨来，唱半小时或整整唱一个上午，估计在另外的时间里他还得上班。我们经常在祭坛东侧的小路上相遇，我知道他是到东南角的高墙下去唱歌，他一定猜想我去东北角的树林里做什么。我找到我的地方，抽几口烟，便听见他谨慎地整理歌喉了。他反反复复唱那么几首歌。"文化革命"没过去的时候，他唱"蓝蓝的天上白云飘，白云下面马儿跑……"我老也记不住这歌的名字。

"文革"后,他唱《货郎与小姐》中那首最为流传的咏叹调。"卖布——卖布嘞,卖布——卖布嘞!"我记得这开头的一句他唱得很有声势,在早晨清澈的空气中,货郎跑遍园中的每一个角落去恭维小姐。"我交了好运气,我交了好运气,我为幸福唱歌曲……"然后他就一遍一遍地唱,不让货郎的激情稍减。依我听来,他的技术不算精到,在关键的地方常出差错,但他的嗓子是相当不坏的,而且唱一个上午也听不出一点疲惫。太阳也不疲惫,把大树的影子缩小成一团,把疏忽大意的蚯蚓晒干在小路上。将近中午,我们又在祭坛东侧相遇,他看一看我,我看一看他,他往北去,我往南去。日子久了,我感到我们都有结识的愿望,但似乎都不知如何开口,于是互相注视一下终又都移开目光擦身而过;这样的次数一多,便更不知如何开口了。终于有一天——一个丝毫没有特点的日子,我们互相点了一下头。他说:"你好。"我说:"你好。"他说:"回去啦?"我说:"是,你呢?"他说:"我也该回去了。"我们都放慢脚步(其实我是放慢车速),想再多说几句,但仍然是不知从何说起,这样我们就都走过了对方,又都扭转身子面向对方。他说:"那就再见吧。"我说:"好,再见。"便互相笑笑各走各的路了。但是我们没有再见,那以后,园中再没了他的歌声,我才想到,那天他或许是有意与我道别的,也许他考上哪家专业的文工团或歌舞团了吧?真希望他如他歌里所唱的那样,交了好运气。

还有一些人,我还能想起一些常到这园子里来的人。有一个老头,算得一个真正的饮者;他在腰间挂一个扁瓷瓶,瓶里当然装满了酒,常来这园中消磨午后的时光。他在园中四处游逛,如果你不注意你会以为园中有好几个这样的老头,等你看过了他卓尔不群的饮酒情状，你就会相信这是个独一无二的老头。他的衣着过分随便，走路的姿态也不慎重，走上五六十米路便选定一处地方，一只脚踏在石凳上或土埂上或树墩上，解下腰间的酒瓶，解酒瓶的当儿迷起眼睛把一百八十度视角内的景物细细看一遭，然后以迅雷不及掩耳之势倒一大口酒入肚，把酒瓶摇一摇再挂向腰间，平心静气地想一会什么，便走下一个五六十米去。还有一个捕鸟的汉子，那岁月园中人少，鸟却多，他在西北角的树丛中拉一张网，鸟撞在上面，羽毛绽在网眼里便不能自拔。他单等一种过去很多而现在非常罕见的鸟，其他的鸟撞在网上他就把它们摘下来放掉，他说已经有好多年没等到那种罕见的鸟了，他说他再等一年看看到底还有没有那种鸟，结果他又等了好多年。早晨和傍晚，在这园子里可以看见一个中年女工程师，早晨她从北向南穿过这园子去上班，傍晚她从南向北穿过这园子回家。事实上我并不了解她的职业或者学历，但我以为她必是学理工的知识分子，别样的人很难有她那般的素朴并优雅。当她在园中穿行的时刻，四周的树林也仿佛更加幽静，清淡的日光中竟似有悠远的琴声，比如说是那曲《献给艾丽丝》才好。我没有见过她的丈夫，没有见过那个幸运的男人是什么样子，我想象过却想象不出，后来忽然懂了想象不出才好，那个男人最好不要出现。她走出北门回家去，我竟有点担心，担心她会落入厨房，不过，也许她在厨房里劳作的情景更有另外的美吧，当然不能再是《献给艾丽丝》，是个什么曲子呢？还有一个人，是我的朋友，他是个最有天赋的长跑家，但他被埋没了。他因为在"文革"中出言不慎而坐了几年牢，出来后好不容易找了个拉板车的工作，样样待遇都不能与别人平等，苦闷极了便练习长跑。那时他总来这园子里跑,我用手表为他计时,他每跑一圈向我招一下手,我就记下一个时间。每次他要环绕这园子跑二十圈,大约两万米。他盼望以他的长跑成绩来获得政治上真正的解放,他以为记者的镜头和文字可以帮他做到这一点。第一年他在春节环城赛上跑了第十五名,他看见前十名的照片都挂在了长安街的新闻橱窗里,于是有了信心。第二年他跑了第四名,可是新闻橱窗里只挂了前三名的照片,他没灰心。第三年他跑了第七名,橱窗里挂前六名的照片,他有点怨自己。第四年他跑了第三名,橱窗里却只挂了第一名的照片。第五年他跑了第一名——他几乎绝望了,橱窗里只有一幅环城赛群众场面的照片。那些年我们俩常一起在这园子里待到天黑,开怀痛骂,骂完沉默着回家,分手时再互相叮嘱:先别去死,再试着活一活看。现在他已经不跑了,年岁太大了,跑不了那么快了。最后一次参加环城赛,他以三十八岁之龄又得了第一名并破了纪录,有一位专业队的教练对他说:"我要是十年前发现你就好了。"他苦笑一下什么也没说,只在傍晚又来这园中找到我,把这事平静地向我叙说一遍。不见他已有好几年了,现在他和妻子和儿子住在很远的地方。

  这些人现在都不到园子里来了,园子里差不多完全换了一批新人。十五年前的旧人,现在就剩我和那对老夫老妻了。有那么一段时间,这老夫老妻中的一个也忽然不来,薄暮时分唯男人独自来散步,步态也明显迟缓了许多,我悬心了很久,怕是那女人出了什么事。幸好过了一个冬天那女人又来了,两个人仍是逆时针绕着园子走,一长一短两个身影恰似钟表的两支指针;女人的头发白了许多,但依旧攀着丈夫的胳膊走得像个孩子。"攀"这个字用得不恰当了,或许可以用"挽"吧,不知有没有兼具这两个意思的字。

五

我也没有忘记一个孩子——一个漂亮而不幸的小姑娘。十五年前的那个下午,我第一次到这园子里来就看见了她,那时她大约三岁,蹲在斋宫西边的小路上捡树上掉落的"小灯笼"。那儿有几棵大栾树,春天开一簇簇细小而稠密的黄花,花落了便结出无数如同三片叶子合抱的小灯笼,小灯笼先是绿色,继尔转白,再变黄,成熟了掉落得满地都是。小灯笼精巧得令人爱惜,成年人也不免捡了一个还要捡一个。小姑娘咿咿呀呀地跟自己说着话,一边捡小灯笼;她的嗓音很好,不是她那个年龄所常有的那般尖细,而是很圆润甚或是厚重,也许是因为那个下午园子里太安静了。我奇怪这么小的孩子怎么一个人跑来这园子里。我问她住在哪儿?她随手指一下,就喊她的哥哥,沿墙根一带的茂草之中便站起一个七八岁的男孩,朝我望望,看我不像坏人便对他的妹妹说"我在这儿呢",又伏下身去,他在捉什么虫子。他捉到螳螂、蚂蚱、知了和蜻蜓,来取悦他的妹妹。有那么两三年,我经常在那几棵大栾树下见到他们,兄妹俩总是在一起玩,玩得和睦融洽,都渐渐长大了些。之后有很多年没见到他们。我想他们都在学校里吧,小姑娘也到了上学的年龄,必是告别了孩提时光,没有很多机会来这儿玩了。这事很正常,没理由太搁在心上,若不是有一年我又在园中见到他们,肯定就会慢慢把他们忘记。

那是个礼拜日的上午。那是个晴朗而令人心碎的上午，时隔多年，我竟发现那个漂亮的小姑娘原来是个弱智的孩子。我摇着车到那几棵大栾树下去，恰又是遍地落满了小灯笼的季节；当时我正为一篇小说的结尾所苦，既不知为什么要给它那样一个结尾，又不知何以忽然不想让它有那样一个结尾，于是从家里跑出来，想依靠着园中的镇静，看看是否应该把那篇小说放弃。我刚刚把车停下，就见前面不远处有几个人在戏耍一个少女，做出怪样子来吓她，又喊又笑地追逐她拦截她，少女在几棵大树间惊惶地东跑西躲，却不松手揪卷在怀里的裙裾，两条腿袒露着也似毫无察觉。我看出少女的智力是有些缺陷，却还没看出她是谁。我正要驱车上前为少女解围，就见远处飞快地骑车来了个小伙子，于是那几个戏耍少女的家伙望风而逃。小伙子把自行车支在少女近旁，怒目望着那几个四散逃窜的家伙，一声不吭喘着粗气，脸色如暴雨前的天空一样一会比一会苍白。这时我认出了他们，小伙子和少女就是当年那对小兄妹。我几乎是在心里惊叫了一声，或者是哀号。世上的事常常使上帝的居心变得可疑。小伙子向他的妹妹走去。少女松开了手，裙裾随之垂落下来，很多很多她捡的小灯笼便洒落一地，铺散在她脚下。她仍然算得漂亮，但双眸迟滞没有光彩。她呆呆地望那群跑散的家伙，望着极目之处的空寂，凭她的智力绝不可能把这个世界想明白吧？大树下，破碎的阳光星星点点，风把遍地的小灯笼吹得滚动，仿佛喑哑地响着无数小铃铛。哥哥把妹妹扶上自行车后座，带着她无言地回家去了。

无言是对的。要是上帝把漂亮和弱智这两样东西都给了这个小姑娘，就只有无言和回家去是对的。

谁又能把这世界想个明白呢？世上的很多事是不堪说的。你可以抱怨上帝何以要降诸多苦难给这人间，你也可以为消灭种种苦难而奋斗，并为此享有崇高与骄傲，但只要你再多想一步你就会坠入深深的迷茫了：假如世界上没有了苦难，世界还能够存在吗？要是没有愚钝，机智还有什么光荣呢？要是没了丑陋，漂亮又怎么维系自己的幸运？要是没有了恶劣和卑下，善良与高尚又将如何界定自己又如何成为美德呢？要是没有了残疾，健全会否因其司空见惯而变得腻烦和乏味呢？我常梦想着在人间彻底消灭残疾，但可以相信，那时将由患病者代替残疾人去承担同样的苦难。如果能够把疾病也全数消灭，那么这份苦难又将由（比如说）相貌丑陋的人去承担了。就算我们连丑陋，连愚昧和卑鄙和一切我们所不喜欢的事物和行为，也都可以统统消灭掉，所有的人都一样健康、漂亮、聪慧、高尚，结果会怎样呢？怕是人间的剧目就全要收场了，一个失去差别的世界将是一条死水，是一块没有感觉也没有肥力的沙漠。

看来差别永远是要有的。看来就只好接受苦难——人类的全部剧目需要它，存在的本身需要它。看来上帝又一次对了。

于是就有一个最令人绝望的结论等在这里：由谁去充任那些苦难的角色？又由谁去体现这世间的幸福、骄傲和快乐？只好听凭偶然，是没有道理好讲的。

就命运而言，休论公道。

那么，一切不幸命运的救赎之路在哪里呢？

设若智慧或悟性可以引领我们去找到救赎之路，难道所有的人都能够获得这样的智慧和悟性吗？

我常以为是丑女造就了美人。我常以为是愚氓举出了智者。我常以为是懦夫衬照了英雄。我常以为是众生度化了佛祖。

六

设若有一位园神，他一定早已注意到了，这么多年我在这园里坐着，有时候是轻松快乐的，有时候是沉郁苦闷的，有时候优哉游哉，有时候恓惶落寞，有时候平静而且自信，有时候又软弱，又迷茫。其实总共只有三个问题交替着来骚扰我，来陪伴我。第一个是要不要去死？第二个是为什么活？第三个，我干吗要写作？

现在让我看看，它们迄今都是怎样编织在一起的吧。

你说，你看穿了死是一件无须乎着急去做的事，是一件无论怎样耽搁也不会错过的事，便决定活下去试试？是的，至少这是很关键的因素。为什么要活下去试试呢？好像仅仅是因为不甘心，机会难得，不试白不试，腿反正是完了，一切仿佛都要完了，但死神很守信用，试一试不会额外再有什么损失。说不定倒有额外的好处呢是不是？我说过，这一来我轻松多了，自由多了。为什么要写作呢？"作家"是两个被人看重的字，这谁都知道。为了让那个躲在园子深处坐轮椅的人，有朝一日在别人眼里也稍微有点光彩，在众人眼里也能有个位置，哪怕那时再去死呢也就多少说得过去了。开始的时候就是这样想，这不用保密，这些现在不用保密了。

我带着本子和笔，到园中找一个最不为人打扰的角落，偷偷地写。那个爱唱歌的小伙子在不远的地方一直唱。要是有人走过来，我就把本子合上把笔叼在嘴里。我怕写不成反落得尴尬。我很要面子。可是你写成了，而且发表了。人家说我写得还不坏，他们甚至说：真没想到你写得这么好。我心说你们没想到的事还多着呢。我确实有整整一宿高兴得没合眼。我很想让那个唱歌的小伙子知道，因为他的歌也毕竟是唱得不错。我告诉我的长跑家朋友的时候，那个中年女工程师正优雅地在园中穿行；长跑家很激动，他说好吧，我玩命跑，你玩命写。这一来你中了魔了，整天都在想哪一件事可以写，哪一个人可以让你写成小说。是中了魔了，我走到哪儿想到哪儿，在人山人海里只寻找小说，要是有一种小说试剂就好了，见人就滴两滴看他是不是一篇小说，要是有一种小说显影液就好了，把它泼满全世界看看都是哪儿有小说，中了魔了，那时我完全是为了写作活着。结果你又发表了几篇，并且出了一点小名，可这时你越来越感到恐慌。我忽然觉得自己活得像个人质，刚刚有点像个人了却又过了头，像个人质，被一个什么阴谋抓了来当人质，不定哪天就被处决，不定哪天就完蛋。你担心要不了多久你就会文思枯竭，那样你就又完了。凭什么我总能写出小说来呢？凭什么那些适合做小说的生活素材就总能送到一个截瘫者跟前来呢？人家满世界跑都有枯竭的危险，而我坐在这园子里凭什么可以一篇接一篇地写呢？你又想到死了。我想见好就收吧。当一名人质实在是太累了太紧张了，太朝不保夕了。我为写作而活下来，要是写作到底不是我应该干的事，我想我再活下去是不是太冒傻气了？你这么想着你却还在绞尽脑汁地想写。我好歹又拧出点水来，从一条快要晒干的毛巾上。恐慌日甚一日，随时可能完蛋的感觉比完蛋本身可怕多了，所谓不怕贼偷就怕贼惦记，我想人不如死了好，不如不出生的好，不如压根儿没有这个世界的好。可你并没有去死。我又想到那是一件不必着急的事。可是不必着急的事并不证明是一件必要拖延的事呀？你总是决定活下来，这说明什么？是的，我还是想活。人为什么活着？因为人想活着，说到底是这么回事，人真正的名字叫作：欲望。可我不怕死，有时候我真的不怕死。有时候，——说对了。不怕死和想去死是两回事，有时候不怕死的人是有的，一生下来就不怕死的人是没有的。我有时候倒是怕活。可是怕活不等于不想活呀！可我为什么还想活呢？因为你还想得到点什么，你觉得你还是可以得到点什么的，比如说爱情，比如说价值感之类，人真正的名字叫欲望。这不对吗？我不该得到点什么吗？没说不该。可我为什么活得恐慌，就像个人质？后来你明白了，你明白你错了，活着不是为了写作，而写作是为了活着。你明白了这一点是在一个挺滑稽的时刻。那天你又说你不如死了好，你的一个朋友劝你：你不能死，你还得写呢，还有好多好作品等着你去写呢。这时候你忽然明白了，你说：只是因为我活着，我才不得不写作。或者说只是因为你还想活下去，你才不得不写作。是的，这样说过之后我竟然不那么恐慌了。就像你看穿了死之后所得的那份轻松？一个人质报复一场阴谋的最有效的办法是把自己杀死。我看出我得先把我杀死在市场上，那样我就不用参加抢购题材的风潮了。你还写吗？还写。你真的不得不写吗？人都忍不住要为生存找一些牢靠的理由。你不担心你会枯竭了？我不知道，不过我想，活着的问题在死之前是完不了的。

这下好了，你不再恐慌了不再是个人质了，你自由了。算了吧你，我怎么可能自由呢？别忘了人真正的名字是：欲望。所以你得知道，消灭恐慌的最有效的办法就是消灭欲望。可是我还知道，消灭人性的最有效的办法也是消灭欲望。那么，是消灭欲望同时也消灭恐慌呢，还是保留欲望同时也保留人性？

我在这园子里坐着，我听见园神告诉我：每一个有激情的演员都难免是一个人质。每一个懂得欣赏的观众都巧妙地粉碎了一场阴谋。每一个乏味的演员都是因为他老以为这戏剧与自己无关。每一个倒霉的观众都是因为他总是坐得离舞台太近了。

我在这园子里坐着，园神成年累月地对我说：孩子，这不是别的，这是你的罪孽和福祉。

七

要是有些事我没说，地坛，你别以为是我忘了，我什么也没忘，但是有些事只适合收藏。不能说，也不能想，却又不能忘。它们不能变成语言，它们无法变成语言，一旦变成语言就不再是它们了。它们是一片朦胧的温馨与寂寥，是一片成熟的希望与绝望，它们的领地只有两处：心与坟墓。比如说邮票，有些是用于寄信的，有些仅仅是为了收藏。

如今我摇着车在这园子里慢慢走，常常有一种感觉，觉得我一个人跑出来已经玩得太久了。有一天我整理我的旧相册，看见一张十几年前我在这园子里照的照片——那个年轻人坐在轮椅上，背后是一棵老柏树，再远处就是那座古祭坛。我便到园子里去找那棵树。我按着照片上的背景找很快就找到了它，按着照片上它枝干的形状找，肯定那就是它。但是它已经死了，而且在它身上缠绕着一条碗口粗的藤萝。我当然记得园工们种那棵藤萝时的情景，我却不记得是在什么时候它已经长到了碗口粗。有一天我在这园子里碰见一个老太太，她说："哟，你还在这儿哪？"她问我："你母亲还好吗？""您是谁？""你不记得我，我可记得你。有一回你母亲来这儿找你，她问我您看没看见一个摇轮椅的孩子？……"我忽然觉得，我一个人跑到这世界上来玩真是玩得太久了。有一天夜晚，我独自坐在祭坛边的路灯下看书，忽然从那漆黑的祭坛里传出一阵阵唢呐声；四周都是参天古树，方形祭坛占地几百平方米，空旷坦荡独对苍天，我看不见那个吹唢呐的人，唯唢呐声在星光寥寥的夜空里低吟高唱，时而悲怆时而欢快，时而缠绵时而苍凉，或许这几个词都不足以形容它，我清清醒醒地听出它响在过去，响在现在，响在未来，回旋飘转亘古不散。

必有一天，我会听见喊我回去。

那时你可以想象一个孩子，他玩累了可他还没玩够呢，心里好些新奇的念头甚至等不及到明天。也可以想象是一个老人，无可置疑地走向他的安息地，走得任劳任怨。还可以想象一对热恋中的情人，互相一次次说"我一刻也不想离开你"，又互相一次次说"时间已经不早了"，时间不早了可我一刻也不想离开你，一刻也不想离开你可时间毕竟是不早了。

我说不好我想不想回去。我说不好是想还是不想，还是无所谓。我说不好我是像那个孩子，还是像那个老人，还是像一个热恋中的情人。很可能是这样：我同时是他们三个。我来的时候是个孩子，他有那么多孩子气的念头所以才哭着喊着闹着要来，他一来一见到这个世界便立刻成了不要命的情人,而对一个情人来说,不管多么漫长的时光也是稍纵即逝,那时他便明白,每一步每一步,其实一步步都是走在回去的路上。当牵牛花初开的时节,葬礼的号角就已吹响。

但是太阳,他每时每刻都是夕阳也都是旭日。当他熄灭着走下山去收尽苍凉残照之际,正是他在另一面燃烧着爬上山巅布散烈烈朝晖之时。那一天,我也将沉静着走下山去,扶着我的拐杖。那一天,在某一处山洼里,势必会跑上来一个欢蹦的孩子,抱着他的玩具。

当然,那不是我。

但是,那不是我吗?

宇宙以其不息的欲望将一个歌舞炼为永恒。这欲望有怎样一个人间的姓名,大可忽略不计。

史铁生的《我与地坛》是我心目中最动人的中国当代散文。这篇文章部分内容曾经入选过高中语文教材,是中国读者非常熟悉的散文名作。

我在本书的编写过程中,在选录作品时一般倾向于挑选篇幅比较短小的散文作品,偶尔碰到篇幅较长但代表性很强的作品,也尽量在不损害作品主旨的基础上做删节处理。但是面对史铁生的《我与地坛》,无论我从哪一个角度入手都很难为它删节省略其中的内容。所以我全文辑录了这篇文章,希望没有读过全文的读者朋友能够一览全貌。

史铁生是一位用生命写作的当代作家。他在本该充满希望的青年时代（约20岁）因病双腿瘫痪，后来与病魔抗争接近四十年，其间笔耕不辍，成为一代名作家。他的小说作品和散文作品，处处流露着对生命意义的终极思考。更加难得的是，与病魔抗争一生的史铁生在写作中从不刻意夸大苦难，也从不怨天尤人，他的文字平实、温情，同时流畅而厚重。《我与地坛》就是这样一篇生命力量充沛、极富感染力的散文作品。

我还想重点一提的是，《我与地坛》在写作技术层面一点也不复杂，它在很大程度上抹去了传统散文技术中非常成熟的一面，或者说，机巧的一面。比如精巧的布局、含蓄的措辞，以及富有想象力的象征寓意，在这篇文章中几乎都不见踪影。这并不意味着史铁生的写作没有技术含量。他的语言风格浅白几近口语，口头读出依然平滑流畅，丝毫不会有隔阂之感，但同时又能够把真切的生命感悟和深刻的人生道理传递得精彩到位，无须借助生硬的书面语来画蛇添足，甚至无须评述者过多阐释——他的文字本身已经说明了一切。

史铁生在文学上独特的敏锐，其实来自文学之外的功夫。打个近似的比方，盲人由于视力缺陷而不得不大量依靠听觉；史铁生由于身体残疾，活动受限，进而对生活的细节体察入微。比如下面这样的句子，没有足够沉浸的体验是绝对写不出来的：

要是以这园子里的声响来对应四季呢？那么，春天是祭坛上空飘浮着的鸽子的哨音，夏天是冗长的蝉歌和杨树叶子哗啦啦地对蝉歌的取笑，秋天是古殿檐头的风铃响，冬天是啄木鸟随意而空旷的啄木声。

这样细腻动人的文字在文章中随处可见。用平实顺畅的现代汉语表达细腻、丰富、深刻的内涵，这是一件非常难的事情。仅凭这个方面的成就，史铁生也一定能够被写进文学史。

在结构布局上，史铁生看似简单地把全文分成了七个小节，每个小节之间相互独立，不刻意突出传统文章那种叙事层面上的强关联。他采用了另外一种更为现代化的写作策略，即"复调"式写作。所谓"复调"，原本是音乐专业里的一个概念，大概是指在一段音乐中不同的声部、旋律线协调地交织在一起，协同构成多层次的音乐效果。《我与地坛》的七个小节，就类似于一首交响乐里的七个声部，在意义上（而非叙事上）达成了一种和谐交织、同声共鸣的精彩文学效果。

《我与地坛》的七个小节主题分别是：

1. 序章：地坛的前世今生，以及命中遭劫的"我"初识地坛。

2. 母亲在地坛中对"我"的无尽守护。

3. 自然万象在地坛中的投射。

4. 地坛众生相。

5. 在地坛中碰到有智力障碍的女孩，进而产生老庄道家式的哲思。

6. 对生死和命运的思考。

7. 终章："我"与地坛的生命连接，也是"我"与整个世界的生命连接。

如果把这七个主题更加简化一点表达，我将其提炼为：

劫难—救赎—万象—众生—相形—命运—永恒

这是史诗交响乐的形式。这七个主题可以相互独立，但当它们组合在一起时，竟然呈现出一种潜在的意义递进，在声部相互配合中实现了蓄力升华。

《我与地坛》在宏观的主题上，实际表达的是古希腊戏剧的核心思想——反抗命运的理想和行为本身也是命运的一部分，与命运达成和解乃是人类的终极归宿。这个主题应该说在文学史上并不新鲜，但在史铁生的笔下写得毫不空洞。作为读者，我们能够理解作者与命运的和解在很大程度上是人力勉强不来的无可奈何，同时我们依然会被他的文字所打动、感染，进而体会、认同。因为作者的经历，以及他面对经历的真诚态度具有超越技术范式的力量，这才是史铁生难以被模仿的最根本原因。

机智

二十二

王小波

一只特立独行的猪

王小波

插队的时候，我喂过猪，也放过牛。假如没有人来管，这两种动物也完全知道该怎样生活。它们会自由自在地闲逛，饥则食渴则饮，春天来临时还要谈谈爱情；这样一来，它们的生活层次很低，完全乏善可陈。人来了以后，给它们的生活做出了安排：每一头牛和每一口猪的生活都有了主题。就它们中的大多数而言，这种生活主题是很悲惨的：前者的主题是干活，后者的主题是长肉。我不认为这有什么可抱怨的，因为我当时的生活也不见得丰富了多少，除了八个样板戏，也没有什么消遣。有极少数的猪和牛，它们的生活另有安排。以猪为例，种猪和母猪除了吃，还有别的事可干。就我所见，它们对这些安排也不大喜欢。种猪的任务是交配，换言之，我们的政策准许它当个花花公子。但是疲惫的种猪往往摆出一种肉猪（肉猪是阉过的）才有的正人君子架势，死活不肯跳到母猪背上去。母猪的任务是生崽儿，但有些母猪却要把猪崽儿吃掉。总的来说，人的安排使猪痛苦不堪。但它们还是接受了：猪总是猪啊。

对生活做种种设置是人特有的品性。不光是设置动物，也设置自己。我们知道，在古希腊有个斯巴达，那里的生活被设置得了无生趣，其目的就是要使男人成为亡命战士，使女人成为生育机器，前者像些斗鸡，后者像些母猪。这两类动物是很特别的，但我以为，它们肯定不喜欢自己的生活。但不喜欢又能怎么样？人也好，动物也罢，都很难改变自己的命运。

以下谈到的一只猪有些与众不同。我喂猪时，它已经有四五岁了，从名分上说，它是肉猪，但长得又黑又瘦，两眼炯炯有光。这家伙像山羊一样敏捷，一米高的猪栏一跳就过；它还能跳上猪圈的房顶，这一点又像是猫——所以它总是到处游逛，根本就不在圈里待着。所有喂过猪的知青都把它当宠儿来对待，它也是我的宠儿——因为它只对知青好，容许他们走到三米之内，要是别的人，它早就跑了。它是公的，原本该劁掉。不过你去试试看，哪怕你把劁猪刀藏在身后，它也能嗅出来，朝你瞪大眼睛，噢噢地吼起来。我总是用细米糠熬的粥喂它，等它吃够了以后，才把糠兑到野草里喂别的猪。其他猪看了嫉妒，一起嚷起来。这时候整个猪场一片鬼哭狼嚎，但我和它都不在乎。吃饱了以后，它就跳上房顶去晒太阳，或者模仿各种声音。它会学汽车响、拖拉机响，学得都很像；有时整天不见踪影，我估计它到附近的村寨里找母猪去了。我们这里也有母猪，都关在圈里，被过度的生育搞得走了形，又脏又臭，它对它们不感兴趣；村寨里的母猪好看一些。它有很多精彩的事迹，但我喂猪的时间短，知道得有限，索性就不写了。总而言之，所有喂过猪的知青都喜欢它，喜欢它特立独行的派头儿，还说它活得潇洒。但老乡们就不这么浪漫，他们说，这猪不正经。领导则痛恨它，这一点以后还要谈到。我对它则不只是喜欢——我尊敬它，常常不顾自己虚长十几岁这一现实，把它叫作"猪兄"。如前所述，这位猪兄会模仿各种声音。我想它也学过人说话，但没有学会——假如学会了，我们就可以做倾心之谈。但这不能怪它。人和猪的音色差得太远了。

后来，猪兄学会了汽笛叫，这个本领给它招来了麻烦。我们那里有座糖厂，中午要鸣一次汽笛，让工人换班。我们队下地干活时，听见这次汽笛响就收工回来。我的猪兄每天上午十点钟总要跳到房上学汽笛，地里的人听见它叫就回来——这可比糖厂鸣笛早了一个半小时。坦白地说，这不能全怪猪兄，它毕竟不是锅炉，叫起来和汽笛还有些区别，但老乡们却硬说听不出来。领导上因此开了一个会，把它定成了破坏春耕的坏分子，要对它采取专政手段——会议的精神我已经知道了，但我不为它担忧——因为假如专政是指绳索和杀猪刀的话，那是一点门都没有的。以前的领导也不是没试过，一百人也逮不住它。狗也没用：猪兄跑起来像颗鱼雷，能把狗撞出一丈开外。谁知这回是动了真格的，指导员带了二十几个人，手拿五四式手枪；副指导员带了十几人，手持看青的火枪，分两路在猪场外的空地上兜捕它。这就使我陷入了内心的矛盾：按我和它的交情，我该舞起两把杀猪刀冲出去，和它并肩战斗，但我又觉得这样做太过惊世骇俗——它毕竟是只猪啊；还有一个理由，我不敢对抗领导，我怀疑这才是问题之所在。总之，我在一边看着。猪兄的镇定使我佩服之极：它很冷静地躲在手枪和火枪的连线之内，任凭人喊狗咬，不离那条线。这样，拿手枪的人开火就会把拿火枪的打死，反之亦然；两头同时开火，两头都会被打死。至于它，因为目标小，多半没事。就这样连兜了几个圈子，它找到了一个空子，一头撞出去了；跑得潇洒之极。以后我在甘蔗地里还见过它一次，它长出了獠牙，还认识我，但已不容我走近了。这种冷淡使我痛心，但我也赞成它对心怀叵测的人保持距离。

我已经四十岁了，除了这只猪，还没见过谁敢于如此无视对生活的设置。相反，我倒见过很多想要设置别人生活的人，还有对被设置的生活安之若素的人。因为这个原故，我一直怀念这只特立独行的猪。

宋代文学理论家严羽在《沧浪诗话》里提出过一个著名的理论：

夫诗有别材，非关书也；诗有别趣，非关理也。而古人未尝不读书，不穷理。所谓不涉理路，不落言筌者，上也。（宋·严羽《沧浪诗话·诗辨》）

这段话大概的意思是说，写诗是一种专门的才能，很多时候诗写得好不好，和书读得多不多、读得好不好，没有必然的联系。真正的好诗，不能够干巴巴地讲道理，要追求言外之意的文学表达效果。

严羽这段话虽然说的是写诗，但在某种程度上说，其他的文体写作也基本适用，散文写作也是这样。很多知识储备丰富的人写散文就不一定能写好。

在这里我要大胆地说一个不为尊者讳的个人观点，钱锺书先生就是一个书读得极好但是散文写不好的代表。钱先生在文史知识方面是学贯中西的大名家,他的学术著作《管锥编》《谈艺录》,还有《七缀集》,是古代文学专业和文学理论专业的必读书,令人高山仰止,但是他的散文就写得很不当行,比较大的一个问题就是太爱掉书袋,读起来满篇都是令人眼花缭乱的引经据典,遣词造句也有他独一份的工整与诙谐,智力上俯视众生的优越感跃然纸上,但唯独缺少真切的生活体验去印证。这就是钱先生的散文读多了以后让我觉得枯燥的地方。

旷世大才如钱锺书先生写散文尚不免"涉理路,落言筌"之弊,可见严羽的"别材"(专属的才能)之说多么有普遍性。可能知识分子对书本知识过于重视,潜意识里总是想要把读过的书抖落出来给人看,比如我正在讲这么简单一个道理,却忍不住要去引用《沧浪诗话》。

而王小波是非常少有的具备扎实的知识储备和真切的生活体验,同时在散文写作上还能够做到游刃有余的当代作家。

王小波出生在知识分子家庭,他的父亲是大学逻辑学教授,母亲是国家教委干部。王小波本人在学业方面也很上进,本科考取中国人民大学,20世纪80年代赴美国匹兹堡大学攻读硕士,后回国在大学任教。90年代辞去教职专职写作。

王小波的知识储备非常惊人。和传统知识分子不同的是,他的知识面之宽广,远远超出文科的范围。他不仅对文学、历史、哲学这些人文学科知识了解深入,还对商科知识和理科知识具备比较专业的认识。①

但就是这样一个知识储备极为丰富的"学霸型"人物,写起散文来丝毫没有被书本所累的滞重感,也丝毫没有卖弄才学和见识的变相轻佻,反而表现出生活体验真切而细腻、思想深刻而活泼、情感充沛而真挚、行文轻快而幽默的独特文学风格。《一只特立独行的猪》就是他这种散文风格的典型代表。②

《一只特立独行的猪》表达的意思并不复杂。在全世界范围内,伴随工业化生产程度高速发展而来的社会组织结构高度体制化是现代社会的一个重要标志。这种高度体制化的生活方式一方面为人类带来了极大的物质丰富,但在另一个方面,也造成了现代人在精神层面的严重异化——人被社会需求塑造成各条流水线上的螺丝钉,失去了自由探索的精神和勇气,进而模糊了人本与工具的界限。

许多著名的现代文艺作品都表达过对这种精神异化的反抗。比如说捷克作家卡夫卡的《变形记》、法国作家埃克苏佩里的《小王子》、美国作家塞林格的《麦田里的守望者》,或者电影作品《飞越疯人院》《肖申克的救赎》《搏击俱乐部》《死亡诗社》……除了大众熟知的文艺作品之外,在现代人文社会科学领域,关于"异化"主题的研究也是不可胜数。

---

① 王小波本科所学专业是贸易经济系商品学,20世纪90年代初在人民大学会计系担任过讲师。他80年代在美国读书时自学计算机,具备自己编写程序的能力,属于中国最早接触计算机知识和互联网的一批人。
② 王小波的散文写作并不排斥引用或者谈论前人作品,他的其他散文作品中经常会涉及前人作品,但写作的主体内容以日常经历和日常思考居多。

王小波作为20世纪80年代以来最早近距离接触西方文化的知识分子之一，对于以上提到的内容肯定非常熟悉。如果他是一位平庸的散文作家，那么很可能就会把这些在当时（本文作于90年代）中国大众还不太熟悉的作家作品，或者国外思想家提出过的一些说法串连罗列一番，顺便隐隐吹嘘几句"当年我在美国读书的时候与某位大师交流"，类似钱锺书先生在小说《围城》里讽刺的褚慎明。

王小波没有采用这种酸腐气十足的写法，他没有通过人为设立阅读门槛来实现隐藏的自我标榜。他的这篇文章，围绕自己在中国的一段真实生活经历来写，对于中国读者来说阅读体验非常亲切。同时，他在思想内核上又保持了和世界前沿思潮同步。这是很少有人能够做到的事情。

《一只特立独行的猪》在写作上是反技术化的。我在前面讲归有光和张爱玲的时候，着重讲到过他们的散文写作在技术上一脉相承，其中的一个关键点就是不露痕迹地在写作对象上投射自己的生命体验，以达到一种浑融含蓄的文学效果。王小波也是在写作对象上投射自己的生命体验，而他反传统写作技术的地方在于，他把"不露痕迹"这项技术刻意解除掉了，读者从头到尾都能看出来他在借猪写人，一点也不掩着藏着，反向地形成了一种轻快俗辣的文风。

难得的是，王小波能够用这种轻快俗辣的文风写出值得品味、寓意深刻的句子，比如文章开头说到：

假如没有人来管，这两种动物也完全知道该怎样生活。它们会自由自在地闲逛，饥则食渴则饮，春天来临时还要谈谈爱情；这样一来，它们的生活层次很低，完全乏善可陈。人来了以后，给它们的生活做出了安排：每一头牛和每一口猪的生活都有了主题。

这几个句子写得很精彩。首先它符合实际情况，也符合读者的一般认知。在符合实际的情况之上，王小波表达出了更深层的寓意：人类的生活状态原本也和动物一样自然天成，不假外力，如同上古时代的诗歌所描述的那样：

日出而作，日入而息。
凿井而饮，耕田而食。
帝力于我何有哉！（《击壤歌》）

除了寓意深刻之外，王小波还展现出他独特的幽默气质。所谓"它们的生活层次很低，完全乏善可陈。人来了以后，给它们的生活做出了安排：每一头牛和每一口猪的生活都有了主题"，很明显讽刺了一笔现代人类的自以为是。同样是知识分子写作，钱锺书和王小波的散文都以行文幽默闻名。他们俩的幽默，相同的地方在于他们都很机智，不同的地方在于钱锺书的幽默往往是居高临下地讥讽他人，而王小波幽默的内核总是无可奈何的自嘲。他这篇文章通篇写猪，主体的内容并不是指桑骂槐地讽刺人不如猪，而是感慨自己以及和自己同命运的大多数人的人生和大多数猪一样，空有想法和抱怨，但终究是身不由己：

（猪和牛）这两类动物是很特别的，但我以为，它们肯定不喜欢自己的生活。但不喜欢又能怎么样？人也好，动物也罢，都很难改变自己的命运。

王小波式的幽默独特之处在于，它带有一种强烈的自我剖析和悲悯情怀，这就让他的幽默在深刻中自带一种善意。钱锺书式的幽默表达的是：常见的尴尬和滑稽来源于人类普遍的愚蠢和执着，而"我"站在一旁看得很清楚。王小波式的幽默表达的是：人类其实很明白自己的愚蠢和执着，而"我"和大多数人一样之所以无法避免尴尬和滑稽，只不过是身不由己，无力摆脱而已。

所以在王小波的笔下我们很少见到单纯值得嘲笑的蠢人，他笔下的人物和他自己一样，充满了可爱的市侩狡黠，比如说下面这两段文字：

我们那里有座糖厂，中午要鸣一次汽笛，让工人换班。我们队下地干活时，听见这次汽笛响就收工回来。我的猪兄每天上午十点钟总要跳到房上学汽笛，地里的人听见它叫就回来——这可比糖厂鸣笛早了一个半小时。坦白地说，这不能全怪猪兄，它毕竟不是锅炉，叫起来和汽笛还有些区别，但老乡们却硬说听不出来。

按我和它的交情，我该舞起两把杀猪刀冲出去，和它并肩战斗，但我又觉得这样做太过惊世骇俗——它毕竟是只猪啊；还有一个理由，我不敢对抗领导……

这两段文字惟妙惟肖地写出了老乡和自己，也就是王小波提出的"沉默的大多数"那种心里时时刻刻都在打小算盘的阳奉阴违——谁也不是傻子，他所描写的戏剧性场景都是现实生活中常见的独立意志对撞。作为读者，我们在读他这些文字的时候会被他的善意幽默逗笑，笑完之后会进而联想到自己，这是他的真诚使然。

文章后面写到那只特立独行的猪在人类的围追堵截之下，使出浑身解数斗智斗勇，最后突破包围冲向自由天地，后来作者还在野外看见过长出獠牙（象征自然野性）的它。这些戏剧化成分很重的情节略显刻意，让人分不清它们究竟是真实发生过，还是只是作者寄托着自己理想的一种浪漫想象。

即便只是一种想象，我仍然不会反感。本文最后一段写了这么一句话：

我已经四十岁了，除了这只猪，还没见过谁敢于如此无视对生活的设置。

王小波生于1952年，在1992年辞去大学教职，专职从事写作。也就是说王小波是在40岁这一年辞职的。对应文章所说到的"已经四十岁了"，可知这篇文章应该写于他辞职前后。

我想，王小波在辞职前后想起并细致地写下这段经历，也许有给自己打气鼓劲的意思。冲破沉闷，奔向自由从来都是一条充满了未知与挑战的人生道路，这对于从不唱高调、从不自诩勇敢的王小波来说，也许并不是一件容易的事情，所以他需要用独有的幽默给自己打打气。

王小波是中国当代作家之中难得的兼具才华、学问、见识、真诚和语言敏感的人，他具备成为大作家的一切潜质。但是非常遗憾，他在1997年因病猝然离世，此时距离他在职业上正式成为"特立独行"的人只有五年的时间，令人无限叹惋。

　　王小波虽然在创作的爆发期到来之前就去世了，但是他对中国当代写作的影响很深远，他开创了一种把广博的书本知识融入切实的社会生活之中，同时把幽默与真诚融为一体的写作观念。随着中国当代国民受教育程度不断提升，尤其是在移动互联网传播方式越来越成熟的今天，王小波所开创的这种写作观念越来越受到作者和读者的欢迎，这是他值得学习并且可以学习的地方。

　　而他很难被学到的地方，是他对这个世界从来不曾减退的真诚热爱。在我心目中，王小波最打动人心的散文作品是在他去世之后，他的妻子李银河整理出版的书信集《爱你就像爱生命》。那是不需要评论者置喙就能够触动人心的文字，推荐读者阅读。

温暖

二十三

《南方周末》

总有一种力量让我们泪流满面

《南方周末》编辑部

这是新年的第一天。这是我们与你见面的第777次。祝愿阳光打在你的脸上。

阳光打在你的脸上,温暖留在我们心里。这是冬天里平常的一天。北方的树叶已经落尽,南方的树叶还留在枝上,人们在大街上懒洋洋地走着,或者急匆匆地跑着,每个人都怀着自己的希望,每个人都握紧自己的心事。

本世纪最后的日历正在一页页减去,没有什么可以把人轻易打动。除了真实。人们有理想但也有幻象,人们得到过安慰也蒙受过羞辱,人们曾经不再相信别人也不再相信自己。好在岁月让我们深知"真"的宝贵——真实、真情、真理,它让我们离开凌空蹈虚的乌托邦险境,认清了虚伪和欺骗。尽管,"真实"有时让人难堪,但直面真实的民族是成熟的民族,直面真实的人群是坚强的人群。

没有什么可以轻易把人打动,除了正义的号角。当你面对蒙冤无助的弱者,当你面对专横跋扈的恶人,当你面对足以影响人们一生的社会不公,你就明白正义需要多少代价,正义需要多少勇气。

没有什么可以轻易把人打动,除了内心的爱。没有什么可以轻易把人打动,除了前进的脚步……

这是新年的第一天,就像平常一样,我们与你再次见面,为逝去的一年而感怀,为新来的一年做准备。祝愿阳光打在你的脸上。

阳光打在你的脸上,温暖留在我们心里。有一种力量,正从你的指尖悄悄袭来,有一种关怀,正从你的眼中轻轻放出。在这个时刻,我们无言以对,唯有祝福:让无力者有力,让悲观者前行,让往前走的继续走,让幸福的人儿更幸福;而我们,则不停为你加油。

我们不停为你加油。因为你的希望就是我们的希望,因为你的苦难就是我们的苦难。我们看着你举起锄头,我们看着你舞动镰刀,我们看着你挥汗如雨,我们看着你谷满粮仓。我们看着你流离失所,我们看着你痛哭流涕,我们看着你中流击水,我们看着你重建家园。我们看着你无奈下岗,我们看着你咬紧牙关,我们看着你风雨度过,我们看着你笑逐颜开……我们看着你,我们不停为你加油,因为我们就是你们的一部分。

总有一种力量它让我们泪流满面,总有一种力量它让我们抖擞精神,总有一种力量它驱使我们不断寻求"正义、爱心、良知"。这种力量来自于你,来自于你们中间的每一个人。

所以,在这样的时候,在这新年的第一天,我们要向你,向你身边的每一个人,说一声:"新年好!"祝愿阳光打在你的脸上。

因为有你,才有我们。

阳光打在你的脸上,温暖留在我们心里。为什么我们总是眼含着泪水,因为我们爱得深沉;为什么我们总是精神抖擞,因为我们爱得深沉;为什么我们总在不断寻求,因为我们爱得深沉。爱这个国家,还有她的人民,他们善良,他们正直,他们懂得互相关怀。

我的高中时光是在《南方周末》的陪伴下度过的。在20世纪末,互联网时代到来的前夕,报纸《南方周末》是我们这些内地的年轻学生认知当代中国社会发展的一个重要窗口,它带给我们新的信息,也为我们传递新的观念。没有想到读大学时去到了《南方周末》报社附近的地方,对这份报纸更增添了许多亲近感。再到后来成为在《南方周末》上发表作品的作者,我与这份报纸多年以来结下了深厚的情谊。

在每年的元旦节那天,《南方周末》会例行在头版头条刊登一篇新年献词。在这篇形成传统的献词之中,寄托着《南方周末》的媒体人对旧年时事的回顾和对新年的美好祝愿。对于《南方周末》这份格调严肃、秉性正直的大报来说,这样的新年献词其实不大好写,写得太严肃容易陷入古板,写得太活泼容易流于轻佻,写得太落实容易引发争议,写得太空洞容易不痛不痒。在《南方周末》历年的新年献词中,出现过许多篇精彩的文字,足以见得当年的《南方周末》聚集了许多怀抱理想并且才华出众的新闻人。而其中被公认为写得最好、影响力最大的,就是本书选录的1999年的新年献词。

20世纪90年代是中国现代化进程中激动人心的时代,那也是国家经济开始起飞,各种围绕经济发展的制度和政策在摸索中前进的艰难时刻。

在这样特殊的历史背景下,《南方周末》坚持客观理性的态度,聚焦时代变革过程中真切的国计民生问题,发表了许多揭示社会真相、暴露问题症结的深度报道,比如"三农"问题、农民工问题、拆迁户问题、地方黑恶势力问题、豆腐渣工程问题、食品安全问题、艾滋病问题等。这些报道选题大胆,内容犀利,文笔生动,在当时引起全国读者的广泛关注,在一定程度上推进了中国当代的制度建设和社会观念的进步。

1999年的新年献词(下简称献词)就是在这种时代背景下写成的。

这篇献词和本书所选录的很多文章的不同之处,首先在于它并不是单纯从文学角度出发创作的散文作品,而是带有很强的应用性,它既是一篇代表报社立场的价值宣言,又是一篇向读者问候新年的祝福语。

我们前面讲到过,在今天被看作是古代散文作品的文章,很多都不是纯粹的文学作品。比如《尚书》里的演讲稿,《左传》里的国家编年档案,《论语》里的语录记载,嵇康写给山涛的书信,等等。

不仅中国古代如此,现代也有很多并非基于文学立场写作的文字文学性非常高。最有代表性的例子莫过于法国人类学家列维-斯特劳斯所写的学术著作《忧郁的热带》。这虽然是一部严谨的人类学和社会学著作,但因其文笔优美、思想深邃,获得了法国最高文学奖项(龚古尔文学奖)评委会的一致青睐。不过可惜的是,龚古尔文学奖是专门为小说设立的奖项,评委会宣称,如果《忧郁的热带》是一部小说作品，它一定能够获得此奖。

所以这篇献词虽然带有很强的应用性，但并不妨碍它同时也是一篇具备深厚文学素养和热切人文关怀的散文作品，在它写成的那个年代尤为难得。

题目"总有一种力量让我们泪流满面"，文句紧实，"总有""力量""泪流满面"几个词语的组合，高效率地传递出乐观、坚韧、温暖的意味。

正文在写作手法上采取了以虚驭实、以拙驭巧的策略，全文大量采用复沓顶针的句式，形成了回荡往复的阅读效果。比如：

没有什么可以把人轻易打动……

这个句子在文中的三个段落出现了四次，每一次给出的答案各不相同，是真实、正义、内心的爱和前进的脚步。这其实就是《南方周末》报社想要传递的价值观念，也是新闻人和读者共同守望的社会理想。

再比如，在读者中广为流传的精彩句子：

祝愿阳光打在你的脸上……

也是多次出现在段落末尾，又在下一个段落开头再次衔接出现，如同一声声轻声呼喊着的温暖的声音，给读者留下了深刻的印象。

此外，献词还大量采用排比句式，形式上乍看上去显得呆板，但仔细读来却能形成意义的递进和错落变化，尤其是下面这个段落：

我们不停为你加油。因为你的希望就是我们的希望，因为你的苦难就是我们的苦难。我们看着你举起锄头，我们看着你舞动镰刀，我们看着你挥汗如雨，我们看着你谷满粮仓。我们看着你流离失所，我们看着你痛哭流涕，我们看着你中流击水，我们看着你重建家园。我们看着你无奈下岗，我们看着你咬紧牙关，我们看着你风雨度过，我们看着你笑逐颜开……

这一连串句子营造出一种浮雕群像式的画面感。在本文发表的前一年，也就是1998年，中国刚刚经历了长江、嫩江、松花江等多流域特大洪水灾害，亚洲金融危机，全国范围下岗潮等一系列困难。献词中所讲到的流离失所、痛哭流涕、咬紧牙关……虽然没有一一写明对应的事件和人群，但是在1999年那个时间点，几乎国内所有的读者都能够体会到所言非虚，感同身受。

献词中所描述的潜在社会现象，多数是令人无能为力的时代之痛，但本文的文眼却偏偏扣住"力量"二字来写。无力者的"力量"，正是行文中流露的善意与慈悲，这是推动社会进步的最核心力量，是全社会不分彼此共同努力的原动力：

我们看着你，我们不停为你加油，因为我们就是你们的一部分。

献词看似呆板的行文之中还潜藏着诗化的语句，在句义的往

复中达成令人印象深刻的文学效果,比如:

人们有理想但也有幻象,人们得到过安慰也蒙受过羞辱,人们曾经不再相信别人也不再相信自己。

这几个句子应该是受到了以色列诗人耶胡达·阿米亥的影响:

用同一双眼睛欢笑并且哭泣
用同一双手抛掷石块
并且堆聚石块,
在战争中制造爱并且在爱中制造战争。
憎恨并且宽恕,追忆并且遗忘
规整并且搅混,吞食并且消化
(耶胡达·阿米亥《人的一生》)

由此可见,献词的执笔者应该具备相当深厚的文学素养,但他在写作的过程中并没有刻意卖弄文采,而是紧紧抓住报纸的传媒功能性,结合报纸一直以来的新闻理想来进行写作,可以说得上是随体赋形,是真正的文章家手笔。

苍茫

二十四

李娟

狗带稻种（节选）

李 娟

外婆的葬礼结束的当天，我妈就赶回了葵花地边。而我在城里又多待了几天。

我妈担心赛虎，它已经被关在蒙古包里好几天了。虽然留有足够的食物和水，但它胆儿小，从没离开过家人，也从不曾独自待过这么长时间。

还有大狗丑丑，因为又大又野，没法关起来，只好散养在外。这几天得自己找吃的打发肚皮。

还有鸡和兔子，也被关好几天了。得赶紧放出来透透气。

于是等我回到家，看到生活已经重新稳稳当当、井井有条。没了外婆，似乎也没有任何变化。

一到家，我妈赶紧准备午餐。非常简单，就熬了一锅稀饭，炒了一大盆刚刚在永红公社买的青菜。

菜被她煮了很久很久，还放了好多豆瓣酱。真是奇怪的做法。

更奇怪的是，居然也很好吃。

吃着吃着，突然意识到，这是我生平第一次觉得我妈做的饭好吃。

似乎每个人都会有说这样话的时候——"我好想吃我妈做的红烧肉啊!"

或者——"我想我妈做的糖醋鱼。"

或者烧豆腐或者鸡蛋面或者酸汤馄饨。

几乎每个母亲都有自己的拿手菜,几乎每个孩子对母亲的怀念里都有食物的内容。

我虽然是外婆带大的,但和我妈共同生活了不短的时间,可却怎么也想不起来她给我做过什么好吃的。

我妈除了做饭难吃这个特点外,还有一个特点就是,她做的再难吃的饭她自己都能津津有味吃下去。

总之谁和她过日子谁倒霉。

我记得小时候,有好几次,吃饭吃到一半就忍不住吐了。

对此,我妈的态度总是:"爱吃吃,不吃滚。"

幸亏有外婆。虽然外婆在养育孩子方面也是粗枝大叶的人,但在吃的方面从没委屈过我。

一想起外婆,对土豆烧豆角、油渣饺子、圆子汤和莲藕排骨汤的记忆立刻从肠胃一路温暖到心窝。

我一口一口吃着眼下这一大盆用豆瓣酱煮的青菜叶,恍惚感到,外婆死后,她有一部分回到了我妈身上。

或者是外婆死了,我妈最坚硬的一部分也跟着死了。

吃完这顿简单的午饭,我妈开始和我商量今后的打算。

今年是种地的第二年,她算是很有经验了,从地边的日常生活到田间管理,都比去年省心了许多。

但今年的大环境却更恶劣,旱情更严峻,鹅喉羚的侵害更甚。

她一共补种了四茬葵花,最后存活的只剩十来亩,顶着刚绽开的小花盘,稀稀拉拉扎在荒野最深处。

附近远远近近十来家种植户,多则承包了上千亩,少的也有两三百亩。像我妈这样种了不到一百亩的独此一家。

而且承包的还是一块不规整的边角料地。春天翻地时,雇用的大马力拖拉机走得拐弯抹角,把司机快要烦死了。

而且我们的地还处于整面耕地的最边缘。用水时排在最后,受灾时顶在最前。

她说:"所有人都说,再往下彻底没水了,这最后的十来亩可能也保不住了。"

又叹息道:"这边缺水,水库那边那块地又太潮。听说去年那块地最后一遍水时不小心浇过了,打出来的葵花有一半都是空壳。"

最后她说:"若不是实在没办法了,我也不想放弃。"

是的,她决定放弃这块地,任其自生自灭。

好把力量转移到水库边的那块地上。

幸亏今年种了两块地。

头一年这夫妻俩承包的是一块两百亩的整地,遇到天灾,一毁俱毁。于是到了今年,鸡蛋分两个筐放。我妈守荒野中这块九十亩的地,我叔叔守上游水电站边那块一百多亩的地。

那边紧靠着水源,虽然租地费用极高,但总算有保障。而这边的投入虽低,却带有一定赌博性质,基本靠天吃饭。

为什么宁可冒险也要赌一把？因为赌赢的太多，一夜暴富的太多。

记得第一年种地时，隔壁那块五百亩土地的承包者是两个哈萨克小伙子。他俩前几年正赶上风调雨顺，种地种成了大老板，还买了两人高的大马力拖拉机。后来被政府宣传为牧民转型的典型，还去北京开过劳模大会。

他俩非常年轻，乍然通过土地获得财富，便对这种方式深信不疑。之后无论遭遇了多么惨重的损失，仍难以放弃。

我妈也一样。她总是信心满满，坚信别人能得到的她也有能力得到。别人失去的，她也不畏惧失去。

她的口头禅是："我哪点不如人了？"

记得外婆很喜欢讲一个狗带稻种的故事。

很久很久以前，大水淹没旧家园，幸存的人们和动物涉过重重洪水，逃到陌生的大陆。这时人人一无所有，一切只能从头开始。

但是没有种子。滚滚波涛几乎卷走了一切。人们绝望不已。

就在这时，有人在一条共同逃难至此的狗身上发现了唯一的一粒稻种——唯一的希望。

原来狗是翘着尾巴游水的，使得挂在尾巴尖上的一粒种子幸免于难。

于是，整个人类的命运通过这粒偶然性的种子重新延续了起来。

外婆吃饭的时候，总爱用筷子挑起米粒给赛虎看："你看，这就是你带来的！"

她还常常揪住赛虎的尾巴仔细观察:"别人都讲,狗的尾巴尖尖没遭水泡过,颜色不一样,你怎么一身都白?"

外婆痴迷于这个传说,给我们讲了无数遍。似乎她既为狗的创世功劳而感激,也为人类的幸运而感慨。

一条狗用一只露出水面的尾巴拯救了整个人类,说起来又心惊又心酸。

我走在即将被放弃的最后一片葵花地中,回想与人类起源有关的种种苦难而壮阔的传说。然而眼下这颗星球,也许并不在意人类存亡与否。

外婆死了,一滴水消失在大海之中。一生寂静得如同从未在这世上存在过。但她仍圆满完成了她的使命,作为最基本的个体被赋予的最最微小的使命——生儿育女,留给亲人们庞大沉重的个人记忆、延绵千万年的生存经验及口耳相传的古老寓言。是所谓生命的承接与文明的承接吧。

她穷尽一生,扯动世上最最脆弱的一根缆绳。

我看到亿万万根这样的缆绳拖动沉重的大船,缓缓前行。

两条狗缓缓跟在我身后。野地空旷沉寂。四脚蛇随着我的到来四处闪避。

我蹲下身子抚摸赛虎。它的眼睛明亮清澈,倒映着整个宇宙的光辉。只有它还不知道外婆已经死去。只有它仍充满希望,继续等待。

我忍不住问它:"你带来的稻种在哪里?"

葵花地南面是起伏的沙漠,北面是铺着黑色扁平卵石的戈壁硬地。没有一棵树，没有一个人。天上的云像河水一样流淌，黄昏时刻的空气如液体般明亮。一万遍置身于此，感官仍无丝毫磨损，孤独感完美无缺。

此时此刻，是"自由自在"这一状态的巅峰时刻。

最后的十余亩葵花开得稀稀拉拉，株秆细弱，大风中摇摇晃晃。一朵朵花盘刚撑开手掌心大小，如瓶中花娇柔浪漫。

然而我知道它们最终咄咄逼人的美丽，知道它们最终金光四射的盛况。

如果它们能继续存活下去的话。

突然狗开始狂吠，一大一小一同蹿起，向西方奔去。我看到日落处的地平线上出现一个微渺的人影。

扭头看另一个方向，我看到正赤裸着上身拔草的我妈从容起身，不慌不忙向蒙古包走去。等她穿上衣服出来，那人的身影只变大了一点点。

我们刚立起的假人则站在第三个方向。等我们离开这里后，将由它继续守卫这块被放弃的土地。

突然而至的激情涨满咽喉，却什么也说不出来。我便大声呼唤赛虎和丑丑。喊啊喊啊，又像在呼唤普天之下所有一去不复返的事物。又像在大声地恳求，大声地应许。孤独而自由地站在那里，大声地证明自己此时此刻的微弱存在。

在当下的写作者中，李娟是很少见的在散文领域深耕的作家。

我与这位生活在新疆的作家素不相识，但我能从她的散文作品中感受到她的真诚与不俗，还能在她不同时期的作品中感受到她在写作技术和精神厚度两方面的成长。

我第一次读李娟的散文作品，是十多年前读她叫作《我所能带给你们的事物》的单篇散文。这篇文章主要讲的是年轻的自己没赚到什么钱，物质上很贫乏，生活经验也很欠缺，经常被人骗去买没什么用的东西来送给家里亲人，闹了很多笑话，家里同样物质贫乏的外婆和妈妈明知自己被骗，却欣然接受自己这份沉甸甸的爱。

我从乌鲁木齐回来，给家人买回两只小兔子。卖兔子的人告诉我："这可不是普通兔子，这是'袖珍兔'，永远也长不大的，吃得又少，又乖巧。"所以，一只非得卖二十块钱不可。

结果，买回家喂了不到两个月，每只兔子就长到了好几公斤。比一般的家兔还大，贼肥贼肥的，肥得跳都跳不动了，只好爬着走。真是没听说过爬着走的兔子。

……

我妈一看，立刻骂了我一顿："五块钱啊？这么贵！真是，家里还少了耗子吗？到处都跑的是，还花钱在外面买……"我再仔细一看，没错，的确是耗子，只是少了条长尾巴而已……

……

兔子死了的时候，我妈对我说："以后再也别买这些东西了，你能回来，我们就很高兴了。"我外婆对我说："以后再也别买这些东西回来了，死了可怜得很……你回来了就好了，我很想你。"

……

这篇文章在写作手法上隐隐可以看出一种老道的蓄势，更重要的是情感细腻而清新，哀而不伤，字里行间流露出作者在生活的逆境中对人与事的深深热爱，令人看到一种野草般微小而顽强的生命力量。

我任教的单位是一所师范院校，本系的学生有很大一部分来自本省各地市的县城和农村，整体的家庭条件比较普通，其中又以女生占绝大多数。我在给学生上写作课的时候，固然会给他们讲鲁迅、张爱玲、王小波等人的写作技法，但总觉得这些东西距离他们的真实生活太过于遥远，注定会被他们敬而远之。后来在讲散文的时候我就给他们重点讲李娟，有一次讲到《我所能带给你们的事物》这篇文章时，我在课堂上逐字读出了下面这个小段落：

在回家的路上，总是晕车，便坐到司机旁边的小凳上，抱着兔子笼笔直地挺着脊背坐着。又怕它会突然死去，便不时地伸手进去抚摸它。路边的树木在车灯的照耀下，向路心整齐地弯拱，形成神秘的通道。

这篇文章我曾经给很多个年级的学生都讲过，但这一次讲着讲着突然流下了泪水。当我抬起头的时候，发现在座位上的学生许多也同样流下了泪水。我突然感受到李娟在创作上有一种不可遏制的超越技巧的追求。

后来我陆陆续续读了很多李娟的散文作品，一直读到《狗带稻种》的时候，阅读感受从以前的感动变成了震撼，我仿佛看到了她在写作上实现了超越性的"野心"——她能够在短短两千多字的篇幅中,以平实真诚而又波澜壮阔的笔调,写出人类共通的精神图景,实在是一件了不起的事情。

本文的题目起得很有意思,叫作"狗带稻种",句义生新而饶有趣味,句式有一种黄庭坚诗句般的奇崛,非常吸引读者。

文章一开头,劈头盖脸来了一段:

外婆的葬礼结束的当天,我妈就赶回了葵花地边。而我在城里又多待了几天。

这个开头也是相当奇崛,短短两句话瞬间把局面打开。外婆、"我"和"我妈",三个人物在去世、去、留三种状态间形成了微妙的三角平衡,读者不禁被诱导去猜测这背后是否发生过什么不愉快的事情。

李娟是一位女作家,但是她用笔大胆,胜过许多温温吞吞的男作家。在用笔大胆这个方面,李娟的手法有些地方近似张爱玲。比如我们前面讲到张爱玲的《弟弟》中间有一句"有了后母之后……"也是同样的笔法,如书法技术中的凌空杀纸,力在枪尖。

开头一段写得紧绷,第二段突然就放缓了节奏。接着往下读,读者又被告知"我妈"之所以赶回农村家里,原因竟然是要回去给狗放风。叙事的节奏出现了张弛,而疑问的张力继续被拉大——难道外婆的葬礼竟然不如给狗放风重要?

于是等我回到家,看到生活已经重新稳稳当当、井井有条。

没了外婆，似乎也没有任何变化。

这一段"似乎"二字是文眼，似乎没变化，就是实际有变化。在亲人故去之后，家里很快就被收拾得稳稳当当、井井有条，这看上去过于冷漠，很反常。散文家中的叙事高手大多善于利用事件的面子和里子来营造反差。这就有点类似禅宗里面的公案：说似一物即不中。表面写的是什么，暗含的意思往往是另一层。这就像张爱玲在《弟弟》里，越是要写家庭的冷漠，字面上就越是轻描淡写，甚至有意写得暖洋洋。李娟在《狗带稻种》里，越是要写全家人浓浓的亲情（当然还有别的主题元素混合其中），前面就越写得不露声色、不近人情。

经过前几段的欲扬先抑，接下来，作者真实的表达意图才开始徐徐展开，几个小段落写得思路精巧，层次丰富，并且有一种四川人自带的诙谐幽默（李娟一家是四川人）。文中讲妈妈以前做饭不大好吃，对女儿的态度是："爱吃吃，不吃滚。"寥寥几个字就勾勒出一位性格泼辣、行事作风干练的四川女性。顺便说一句，我本人也是四川人，我的日常经验可以证明李娟文中所描述的四川女性形象非常生动而富有代表性。

妈妈不擅长做饭但外婆做得很好，而且非常用心，以至于：

一想起外婆，对土豆烧豆角、油渣饺子、圆子汤和莲藕排骨汤的记忆立刻从肠胃一路温暖到心窝。

出人意料的是，妈妈在外婆去世之后居然迅速就做出了虽然烹饪方式奇怪却很好吃的一顿饭。作者说：

> 恍惚感到，外婆死后，她有一部分回到了我妈身上。

这句话值得玩味的空间非常大。外婆在世时，妈妈除了是作者的母亲，同时也是外婆的女儿。而外婆去世后，妈妈就只剩下母亲的角色。所以她必须要花心思把饭做好给女儿吃。文中所说"她（外婆）有一部分回到了我妈身上"，这一部分应该就是天然的母性。由此我们还可以进一步推想，外婆年轻时也是更上一代人的女儿，也许那个时候她也不擅长照顾后代，而在岁月的打磨中变得越来越温柔善意，这种人生状态上的升级正在妈妈的身上经历。

本文的第一个内容层次告一段落。接下来拉拉杂杂地写了好几段看似闲笔的内容，说的是家里的农事。在作者的叙述中，我们能够感受到这一家人的生活不易，要面对各种各样的生产困难。其中文意转折的句子是这么说的：

> 吃完这顿简单的午饭，我妈开始和我商量今后的打算。

结合下文所谈到的生活生产不易，这时作者才慢慢为我们揭晓了文章开头的悬疑：在外婆去世之后妈妈之所以要立刻赶回乡下，表面上是为了给狗放风，更深层的原因是生活艰辛，需要规划和操劳的事情非常多，艰辛到无暇过度悲伤。在这个部分，作者写得越拉杂，就越让读者感受到一种平凡而琐碎的艰辛。虽然生活艰辛，但母女俩表现出了一种顽强乐观的生命态度——斯人已逝，更重要的事情是过好生者的余生。

如果文章写到这里就结束了，那就和张爱玲的《弟弟》一样，要的是在日常琐碎中裁剪腾挪的文字功夫，那也不失为一篇优秀的散文作品。但李娟和张爱玲不一样的地方在于，张爱玲是拼命往个人情绪的细碎里去挖掘，而李娟则是把个人情绪往人类命运，甚至宇宙世界的方向去融合。我猜想，这种不一样除了出于两人才性的差别之外，还很可能和她们长期生活的环境有关系。张爱玲一生都生活在都市，每天接触的都是熙熙攘攘的人情世故，而李娟长期生活在新疆，每天俯仰之间面对的都是天地玄黄。所以李娟的笔下既没有传统书斋文人的迂腐气，也没有现代都市作家的小资气，而另外形成了一种充满原始生命力量的极致浪漫。

本文真正高明的地方在于，前面两个层次已经写得非常精巧，但实际上却还是在做铺垫，为后半部分真正的点旨升华积蓄力量。文章的前半部分总体写得比较拉杂，很有日常生活气息，行文至中间，突然宕开一笔：

记得外婆很喜欢讲一个狗带稻种的故事。

这个突然插入的句子一方面呼应了文章开头外婆的去世，另一方面把题目中那个看起来有些奇怪的句子"狗带稻种"从读者的记忆里唤醒——原来是外婆曾经讲过的一个故事。

外婆讲的这个"狗带稻种"的故事，看起来像是结合了西方宗教神话里的"诺亚方舟"和法国作家凡尔纳的《神秘岛》编织而成的，既有一种创世神话的磅礴感，又有绝境逢生的乐观精神，甚至还带有一点乡土气息，读起来就像作者说她妈妈做的菜，奇怪但是好吃。本文中的"外婆"，一改作者在其他散文作品中经常提到的"外婆"形象（慈祥、老迈），在生死之间，仿佛化身为《百年孤独》中的先知智者梅尔基亚德斯，用古老预言的方式传递着宇宙人生的真相——具体到个人的生死，抽象到全体人类的命运，在苍茫的宇宙世界中都显得无比渺小，命若悬丝，而人类的伟大就在于面对极度艰辛时的信心满怀和勇敢无畏：

她穷尽一生，扯动世上最最脆弱的一根缆绳。
我看到亿万万根这样的缆绳拖动沉重的大船，缓缓前行。

格局由此打开，文章的主题从日常生活的体悟突然进入对人类命运的咏叹。一般来说，在篇幅短小的散文作品中讲述宏大的主题很容易流于空洞，但李娟的这篇文章没有这个毛病，她在具象和抽象、在细微和宏大之间过渡自然流畅，毫无生涩刻意之感。

下面两个段落精彩到令人击节称赏，这是我近些年读过的最厚重而细腻的文字：

葵花地南面是起伏的沙漠，北面是铺着黑色扁平卵石的戈壁硬地。没有一棵树，没有一个人。天上的云像河水一样流淌，黄昏时刻的空气如液体般明亮。一万遍置身于此，感官仍无丝毫磨损，孤独感完美无缺。
此时此刻，是"自由自在"这一状态的巅峰时刻。

我们来对比一下唐代诗人陈子昂的千古名作《登幽州台歌》：

前不见古人，后不见来者。
念天地之悠悠，独怆然而涕下。

作者不仅以苍凉、空灵的笔调写出了《登幽州台歌》中那种置身于无限时空中的孤寂与渺小，更重要的是，她一洗古人的悲怆入骨之叹，取而代之的是一往无前的顽强与乐观：面对永恒的孤独，生而有幸为人，能够所思所感，便是自由自在。这里也对应着文章结尾所说的：孤独而自由地站立、大声呼喊证明自己微弱的存在。

文章的结尾几个段落再一次蓄势升华，以雄强的笔力，写出了杰克·伦敦式的"野性呼唤"：狂风中摇曳的葵花终将绽放出金光四射的美丽，赤裸着上身拔草的母亲从容不迫，刚立起的假人继续守护被放弃的土地……这些场景和意象充满了现代诗性和野性力量，猛烈地冲击着现代读者日渐机械麻木的内心。同时，语言表达极其顺滑流畅，毫无生涩之感，把中国白话散文的文学表现力推向了一个全新的高度。